ヘンリー・ジェイムズ、いま

——歿後百年記念論集——

里見繁美
中村善雄
難波江仁美　編著

英宝社

MS Am 1094 (2246) f. 23.1.
Houghton Library, Harvard University

はじめに

時はまさに二〇一六年三月三日。日本では桃の節句で知られるが、ヘンリー・ジェイムズを愛する人々にとっては特別の日であろう。百年前の同月同日に、ロンドンのチェルシー・オールド教会にてジェイムズの葬式が執り行われたからである。一九一六年二月二十八日に肺炎のためにこの世を去ったジェイムズを悼む式典には、兄ウィリアムの未亡人アリス・ジェイムズをはじめ、多くの著名人が参列した。ジョン・シンガー・サージェントやラドヤード・キップリング、マックス・ベアーボームといった文筆家や芸術家のみならず、時のイギリス首相ハーバート・ヘンリー・アスキスの名代としてその子モーリス・ボーナム・カーターや駐英アメリカ大使ウォルター・ハインズ・ページといった政治家も喪に服した。そして百年の月日を経て、同じチェルシー・オールド教会にて死後百周年の式典が行われた。主催者の一人で、現在刊行中の『ケンブリッジ版ヘンリー・ジェイムズ全集』の編者の一人であるロンドン大学教授フィリップ・ホーンが、第一次世界大戦におけるイギリスの国家身体の疲弊と同調するように、ジェイムズの身体が病気で蝕まれていった最期の数カ月について講演を行った。他にはイギリスの俳優サイモン・デイ、オリヴィア・ウィリアムズ、ミリアム・マーゴリーズが『黄金の盃』の一場面を朗読し、ジェイムズ研究に勤しむ同性愛者ニックを主人公としたブッカー賞受賞作『ライン・オブ・ビューティ』の作者アラン・ホリングハーストが、『メイジーの知ったこと』の最初の数頁を朗読した。ジェイムズがこれらの作品をタイプライターで口述筆記させた事実を重ね合わせると、参列者の心の内には後年、音に支えられた彼の創作活動のリアルな姿が去来したのではないだろうか。

筆者としては遠く離れた地にて、式典に臨み、過去に想いを馳せたであろう参列者と心を同じくし、死後百年を経て、ジェイムズの残した痕跡がいかに評価されているのかを振り返ってみたい。そこには「絨毯の下絵」のごとき、多彩な絵模様で彩られた豊かな展開がみられ、ジェイムズの文学的遺産を検証する作業は、シェイクスピアほどではないにせよ不断に継続され、彼の生み出したテクストは様々な批評的試みの実践の場と化している。批評し尽そうとしてもし切れないジェイムズ作品はその文学的豊穣さを未だ保持し、今尚、文学批評の最前線に君臨している。

「小説の技法」という小論を執筆し、書くことに意識的であったジェイムズの語りや視点といったナラトロジーの問題は常に批評家にとっても重要な研究対象であり続けた。古くはウェイン・ブースの『フィクションの修辞学』や、ジェラール・ジュネットの『物語のディスクール』において、『ねじの回転』や「荒涼のベンチ」の語り手がその信頼性と共に、議論の対象となったことはよく知られている。

ヘンリー・ジェイムズの紹介となれば、心理主義小説の先駆者という呼称を目にすることが多いが、心理学者たる兄ウィリアムが提唱したプラグマティズム、あるいは父シニアが傾倒したスウェーデンボルグの影響をはじめとして、心理学や宗教思想からのアプローチは視点や語りの問題とも相まって、『ねじの回転』や「オーウェン・ウィングレイヴの悲劇」といった幽霊物語を読み解く手がかりともなっている。

ジェイムズ作品には「芸術家もの」という括りがあるように、彼の芸術あるいは芸術観を巡る研究も現在まで綿々と続いている。『ロデリック・ハドスン』、「未来のマドンナ」、「『ベルトラフィオ』の作者」等、芸術家や作家を主人公にした作品は枚挙に遑がなく、一方でジェイムズの芸術観を知るうえで「ほんもの」や「嘘つき」等が参照され、尽きぬテーマとして、今尚ジェイムズ研究の中核を成している。

ボストン郊外のケンブリッジ墓地に永眠するジェイムズの墓には「二つの国の市民にして、大西洋の両側の彼の世代の説明者」という墓碑銘が刻まれているが、言うまでもなく、ジェイムズ作品の英米に跨る「国際テーマ」を無視するわけにはいかない。アメリカ、イギリス、いずれの文学史においてもジェイムズの名が記されていることは、このテーマに因るところが大きい。「国際テーマ」の名の下に、「無垢と経験」に象徴される「異文化間の衝突」は、ジェイムズ研究の中でも古くから取り扱われた馴染み深いテーマである。比較文学的アプローチを顧みるならば、日本においては夏目漱石の『明暗』と『黄金の盃』の類似性を巡る議論が一時『英語青年』を賑わせた。欧米ではジェイムズがその作家論を著しているホーソーンやジョージ・エリオット、バルザック、ツルゲーネフといった、英米のみならずヨーロッパ全体の作家との比較が対象となっており、この分野の研究には開拓すべき余地が多く残されている。

御多分に漏れず、今日の文学批評の主流と言えるジェンダー、セクシュアリティ、階級、人種といった視座はジェイムズ研究においても中心的な主題となっている。『ボストンの人々』における女権拡張運動家や、『ある婦人の肖像』のイザベル・アーチャーといった女性登場人物はジェンダー論やフェミニズム批評の対象となっている。イヴ・セジウィックの『クローゼットの認識論』で「密林の獣」のクィア論が展開されて以降、フロイト、ラカン、フーコーらの精神分析の理論を援用して展開されるセクシュアリティ研究は、ジェイムズ自身のセクシュアリティの曖昧さと相まって、作家や登場人物のホモセクシュアリティを暴き出そうとしている。ジェイムズ作品にあっては、階級差やその階級差から生じる登場人物たちの複雑な人間模様の描写は作品の醍醐味であり、そこに国際派作家らしく様々な国籍や人種の要素が加味され、階級と人種は一種の権力学を紐解くキーワードとなっている。

ジェイムズが生きた一九世紀中庸から二〇世紀初頭までの社会や歴史の視点から、彼の作品群を捉える論考も多くみられる。消費社会とジェイムズ作品との研究を切り開いたジャン＝クリストフ・アグニューをはじめ、初期資本主義が与えるジェイムズ作品への影響や、商業主義と美学との相克、ヴァルター・ベンヤミンの複製論を想起させる芸術作品と商品との関係は『ポイントンの蒐集品』をはじめとする作品の論考に散見される。その派生として、『ニューヨーク版』の口絵に用いられたアルヴィン・ラングドン・コバーンの写真や、後年の口述筆記に欠かせないタイプライター、あるいは死の間際までジェイムズの創作活動を支えたタイピストであるセオドラ・ボサンクェットは彼の創作行為と直接関わる媒体／媒介として注目を集めている。

ジェイムズ自身や彼の作品のアダプテーションが様々な形で生み出されている事実も見逃せない。デイビッド・ロッジの『作者を出せ！』（二〇〇四）、コルム・トビーンの『巨匠』（二〇〇四）、シンシア・オジックの『口述筆記』（二〇〇八）と、二一世紀初頭に立て続けにジェイムズをモデルとする小説が出版されたことは、現代作家にとって、彼の歩んだ人生や執筆活動が魅力ある題材であることを物語っている。一九九〇年代後半には、『ある婦人の肖像』、『鳩の翼』、『黄金の盃』の三つの大作が、それぞれニコール・キッドマン、ヘレナ・ボナム・カーター、ユア・サーマンといった大物女優を配して、映画化された。二〇一二年には『メイジーの知ったこと』も現代ニューヨークに舞台を移し映画化され、商業的分野におけるジェイムズ人気の一端を伺いしることができる。また、三幕喜劇『ガイ・ドンヴィル』の脚本を執筆し、自らの作品の戯曲版を著し、劇作家として成功を収めようとしたジェイムズの相貌も忘れてはならない。こうしたアダプテーションによる間テクスト性の問題も当然のことながら研究対象となっている。さらに、一九〇五年に二十年ぶりにアメリカ帰国後にジェイムズが取り組んだ全集版（『ニューヨーク版』）には各作品に序文が付され、またオリジナル版から大幅な加筆修正が施されたが、この新旧版の間テクスト性を通じて、ジェイムズ作品が生み出される生な過程や彼が追い求める小説の形が透けてみえる。

ジェイムズにおいてもライフ・ライティングに対する研究は欠かせない。大家レオン・エデルの五巻本の伝記は主観的という批判があるにせよ、ジェイムズの全貌をはじめて著した書であり、彼の功績から恩恵を被っていないジェイムズ研究家はおそらく皆無であろう。あるいはフレデリック・

デュピ編集の一連の自伝的作品『ある少年の思い出』、『息子と弟の覚書』、『中年』は、ジェイムズの思想や交友関係、時代との関わりを知るうえで、この上なき資料である。今現在、ヘンリー・ジェイムズ研究センターが編纂している『ヘンリー・ジェイムズの全書簡』がネブラスカ大学出版局から刊行中であるが、この壮大な試みはジェイムズの実像に迫る上で大きな助けとなるに相違ない。

以上のようにジェイムズ研究の歴史を概観してみただけでも、その多様さは驚くばかりである。こうした広範な拡がりを見せるジェイムズ研究の現象に対する情報交換を目的として、日本在住のジェイムズ同好の士が二〇一一年にヘンリー・ジェイムズ研究会を立ち上げ、以来年一回のペースで集っている。今回、その研究会の面々がジェイムズ没後百周年を一つの節目とし、従来のジェイムズ研究の批評動向を踏まえながらその延長線上に位置する課題や欠落していたテーマを掬い上げ、日本におけるジェイムズ研究の全体性の構築に寄与することを目的として、一冊の記念論集を編むこととした。本書冒頭の行方昭夫氏による「ジェイムズ学事始め」には、何より作品の精読を基本とするジェイムズ研究の黎明期の様子が生き生きと語られているが、その伝統を受け継ぎつつ、続く四部に収めた二十の論考では、研究会のメンバーがそれぞれにジェイムズ作品のもつ多彩な側面に迫り、ジェイムズをいまに、そして未来へと繋ぐ新しい視座を拓こうと試みている。

本書は四部構成である。第一部の「人生と芸術」では、絵画や彫刻、劇作といった芸術とジェイムズの作品との影響関係に注目し、さらにジェイムズと家族との関係を探る。第二部「揺れる主体」は、信頼できない語り、実在性を問う幽霊やオルター・エゴ、あるいはホモセクシュアリティなどをキーワードに、本質主義的志向への懐疑とルビンの壺のごときオルタナティヴな世界観を生み出すジェイムズの近代的な主体をめぐる問題意識に迫る。第三部の「変わりゆく意識」では、一九世紀後半から二〇世紀初頭の、ジェイムズが生きた時代に焦点を当て、初期資本主義の席巻やそれに伴う商品へのフェティシズム、ニュー・ウーマンの誕生といった、同時代の社会・経済・イデオロギー的変遷とジェイムズとの関係性が探求され、ジェイムズを二〇世紀のモダニズムへと繋ぐ。最終部の「非時空間の世界」では、時間と空間の越境をテーマとし、環大西洋／環太平洋的な空間の越境、環境問題、さらに、一九世紀から二〇世紀、そして今世紀へと脈々と流れるジェイムズのポストモダン性や今日性をあぶり出す。

二一世紀に生きる我々自身、現代の批評的潮流に抗うことも叶わず、その結果取り上げる作品や学問的アプローチに多少の偏りが見られることは否めない。しかし、平素各執筆者が取り組んでいる研究を推し進めた一つの成果をご高覧いただき、ジェイムズ批評の「いま」を実感していただけるならば、編者としてはこれに勝る喜びはない。

二〇一六年春

中村　善雄

ジェイムズ学事始

行方　昭夫

杉田玄白を真似るほど大げさな話ではないのですが、変化の激しい時代において半世紀を超すのですから、真似ても許されましょう。私が駒場の教養学部教養学科イギリス科を卒業して本郷の大学院に進学したのは一九五五年でした。当時英文の院生はほとんど英文科出身者でして、私のように駒場から来たものは外様大名扱いでした。イギリス科の先輩後輩の各一名が毎春、院に進学していました。この少数の仲間たちが、主流派に負けぬようにするため、協力し切磋琢磨して英語読解力をつけようと話し合いました。小説、詩、演劇と専攻が違うけれど、読む力の向上は共通に必要なことだし、自分らは朱牟田夏雄、上田勤という日本一の精読力の持ち主の教え子だから、と考えた末のことでした。仲間はもう故人になった『カサマシマ公爵夫人』の大津栄一郎、『過去の感覚』の上島建吉の両君と私の十名です。

英語の読解力を増すのに相応しい作品についてあれこれ相談して、ジェイムズの短編、「ほんもの」「教え子」「荒廃のベンチ」「なつかしの街角」などを一字一句ゆるがせにしないで読んで行くことに決めました。割り当てを決めて、一人一頁当て訳文を準備してくるのですが、自分の当番以外の頁もよく考えてくるのも義務化しました。結果として熱烈な、時に口論のような読書会でしたが、全員がどんどん向上してゆきました。皆、一旦は自分の読解力に自信を無くし、その後次第に修業して徐々に自信を取り戻す過程を経験しました。

フランス語が読めて、現代批評が得意の某君、ある箇所の議論中に、「ひょっとして君、compromise を妥協するという意味だと思っているの？」と問い詰められて以来、謙虚になり、原文の正確な読みをすべての基本に置くようになりました。

最初は英語学習の目的だけに選んだジェイムズでしたが、次第に文学作品としての魅力にも引かれるようになりました。当時は英米で、各大学の英文科にジェイムズ研究家が一人はいる、という再評価が始まった時代でしたから、私たちの間でも、自分らも研究してジェイムズ論を書きたいと望む気運が生まれてきました。しかし、ジェイムズの文章に慣れたと言っても、まだ後期三部作など、しっかり読めてないのだから、まずはマシーセン、ウィルソン、リーヴィスなどの英米の先達の論考を訳そういうので、私が論文を選び、皆で分担訳して評論集を出すことにしました。それが『ヘンリー・ジェイムズの世界』（北星堂書店、一九六二年）ですが、中土社長の依頼で、リーヴィスなどに翻訳料を無料にとお願いし快諾を得たのも懐かしい思い出です。

読書会は短編を十数点読了した後、長編も読むことにしましたが、初期の『ある婦人の肖像』は院で上田先生がテキストに使っていらしたので、一気に後期の『鳩の翼』を読むことにしました。これには苦労しました。参加者ほぼ全員が納得するまで解釈がもめるので、一向に先に進まず、一夏清里の安宿に引きこもって、必死に読んだこともありました。この読書会は、メンバーが留学したり、東京外の勤務地に行ったりするまで、数年間継続しました。

私自身は、この読書会の解散後すぐに、もう一つの先輩たちの読書会に加わってジェイムズを綿密に読む機会に恵まれました。修士課程を終えて駒場の英語科の助手になったからです。十名ほどの教授助教授方の仲間に加えて頂きました。駒場の研究室で毎週土曜日にやっていた読書会で、スターン『トリストラム・シャンディ』、メレディス『十字路邸のダイアナ』に続いて、『黄金の盃』を取り上げたのです。私はメレディスの最後の部分から参加できました。一人では読めない名作を、協力して精読しようという、朱牟田先生のアイデアで始まった会で、各自分担を決めて準備してきて議論するという、私たちがやっていたのと同じ方式でした。

助手の仕事は図書の整理だけでしたから、自由時間はたっぷりありましたので、私は『黄金の盃』に多くの時間と頭脳を使って取り組みました。自分が当たっていない箇所も、熱心に調べました。難解な箇所は、英語科にいた優秀な英米人の同僚たちに質問しましたが、「分からない」と言う人もいるし、何とか解釈を言ってくれる人たちの解釈は皆異なっていました。この読書会には、実力が分かってしまうので、自信のない人は参加していなかった筈でしたが、結構誤訳する方がいました。論文などは書かないが、博学で英仏独語に通じ語学力抜群という噂の先輩が、しばしば間違うので、私は、内輪の読書会で磨いた読解力も捨てたものでないと実感できました。でも教授たち相手ですから、助手の私があからさまに誤りを指摘するのは憚られました。しかし中心にいらした朱牟田先生は、公平な方で、よく私に「君の解釈はどうかな？」と発言を促されたので、意見を述べることができました。

『黄金の盃』は、五年近く毎週数時間読んで、やっと読了しました。しかし、よく理解できたという満足感は誰も味わいませんでした。あまりにも多く、意味不明の箇所が残ったからです。あの朱牟田先生、上田先生が、毎回「うーん、ここは分からないなあ」、「こりゃ無理だよ」と言われてうなっていらしたのが、今でも耳に残っています。

しかし、後期三部作以外のジェイムズならよく理解できるようになってきたので、翻訳してみたいという願望が萌してきました。手慣らしにと、自分一人で読み、すっかり魅せられていた中編『アスパンの恋文』を翻訳してみました。出版など考えていなかったのですが、幸運にも、研究社の仕事で縁のあった渡部喜一氏が独立して翻訳中心の出版社をつくり、ここから出して頂くことになり、この中編にいくつかの短編を加えて、出版できました。一九六五年のことでした。

当時は世の中全体が欧米のものを吸収したいと言う意欲にあふれていたせいか、この訳書も、宣伝もしないのに版を重ねました。それに勇気を得て、もっと幅広くジェイムズの魅力を日本の読者に紹介しようと思い、読書会仲間を誘ってジェイムズ短編集全四巻を企画しました。運よく、英語教科書出版の鶴見書店の社主と縁が出来、引き受けて貰えました。ジェイムズ短編の代表作を、第一巻　ヨーロッパとアメリカ、第二巻　芸術と芸術家、第三巻　死と幻想、第四巻　社会と人間というように分類し、全部で四十点近く収録することにしました。第一巻は一九六八年、第二巻は一九六九年と出たところで、小さな出版社では無理と分かり、中断しました。この時の企画は後年、別の出版社から刊行されることになりました。

翻訳だけでなく、ジェイムズに関する研究論文を書こうと言う気持を維持したのは結局、大津栄一郎氏と私だけでした。大津氏は中央大学の同僚との共同研究の成果という形で、『ヘンリー・ジェイムズ研究』（北星堂書店、一九六六年）を出しました。私は同僚でなかったので、寄稿はしませんでしたが、好意的な長文の書評を書くことは出来ました。私自身の論考としては、『ある婦人の肖像』論（*ESSAYS* 1963）が最初でした。当時流行の世界文学全集の月報、新聞、雑誌などにエッセイを求められることが多くあり、機会が与えられる度に執筆しました。「ユフィーミア、イザベル、マギー」、「エデルのジェイムズ伝の紹介」、「ジェイムズ評価の分岐点」など短いものですが、全力投球して書きました。また研究社二十世紀英米文学案内の一冊、谷口陸男編『ジェイムズ』（一九六七年）で分担執筆の機会を得ました。

学会の口頭発表という形でジェイムズを論じる機会もありました。最初に行ったのは、一九六五年秋の日本アメリカ文学会全国大会での「ジェイムズ文学におけるモラリティの問題」というシンポジウムで、『黄金の盃』を論じました。意味が分からない箇所の多い小説を論じるので、内心不安でしたが、多くの参考文献に頼り、勇気を振り絞って話しました。

ジェイムズ学事始に当たる、私の三十代半ばまでのジェイムズとの関わりは以上です。その後も、様々な形でジェイムズを翻訳し、解説し、論じました。その中で最大の仕事は、一九八三年春に突然、面識のない工藤好美先生から面会を求められ、「ヘンリー・ジェイムズ作品集全八巻」（国書刊行会、一九八三—八五年）の編集に協力することになったことです。高齢の工藤先生の立川のお宅に頻繁に伺って相談したり、全巻に序文を書かれた中村真一郎氏とも会ったりしました。昔の読書会の仲間を訳者として選び、自分も訳したり、解説を書いたりしました。

しかし、ジェイムズ文学の最高傑作とされる後期三部作を翻訳することはありませんでした。その理由の一つは、『黄金の盃』について口頭発表した時味わった不安感です。作品の隅々まで意味が分からないと満足出来ない私には、そう出来ていない作品を翻訳したり、論じたりするのは、常に大きな躊躇があります。きちんと読めていないと実感する作品に関しては解説以上のことは出来ないのです。

これは趣味というか主義の問題であり、そんな気弱なことを言っていたら、永遠に英米の研究者に匹敵し、凌駕するような仕事は出来ない。あの小林秀雄訳のランボー『地獄の季節』の場合のように、いくら誤訳があっても有意義な仕事だと万人が認めることもあるではないか！語学力が不足でも、それを補って余りある文学鑑賞力があればよいのだ。こういう意見も十分にありえるでしょう。

三部作の翻訳が出来なかったこと以上に残念でならないのは、論文集の刊行を果たさなかったことです。院生時代に読書会の仲間たちと『ヘンリー・ジェイムズの世界』を出した時の願望であった、自分なりのジェイムズ論を書き、世に問いたいという夢は、遂に実現しませんでした。それが今、後に続く世代の方たちが、ジェイムズ歿後百年記念論集を出すというではありませんか！これほど嬉しいことはありません。ジェイムズ文学から学んだ vicarious experience（代理経験）によって、自分事のように喜びを味あわせて頂けます。心から祝福致します。

目次

第四部　非時空間の世界

ヘンリー・ジェイムズ、いま

――歿後百年記念論集――

第一部　人生と芸術

実人生とフィクション
――彫刻家トーマス・クロフォードと『ロデリック・ハドスン』――

北原　妙子

序

一九世紀中葉に頭角を現したアメリカの新古典主義彫刻家がいる。米国国会議事堂上の「武装した自由の女神」像で知られるトーマス・クロフォード（一八一四―五七）だ。現在も多数の作品がアメリカ北東部の主要美術館に所蔵されている。クロフォードにはF（フランシス）・マリオンという息子がおり、長じて作家となってヘンリー・ジェイムズとほぼ同時代に活躍、国際的な舞台のベストセラー小説を次々と書いた。ジェイムズはこの年下の作家を意識していたが、それ以前から単身ローマに渡り名声を勝ち得た彫刻家にも注目していた様子だ。ジェイムズの彫刻や彫刻家への関心は、『ウィリアム・ウェットモア・ストーリーと友人たち』（一九〇三）にも表れ、同作品執筆にあたり、F・マリオン・クロフォードへ取材協力を依頼している。ではジェイムズ初期作品でアメリカ人彫刻家を志すロデリック・ハドスンを主要人物とする物語と、トーマス・クロフォードは関係するのだろうか。

ジェイムズの創作ノートには着想のヒントが多く見いだせ、実話を膨らませ物語がつくられる事例は少なくない。『ロデリック・ハドスン』（一八七五）に関しては小デュマ作品などとのプロットの類似が指摘されるものの(Dunbar 303-310)、やはりハドスンのモデルは彫刻家クロフォードだったという印象が強い。この点ロバート・L・ゲイルによる「ロデリック・ハドスンとトーマス・クロフォード」が既にあり、その詳細な比較論考は先行研究の中でも類を見ない[1]。ゲイルはクロフォードの伝記作者でもあり、実在した彫刻家とジェイムズ・キャラクターの類似点、相違点の違いを的確に指摘する。本稿では、ジェイムズの伝記的周辺状況が明らかにされつつある批評的動向に資するべく[2]、ゲイル論文をふまえてトーマス・クロフォードという実在した彫刻家との関連から『ロデリック・ハドスン』を再読する。まず彫刻家の経歴をハドスンというキャラクターとあわせて概観し、ハドスンの制作作品とクロフォード作品の相関性をみてから、ゲイル論文を総合的に検証した上で、ジェイムズと「創作」の問題について考察を行いたい。その際、作者が芸術のジャンルで特になぜ「彫刻」についての物語にしたのか、という問いも検討する。

一　文化なき地に咲いた花

（一）彫刻家と取り巻きの人物たち

はじめに『ロデリック・ハドスン』の作品にそってトーマス・クロフォードの経歴に触れたい。

ジェイムズが創作したロデリック・ハドスンの人物と生き様は、実在した彫刻家に似通っているが、同一ではないことを以下の作業により確認していく。アイルランド系移民の両親のもと、クロフォードは一八一四年ニューヨーク市に誕生。幼少時より彫刻に関心を持ち、木彫りからはじめ、十代にはニューヨークの有名な石材店で修行をつむ。才能を見込んだ店主から彫刻を極めるためにローマ留学を勧められ、新古典主義の大家、ベルテル・トルヴァルセン宛の紹介状と共に一八三五年、二十一歳で単身ローマへ赴く(3)。かたやヴァージニア出身で二十三、四歳のロデリック・ハドスンはマサチューセッツ州、ノーサンプトンで法律事務所に勤めながら、自宅で彫像を制作していた。語り手ローランド・マレットに才能を見いだされた青年は、渡欧を提案され、喜んで同行する。出身地こそ異なるが、独自に彫刻家の道を模索し、同年代に引き立て役の出現でローマ行きが実現するなど、芸術家のキャリアの始まりにおける類似点が観察できる。

ローマでクロフォードはトルヴァルセンの元で短期間学んだ後、現地にスタジオを構え、独学で彫刻を学ぶ。彫像や建築物を見学し、フレンチ・アカデミーで裸体をデッサン、ヴァチカンのギャラリーで古典彫刻を模写した(Hicks 15)。ハドスンはローマ、特にヴァチカンを繰り返し探訪し、各地で古代美術、寺院、彫刻、絵画を見学する。芸術への飽くなき貪欲さ、その吸収力の素早さがクロフォードの姿と重なる。

はじめパトロンのいないクロフォードだが、じきにマレットのような存在に巡り会う。在ローマアメリカ領事、ジョージ・ワシントン・グリーンだ。領事は孤軍奮闘する若者を引き立て、顧客を紹介し、出版物を通し彼を宣伝した。さらに、後に上院議員となる友人のチャールズ・サムナーをクロフォードのスタジオに招待した。制作中の巨大なオルフェウス像に感銘を受けたサムナーは、ボストンへ戻ると文化的事業に理解ある有力者へ資金調達を働きかけた。ハドスンの方はマレットのつてで芸術家の友人数名と知り合うが、自分を崇拝する画家のサム・シングルトンを除き、交流を深めない。マレットのみが唯一の頼りで、モラル・サポートや人脈、パトロンに恵まれたクロフォードと大きく異なる。

彫刻家グロリアーニに出会い、ハドスンは作品を絶賛される。同時にインスピレーションが枯渇する可能性も指摘された後、制作にむらが出始め、気分も変わりやすく寡作となる。一方、クロフォードはオルフェウス像で名声を得た後も、コンスタントに次々と多彩な作品を制作し続ける。しかしクロフォード最大の念願は公共芸術 (public art) として自分の作品を後世に残すことだった。人生を賭す「価値のあることとは巨大なブロンズ像を建造し公共の広場にそびえたたせることだ (91-92)」[4]とはじめハドスンも語るが、実現には至らない。クロフォードの場合、時宜を得てヴァージニア州の州議事堂そばに展示される彫像およびワシントンＤ・Ｃで議事堂を装飾する彫像の公募が続き、両者に応募、採択された。だが先の公共建造物が完成する前に、脳腫瘍により左目を失明、手術の甲斐なく一八五七年四十三歳で死亡する。一方ハドスンは失恋とスランプから立ち直れず、二十歳代半ばにアルプス山中で遭難、転落死する。夭折という末路は似ているが、クロフォードはハドスンと異なり、後世に記憶される明らかに大きな仕事をしている。

トーマス・クロフォードの遺作は妻、ルイザの尽力により完成、一般公開に至る。ルイザはグリーンのいとこにあたり、ニューイングランドの名門、ウォード家出身で社交界の花形でもあった。[5]結婚後、夫妻はクロフォードのスタジオがあるローマに居を構え、三人の娘と、長男で末子のフランシス・マリオンを授かる。美貌の女性に魅惑される彫刻家という構図はハドスンの物語同様だが、ルイザの出自や誠意ある人柄、そして夫婦が互いに深く愛し合っていたという事実は、ハドスンが恋い焦がれる「コケット」、経歴不詳のクリスティーナ・ライトの場合と全く異なる。何よりハドスンはクリスティーナに弄ばれはしても、真剣な恋愛対象とはならなかった。

以上のように相違点はあるが、ロマンティックかつ劇的な人生を送ったという意味で、クロフォードとジェイムズのロデリック・ハドスンに高い相関性を見いだせよう。とはいえゲイルも指摘するように、ハドスンという人物は、クロフォードを生き写しにしたという訳ではない (Gale "*Roderick*" 496)。今までみた多少の相違点をはじめ、ほかの文学作品から受けたインスピレーションも指摘できる。例えばハドスンが礼儀作法を知らず、自分の感情の赴くままに自由に振る舞う様は、ナサニエル・ホーソーンの『大理石の牧神』(一八六〇) の自然児、ドナテッロを彷彿とさせ (863-64)、その最期、アルプス山中での滑落事故死は、ヘンリー・ワズワース・ロングフェロー作、「より高く」(一八四一) の詩作に現れる、高みを目指して生き急ぎやはりアルプス山中で亡くなる青年を想起させる。(6)

もっともほかの主要登場人物をみれば、ローマに移住したアメリカ人芸術家の先駆となったクロフォードと友人たちの姿がモデルだろうという印象が勝る。クロフォードが故郷に残した寡婦の母や独身の姉がハドスン夫人といとこのメアリ・ガーランド。妻、ルイザの再婚相手で画家のルーサー・テリーは画家シングルトンに投影されていよう。シングルトンがハドスンを「英雄」視し彼の最期まで世話をするように、テリーはクロフォードが眼病を患ってからずっと介添えをし、臨終の際、その後も未亡人を助けた(7)。

ホーソーンは『大理石の牧神』の中でクロフォードのことを取り上げ、登場人物の口を借り彼を揶揄的に描いている(8)。ホーソーンに詳しいジェイムズはこれを意識しただろうし、彼のローマ滞在時期にテリー夫妻は現地にいたので (Gale *"Roderick"* 495-96)、クロフォードの残したスタジオや資料を閲覧していた可能性は高い。彫刻家としての評価はさておき、実際に外国、特に多くの芸術家や作家の憧憬の地、イタリアでアメリカ人「芸術家」として成功した実例のクロフォードが、ジェイムズの関心を引いたことは容易に推測できる。

(二) 彫刻作品の比較

物語に現れるハドスン作品と実際のクロフォード作品について、ゲイルは驚くような近似を示すと指摘する (Gale *"Roderick"* 498-99)。確かにジェイムズはクロフォードの作品一覧を参考にしたのかと思わせ、時系列にしたがってハドスン作品を三つの制作期に分けると次の通りだ。

まずマレットと出会う以前にハドスンがアメリカで創作したもの。制作中、未完成のものも含めて、メダリオン、胸像、人物像数十点と「巨大な黒人の頭像」、「兄」、「バーナビー・ストライカー」、そしてマレットを瞠目させた美少年を題材にする「乾き」である。一方クロフォードは、石材店時代から花などの装飾彫刻を得意とした。彼は黒人像を創らなかったが、アメリカ先住民の全身像を創り、グリーンやサムナーなど実在のモデルを使った胸像や人物像も複数存在する。「乾き」のような少年を題材にした代表作はクロフォードにもある（「ビー玉遊びをする少年」（一八五三）、「壊れたタンバリンをもつ少年」（一八五四）など）。

ローマ到着以降のハドスン作品は順に「アダム」、「イヴ」、「話す女性」、それに続き「クリスティーナ・ライト」の胸像（「ダイアナ」や「フローラ」とも呼ばれる）、新たなパトロンからの依頼品「知的洗練」、そして実の「母」像である。ほかに制作を希望するテーマとして「ダヴィデ」、「キリスト」や神話からの作品、アメリカの寓意的な表象、巨大な公共建造物を会話中あげる。クロフォードはどうかといえば、「アダムとイヴ」をはじめ、妻「ルイザ」の胸像、「フローラ」のほかに先述したヴァージニアやワシントンD．C．での公共建造物群があり、[9]その中には「知的洗練」に匹敵するような寓意的な作品、「正義と歴史」などがある。

ゲイルはアメリカ時代の作品について詳述せず、ハドスンが制作希望する「ダヴィデ」や「キリスト」などを制作品の例に含め、実物をハドスンが確かに創ったかのような扱いをするが、テクストからはその点定かでない。一方、クロフォードはこうした聖書・神話的なモチーフ、寓意作品をはじめ、公共建造物を実際に制作した点が異なる。換言すれば、ジェイムズも指摘しているように当時の彫刻に期待された「物語性」がこめられた作品を多く創っていたのだ（*William Wetmore Story* **II 76**）。上記のような主題は、ハドスンやクロフォードの専売特許品でないとはいえ、総括すると両者の創作コンセプトや制作品にかなりの関連性を見いだせる。

これまで検証してきたように、ゲイル論文において提示されたハドスンとクロフォードの経歴、作品に関する類似性の指摘や論証は説得力がある。概して、先述した点は実存したモデルの特徴を活かす人物造形と考えられ、総合的にハドスンのモデルはクロフォードであろうという仮説は成立する。ただゲイル論文は、物語登場人物と実在した彫刻家の類似・相違点の比較の指摘のみに留まることが惜しまれる。小説『ロデリック・ハドスン』では、若き創作者としてのジェイムズの悩みや芸術、芸術家にまつわる諸問題が多岐にわたり提示される。これらをクロフォードの姿を借りたロデリックという人物を通じ、自問自答し、読者にも問うていることが物語の真骨頂のように思われるが、この点ゲイルは触れない。そこで以下、実在モデルと架空のキャラクターをつなぐ「芸術家テーマ」の諸問題を整理し、ジェイムズが初の本格的長編小説をどのような「若き芸術家の物語」に仕立てたのか、「彫刻」というジャンルの問題と共に検討したい。

二　芸術家テーマ

(一) 創作・土壌・パトロンの諸問題

小説『ロデリック・ハドスン』では様々な「芸術家テーマ」への言及がある。それらは二項対立的概念で表され、例えば天才と努力（家）または閃きと技術、そして美しさと醜さの問題がある。作品でクリスティーナ・ライトはロデリックの詩神であると同時に彼を破滅させるファム・ファタールだ。クリスティーナの例から分かるように、対立項は明確に二分されるわけではなく、両者の性質はからまっているといえよう。グロリアーニが「美醜の間に本質的な相違は存在しない」と考えており(107)、同様のことをクリスティーナもマレットの部屋をコメントする際述べる。「わたしはある種の外観をおびる時、醜いものが好きよ。近頃、美しさはひどく下品で、誰もがおもしろみのある種類の醜さをわかっているわけではないわ」(167)。

そしてロデリック・ハドスンとサム・シングルトンの対比で描いてきた天才対努力（家）といった差異も、物語終盤では不明瞭となる。当初、ハドスンの圧倒的な自信とそれを裏付ける見事な実力や大言壮語が強調され、かたやシングルトンには控えめさや内気さが目立つ。渡欧した直後は将来性の低い絵を描いていたものの、名前通り一本気に努力を続け、画家として着実に進歩を遂げる。物語終盤で山から下りてくる画家の影が巨大に見えた箇所も、努力が天才を凌駕した瞬間に思える。この頃には彫刻家の自信は失われ、もてはやされた時の面影は見あたらない。

クリスティーナがミューズかつ悪女であるように、美醜、そして天才と努力家の境界線は揺らぐ。こうした曖昧さはジェイムズらしい特徴かもしれないが、特に天才と努力家の対立項について伝記的な解釈を加えるなら、ブラッド・S・ボーンも指摘するように、作家ジェイムズは何事においても優秀な兄ウィリアムに対する複雑な思いを投影していたのかもしれない（Born 205）。

これらのほか芸術家にとっての環境、ヨーロッパかアメリカかという問題に加え、ビジネスとしてのアートか芸術至上主義かといった方向性も問われる。ハドスンは可能性を秘めた作品をアメリカで生み出すが、渡欧後、特にイタリアでその歴史や文化に圧倒されてしまう。ヨーロッパに来ると「ホリオーク山」などアメリカの風景が変わって見えるとハドスンは語る。同様なことをハドスンの婚約者、メアリ・ガーランドが「自分の眼前には広大な世界が横たわり、前いた世界、わたくしがふだん知っている小さな狭くてなじみあるうぬぼれた世界があわれに見えます」と表現する（333）。だがローマの持つ美への感化力は破壊力でもある。ハドスンは己の芸術的感性の鋭さ故に先人たちの偉業に日々囲まれ、才能の開花という点で萎縮してしまったのかもしれない。そうした爛熟文化の集大成ともいえるクリスティーナの「美」をハドスンが絶賛し、それに滅ぼされる結果となるのは象徴的だ。

しかしヨーロッパが危険で過剰なら、アメリカは芸術家にとって可能性のある土地なのだろうか。アメリカには文化や歴史はなくとも豊かな自然があり、渡欧前、マレットは故国の自然美を肯定的に捉えている。マレットが夜景を見つめた時、「空はどういうわけか二倍広く思え」、彼はアメリカにも「芸術家が枯渇しないのに十分な美がある」と感動する(67)。ハドスンも当初は愛国心を示し、「アメリカ人芸術家」として大きな仕事をしようと意欲を示す。アメリカ人芸術家仲間に理想を熱く語り、クロフォードのようにアメリカの「フェイディアス」(Hicks 18-9, 117)に例えられるが、そのような理想や情熱は続かず、閃きの衰えと共に色あせる。

さらにピューリタン文化の根強いアメリカでは芸術や芸術家への偏見が横行していることが示される。マレットがハドスンをローマに連れて行くにあたり遭遇した家族の反対や、ハドスンの雇用主、法律家ストライカー氏の露骨な芸術への侮蔑心が典型であろう。才能と技術を兼ね備えるアメリカ人芸術家、グロリアーニはヨーロッパを活動拠点とする。ジェイムズが評論『ホーソーン』で嘆くように、総じて題材や閃きの源泉が少ないアメリカという「土壌」において制作活動を続けるのは、困難であることが示唆される(*Hawthorne* 320)。アメリカかヨーロッパかという対立項のぶれは、ジェイムズ自身がプロの作家として、欧米どちらの地を選べばよいかという不安や迷いを映し出しているともいえる。

そのうえ芸術を誰が擁護するのか、どのような人がパトロンにふさわしいかといった問いも投げかけられる。ジョイ・カッソンが指摘するように芸術の発展には公的というより私的な支援が必要な時代だった(Kasson 12)。物語ではマレットとレヴンワースという二人のアメリカ人パトロンが登場する。前者が寛大で審美眼をそなえる有閑階級の紳士、後者は、たたき上げの実務家で彫刻をインテリアの一部としか考えない粗野な人物として対照的に描かれる。両者ともハドソンに依頼をするが、結果的には高圧的なレヴンワースを嫌うハドソンは制作を途中放棄する。ここに芸術と金銭の問題が改めて浮上する。高尚な作品を創っても売れなければ生活できないという現実、生きるために芸術を理解しない大衆に迎合する必要がある、といった伝統的な苦悩が描かれる。

物語にはハドソン以外に、四人の芸術家が登場する。才能はあるが技巧や金儲けに走る彫刻家グロリアーニ。花の絵の名人で、安定のため結婚相手を探す美人画家、オーガスタ・ブランチャード。そして勤勉なサム・シングルトンのほか、画家を祖父に持ち、自分のストーリーを自在に演じる「女優」、クリスティーナ・ライトがいる。四名の芸術家の共通点は、「金銭」や損得を強く意識していることだろう。唯一ハドソンのみ人々を感動させる作品を創りたい、という理想に忠実で、彼が絶対的な美とみなすクリスティーナを追求するのだ。本来、美の化身、クリスティーナは、カサマシマ公爵が行ったように対価を支払い購入できる存在ではない。しかし野心家クリスティーナを「入札」するには、彼女の美に対する賞賛や彼女への愛情のみでは不十分で、これをハドソンは理解できなかった。

こうした諸問題をふまえ、なぜジェイムズは「彫刻」という題材にこだわったか考えてみる。「彫刻家はひどく特別な才能がいる。扱える題材は数少なく、人生で創作に使えるものも少ないし、彫刻家自身が本気になる雰囲気も限られている」(228-9)というハドスンの言葉から推すと、彫刻芸術は一筋縄でいかない難易度の高いジャンルであることが伝わる。一方、風景など目に見えるものが題材になる絵画は、彫刻に比べその取り組みやすさが強調される。物語ではキャラクターの中で才能あるグロリアーニとハドスンが彫刻を手がけ、傑出しているとはいいがたいブランチャードとシングルトンが画家であることは注目に値しよう。

(二) 彫刻というジャンル

「小説の技法」でジェイムズはウォルター・ベサントを引きながら、小説は、音楽や詩歌、絵画、建築と並ぶ芸術ジャンルに匹敵する旨述べるが(47)、ジェイムズから見て絵画と彫刻は並列するジャンルなのだろうか。確かにジェイムズは絵画の制作と小説の創作の類似を指摘している。「画家の技法と小説家のそれの類比は、私が理解する限り、完全です。着想は同じで、(表現手段の質が違うことを認めても) 制作過程も同様、成果も一緒なのです。互いから学ぶこともできましょうし、互いを説明し支え合うこともできます。両者の大義は同じで、一方の名誉は他方の名誉でもあります」(46)。

シングルトンは努力で才能を補える実例で、留保つきながらも、ジェイムズは画家を好意的に示す。一方で、「ロデリックが彫刻家でとても嬉しい。(中略) 絵画が優れていないというわけではないのですが、彫刻のほうがはるかに素晴らしいわ。彫刻は男性のための仕事です」というメアリの発言も示唆深い(346)。実際、彫像制作は体力が必要で、男性向けの仕事といっても過言でないだろう。スケッチから粘土で模型をつくり、それを大理石に置き換える作業は確かに重労働だ。また彫刻は、芸術作品であると同時に、写真術の発達以前、三次元をもって、あるモデルを正確に後世に伝える記録媒体だったという特徴もある。芸術には素人のメアリによる直感的な発言には、芸術におけるジェンダー適性、領域といった興味ある問題が提示されている。人物造形においてもこうしたジェンダー・バイアスは活かされており、彫刻家ハドスン、グロリアーニらは力強く、能動的で自己主張の強い男性的な印象を与える。しかし画家ブランチャードは女性であり、シングルトンは「昆虫」を想起させる外見で不様さやひ弱さが強調され、柔和な性質とあわせ女性的な印象が際立つ。

もし絵画が女性的で彫刻が男性的なジャンルならば、絵画制作と共振する小説執筆は女性的な活動ということになろう。確かに一九世紀後半には女性作家たちが活躍し、ベストセラーを出してきた事実をジェイムズも認識したはずだ。だが彼女たちの書く「商品」は大衆向けの消費物であり、芸術作品ではないとジェイムズは考えたであろう。本格的な長編小説『ロデリック・ハドスン』に取り組むにあたり、自分の仕事は男性にふさわしいもので、「女流」の仕事とは一線を画さなくては、という意識があったのではないだろうか。

さらに注目すべきは、物語中ハドスンの彫像をほかの登場人物が見る際、「写真」が用いられることだ。イタリアからアメリカの家族のもとへ、それからボストンのギャラリーに写真は回覧される。またローマでも、写真に写ったハドスン作品を人々が眺め、コメントをする。実物を直接見ずにハドスンの作品は知られていき、注文も発生するだろう。ウォルター・ベンヤミンはモンタージュの時代には一回性が重要な彫刻はその価値が凋落する旨主張するが(109)、ハドスンの作品は「写真」という「複製技術」を通じ広く流通し、評判となることが分かる。実際、センセーショナルだったハイラム・パワーズの「ギリシアの女奴隷」(一八四四—六九)は六体のレプリカが創られ英米で展示された(Kasson "Narratives" 174; Armstrong 41; 中村 56-57)。製作過程を考えても「現代」彫刻は複製度が高いことが指摘できよう。それらは粘土モデルが大理石にコピーされ、そのコピーも職人の手を借りて複数創られるからだ。ここから推すと、ハドスン時代の彫刻は、古代彫刻のように「一個」の石塊から像を刻みだしていたアウラのある芸術作品とは異なる。同時に、彫刻の写真的な特質は、詩情をかきたてず、想像の余地を与えにくい。クリスティーナは奇しくも「現代彫刻は悪趣味に見えます」、「唯一好きなものはヴァチカンの古代彫刻で一番がたがきたもの」(263)という発言をするが、ハドスン時代の彫刻とは写真という複製文化と調和して、商品化される量産芸術の先駆であることへの洞察かもしれない。したがってジェイムズが創作をする上で自分の作品が、「商品」か「芸術か」といった苦悩を考察する際、両義的な性質を持つ彫刻という表現媒体は、芸術形式の変容する時期において適当なものだったのだろう。かたや各一点が職人作業的に描かれる絵画については、小説と並べてその真価をジェイムズが評価する理由は容易に理解できる。

先ほどシングルトンを「昆虫」に例えたが、ほかにも物語中、芸術をめぐり「時間」の比喩が使われる。ハドスンがシングルトンのむらのない仕事ぶりを「チクタク」音がする「時計」に例え、皮肉っぽく評価する(485)。ハドスンは自分の天才をも「時計」になぞらえ、才能の枯渇が時計の停止に例えられる(230)。着目したいのは、ジェイムズが芸術を「時計」や「金銭」という近代資本主義的概念と結びつけていることだ。即ち、季節や太陽の動きに合わせた農耕生活でのゆるやかな時の流れは、工業化時代には、朝から夕方まで工場や会社で働き「時計」に管理されるものに取って代わられる。[10]労働の対価である「金銭」も重要で、芸術の創作においてもスケッチをため印象を集める行為、創作への努力は蓄積され「預金」となるのだ。ハドスンが創作に行き詰まった時、メアリと母に自分は「破産した」といったのも、金銭と才能が尽きたという二重の意味があるのだろう。

本来、自由でのびやかな発想の元に行われるはずの豊かな創作活動は、王侯貴族などのパトロンなき時代には、対価に見合って自分の才能を切り売りする一つの職業に変化したことをジェイムズは暗示しているといえる。その営為はインスピレーションに導かれる気ままなものでなく、機械の労働のように「むらなく」行わないと成立しない。美の追究に喜びを見いだす芸術家精神は、本来金銭的価値とは無縁なはずで、だからこそハドスンは好意を抱く相手、セシリアやクリスティーナに自分の彫像を無償で寄贈し、自分を「金銭」で束縛するストライカー像を砕き、レヴンワースの依頼を途中放棄する。しかしそのような純粋なあり方は近代資本主義時代には通用せず、物語に登場する芸術家の中でハドスンのみが理想を追う代償を払うことになる。才能が枯れた時、グロリアーニのいうように技術を芸術に組み込むことを拒否する一方、自分の手がけるジャンルは商業的な複製芸術であることに気づかない彫刻家は、自分を追いつめ宙づりになってしまうのだ。

結び

『ロデリック・ハドスン』は上記のような芸術家テーマに表れる二項対立的概念に対するジェイムズなりの解を模索し、完成した物語と思われる。物語には「ミューズ／悪女」はしたたかに生き延び、天才は精気を吸い取られ枯渇する、というメッセージもこめられている。もしかすると彫像制作が叶わなくなったハドスンは最後に自らの身体を理想的な彫像(ideal sculpture)、最高傑作として提供したのかもしれない。その不思議と損傷なき遺体は、自然が生んだ見事な作品であり、「美しい」と表現される。遺体にまつわる忌まわしさ等の否定的な観念を覆し、本来あるとされる「自然の不完全さ」も超え、美醜の境界を攪乱する一例となるのだ。その結末にも見られるように、物語に通底するのは芸術をめぐる多義的な思考で、ジェイムズは決定的な見解を極力避けているといえる。

同時にこの物語は、彫刻というアメリカ人にとっての新進ジャンルを用い、表現者としての苦悩を投影し、ジェイムズ自身の問いをたて創作への足がかりをつかんだ作品とも呼べよう。本稿の芸術家テーマ問題を扱った際は触れずにきたが、『ロデリック・ハドスン』には、ジェイムズ自身が前書きで指摘するように、後のジェイムズ作品のひな形となる要素が多々見られる(xvii-xx)。国際状況はもちろんだが、国籍離脱者マレットの「意識」のドラマ、クリスティーナやグロリアーニという再登場人物の造形、メアリに見られる純朴なアメリカン・ガール像やクリスティーナのような円熟期で開花する悪女たちの系譜を生み出す。ほかにはハドスンが遭難する場面で、『鳩の翼』(一九〇二）でも用いられる嵐の場面のメロドラマ的用法が試みられる。「小説芸術」というジャンルを一流のものにしようという、ジェイムズの野心や矜持が感じられる。先述したジャンル対比ではないが、女性作家の書く大衆向け商品でなく、また大量生産される複製芸術としての彫刻とも異なり、一つ一つが念入りな技巧をもつ高品質な「小説」という芸術作品を自分は創る、という作者の強い意志が感じられる。

トーマス・クロフォードの場合、実際には才能が枯渇したわけではなく、過労が原因で短命だったと思われる。彼は自分の好きな道を切り開き、それを情熱的に追求し、家庭的にも恵まれた。密度の濃い、ある意味公私共に羨望される人生を歩んだといえよう。「芸術家小説」を創作しながら、ジェイムズはハドスンにクロフォードのような成功、名声や満足を与えなかった。この裏にはクロフォードの劇的人生への密かな嫉妬心や、アウラのなくなった芸術と称される彫刻ジャンルへの批判があったのかもしれない。『ロデリック・ハドスン』はクロフォードの実人生とジェイムズによる創作を絶妙な比率であわせた「混合物」であり、作品中で芸術家テーマ諸問題の二重性を帯びた価値観が繰り返し提示されたように、リアルとフィクションの境界は常に曖昧である。だがトーマス・クロフォードの存在なしでは『ロデリック・ハドスン』は誕生しなかっただろうし、ジェイムズはここで自在な錬金術師の腕を発揮し、小説芸術への境地を拓いたことは間違いないだろう。

＊本稿は二〇一四年八月三十日に行われた第四回「ヘンリー・ジェイムズ研究会」での口頭発表に加筆・修正を加えました。また本研究は JSPS 科研費 JP26370333 の助成を受けたものです。ご講評下さいました皆様に感謝申し上げます。

注

（1）アデリン・ティントナーも "*Roderick Hudson*" で同論文を好意的に紹介する。以後、本稿でゲイル論文に言及する際、"*Roderick*" と略し括弧内に頁数を記す。

（2）ピエール・A・ウォーカーとグレッグ・W・ザカリアスが編集し、ネブラスカ大学出版局から現在刊行中の全書簡集 (*The Complete Letters of Henry James*) が好例である。マイケル・アネスコは *Monopolizing the Master* で、レオン・エデルのジェイムズ書簡独占をはじめ、いかにジェイムズの伝記的研究が周囲の関係者により影響され、近年ようやく自由に研究できるようになったかを解明している。

（3）クロフォードの伝記について、ゲイルによる著作以外は Fairman, Osgood, Hicks, Hillard による文献を参照した。

（4）ヘンリー・ジェイムズの『ロデリック・ハドスン』のテクストは『ニューヨーク版』の第一巻を用いた。以下、同作品からの引用は頁数のみを括弧内に記す。日本語訳は拙訳による。

（5）ウォード家は一族からロードアイランド州総督を二名輩出し、ロジャー・ウィリアムズとも遠縁である。ルイザの姉は北軍軍歌 "The Battle Hymn of the Republic"（一八六二）で知られるジュリア・ウォード・ハウ (Julia Ward Howe) (Pilkington 18)。

（6）該当箇所の原文は次のとおり。"There in the twilight cold and gray, / Lifeless, but beautiful, he lay, / And from the sky, serene and far, / A voice fell, like a falling star, / Excelsior!" ("Excelsior" 23)

（7） 画家としてはテリーもまたシングルトンのように素描を得意とするが、題材は風景というよりラファエロ的な画風で宗教画や寓意画、人物像を描いていた (Chanler 3-6)。

（8） 画家のミリアムは次のように語る。「でも（現代）彫刻の抱える困難さは、肖像彫刻をのぞいて彫刻が現代芸術のなかで何の地位もしめる権利がもはやない、という私の信念を確かなものにします。ジャンル自体が使い古されてしまい、ほとんど終わりに来たのです。近頃、彫刻の新流派は決して出ないし、新たな姿勢といえるものさえない。グリノー（功労者から例をとっていますが）は何ら目新しいものを想像したわけではないし、仕立て方の線を別としてクロフォードも同様です。あなたも認めるでしょうが、世界で明らかに独創的な彫像や流派といえるものはせいぜい五、六です。そしてこれらの数少ないものは太古からのものなのです」（拙訳、*The Marble Faun* 955-56）。

（9） 議事堂上の「武装した自由の女神」像、白人が荒野を開拓し、先住民が追われる様子を描いたペディメント「文明の進歩」、「正義と歴史」を表す寓意的な女性の像、アメリカの歴史を描いた「ブロンズ扉」のレリーフが採択された。

（10） この問題については鈴木透の論考から大いに啓発された。ほかには真木悠介『時間の比較社会学』の第五章「時計化された生―時間の物神化」(282-298) で言及される。

引用文献

Anesko, Michael. *Monopolizing the Master: Henry James and the Politics of Modern Literary Scholarship.* Stanford: Stanford UP, 2012.

Armstrong, Tom, et. al. *200 Years of American Sculpture*. New York: Godine and Whitney Museum, 1976.

Benjamin, Walter. "The Work of Art in the Age of Its Technological Reproducibility." 2 nd version. *Selected Writings Volume 3 1935-1938*. Ed. Howard Eiland and Michael W. Jennings. Trans. Edmund Jephcott, Howard Eiland, et al. Cambridge, Mass. and London: Belknap P of Harvard UP, 2002. 101-133.

Born, Brad S. "Henry James's *Roderick Hudson*: A Convergence of Family Stories." *The Henry James Review* 12.3 (1991): 199-211.

Chanler, Mrs. Winthrop. *Roman Spring: Memoirs*. Boston: Little, Brown, 1934.

Dunbar, Viola R. "A Source for *Roderick Hudson*." *Modern Language Notes* 63.5 (1948): 303-310.

Fairman, Charles Edwin. *Works of Art in the United States Capitol Building: Including Biographies of the Artists*. Washington, D. C.: Government Printing Office, 1913.

Gale, Robert L. "*Roderick Hudson* and Thomas Crawford." *American Quarterly* 13 (1961): 495-504.

——. *Thomas Crawford: American Sculptor*. Pittsburgh: U of Pittsburgh P, 1964.

Hawthorne, Nathaniel. *The Marble Faun* in *Collected Novels*. New York: Library of America, 1983.

Hicks, Thomas. *Thomas Crawford, His Career, Character, and Works: A Eulogy*. New York: Appleton, 1858.

Hillard, George S. "Thomas Crawford: A Eulogy." *The Atlantic Monthly* 24 (July, 1869): 40-54.

James, Henry. "The Art of Fiction." *Literary Criticism Volume One: Essays on Literature, American Writers, English Writers*. Ed. Leon Edel. New York: Library of America, 1984. 44-65.

——. *Roderick Hudson* in *The Novels and Tales of Henry James*. 26 vols. New York: Scribner's, 1907.

——. *William Wetmore Story and His Friends: From Letters, Diaries, and Recollections*. 2 vols. New York: Grove P, 1903.

Kasson, Joy S. *Marble Queens and Captives: Women in Nineteenth-Century American Sculpture*. New Haven and London: Yale UP, 1990.

——. "Narratives of the Female Body: *The Greek Slave*." *The Culture of Sentiment: Race, Gender, and Sentimentality in 19th Century America*. Ed. Shirley Samuels. New York and Oxford: Oxford UP, 1992. 172-190.

Longfellow, Henry Wadsworth. *Poems and Other Writings*. New York: Library of America, 2000.

Osgood, Samuel. *Thomas Crawford and Art in America*. New York: John R. Trow & Son, Printers, 1875.

Pilkington, John, Jr. *Francis Marion Crawford*. New York: Twayne, 1964.

Tintner, Adeline R. "*Roderick Hudson*: A Centennial Reading." *The Henry James Review* 2.3 (1981): 172-198.

鈴木透「最適化への欲望―産業社会の到来と時間・空間・身体をめぐる想像力」日本アメリカ文学会第四九回全国大会、二〇一〇年十月九日。

――「時計、石鹸、星条旗―産業社会の出現とアメリカ的身体の形成過程」『民族の表象―歴史・メディア・国家』羽田功編、慶應義塾大学出版会、二〇〇六年。一五五―一八九頁。

中村善雄「沈黙のスペクタクルとトランスする人種、階級、ジェンダー―白い奴隷エレン・クラフト」『越境する女―19世紀アメリカ女性作家たちの挑戦』倉橋洋子他編、開文社出版、二〇一四年。四六―六五頁。

真木悠介『定本真木悠介著作集Ⅱ　時間の比較社会学』岩波書店、二〇一二年。

復讐を描く／画く
——ジェイムズの小説と絵画の芸術的表現手段——

中井誠一

序

ヘンリー・ジェイムズには、画家が主人公、あるいは主要人物として登場する作品が多数ある。また、『アトランティック・マンスリー』や『ニューヨーク・トリビューン』に数回の美術評を載せるなど、実際にもジェイムズの美術への関心は広く、造詣も深い。青年期に、ラファエロ前派の画家ウィリアム・ホルマン・ハントに師事していた兄ウィリアムに付き添ってニューポートのアトリエを訪れ、その雰囲気に恍惚として浸っている様子が自伝に綴られているように、美術作品や画家への接触やジェイムズ一家の美術への指向性などが後年のジェイムズの芸術観を形成し、美術的モチーフを鏤めた数多の作品を生み出すことに寄与したことは疑いない。

しかし、そうした状況から生み出された小説作品のテーマは一様ではない。『悲劇の美神』のように〈芸術と現実世界との相克〉を描く小説から、「未来のマドンナ」のように〈不毛な芸術的情熱〉

を例示する短編など、明確に思えるテーマの作品を拾い上げてみても、美術を取り上げるジェイムズの筆が単に美術の礼賛に終わることはない。しかも、表面上芸術の勝利を描いたように思える作品のいくつかは、その背後に別のモチーフを胚胎していると思われる。そのモチーフの一つが「復讐」である。この小論では、ジェイムズの短編「ほんもの」を中心に、「ある傑作の話」、そして「嘘つき」を取り上げ、それぞれの物語の中で、登場人物の画家が、表層の「語り」の下に伏在するルサンチマンを晴らすために密かな「復讐」を行っている（あるいは、行っていない）ことを検証し、実際の美術史上の出来事を援用しながら、ジェイムズの、小説と絵画の芸術的表現手段としての〈性格描写〉を考察してみたい。

一　階級のルサンチマン

「ほんもの」は、一八九二年『ブラック・アンド・ホワイト』誌に発表され、翌年、短編集『「ほんもの」とその他の作品』に収められた。ノートブックによれば、ジェイムズは、画家のジョルジュ・デュ・モーリエから聞いた、モデル志望の夫婦についての話からこの短編の着想を得たという。またニューヨーク・エディションの序文でも同様のことが述べられているが、それらの記述から、この作品は、芸術は素材よりもその表現されたものが重要であるというジェイムズの芸術観を典型的に示したものと考えられる。しかも、興味深いのは、芸術の中における逆転現象が、部分的に現実に影響を及ぼし、終盤にはモナーク夫妻が労働者階級のモデルの世話をし始めるという、実際的な逆転状態となって現れる点である。あたかもジェイムズは、芸術による実人生への勝利を暗示しているようにさえ感じられるのである。

この作品に対する批評は、ほぼこうした「芸術と実人生」の観点から解釈されており、たとえばアール・レイバーは、社会的、審美的、倫理的な段階で見られる物語内での変化を論じ、最終的に画家がモナーク夫妻への同情を示すことで、芸術家としての「真の偉大さ」を獲得したとして、この作品の倫理的価値を強調している (Labor 29-32)。また、近年では、この作品の直前にあった王室の小スキャンダルの影響を読み取る論 (Tintner 253-258)、物語を一つのメタフィクションとして見る論 (Wiesenfarth 236-237) など、ジェイムズの作品によく見られる多種多様な解釈がされているが、〈芸術と実人生の逆転〉という基本的な枠組みは変わっていないようである。

しかし、作家中村真一郎がこの作品について、「どんな卑しい仕事でもやろうとしている中年夫婦の、哀れな行状を描くという、レアリスムの風俗小説の意図と、芸術における「モデル」と「作品」との逆説的関係についての寓話的意図とは、作品のなかで奇妙に分裂していて、それが読んでいて、居心地の悪さを感じさせる」（中村 181）と述べているように、読者の側に、こうした逆転現象に対する違和感が残ることも確かである。違和感の最大の要因は、地位の逆転に対する画家の不可解な態度であろう。彼は、この夫婦が絵の素材として使い物にならないだろうという予想を持ちながら、優柔不断に彼らを使い続けるのである。また、先に引用した「当てにならない芸術的世界においては、最上の紳士淑女であっても絵にならないこともある」という画家の最終的な言い分はもっともらしいが、そもそもどのようなモデルであれ、それを一個の芸術作品として昇華させるのが真の芸術的才能ではないのかという素朴な疑問も浮かび上がる。画家は本当に、自ら述べているように、夫妻に対する同情心から使い続けているのだろうか。

この作品は一人称限定視点で書かれているが、確かに表面上は、彼の観察眼が大きく歪んでいる点は見当たらないし、『ねじの回転』の女家庭教師のように、他の登場人物の会話と話が食い違うところもないようである。しかし、よく注意してみると、物語全般を通じて語り手である画家の個人的な感想の中に、ある夾雑物が含まれていることに気付く。それは上流階級に対する反感である。もし夫妻に対する反応が純粋に芸術的見地から出ているものならば、彼らが上流階級であることは問題にはならないはずで、本質的にはモデルとして画家のインスピレーションを刺激するのかどうかが問われるべきであろう。ところが画家は、彼らが上流の出身であるがゆえに、その貴族性に対する錯綜した反感を頻繁に示しているのである。

最初に夫婦がアトリエに現れたとき、肖像画を依頼しにきたと思い込むほど、彼らの風体は紳士淑女然としていた。画家には挿絵画家から本格的な肖像画家へと転身したいという願望があり、千載一遇の機会かと胸を躍らせる。ところが、期待に反して、彼らがモデル志願と分かると、画家はひどく落胆する。そして、働くことが上流階級失格ともいえる時代に、生活の糧を得るためモデルとして雇ってもらう申し出をしなければならないという屈辱から、意識的に低姿勢をとるモナーク夫妻の様子を画家は次のように描写する。

彼らは明らかに慎重に振舞おうと、家柄がよいからといって威張ったりしないようにと気をつけていた。私には、上流出身であることがむしろ欠点になると、彼らがすすんで認めるようにさえ思えた。同時に、自分たちには利点があるという自信を胸に秘めていて、それが逆境の際の慰めになっていることも推察できた。たしかに彼らに利点はあるのだが、それは社交界でのみ通用するもので、たとえば応接間を立派に見せるのには役に立つだろう。しかしながら、応接間というものはいつだって絵になるものであるし、またそうあるべきなのだ。(311)

こうした画家の感想は、後半部の部屋の構図を連想させる表現によって美術的批判のように見えるが、実際には、階級的批判を示している。

確かにモナーク夫婦は自分たちが上流出身だという強い矜持を抱いていて、「私たちのような人たちを画かなければならないときには、私たちを使えばそれらしくなると思いますよ。妻などは本に出てくる貴婦人そのものでしょう」(312)と、自分たちを、ほんものの上流人士を画くのにぴったりのモデルだと売り込む。モナーク夫妻の立場からすれば、こうした言動はごく自然のものかもしれないが、夫婦で互いに褒めあう様子とその自信は、一方で画家の階級意識を刺激することになってしまう。

彼らは、批判が暗黙のうちに行われる社交の場でしか会いそうにない人たちなのだが、私はモナーク夫人を使いものになりそうか見定めて、しばらくすると確信を持って言った。「ええ、本当に本の中に貴婦人のようです。」彼女はまったくひどい挿絵そのものだった。(312)

表向きは、夫人のことを「本に出てくる貴婦人のよう」だと褒めていながら、すぐ後に、心の内で「ひどい挿絵」のようだと貶す。夫婦に対する画家の感想は、実はこうした賞賛と批判がほとんど常に表裏一体となって示されている。ここには、画家の階級的劣等意識を抑圧した複雑な心理状態が暗示されている。同じことは、彼らの雑談の話題に関しても指摘できる。画家は、モナーク少佐の話題が自分の関心となかなか噛み合わないことを意識している。夫妻が知人の話をしても画家は上流社交界の人士をほとんど知らないのである。社交界の話題が無駄だと分かると、モナーク少佐は画家の話せる話題へと「何の苦もなくレベルを下げる」(325) のである。また、夫人の控えめな態度に対しては、あからさまに自虐的な評価を下す。

> 彼女は、自分も少佐も雇われているだけで交際を求められているわけではないということをはっきりさせておきたかったのだ。彼女は、分をわきまえていられる雇い主として私を認めはするが、対等な相手として相応しいとは決して考えていない。(326)

これはあくまで画家の一方的な見方にすぎない。彼自身が先ほど観測した通り、婦人の謙虚さは、恥の意識から出ていると考えるほうが自然なのだが、画家は、夫人が自分を交際するほどの人間だと見なしていないからだと断定している。

また、画家の階級意識からくる反発をより直截的に吐露した部分がある。モナーク夫人の姿に多様性がなく、どう画いてみても写真か写真の模倣のように見えてしまい、うまくデッサンできないと慨嘆する一方で、画家は、さりげなく彼女の淑女然とした様子への憤懣をすべり込ませている。

彼女は、わたくしはまさにほんものですよと自信に満ちた落ち着きを見せているので、時には身をよじりそうになることもあった。自分たちがこうしてあげているのは、画く私にとって幸運なのだと言わんばかりの態度を取るのである。(326-27)

さらに、知人の美術評論家ジャック・ホーリーがアトリエで夫妻に出会ったとき、語り手はホーリーの冷淡な様子を次のように描いている。

ホーリーは、広い部屋の向こう側から彼らを、何マイルも離れているかのように眺めた。彼らはこの国の社会制度の中で、彼が最も嫌うものの代表なのであった。因習やエナメル靴を好み、会話の腰を折るように声を高めたりする。そんな連中はアトリエに用はない。アトリエは物を見る目を養うところであり、羽根布団の中にいて、どうやって見る目など養えるのだ。(340)

ここには明らかに上流社会への積年の怨恨が感知できる。この描写は、語り手がホーリーの気持ちを読んだものとして描かれているが、実際には、ホーリーのモデル批判に見せかけた画家本人の言説であり、彼の階級的ルサンチマンの根深さをさらに証明するものになっているのである。

このように、過剰とも思える画家の階級劣等意識は、実際は、至る所で小さな唸りを発している。しかし、それは、画家が声高に語る絵画理論やアマチュアリズムへの批判の騒音にかき消されて、読者の耳には余り聞こえてこないのである。そして、このような階級意識を軸に、もう一度この短編を読み直してみると、この作品に潜む隠れた物語が浮き彫りになってくる。それは「復讐譚」である。

二　復讐する画家

　モナーク夫妻が最初からモデルとしてものにはならないと予想しながら彼らを使い続け、最後には、下層階級出身のチャームや得体のしれないイタリア移民のオロンテとの立場が、絵画の中だけでなく、現実の状況においても逆転してしまうというやや奇異なプロットは、画家の階級劣等意識が、彼らをそのような不名誉な屈辱的立場に追いやり、上流階級に対するルサンチマンを個人的な復讐として果たしていると解釈すれば、その不自然さはかなり解消される。

　ここで小論の当初の疑問点である、画家の芸術的才能について検討してみよう。というのも、この物語の主要なテーマとされる、芸術における地位の逆転は、ひとえにこの画家の芸術的インスピレーションがモナーク夫妻からは受けられないという点から始まっているからである。語り手である画家が何度も述べるその「事実」は、いかにも芸術家的な言説として納得してしまいそうだが、モナーク夫妻からの芸術的インスピレーションの言及は、上述のように、ほとんど、夫妻に対する階級的反感や批判の描写と並列して提示されている。また、画家の言説の正当性を支援するように思える、外面より内面を重視する描写こそが重要なのだという彼自身の絵画理論は、別な観点から見れば、自分の技量のなさを糊塗するための弁明とも受け取れる。自らも述べているように、彼は「偉大な肖像画家の名声」を夢見る「挿絵画家」にすぎないのである。実は、モナーク夫人をいくらデッサンしても写真かその模写のようになってしまうと嘆く前述の引用の合間に、語り手は「これは私の問題で、ポーズの取らせ方次第だといえるかもしれない」(326) と述べて、うまく描けないのは自分の責任である可能性をさりげなく吐露しているのである。

こうした画家の複雑な心理を前提とした上で、彼が夫妻の絵をうまく描けない理由に対するもう一つの解釈が成り立つ。それは、密かな階級的反発心を抱いている画家が、意識的にせよ無意識的にせよ、夫妻がモデルとなっている絵をより拙劣に画いたということである。そうすることで、うまく画けないのは自分の才能不足のせいではなく、モナーク夫妻が結局モデルとして役立たずだからだと自らが納得し、さらにはそれを他人（たとえばホーリー）に示すための「客観的な」根拠にできるからである。そしてまた、そうすることで夫妻に対しても、〈上流人士のモデルとしての欠格〉と〈階級的逆転状況〉という二重の復讐の効果をもたらすことになるからだ。だからこそ画家は、いわゆる「ホーリーの警告」にも拘わらず、夫妻を追い出そうとはしないのである。

そして、画家のアトリエで当てもなく仕事を待ち続ける夫妻が、まるで「宮廷の控えの間で辛抱強く待っている廷臣たち」(339) のように見える屈辱的な状況が周到に作り出されていく。画家は、現実における階級の逆転状態の設定を巧妙に準備しているのである。その決定的瞬間は、ある冬の晩に訪れる。モデルのオロンテにポーズを取らせている最中、モナーク夫妻が愛想笑いをしながらアトリエにやってくる。そのうちにティータイムになるのだが、オロンテのポーズを中断させたくなかった画家は、代わりにモナーク夫人にお茶の用意を頼むのである。それが上流階級の婦人に対してどのような意味を持っているのか、もちろん画家にはよく分かっており、その瞬間モナーク夫人の顔色が変わるのを、彼は見逃さない。この後も画家の復讐心は隠された旋律を奏で続ける。彼は、「彼女は健気にも私のために大変な努力をしたのだから、何か償いをしてやらなければならないと私は気付いた」(341-42) と、夫人たちに「埋め合わせ」をすべきだと考えるが、モデルの仕事は決して与えないのである。夫妻は自分たちの悲惨な立場を痛感し、生きていくために召使のような仕事を申し出て、画家はきまり悪そうに笑いながらそれを認める。屈辱的な仕事をさらに一週間させた後、彼は最終的に、金を渡して夫妻をアトリエから追い出してしまう。こうして彼の復讐譚は、「二人の思い出のためなら、犠牲を払ったことを私は悔やまない」(346) という自己犠牲に偽装した美辞を残して終わりを告げるのである。

三　恋愛のルサンチマン

それでは、画家の復讐というモチーフを掲げたまま、今度は違う種類のルサンチマンを他の作品から例示してみたい。それは「恋愛のルサンチマン」であり、それを扱った原初的な作品として「ある傑作の話」(一八六八) を取り上げてみよう。この短編の主人公はジョン・レノックスとマリアン・エヴェレット、そして画家のスティーヴン・バクスターである。魅力的な美しい女性エヴェレットとニューポートでもうすぐ結婚式をあげるレノックスは、画家のバクスターと知り合い、彼のアトリエで彼女を髣髴とさせる肖像画を見つける。バクスターとエヴェレットは、一時は婚約までしていたのに、彼女の浮気の噂から喧嘩別れをして、それ以来音信不通になっていた。彼女に再会したバクスターは、かつて愛した女性が幸せな結婚を迎えようとしていることに複雑な思いを抱いている。そうした二人の関係を知らないレノックスは、バクスターにエヴェレットの肖像画を依頼するのだが、バクスターは、画家の務めとしてエヴェレットのすべてを画こうと決め、それには当然彼自身が経験した「無邪気な浮気性」とでもいうべき彼女の性格描写が含まれることになる。完成した肖像画を見たレノックスは、その傑作に感嘆しながらも、画かれたエヴェレットの様相に不快な要素を見出す。バクスターとエヴェレットがかつて恋人同士だったことを知ったレノックスは、思い悩んだ末、絵が完成した後、自らの手でその肖像画を切り裂いてしまう。

完成直前にアトリエを訪れたレノックスは、バクスターの面前で、肖像画が気に入らなかった理由について、「君は彼女を愛していた。でも彼女は君には無関心だった。そして今、君はその復讐をしているんだ」(288) と主張する。悲しみと怒りに興奮したレノックスに対して、バクスターは当惑した笑いを浮かべながら「これは見事な復讐だと、あなたは認めるのですね」と答える。つまり、かつて愛した人が幸せな結婚をしようとしていることにルサンチマンを抱いている画家が、性格描写の肖像画を画く技法を駆使して、彼女の移り気な性質を密かに暴露するという復讐を行っているということである。そして、一見画家はそれを率直に認めているようでもある。しかし、画家のこの態度にも拘わらず、実は、バクスターがエヴェレットに復讐するつもりで故意にそうした肖像画を画いたという「事実」は、この短編においてはかなり微妙に扱われている。

語り手は、バクスターの肖像画制作に関する姿勢を、「素晴らしい肖像画を画こうということ以上の意図をスティーヴンはまったく持っていなかった」(286) と述べて、次のように続ける。

バクスターの関心事は、仕事をりっぱに仕上げることだけだった。魅惑的なマリアンの顔に昔彼が興味を持っていたその分だけ、彼の仕事は素晴らしい仕上がりとなった。性格描写のあの力を、そして彼の友人［レノックス］の注目を惹きつけたあの現実の深みを、彼が実際に肖像画の中に注ぎ込んだことは紛れもなかった。しかし、彼はまったく意識せず悪意を持たずにそうしたのだった。(287)

つまり、画家が「真実」の絵を画こうとすれば、モデルに対する客観的な観察の上に自分の経験が加味されるのは必然と言ってよい。それは「悪意を持たずに」なされたことで、結果的にレノックスを傷つけることになったとしても、彼の行為は真の意味で復讐とは言いがたいのである。この作品では、表面上「復讐」という言葉が使われ、それが一つのモチーフになっているように見えるが、その扱いはかなり相対的なものとなっているのである。

次に取り上げる「嘘つき」(一八八八)は、登場人物の関係や出来事、そのテーマにおいて、「ある傑作の話」との関連性が指摘されている。主人公は、キャパドーズ大佐とその妻のエヴェリーナ、そして昔エヴェリーナに求愛し断られた画家オリヴァー・ライオンの三人となっており、「ある傑作の話」とほぼ同じ人物設定になっている。違っているのは、ライオンが画くのは夫人ではなく、夫のキャパドーズ大佐の肖像画であることである。

ライオンは、ある貴族の肖像画を依頼されて彼の屋敷を訪れるが、そこで彼は、宿泊客の中に、以前結婚の申し出をしたあげくに断られてしまったエヴェリーナを見出す。彼女は、美男子で話好きのキャパドーズ大佐の妻になっている。仲睦まじい二人ではあるが、陽気に喋る大佐とその周囲の様子に画家は何かしら違和感を抱く。そのうちに彼は、キャパドーズ大佐が、一部の人から「嘘つき」と蔑まれていることを知る。無邪気な内容ではあるにしても、話を膨らませるためにキャパドーズは大嘘をつき、それが人々の顰蹙をかっているというのである。その後、ライオンは成り行きで、大佐の肖像画を画くことになるのだが、その肖像画は、彼の内面、つまり〈嘘つき〉であることが明確に露呈するような性格描写の絵にするつもりであった。その肖像画がほぼ完成したある日、休暇から戻ってきたライオンは、自分のアトリエにキャパドーズ大佐とエヴェリーナがいるのを知り、階上から様子を窺う。エヴェリーナは肖像画を見て泣き崩れ、夫の内面が絵に「すべて表れてしまっている」(374)ことを嘆く。大佐は、状況がよく分からないまま、アトリエを去る前にその肖像画をずたずたに切り裂いてしまう。

発表当初は、主人公オリヴァー・ライオンに寄り添った三人称限定視点の語り手の〈語り〉をそのまま受け入れ、〈嘘つき〉の大佐と、その影響を受けて同じく〈嘘つき〉に堕してしまったエヴェリーナを批判する道徳的・表面的な解釈が主であった。しかし、ジェイムズ作品見直しの波を受けて、この作品も一人称や三人称で語られている物語の〈視点〉を問題とする解釈がされるようになる。マリウス・ビューリーが『複雑な運命』でライオンの嘘と罪を暴き、ウェイン・ブースが『小説のレトリック』でこの作品を取り上げ、ライオンの嘘を詳しく検証したのは周知のことである。つまり、かつて自分の結婚の申し出を断ったエヴェリーナが、人を傷つけるようなひどいものではないとはいえ、人前で臆面もなく嘘をつくような男と結婚していることに対する嫉妬心が、ライオンを〈悪意ある嘘つき〉にしているのではないかという解釈である。そうした観点から見ると、この作品も、自分を拒絶した女性に対する「絵画による」密かな復讐の物語として捉えられることが可能である。画家ライオンに寄り添った語り手は、彼が抱くルサンチマンを物語の表面上露呈させてはいないが、詳細に検討してみると（中井 99-104）、「ほんもの」と同様に、そして「ある傑作の話」とは逆に「復讐」の直接的な言及はないにも関わらず、画家ライオンの語りと行為のベクトルはひとえにその方向に向かっていることが了解されるのである。

四　小説と絵画の表現手段の〈越境〉

ここで、こうした作品の理解をさらに深めるために、彼らのような画家が活躍した時代の画壇における、ある出来事を取り上げてみよう。十九世紀は近代産業社会の発展の中で、画家の社会的地位が大きく変化した時代であった。それはたとえば、画家とパトロンの関係にも多大な影響を及ぼしている。近代以前であれば、パトロンは王侯貴族や教会、大商人で、ラファエロなど一部の画家を除き、その関係は絶対的なものに近かったが、この世紀にはジャーナリズムや出版メディアの発展と、美術館や展覧会制度の確立により一般大衆もパトロンとしての一翼を担えるようになり、版画のように比較的廉価な美術品を買う層も広がっていった（高階 115-16）。ただし、油絵や肖像画の注文などの本格的な顧客にはそれ相当の財力が必要となり、貴族階級や富裕な商人の果たす役割はまだ大きかった。「ほんもの」の語り手である挿絵画家も夢見ているように、肖像画家として名をなすことは、この時代でも大きな名誉であった。しかし、こうした画家とパトロンの関係は、当然ながら、良好に進む場合ばかりではなく、時には互いの思惑の違いから信頼が揺らぐような事態を招くことがある。ヴィクトリア朝においてのその好例が、ジェイムズ・マクニール・ホイッスラーとフレデリック・リチャード・レイランドの間の不協和音である。

画壇の異端児として知られていたホイッスラーは新興海運実業家のレイランドに長年支援を受けていた。二人の円満な関係は十年近くに及んだが、現在はフリーア美術館に移設されている『青と金色のハーモニー──ピーコック・ルーム』の室内装飾に関する行き違いから互いの信頼関係は崩れ、最終的には金銭的な縺れもあって絶縁状態に及んだ。しかし、事態はこれに留まらなかったのである。その後、美術批評家ジョン・ラスキンが彼の作品を酷評したことに激怒したホイッスラーは、イギリス近代美術史上名高い名誉棄損裁判を起こした。結局彼は勝訴するものの、かさんだ訴訟費用のおかげで破産の憂き目にあう。ここで問題となるのは、そのとき債権者の一人としてレイランドが乗り込んでくるのが確実であることを予期して、ホイッスラーが意図的にアトリエに一枚の絵を残したことなのである。それはレイランドを、金貨のうろこで全身を覆われた醜悪な鳥の姿に模した不気味な作品「金のかさぶた」（一八七九）であった。つまりホイッスラーは「金のかさぶた」という、守銭奴のイメージを鏤めた悪意のある作品をレイランドに見せつけることによって、『ピーコック・ルーム』をめぐる一連の騒動に対する怨恨の報復を行ったのである（小野寺 337-39）。

ラスキンとホイッスラーの両者を知り、名誉棄損裁判に関しては、ホイッスラーを支持する記事を『ネイション』誌に書き、彼の作品に対して賞賛も批判も表明していたジェイムズが、『ピーコック・ルーム』騒動とその顛末である「金のかさぶた」事件を知っていた可能性は高いといえよう。

ここには、画家とそのモデル、そして〈絵画による復讐〉という、この小論で取り上げたモチーフとの共通要素が見出されるのである。ウィーン大学の講堂の天井画を巡って依頼者の大学側と対立したグスタフ・クリムトによる報復的作品「金魚」のように、絵画を通じた画家の復讐という発想は、実は特別なものではない。近世以前のパトロンに対しては考えられなかったそのような報復行為は、十九世紀以降の近代社会では、階級や財力といった〈権力〉に対するささやかな対抗手段として取ることが可能になった、という社会的背景も読み取れる。

ここで、小論で取り上げたジェイムズの作品の年代を考察してみると、興味深いのは、「復讐」という語が作品の中で明瞭に使われているにも関わらず、実際には画家の復讐のモチーフは確定できず相対的に扱われている「ある傑作の話」は「金のかさぶた」事件以前の作品であり、事件以後に書かれた二作品では、逆に「復讐」の言葉は物語の表面上まったく現れていないにも関わらず、そのモチーフは密かに作品全体に通底している。ジェイムズが実際に「金のかさぶた」事件に言及している文献は見当たらないものの、こうした関連事実を勘案してみると、彼がその事件を手掛かりに〈絵画による復讐〉を、以降の自分の二つの作品の隠された絵模様として利用したのではないかという仮説が立てられるかもしれない。

だが、こうした復讐を画いた現実の絵画を参照した後で、最も興味深く思えることは、絵画の〈性格描写〉に対して抱く、ジェイムズの根強い信頼、あるいは重点化である。たとえば「嘘つき」では、依頼された肖像画に意図した性格描写を加えることによって復讐が成り立っている。画家は、出来上がった肖像画の性格描写がその絵の鑑賞者に対して秘められた性格を暴露するであろうことを自明としているのだ。しかし、実際にホイッスラーが「金のかさぶた」で施したような著しいデフォルメもなしに、キャパドーズ大佐の〈虚言癖〉を通常の肖像画において表現し、それを鑑賞する者が感得することはかなり困難といわざるをえない。たとえ画家の方にそれだけの優れた技術があったとしても、それを見抜くには、絵の観察者にも極めて鋭敏な鑑賞眼が必要となるであろう。しかるに「嘘つき」ではキャパドーズ夫人が明確に、そして「ある傑作の話」ではエヴェレットの婚約者が漠然と、絵画に潜在する性格描写を見抜くのである。つまり彼らは、画家の画く隠された意図を感得する真の鑑賞者ということになる。そしてその見方は、ジェイムズとその読者についても言えるであろう。彼は、優れた小説技法を駆使して、画家とモデルの表面的な物語の中に画家の〈性格描写〉を織り込み、それを感得する者だけが読める「復讐譚」を紡ぎだしているからである。画家が絵画の中で〈見えない〉復讐を画くように、作家は物語の中で〈読めない〉復讐を描き出す。ジェイムズは絵画と小説双方における〈性格描写〉の重要性とその効果を熟知している。彼は自らの芸術的表現手段を軸にして、両ジャンルの境界を自由に〈越境〉していると言えよう。そしてそれは、長年に渡る絵画への傾倒に裏打ちされているのである。

引用・参考文献

Gale, Robert. *A Henry James Encyclopedia*. New York: Greenwood P, Inc., 1989.

Gargano, James W. "The "Look" as a Major Event in James's Short Fiction," *Arizona Quarterly* 35 (1979): 303-320.

Hocks, Richard A. *Henry James: A Study of the Short Fiction*. Boston: Twayne Publishers, 1990.

James, Henry. "The Real Thing." *The New York Edition of Henry James*. Vol. 18. New York: Augustus M. Kelly Publishers, 1971.

——. "The Liar." *The New York Edition of Henry James*. Vol. 12. New York: Augustus M. Kelly Publishers, 1971.

——. "The Story of a Masterpiece." *The Complete Tales of Henry James*. Vol. 1. Ed. by Leon Edel. Philadelphia and New York: J. B. Lippincott Company, 1962.

Labor, Earle. "James's 'The Real Thing': Three Levels of Meaning." *Twentieth Century Interpretations of the Turn of the Screw and Other Tales*. Ed. by J. P. Tompkins, Prentice-Hall, 1970.

Powers, Lyall. "Henry James and the Ethics of the Artist: 'The Real Thing' and 'The Liar'," *Texas Studies in Literature and Language* 3 (1961): 360-368.

Sweeney, John L. Sel. and ed. *The Painter's Eye: Notes and Essays on the Pictorial Arts by Henry James*. Madison, Wisconsin: The U of Wisconsin P, 1989.

Tintner, A. *The Pop World of Henry James: From Fairy Tales to Science Fiction*. Ann Arbor: UMI Research P, 1989.

Wiesenfarth, Joseph. "Metafiction as the Real Thing." *The Finer Thread, the Tighter Weave: Essays on the Short Fiction of Henry James.* Ed. by Joseph Dewey and Brook Horvath. West Lafayett, Indiana: Purdue UP, 2001.

小野寺玲子「ヴィクトリア朝のニュー・リッチとアーティスト」『イメージとパトロン――美術史を学ぶための23章』浅井和春監修、ブリッケ、二〇〇九年。

清水一嘉『挿絵画家の時代――ヴィクトリア朝の出版文化』大修館書店、二〇〇三年。

高階秀爾『芸術のパトロンたち』岩波書店、一九九七年。

中井誠一「Henry James の作品における〈退場〉する女性と読者の評価―― "The Liar" を中心として――」『甲南英文学』一九号、二〇〇四年。

中村真一郎『小説家ヘンリー・ジェイムズ』集英社、一九九一年。

ジェイムズの劇作への挑戦と挫折をめぐって
――『ガイ・ドンヴィル』を中心に――

「劇場の闇は深く暗い」
―W・モートン・フラートンへの書簡より
一八九五年一月九日 (Edel *Letters* 3:510)

名本　達也

はじめに

文学作品は、詩、劇、そして小説の三つに大別されるが、複数の領域にまたがって優れた作品を世に送り出すことに成功した作家は、歴史上でも指を屈する程しかいない。具体的な作品名を挙げることは省略するが、ドイツの文豪ゲーテは全ての分野で名作を残した。詩と劇という組み合わせでは、シェイクスピアやT・S・エリオット等がその代表格であろう。詩と小説という組み合わせは珍しいが、怪奇小説で知られるポーは秀逸な短編小説と詩を執筆した。彼らはいずれも、ある時代や国という枠組みを越えた存在であり、文学史に不動の地位を築いた作家たちでもある。

ヘンリー・ジェイムズも、小説という領域を越えて、演劇という新たなジャンルに挑戦しようと試みた作家の一人だが、彼にとっては、両者の間に立ちはだかる壁は限りなく高く、そして険しかった。彼は若くして小説家としての名声を確立した一方、生涯で十五編の戯曲を書いたが、これらの作品が顧みられることは殆どなかった。例外的に『ガイ・ドンヴィル』だけが、ジェイムズの舞台進出失敗の象徴として、時折取り上げて論じられるくらいのものだ。その場合も、作品の内容が議論されるのではなく、専ら公演の第一日目に起こった一連の騒ぎに注目が集まっていると言ってよいだろう。

物語を紡ぐという点では、小説と劇は似通っている。その一方で、小説であれば作家自身の言葉によって人物描写するところを、芝居の場合は俳優の演技力に委ねざるを得ない。また、「ドラマのルールは観客が決める」（Edel *The Life of Henry James* 2:159、以下 *LHJ*）というジョージ・バーナード・ショーの言葉に集約される通り、文芸評論家がどれほど賞賛したとしても、劇場の観客に受け入れられなければ公演は打ち切られて、失敗作の烙印を押されてしまう。つまり、上演にこぎつけるまでの全ての工程を作家自身の手で行うことはできず、評価も大衆の価値観に基づいてなされてしまうという点では、劇は詩や小説とは大きく異なる。後に、文芸評論家がその作品をどれほど賛美しても、公演が短期間で打ち切られるという事実が発生すれば、作家が受ける精神的な打撃は小さくない。

『ガイ・ドンヴィル』が優れた作品であると主張するつもりはない。戯曲を小説と同軸上で批評することには無理があるだろうが、敢えて言うならば、ジェイムズの初期の凡庸な小説と大差はないと言ってよいだろう。しかしながら、この戯曲に関しては、幾つかの不幸な要因が重なり合って、必要以上に酷評されている一面もあると言わねばなるまい。本論では、まず『ガイ・ドンヴィル』の上演初日に何が起こったのかを検証し、そして、劇作の経験、及び、この芝居をめぐる一連の出来事がジェイムズのその後の創作活動にどのような影響を与えたのかについて論究を試みてみたい。

一　上演初日の騒動をめぐって

『ガイ・ドンヴィル』は一八九五年一月五日、ロンドンのセント・ジェイムズ・シアターで初公演が行われた。主役のガイを演じ、実質的に興業を取り仕切っていた当時の人気俳優兼劇場の支配人であるジョージ・アレクサンダーは、豪華な舞台設備や衣装代のために出費が嵩み、千八百ポンド――米ドルにして、およそ九千ドル（Edel *The Complete Plays of Henry James* 483、以下 *CP*）――を負担する結果となった。それにも拘わらず、興業がわずか五週間足らずで打ち切られることになったという事実に鑑みれば、この芝居が商業的に失敗であったことは否定できない。

小説の成功とは対照的に、そもそも劇作の分野においては、ジェイムズは終生冴えなかった。彼は、一八六九年に最初の戯曲『ピラムスとティスベ』を手掛けてから、一九〇九年の『抗議』に至るまでに十五編の戯曲を書いたが、そのうち上演にまでこぎつけたのは、『ガイ・ドンヴィル』の他には、初期の長編小説『アメリカ人』を四幕物に書き直した一編しかない。『ガイ・ドンヴィル』の上演を迎える直前まで、ジェイムズは四編の喜劇をロンドンの劇場に売り込もうとしていたが、その原稿は各劇場を盥回しにされることになる。結局、これらの作品は出版されることにはなるが、その際にジェイムズは、上演されない芝居を出版するのは屈辱的であると述べ、事実上の敗北宣言を出している (Edel *LHJ* 2: 109)。『ガイ・ドンヴィル』が酷評されたことが、彼に舞台から手を引くことを決意させる切っ掛けとなったことは疑う余地がないが、恐らく、小説家自身もこの時期が舞台芸術から手を引く潮時であると感じていたと思われる。

さて、ジェイムズが演劇の分野において振るわなかったことについては、既に述べた通りだが、それでも『ガイ・ドンヴィル』が正当に評価を受けてきたかと言えば、同情の余地もなくはない。小説や詩であれば、我々読者は、どれほど時間が経過しても、作家や詩人が書いた原文をそのまま読むことができる。しかしながら、一九世紀後半に演じられたある芝居を論じようと試みるならば、実際に観劇した人たちの意見を利用して、二次的な資料で批評することしかできない。これも劇と小説という表現媒体の大きな違いの一つだ。

『ガイ・ドンヴィル』の公演初日には、H・G・ウェルズ、ジョージ・バーナード・ショー、ウィリアム・サマセット・モームを筆頭に、文学史に名を残す錚々たる面々が列席したが、彼らのような作家や文芸批評の専門家の間でさえも、評価は完全に二分している。ここでは、それぞれ両方の立場の意見を一例ずつ紹介しておくことにしよう。無条件に『ガイ・ドンヴィル』を賞賛するのはショーだ。彼は、登場人物の「台詞はあまりにも軽妙で、評判の劇作家の誰かに、ジェイムズの散文の半分程でもいいから美しい韻文を書いてみろとけしかけてみたくもなるほど」の出来栄えだと絶賛する。そして、このような作品を理解できない愚か者たちを啓発してゆくのも演劇評論家の役目だと締め括っている (Edel *LHJ* 2: 159)。これとは正反対の立場を取るのがモームだ。彼によれば、この劇は完全な失敗で、「対話は優雅であったが、ともすれば観衆がすらすらと理解できるほど明快ではなかったかもしれない」と当時を振り返る。さらにモームは、ジェイムズが兄ウィリアムに公演初日が悲惨な結果になってしまったのは、「ロンドンの観客が自分の作品を理解できなかったからだ」という趣旨の書簡を送ったことにまでわざわざ言及し、「それは事実ではない。これは本当にひどい芝居だったのだ」と駄目を押している (Maugham 163-64)。

実は、ジェイムズ自身は初公演がどのようなものであったのかを観ていない。神経が昂って重圧に耐えかねていた彼が、自身が手掛けた作品を劇場で観ることができず、オスカー・ワイルドの『理想の夫』を観に出かけていたというのは有名な話だ。後にジェイムズは、この芝居を「救いようがなく、粗雑で、劣悪で、ぎごちなく、説得力がなく、そして、低俗である」(Edel *Letters* 3: 514) と述懐している。しかし、『理想の夫』が観客の心をとらえ、大成功であったことは彼の眼にも明らかであり、この時、ジェイムズはこの劇が観客の求めているものだとしたら、『ガイ・ドンヴィル』は失敗に終わるのではないかという不安を覚えた。そして、それは現実のものとなる。ジェイムズは、『ガイ・ドンヴィル』の終幕の時間が近づくと、セント・ジェイムズ・シアターの方へ歩き始めた。そして、アレクサンダーの求めに応じて原作者として舞台に立った時、観客から罵声を浴びせられ、彼の人生で最も屈辱的な瞬間を迎えることになったのである。

それでは次に、『ガイ・ドンヴィル』とはどのような話であったのかを、一幕ごとの観客の反応に合わせてみてゆくことにしよう。標題の名を冠する主人公ガイは、寡婦であるペヴェレル夫人の息子の家庭教師をしているが、聖職者になることを志している。そこへ、デヴェニッシュ卿が、ドンヴィル家の主が亡くなり、彼が血筋を引く最後の者となったために、修道院へ入ることを断念して欲しいという知らせを持ってやって来るというものだ。第一幕は、拍手喝采のうちに幕が降り、この部分については新聞・雑誌ともに論調は好意的であった。既にショーの言葉を引用したが、とりわけ台詞のリズムと美しさの評判は高かった。ところが、第二幕で観客の態度は一変する。デヴェニッシュの役は、W・G・エリオットによって演じられたが、彼の演技が見るに堪えないものであったということについては、見事なまでに各誌の評価が一致している。エリオットはリハーサルの段階で、できる限りデヴェニッシュ卿を紳士的に演じてくれとジェイムズから指示を受けていたが、これとは逆の結果になってしまったようだ。第三幕で問題となるのは、観客にはペヴェレル夫人と結婚するかのようにみえていたガイが、結果的には当初の志を貫き、修道院に入る点だ。二人の結婚を期待していた観客の期待は見事に裏切られることになった。問題はここである。第一幕は成功のうちに幕が降りたにも拘らず、果たして、先に指摘したような理由だけで、これほどまでに観衆は掌を返して荒れるものなのだろうか。エリオットの演技の出来栄えと、結末においてガイがペヴェレル夫人と結婚しなかったという二つの理由は、原作者をこれ程までに貶めなければならない理由となりえるのであろうか。

最も不可思議であったのは、客席によって全く異なる反応を示した点だ。第二幕及び第三幕の野卑な騒ぎは、一階後部席 (pit) と天井桟敷 (gallery) で生じたものであり、これが一階正面席 (stall) や二階正面席 (dress circle) の喝采を掻き消した。前者が大衆向けの席で料金は安く、後者は、著名人や招待客そして富裕層が占める客席であるため、場内は恰も階級闘争の様相を呈した (Novick 6;

Edel *CP* 478) という。

この出来事を不可解に思ったのはジェイムズ本人だけではない。『ウェストミンスター・ガゼット』と『トゥデイ』の両紙は、当日の出席者に、何が起こったのかを報告してくれるように紙面で募った。その結果、当日の夜、「入場料を支払うことさえできないような二十人ばかりのごろつきが二階席に陣取り、リーダーと思しき人物の合図に合わせて野次を飛ばしていた」という投書が寄せられた。そして、彼らは、主演のアレクサンダーに冷たくあしらわれたある女優の友人によって仕返しのために雇われたのだという噂さえ流れた。ところが、このような話も一方的に流言として片づけることはできない。というのも、その素性は今もって明らかになっていないが、二人の婦人が、上演初日に無署名でアレクサンダー宛に「心より大失敗をお祈り申し上げます」(Edel *CP* 480) と電報を打ったという事実があるからだ。ジェイムズは初日の公演が荒れたのは、観客を扇動するために雇われた集団が場内に潜り込んでいたのではないかと疑っていたようで、翌日もセント・ジェイムズ・シアターを訪れ、確認のために敢えて桟敷席に座って成り行きを見守ったが、この時は初日のように荒れることはなかった。

この一連の流れには誰もが不自然さを感じており、噂がさらなる憶測を呼び起こす結果となった。そして、このような事実経過があるために、『ガイ・ドンヴィル』が酷評される一方で、ジェイムズは、アレクサンダーへの報復をめぐる何らかの密謀に巻き込まれた被害者であると受けとめ、上演の不評については同情的な立場をとる者も少なくないのである。

二　読者・観客との距離

初演の翌朝、エドマンド・ゴス卿が訪問すると、ジェイムズは極めて落ち着いた状態にあったと言うが、現存している書簡のやり取りから判断すると、これは単にジェイムズが体裁を取り繕って平静を装っていただけなのではないかと思える節がある。というのは、身内や特に親しい間柄の友人たちへ送られた当時の書簡には、観客への不信や憤り、そして失望が長々と綴られているからだ。最も赤裸々にジェイムズの本音を語っているのは、兄ウィリアムへの書簡であろう。

ウィリアムに宛てた一八九五年一月九日付の手紙の中でジェイムズは、「上品で、絵画的で、そして頗る人間味溢れる芸術的な私の小品は、最初から計画的犯行の予兆を示していた粗暴で悪意に満ちた桟敷席の連中に、冒瀆的な受け止められ方をしたのです」(Edel *Letters* 3: 507) と書き記している。ジェイムズは、その意図は測りかねていたかもしれないが、公演初日の騒ぎを何らかの組織的な奸計によるものだろうと疑っていた。それ故に、翌日彼は、わざわざ騒動のあった桟敷席に座って観劇したのだ。そして、二日目には何も起こらなかったことから、彼の疑念は確信へと変わった。ジェイムズに特別な敵が居たわけではないことから、当時の新聞や雑誌が書きたてた通り、一連の謀はアレクサンダーに恨みを持つ者が企てた可能性が高いと考えられる。それでも、結果としてこの騒動に巻き込まれたことによってジェイムズが受けた屈辱は計り知れない。ファニー役のアイリーン・ヴァンブラと使用人を演じたフランクリン・ダイオールは、終演後に、舞台の袖へ下がってきた時のジェイムズの苦悶の表情が忘れられないと述べている。ダイオールによれば、彼の顔色は「意気阻喪で緑色」(Edel *CP* 477) だったと言う。

興味深いのは、彼が丹精込めて練り上げた劇を台無しにしたのは、恐らくは何者かによって雇われた二階桟敷席の二十人ばかりの与太者であったはずだが、ジェイムズの彼らに対する怒りの矛先が、徐々にロンドンの観客全体に向けられてゆく点だ。先に引用した一月九日付のウィリアム宛ての手紙を読み進めると、「出来る限り明白に、大雑把に、単純で、明快に、そして英国風に仕上げようと試みた私の小品は、低俗なイギリス人の常連客の頭では理解できなかったのです」と続く。さらに、二月一日付で兄ウィリアム夫妻に宛てた手紙の中でも、ジェイムズと親しく、教養ある知人たちの間では『ガイ・ドンヴィル』の評判が良かったことに言及し、ロンドンの観客を質が低いと繰り返している。

> 私が、内輪での成功と言っているのは、適度に洗練され、教養のある聡明な人たちの間では、つまり、あのロンドンの大多数の俗物の集まりとは明確に区別された、要するに、ほぼ全ての「見る目がある人たち」の間では成功だったと言っているのです――ロンドンの常連の「演劇好き」は、この街が内包する全ての民衆の中で最も野卑なまでに、そして愚鈍なまでに低俗なのです（中略）愚かな人たちが多数派で、理解できる人たちは少ないのです。(Edel *Letters* 3: 515)

ジェイムズの非難は、もはや『ガイ・ドンヴィル』を観に来ていた観客だけではなく、ロンドンの劇場へ通う全ての人たちに向けられていることがわかるだろう。

また、観客だけでなく、彼らの好みに合わせて芝居をプロデュースしようとする製作者側ともジェイムズは考え方が合わなかった。そもそもジェイムズが『ガイ・ドンヴィル』を最初に売り込んだのは、ジョージ・アレクサンダーではなく、『アメリカ人――四幕の喜劇』の上演を既に成功へと導いていたエドワード・コンプトンであった。しかしながら、観客の期待に沿うことを望む彼は、主人公ガイの幸福な結婚が実現しない筋書きでの上演を引き受けようとはしなかった。そして、この部分については、公演実現のためとは言えジェイムズも妥協をしなかった――過去に、ジェイムズは小説『アメリカ人』が『アトランティック・マンスリー』誌に連載されるにあたって、当時の編集者であったウィリアム・ディーン・ハウエルズから幸福な結末に書き直すことを求められた時にも、断固としてこれを拒んだ経緯がある。結局、『ガイ・ドンヴィル』は、アレクサンダーが手掛けることになるのだが、当初、ジェイムズは四幕物で四時間程度の演出を考えていたにも拘わらず、彼もまた商業的な都合から時間の短縮を要求し、物語の中盤が大幅に削られて、三幕物にすることで決着した。原作者にとって、不本意な選択であったことは間違いないだろう。ジェイムズは、話の筋立てを変更することについては一切妥協をしなかったが、『ガイ・ドンヴィル』の上演にこぎつけるまでの二つの劇団との交渉を通して、製作者側の意向をある程度取り入れなければ公演の実現は難しいということを痛感したはずだ。

既に論じてきた通り、ジェイムズの文学的価値観及び感性と、当時の一般大衆のそれらとの間にはあまりにも大きな隔たりがあった。この事実が意味するところは、彼がどれほど自分で納得のゆく戯曲を書き上げたとしても、一九世紀後半のロンドンの観客に受け入れられる可能性は限りなく低かっただろうということだ。

三　小説への回帰

ここまで、『ガイ・ドンヴィル』の上演をめぐる一連の経緯を概観してきたが、半世紀余りにわたるジェイムズの執筆活動において、この三幕劇の興行の頓挫にはどのような意味があったのだろうか。実はこの時期は、ジェイムズが生涯で長編小説に最も行き詰まりを感じていた時期に該当する。一八八九年の『悲劇の美神』の執筆を最後に、『ポイントンの蒐集品』が『アトランティック・マンスリー』誌に連載される一八九六年まで、実に七年の間、彼は長編小説の執筆から遠ざかっていた。F・O・マシーセンによれば、彼にとっては苦難の時期でもあったが、同時にジェイムズが自分の芸術観に基づいて、珠玉の作品群を世に送り出したのがこの時期――一八九三年から一八九六年――だと言う(73)。先に、『ガイ・ドンヴィル』の舞台化でジェイムズが認識するに至った最も大きな事柄は、彼の価値観と大衆のそれがあまりにもかけ離れている点である――当然、それは読者や観客が彼の作品を理解できないということに繋がる――と述べたが、マシーセンの指摘するわずか四年の間に書かれた中短編群の代表的な作品は、まさにこの問題を扱っていると言ってよいだろう。

この時期に書かれた主な作品には、以下のようなものがある。死期の迫った作家が、彼の崇拝者であるという青年医師から献身的な看病と治療を受けるが、この医師でさえも彼の作品を理解できないでいることを知るに至る「中年」(一八九三)、著名人としての小説家の周りに集まっては来るものの、作品には全く関心を示してくれない似非読者たちと作家の関係を描いた「獅子の死」(一八九四）、そして、深く心酔する一方で、彼の作品を正しく解釈できない批評家と作家の関係に光を当てた「絨毯の下絵」（一八九六）等、作品が理解されないことに煩悶する芸術家の姿を描くことに焦点を合わせたものが目立つ。彼がこのような中短編を相次いで手掛けたのは、単純に、芸術家が直面する苦悩を世に訴えることも狙いの一つではあっただろう。同時に、ジェイムズの作品を理解及び評価しない読者大衆や批評家に対して、彼なりにささやかな反撃を試みたという側面もあるのではないだろうか。

そして、この類の読者批判は、「ねじの回転」（一八九七）をもって一応の完結をみているように思われる。以下に、「ねじの回転」の『ニューヨーク版』への「序文」からの有名な一節を引用してみよう。

> これは全くもって精巧な作品、冷静に芸術的に計算された作品で、容易には騙されない人たち（愚か者をひっかけても「楽しみ」は小さい故）、飽きて、幻滅してしまって、それでいて好みのうるさい人たちを騙すための「アミュゼット」なのです。（James *The Novels and Tales of Henry James* 12: xviii）

ジェイムズは、この幽霊ものの中編小説には読者を騙そうとする意図があったことを認めている。だとすれば、これは読者がこの中編小説を適切に理解できなくてもかまわないという彼の態度を示していることになる。従来、ジェイムズは自分の作品が大衆にどのように受け止められるかが気になってしようがなかったわけだが、「ねじの回転」を執筆していた時には、読者との距離の取り方が大きく変化してしまっていることに気づくだろう。

ジェイムズが、作品を理解しない一般大衆への不満を綴ったと思われる作品群及び著述は、これ以前にも以後にも散見されるが、彼の創作活動の大きな流れを俯瞰する時、『ガイ・ドンヴィル』の上演が惨憺たる結果を招いたことを機に、彼自身の読者との距離の取り方は大きく変わったと思われる。彼は、この戯曲の挫折が決定打となって、大衆との距離が離れてしまうことをも恐れず、独自の芸術追求へと大きく舵を切った。その結果、一八九〇年代半ば頃から、ジェイムズの作品は、語り手を介さずに登場人物の会話だけで話を進める「劇的手法」を随所に取り入れ、曖昧な代名詞を多用し、文章の一文一文はさらに長くなり、読者にとっては読みにくいものになってゆくのである。

以上みてきたように、『ガイ・ドンヴィル』の初日には、いわくつきの騒ぎがあったが、恐らくその標的は主役を演じたジョージ・アレクサンダーであった可能性が高い。しかし、この一件で、ジェイムズが深く傷ついたのも事実だ。もともとジェイムズは、彼自身と読者大衆の価値観と感性に大きな隔たりがあることを感じていたが、『ガイ・ドンヴィル』はその上演を通して、両者の間の溝を埋めることが不可能だということをはっきりと彼に認識させた作品であると言ってよいだろう。

引用・参考文献

Edel, Leon. *The Life of Henry James.* 2vols. New York: Penguin, 1977.

——, ed. *Henry James: Letters.* 4vols. Cambridge, MA.: Belknap, 1980.

Hatcher, Joe B. "Shaw the Reviwer and James's *Guy Domville.*" *Modern Drama.* 14.3 (1971): 331-34.

James, Henry. *The Complete Plays of Henry James.* Ed. Leon Edel. Oxford: Oxford UP, 1990.

——. Vol. 12 of *The Novels and Tales of Henry James.* 26 vols. New York: Scribner's, 1971.

Maugham, W. Somerset. *Vagrant Mood.* London: Vintage, 2001.

Matthiessen, F. O. "Henry James' Portrait of the Artist." *Partisan Review.* 11(1944): 71-87.

Novick, Sheldon M. "Henry James on Stage: 'That Sole Intensity which the Theatre can Produce.' " *Henry James on Stage and Screen.* Ed. John R. Bradley. New York: Palgrave, 2000. 1-22.

Putt, S. Gorley. "Henry James Haggles over Terms for 'Guy Domville.'" *The Times Literary Supplement.* 3749 (1974): 35-36.

Walkley, A. B. "Mr. Henry James: *Guy Domville.*"*Harper's Weekly.* March 2, 1895. 199.

栃原知雄「劇作家としての Henry James — "Guy Domville" を中心として—」『英米文学（関西学院大学英米文学会）』二号、一九五七年。十一—二十八頁。

ジェイムズ家のイギリス批判
——『アリス・ジェイムズの日記』をめぐって——

中川　優子

ヘンリー・ジェイムズ（以下ヘンリー）も、妹アリス・ジェイムズ（一八四八—九二、以下アリス）も、アメリカで生まれながら、幼少より、両親に連れられ、ヨーロッパに長期間滞在している。二人ともその後、アメリカに帰国するも、やがてそれぞれ母国を離れ、イギリスへ渡った。ヘンリーは、作家としての活躍の拠点をロンドンに定め、晩年にはイギリスに帰化した。一方でアリスは、一八八四年にイギリスへ渡り、病のため、アメリカへ戻ることはなかった。

アリスの死後に出版された『アリス・ジェイムズの日記』(1)には、病に伏したアリスの生と死に関する考察や家族、とくに両親の思い出、そしてイギリス事情についての分析などが書き綴られ、その内容は多岐にわたる。本日記を論じる際によく取り上げられるのは、病に対峙しながら、自己の過去を振り返り反芻する記述についてであるが(2)、それに劣らず、本日記の読みどころであるのが、彼女のイギリスについての批評・批判である。その調子は、マリウス・ビューリーの言葉を借りれば「攻撃的な甲高さ、それも過度の率直さを連想させ、時にはかすかな不快な香りをともなう」(4)ものである。

アリスは、自分で好んでイギリスへ渡ったにもかかわらず、なぜそこまで批判するのか。

もともとジェイムズ家では、ヨーロッパとアメリカの比較、つまりヘンリーが得意とした国際テーマが好んで論じられたことをF・O・マシーセンが指摘している(286)。父ヘンリー・ジェイムズ・シニア(一八一一―八二、以下シニア)をはじめ、一家が頻繁にヨーロッパへ行っていたことを考慮すれば、それは当然とも思われる。その際に、父シニアはアメリカ派、兄ウィリアムはアメリカにいる時はヨーロッパ派、ヨーロッパにいる時はアメリカ派、ヘンリーは概してヨーロッパ派であったという(Matthiessen 286)。よって『日記』におけるアリスのイギリス批判は、彼女の一家の議論への参加を意味する。

そこで本論では、『日記』に示されたアリスのイギリス批判を分析し、父シニアの考えと比較する。彼女の主張には、シニアの多大な影響がみられるのである。そしてそれに対するヘンリーの見解を精査し、ジェイムズ一家の中での彼の独自性について考察する。

一　アリス・ジェイムズのイギリス批判

アリスをもっとも苦しめたのは、「ヒステリー症」(Strouse 122-23)であろう。ニューポートにいた一八六七年頃から具合が悪かったことが、『日記』で明らかにされている(一八九〇年十月二十六日)。その頃より、アリスは伏せっては回復し、また伏せるというパターンを繰り返した。そのため、従事していた社会活動(3)の中断を余儀なくされ、様々な治療を試すも、回復することはなかった。そして一八八二年に両親が相次いで死去すると、一八八四年十一月に、親友キャサリン・ピーボディ・ローリングに伴われてイギリスへ旅立った。

アリスは渡英した翌年の一八八五年の秋からその翌年にかけて、メイフェアのボールトン・ロウでサロンのようなものを開き、社交を楽しんだ（『日記』一八九二年一月六日）。来客にはボストン時代の友人サラ・ダーウィンたち、そしてコンスタンス・フェニモア・ウルスンをはじめとするヘンリーの知人らがあげられる（Strouse 254）。ヘンリーは、ウィリアムに宛てた一八八六年三月九日の手紙に、アリスがその気になれば「そのあたりにいるイギリスのご婦人たちにまさるであろう」（*Correspondence* 2: 34）と彼女の成功を賞賛している。しかし病状が悪化し、来客を迎えることが困難になり、彼女は『日記』を書き出した。それが療養生活の寂しさを紛らわすためであったことは、「わずかでも書き記す習慣を身につければ、私に取りついた寂しさ、わびしさが少しくらいは消えるかもしれない」（『日記』一八八九年五月三十一日）という出だしより明らかである。

そのような状況で、アリスの批判の対象は、アイルランド自治問題をはじめとする政治、王室や上流階級の堕落、硬直した階級制度、貧困、宗教、教育等と、多岐にわたる。とりわけ三年間、絶えず言及されるのがアイルランド問題であった。彼女は明らかに自治推進派で、選挙での勝利を聞いて「失神」した（『日記』一八九〇年三月九日）ことや、アイルランド自治推進派パーネルがグラッドストンと袂を分かった際に、アイルランド自治案がつぶされると思って「涙をながした」（『日記』一八九〇年十一月三十日）という記述は、彼女がアイルランド問題の展開に一喜一憂している様を示す。アリスの死後、家族用に出版された彼女の日記の私家版を読んだヘンリーは、彼女のことを、「アイルランドの（それも英国化されていない）女性」のようにアイルランド自治法について感じ、その時代にアイルランドで生まれていれば、「『政治的な影響力をもった』女性」となり、「国民的誉れ」となっていただろうと述べている（*Letters* 3: 482）。彼女のアイルランドへの執着は、ジェイムズ家の先祖がアイルランド出身であることが理由の一つと考えられるが、アメリカ人としての民主主義精神によるところが大きい。

その民主主義精神は、階級制度批判にも表れている。イギリス皇太子エドワードが八百長をめぐって証言台に立ったバカラ・スキャンダルなどの王室の醜聞、多額の持参金を期待してピューリッツアのための客寄せの役につきたがる、イギリス上流階級の話（『日記』一八九〇年十一月九日）や上流階級の女性の「頭の上で腕を組んで椅子かソファーの上に寝そべっていた」写真がお店で揺れ動いていたこと（『日記』一八九〇年十一月九日付け）など、彼らの品性の低下や堕落ぶりを示すエピソードが数多く紹介されている。これらは、主に新聞、ヘンリーやローリングから聞いた話に基づくが、アリスはそこに自らの分析を加えている。『日記』の一八九〇年十一月二十三日付けで、道徳的に腐敗した上流階級の存続を可能ならしめているのが、支配される側の、現状を当然視している姿勢、つまり「『権威の感覚』と『目上の人という感覚』の働き」によるという論を展開している。事実、レミントンの家主が、貧しさから身を起こした町長を軽蔑する一方で、「無知で怠惰」な紳士階級の地主が彼女たちのことをわかっていると言ったという。この態度こそ「目上の人という感覚」によるもので、それを許す階級制度をアリスは「犬が罰を与えようとする手を尻尾を振ってなめようとする」ようなものだと形容している。そして皮肉にも、自分も「目上」あるいは「権威者」であると意識させられたことを告白している。レミントンのホテルでの使用人たちの議論の際に、主人である自分のことばが引用されると、ただちに論争に決着がつくのだとナースに聞かされたのである。

一方でアリスは、このような階級制度が「目上の人」にとっても弊害でありえることを、『日記』の一八九一年四月二十二日に記載している。貴族の若い娘が父の再婚が気に入らず、家を出て病死したことを哀れむ一方で、父の再婚に反対したのが、相手が「女王が会われない」ような身分の低い人だからという、その娘の「絶対的基準」を「個人的な特権という足かせ」と呼んで間接的に批判している。

宗教に関する批判も随所にみられる。教会や牧師の拝金主義や権力欲などを列挙し、「自然に起こる信仰」ではないと批判している（『日記』一八九一年四月二十二日）。もともとジェイムズ家では特定の宗教を子供たちに教育することはなかった。「両親はあらゆる下等な迷信を払いのけ、私たちの精神をかさかさに乾いた殻で満たすのを義務と感じず（中略）精神を白紙のままにしてくれた」（『日記』一八九〇年十二月三十一日）とアリスは書き記している。それは形骸化した既成宗教を嫌った父の教育方針によった。ただし『日記』では、「知的、精神的原動力を支える、厳格で男性的なカルヴィニズムのいかめしい、英雄的な簡素さにも欠ける」（『日記』一八九一年五月三日）というイギリス国教会に批判対象をしぼっている。

教育も、アメリカの場合と比較し、批判している。総合的に学ぶ傾向のアメリカとは対照的に、イギリスでは一つの専門に秀でるように教育しているため、イギリス人はその専門から話題がそれると全く反応できないというのである（『日記』一八九一年五月九日と九月十八日）。はじめはイギリス人の「知的やりとりの洗練されたなめらかさ」(『日記』一八九一年五月九日)にたいそう印象づけられ、魅了されるが、やがてイギリスでは表現にしても、予測できるものしか発しないし、受け入れない、理解できないと主張している。

このようなイギリス人の状況について、アリスは、その根底にイギリスの長い歴史の影響、つまり「もっとも単純な進化でもその始まりをはるか昔までたどることができることと、そうする際に、長い時という重圧によって硬直してしまっていること」を見いだしている(『日記』一八九一年三月二十三日)。つまりイギリスではすべてが受け継がれ、そこからそれる、あるいは意外性をもつことがないというのである。その結果、「直感的本性」をもっていない、つまり「空中に漂うものを読み取ることができず、人の表にあらわれている一つの面を理解しても、それによって人の全体像をつかむことはできず、人の本質を推し測ることができない」(『日記』一八九〇年四月七日)のである。硬直している故に、柔軟性に欠け、「足下に不愉快な疑問がわくのを感じて一か八かで想像力の翼をはためかせてみる」(『日記』一八九一年五月九日)アメリカ人とは対照的なのである。

このように、アリスのイギリスについての観察と批判は、その対象の根源の分析にまで及んでいる。そしてその判断基準は、母国アメリカとの比較が基礎をなしており、父シニアの思想の影響を無視できない。

二　父ヘンリー・ジェイムズ・シニアの影響

父ヘンリー・シニアは、アイルランドからわたってきた父オルバニーのウィリアム・ジェイムズから受け継いだ莫大な遺産により、生涯いわゆる定職につくことはなく、代わりにスウェーデンボルグの思想をはじめ、宗教、教育、社会変化などについて自らの考えを、『ニューヨーク・トリビューン』紙などに発表し、注目を浴びた。ただし彼の活躍は子供たちにも「どこか空回りをしているという印象を与え」(Edel, "Portrait" 3) たという。それでも彼はヨーロッパに何度も渡っており、アリスが生まれてからでも一八五五年夏から約三年間、そして一八五九年十月から翌年九月までの期間にヨーロッパに長期滞在した。

イギリスについてのシニアの見解は、エドモンド・トゥーディー宛ての一八五六年九月十四日付けの手紙にうかがうことができる。

> イギリス人は身分が高くても低くてもたいへん粗野な民族であり、彼らの特質は、善であろうと悪であろうと、いかなる神聖なあるいは悪魔的な深みに由来するのではなく、もっともあからさまで表面的な理由から始まった。イギリス人はルーティンのみじめな奴隷であり、彼らの自己完結した穏やかさの表面を波立たせる霊的な存在は、天からも地獄からも到来することは明らかにない。彼らは研究するに値しない。(Perry 122)

イギリス人はルーティンに左右されるというのは、アリスが観察した、イギリス人の意外性、変化を受け入れないという硬直性と共通する。またすぐに何でもその始まりをたどることができるという主張とも一致する。

シニアは、同じ手紙の中にウィリアム・メイクピース・サッカレーからきいた話をあげている。ダンカンというアメリカ女性二人がパリ在住のイギリス人有力者に招待され、出かけたものの、誰にも紹介されず、テーブルに案内されることもなく、気の毒に思った他の客が二人をエスコートしたという。シニアは、ダンカンたちがその場を立ち去るという無礼を働くべきだったと主張し、最後に、「アメリカの無秩序は、ヨーロッパの秩序と比べるとすてきだ」(Perry 123) と添えている。興味深いことに、アリスも似た話を『日記』に紹介している（一八九一年一月二十三日）。レミントンのホテルの使用人たちのパーティーでその場を盛り上げようとする農夫の誠実さとは対照的に、ウォーンクリフ卿という貴族が身分にとらわれ、それゆえ妹しか晩餐でエスコートせず、その結果、彼のところに滞在していた、ある婦人は、爵位もないので、毎日同じ男性と晩餐に向かわなければならなかったというのである。二つの話はともにイギリス人がルーティンからはずれるのを避けたために起こった例である。このように父娘のイギリスについての観察、評価は類似している。

また二人はともにヨーロッパの現状の制度の終焉を予想している。父は前述のトウィーディー宛ての手紙に「ヨーロッパ人はすべて新しい、国籍をなくした人類に鋳直し、造り直される運命だ」(Perry 123) と予告している。一方でアリスは『日記』の中で、王政制度の崩壊を、「歴史的に偉大な『お払い箱』」と表現し、実際に起こっているスキャンダルなどを「最もつまらない道具を役立てるという、天の途方もなく巧みな仕掛け」(『日記』一八九〇年十月十日)だと論じている。

興味深いのは、シニアのヨーロッパ嫌いは渡欧前にすでにあったことである。アルフレッド・ハベガーは、シニアは、ヨーロッパに行くと、それまで消えてしまいそうだった、アメリカの「世界史的民主主義の使命」に対する自信が「回復する」のを感じたのだと解説している(395)。アリスの『日記』での民主主義精神の発揮と同様である。

それでもシニアはヨーロッパに期待をもっていたからこそ、何度も渡ったのだろう。当時のヨーロッパ訪問は、一種のグランド・ツアー的側面があり、また、ストラウスがいうように、神学問題に悩んだ時の「避難所」(144)を与えた。そしてシニアはラルフ・ウォルド・エマソンからの紹介状をたずさえて、トマス・カーライルなどの知識人と親交を結ぶことができた。またストラウスは、ヨーロッパ滞在は「より平明なアメリカ社会に対しての教育的な対策」(144)だったと説明している。事実、一八五五年の渡欧は、子供たちの教育が目的だと示唆されている(Habegger 362-363)。一八四九年八月三十一日付けのエマソンへの手紙にシニアは、息子たちがニューヨークの通りで悪い態度を身につけてくるので、数年海外に渡り、「よりよい美感にうったえる(sensuous)教育」を可能にしてやる方がいいのではないかという考えを示し(Perry 59)、その後に渡欧した。ただし結果的にはパリ、ロンドン、ジュネーブなどの都市をジグザグに移動し、ハベガーに言わせると、「いつもの家庭教師と学校の混乱の連続」(389)であった。結局、場当たり的な展開で、子供たちにとってけっして有効な教育であったとはいえない。ヨーロッパはジェイムズ家にとって、ストラウスのいう「万能薬」(144)だと信じられていたが、結果は必ずしも効果的ではなかったのである。

一つ考慮すべきなのは、この頃、シニアがロンドンでは期待するほど受け入れられなかったことである。後年、彼は「私たちの制度の社会的意義」の中で、ロンドンのセント・ジョンズ・ウッドに住んでいた頃、毎日乗り合い馬車で同乗していた近所の服装のきっちりとした人たちとは、八カ月たっても一度たりとも「人間らしい交流のちょっとした兆し」(111)もなかった、視線があうこともなかったと書いている。長男ウィリアムは、一八八〇年七月十三日付けの両親に宛てた手紙に、そのセント・ジョンズ・ウッドをイギリス滞在中に訪ね、その「単調さ」(*Correspondence* 5: 120)を感じ、社交界に忙しく出入りするヘンリーとは対照的に、一八五五年当時の両親が、どれだけ子供たちの犠牲になって何も求めなかったかがわかったと書いている。これはセント・ジョンズ・ウッド時代のシニア夫妻が、ロンドンの人たちとの交流があまりなかったことを示す。

ではアリスの場合はどうだったのか。確かに父同様に、イギリスでの生活に一定の期待をもっていた。彼女がイギリスへ渡ったのは、何よりも両親の死後、アメリカでの独りぼっちの生活から逃れるためであった。イギリスにはヘンリーもいたし、ローリングも当時家族の療養のため、ヨーロッパにいた。ただしヘンリーが一八八四年十一月三日付けのグレース・ノートンへの書簡に記しているように、アリスは「言葉では言い表せないほど非依存的であり、自立していて」(*Letters* 3: 52)、ヘンリーへの依存は考えられなかった。

アリスのイギリスに対する期待を論じるには、一八七二年に彼女が叔母ケイトとヘンリーと渡欧した時の体験を考察する必要がある。残念ながら、当時のイギリスなどについての見聞を記録した、アリスの両親宛ての書簡は残っていないが、ウィルトン・ハウスでヴァン・ダイクなどの名画をみた時のことにふれ、「ボッティチェリが無数のことを語りかけてくれる」、つまり自分に「感受性」があると分かった時の「至福」について『日記』（一八八九年七月十一日付け）で熱く語っている。この時、大人として実際のヨーロッパの文化にふれ、やっとアリスも「文化についてのジェイムズ家の議論」に参加できるようになったと感じたのだとストラウスは指摘する(145)。この体験について『日記』に記載したのは、ヘンリーがウィルトン・ハウスを訪問中の頃で、アリスが「私も行けたら、もっとよかったけれど」と書き添えていることにも注目したい。この記述にもある芸術作品に対する憧憬が、彼女をイギリスにひきつけたともいえるのではないか。

社交も彼女がイギリスでの生活に期待していたものだといえるだろう。一八七二年のヨーロッパ旅行の途中にスイスの山に休養のために滞在したが、ヘンリーによると、彼女はむしろ都会を好んだという。一八七二年八月十一日付けのシニア宛ての手紙に「アリス自身の衝動と興味は、ほとんどいつも都市、史跡、そして人間模様 (human picturesque) に向けられています」(*Complete Letters* 74) と書いている。それは母国ではほとんどえられなかった経験であった。イギリスでもアリスは、自宅でサロンを開き、前述の通り、ヘンリーの賛辞をえることができたが、病状が悪化し、客を迎えることも困難になっていった。彼女の『日記』におけるイギリス批判は、そのような状況下に行われた。父シニアがイギリス人たちとの交流があまりなかったという状況と共通する。

このようにアリスとシニアのイギリスについての分析、批判には共通点が多い。アリスはもともと「主に観察か自分の内的意識から引き出した微細なものを積み重ねていって、様々な意見を作り上げている」（『日記』一八九〇年四月七日）のだが、父の意見もその「内的意識」にあったものであろう。自分が見聞きし、読んだ実際の個々の事象を、父の主張と照らし合わせ、さらに考察を加え、補強し、『日記』で展開したのではないだろうか。実際に彼女が父の意見を記憶していたことは『日記』にも記録されている。両親に特定の宗教を強制されなかったことを述べた際に、アリスは「お父さまがほとんど死に絶えてしまったように見えるものをきびしく批判していたことを私は不思議に思ったものだ。ここイギリスに来るまで、その醜いものがどれほど生命力を保持しているか夢にも思わなかったので」(『日記』一八九〇年十二月三十一日)と書いている。

アリスのイギリスに対する批判は『日記』の後半にとくに厳しくなっていった。そして『日記』の中のシニカルな表現、饒舌で厳しい展開も、そして「愉快で、機知に富む適切さ」(**Bewley 4**)までもが父譲りあるいは、エドワード・W・エマソンが接した、ジェイムズ一家の食卓のゲーリックな雰囲気[4]から生まれたものともいえる。

三　ヘンリーとアリスのイギリス観の相違と類似性

このイギリスに批判的なアリスを、兄ヘンリーはどのように見ていたのか。

ヘンリーは、一八六九年から約一年間、一八七二年から約二年と五カ月ヨーロッパに滞在し、その後、一八七五年十一月に再度渡英し、パリへ渡り、翌年の十二月にロンドンに落ち着いた。彼がロンドンを定住の場として選んだのは、ザカリアスによると、作品を執筆し、売る機会を提供してくれる場であったから、そして彼のような存在を受け入れてくれるリベラリズムが当時強く、彼が自己を理解するのを助け、ロンドンに落ち着けるエネルギーと安定性を提供したからである(130)。リフォーム・クラブがそのような場であり、ヘンリーに「地域に対する深い愛着」(*Notebooks* 219)を与えたのである。

そのようなヘンリーに対して、アリスはイギリスについての見解を尋ねたことが『日記』に記されている。

ハリーが言うには、イギリス人の偽善ぶりは強調してもしすぎることはないそうだ。それは無数の細かな事実やできごとで織りなされ、言葉にするとすり抜けてしまうが、ものごとの織り目の間にしみついているようで、列をなして目の前を通り過ぎて行く時に意識の中に小さな傷痕を残していく。例えば王室。人々はその見かけ倒しの地位に対してのみ頭を下げ、彼らにいかなる種類の人間らしい行動も許さない。骨抜きの教会。(中略)各階級の人々が、その時々の「よき礼儀」に従って、世間体がいいか悪いかに縛られるがままになっているおとなしさ。一般大衆に見られる「目上の人たちという感覚」(後略)(『日記』一八九〇年二月十七日)

「偽善」という言葉を用いている点を除いては、アリスが『日記』の中で論じているイギリスに関する意見とほぼ一致する。このヘンリーの意見は、彼がイギリスに対する批判的視点を失っていないということ、そして彼がイギリス社会では依然、インサイダーではなかったことを示す。また一八八六年十二月六日付けのチャールズ・エリオット・ノートン宛ての書簡で、ある上流階級の離婚訴訟の話に言及し、「あの一団［イギリスの上流階級］の状況は、多くの点で、腐敗した、崩壊しえる、革命前のフランスの貴族階級と同じように見えます――賢明さと会話力を差し引いてですが」(*Letters* 3: 146) と書いており、上流階級に批判的である。彼のイギリスに対する見解は、アリスの見解と類似している。

しかしながら、二人のイギリスに対する姿勢には大きな相違がある。一八八八年十月二十九日のウィリアム宛ての手紙にヘンリーは、フィクションを書く時に、外からみれば、作者がイギリスについて書いているアメリカ人か、アメリカについて書いているイギリス人かの区別がつかないような書き方をめざしていて、そのような曖昧性は「たいへん洗練されたもの」であるので、恥じるどころか、誇らしいことだと主張している (*Letters* 3: 244)。ゆえにイギリスについて同じ見解をもっていても、ヘンリーは反イギリス的な書き方をしていない。対照的にアリスは、民主主義精神を発揮させ、イギリスを批判することで、アメリカ人としてのアイデンティティを強調している。

アリスの死後に出版された『日記』を読んだヘンリーは、一八九四年五月二十八日付けのウィリアムへの手紙に、彼女のきびしい批判を、彼女が書いたもっとも「賞賛すべき、楽しい文章」(*Letters* 3: 481) だと評価しながらも、彼女がイギリス人個々とあまり交流がなかったことがそのきびしさの一因だと分析している。アリスが物事を単純化しすぎ、自分の周辺のごく小さな情報で判断してしまっていると説明しながら、「彼女が彼ら［イギリス人たち］とともに生きていたなら、もっと男性に会っていたなら、批判もいろんな点で加減されただろうに」(*Letters* 3: 481) と述べている。確かにアリスの周辺にいたのは、ローリングとナースら使用人、そして訪問者といえば、アメリカ時代の、そしてヘンリーの知人たちが主だった。よってイギリスについての情報源は、それらの人々、手紙、書籍、新聞や雑誌に限られていた。残念ながら、アリスはヘンリーのようには、イギリスで「地域に対する深い愛着」(*Notebooks* 219)、個人的関係を構築できなかった。それは父シニアと同じである。そして一家の伝統であるかのようなアメリカとヨーロッパ／イギリスの比較の議論の影響を受け、後からそれに参加したアリスは、結果的にシニアの考えを踏襲し、アングロフォビアとなったうえに、さらにアイルランド自治支持者という姿勢をとったのである。

イギリスで死を迎える覚悟をしていても、アリスの母国への想いは強く、『日記』には、故郷への思慕を吐露している。「自分がたまたま生を受けた場所に背を向けて、そこを自分の目的にあわせて形づくろうとしなかったこと」を恥じ入り、「自分が失敗者のように思われる」(『日記』一八九〇年十二月三十一日)と自己を低く評価している。その一方で、母国の精神に反する傾向を、死ぬ約二ヶ月前に、自らにも見いだした。兄ヘンリーの『アメリカ人』のロンドンでの上演にイギリス皇太子が来場したことに言及した際に、「皇太子を前に平伏する衝動に動かされる最も卑しいトランビー・クロフト族の芽を自分の心にも見つけ、驚きながらも納得したのである」(『日記』一八九一年十二月三十日)と書いている。「トランビー・クロフト族」とは、皇太子エドワードのバカラ・スキャンダルの際の取り巻きのことである。アリスも、皇太子がヘンリーの戯曲の観劇に来ることを光栄に思い、自らにも「目上の人という感覚」を見いだしたのである。王室をめぐる問題が、イギリス特有の特性ではなく、普遍的な人間性に起因するという認識に到達したといえるだろう。父にはなかった見解である。

ヘンリーもこの時期、ヨーロッパとアメリカの相違にこだわっても、いわゆる国際テーマの作品の執筆を中断していた。普遍的な人間性にもっと注目するようになったということであろう。そしてそれはある意味で、ジェイムズ一家の伝統、ヨーロッパとアメリカを比較する議論の場から脱けだし、独自性を確立したともいえる。ただしロンドンで久しぶりにヘンリーに会ったウィリアムは、一八八九年七月二十九日のアリス宛ての手紙に、「彼のイギリス贔屓は『護身用のみせかけ』にすぎないのであり、彼は、ヤンキーとまではいえないが、ジェイムズ一家の生まれであり、他に国をもたない」(*Correspondence* 6: 516-517) のだと主張している。しかしたとえみせかけであってもイギリス贔屓になり、そしてイギリスに受け入れられたことにより、ヘンリーはシニアたちにはない、独自性を培い、ゆえにイギリス社会で成功をおさめることができたのである。

＊本稿は、日本アメリカ文学会関西支部十月例会（二〇一五年十月三日、関西大学）に於ける口頭発表「*The Diary of Alice James* におけるイギリス批判と Emily Dickinson 評価について」の原稿の一部に加筆修正を行ったものである。

注

（1）『アリス・ジェイムズの日記』は、はじめは一八九四年にローリングが手書き原稿より編集し、家族用に四部のみ出版した。ヘンリーが強く反対したため、公刊はしばらくされなかったが、ロバートソン・ジェイムズの娘、メアリー・ジェイムズ・ヴォーがローリングより手書きの日記を譲り受け、それをもとに彼女に依頼された、アナ・ロブソン・バーが『アリス・ジェイムズ――その兄たちと日誌《ジャーナル》』を一九三四年に編集・出版した。そして一九六四年にヴォー夫人の依頼により、レオン・エデルが『アリス・ジェイムズの日記』として、編集し直し、出版した。出版経緯については、エデルの序文を参照。本論ではエデル版を使用し、引用には『日記』と記載年月日のみを記す。翻訳には舟阪洋子・中川優子訳を用いた。

（2）例えばルース・イーゼルやストラウスは、アリスの生と死をめぐって錯綜する思いを『日記』と書簡に見いだしている。リンダ・サイモンは、アリスが日記を書いたのは、彼女の死への旅路を記録するためではなく、彼女の生の高潔さを肯定するためだと結論づけている。(xxv)

（3）アリスはボストン界隈の名家の娘たちが集る裁縫の会、ビーの会に参加したり、中西部の女性たちのための通信教育を奨める家庭学習奨励会の教師役を担ったりした。

（4）ラルフ・ウォルド・エマソンの息子であるエドワードは、一八六一年にジェイムズ家を訪問した際の食卓で、シニアと四名の息子たちが機知に富んだ、激しい議論をしているのに接し、「ゲーリック（アイルランド）の要素」を見いだしたと書いている。ジェイムズ家がアイルランド系であって、他のボストンの知識人一家とは異なる印象を与えたということを示す。*The Early Years of the Saturday Club: 1855-1870* 328 を参照。

引用文献

James, Alice. *The Diary of Alice James.* Four Copies Printed. Cambridge: John Wilson and Son, 1894.

——. *Alice James: Her Brothers, Her Journal*. Ed. Anna Robeson Burr. New York: Dodd, Mead & Co., 1934.

——. *The Diary of Alice James*. Ed. Leon Edel. New York: Dodd, Mead & Co, 1964.

——. *The Diary of Alice James*. Ed. Leon Edel. Northeastern UP edition 1999. Boston: Norhteastern UP, 1999.

Bewley, Marius. "Death and the James Family." Review of *The Diary of Alice James*, by Alice James. *The New York Review of Books*. 5 Nov. 1964: 4-5.

Edel, Leon. "Portrait of Alice James." *Diary*. Northeastern UP. 1-21.

——. Preface to the 1964 Edition. *Diary*. Northeastern UP. xxix-xxxiv.

Emerson, Edward Waldo. *The Early Years of the Saturday Club: 1855-1870*. Boston: Houghton Mifflin, 1918.

Habegger, Alfred. *A Father: A Life of Henry James, Sr.* Amherst: U of Massachusetts P, 1994.

James, Henry. *Complete Letters of Henry James, 1872-1876*. Vol. 1. Eds. Pierre A. Walker and Greg W. Zacharias. Lincoln: U of Nebraska P, 2008.

——. *Complete Notebooks of Henry James*. Ed. Leon Edel and Lyall Powers. New York: Oxford UP, 1987.

——. *Letters*. Ed. Leon Edel. Vol. 3. Cambridge: Belknap Press of Harvard UP, 1980.

James, Henry, Sr. "The Social Significance of Our Institutions." *Henry James, Senior: a Selection of his Writings*. Ed. Giles Gunn. Chicago: American Library Association, 1974. 106-120.

James, William. *The Correspondence of William James*. Ed. Ignas K. Skrupskelis and Elizabeth M. Berkeley with Assistance of Bernice Grohskopf and Wilma Bradbeer. Vol. 2. William and Henry 1885-1896. Charlottesville: UP of Virginia, 1993.

——. *The Correspondence of William James*. Ed. Ignas K. Skrupskelis and Elizabeth M. Berkeley with Assistance of Wilma Bradbeer. Vol. 5. 1878-1884. Charlottesville: UP of Virginia, 1997.

——. *The Correspondence of William James*. Ed. Ignas K. Skrupskelis and Elizabeth M. Berkeley with

Assistance of Wilma Bradbeer. Vol. 6. 1885-1889. Charlottesville: UP of Virginia, 1998.

Matthiessen, F.O. *The James Family: Including Selections from the Writings of Henry James, Senior, William, Henry & Alice James.* 1st Vintage Book ed. New York: Vintage, 1980.

Perry, Ralph Barton. *The Thought and Character of William James.* Vol. 1. Boston: Little, Brown and Company, 1935.

Simon, Linda. Introduction. *Diary.* Northeastern UP edition. xi-xxviii.

Strouse, Jean. *Alice James: a Biography.* Boston: Houghton, 1980.

Yeazell, Ruth Bernard. "Introduction: the Death and Letters of Alice James." *The Death and Letters of Alice James. By Alice James.* Ed. Ruth Bernard Yeazell. Berkeley: U of California P, 1981. 1-45.

Zacharias, Greg. "Liberal London, Home, and Henry James's Letters from the Later 1870s." *The Henry James Review* 35 (2014): 127-140.

ジェイムズ、アリス 『アリス・ジェイムズの日記』 舟阪洋子・中川優子訳、英宝社、二〇一六年。

源流から河口まで
――ジェイムズ家探訪――

水野　尚之

　ジェイムズ家がアイルランド出身であることはよく知られている。しかしアメリカ初代ウィリアム・ジェイムズの出生地ベイリバラ(Bailieborough)について、またウィリアムが育った状況については、まだ謎が多い。ジェイムズ家についての何冊かの伝記においても、憶測がなされているのみである。本稿では、二〇〇九年以来三度の現地調査により、ウィリアムの出生地の特定、ジェイムズ家の宗教の謎、ウィリアムの両親の墓の真の場所、初期ジェイムズ家の「墓地」とされているアイルランド教会が観光名所として開発されている現状などを明らかにする。また、父ヘンリーが黒人の召使いを連れてアイルランドの親戚を訪ねた際に訪れた家(小説家ヘンリー・ジェイムズの『自伝』に記述されている)の現在の様子、ジェイムズ家の子孫がベイリバラ周辺に居住している様も詳述する。(子孫の一人は、ウィリアム・ジェイムズの出生の地に戻り、現在も夫とともに農業を営んでいる。)

　独立直後の新大陸アメリカに渡ったウィリアムは、三度の結婚により広範囲に子孫を増やした。

比較的よく知られている父ヘンリー、息子の哲学者ウィリアムや弟の小説家ヘンリーの他に、その子孫たちについても、現地調査に基づいた発見を詳述する。特にウィリアムの孫の一人マイケル・ジェイムズは、二十代で米軍空母に乗り日本軍と戦闘を行ない、終戦直後の東京湾にも入っている。彼はその時の様子を密かに日記に記し、二〇〇五年に *The Adventures of M. James* と題して出版した。その邦訳を行ない、マイケルへのインタビューを行なった様子にも触れる。

ヘンリー・ジェイムズの『自伝』第二巻には、父ヘンリーが、その父ウィリアムの出身地アイルランドのベイリバラの家を黒人の召使いと訪問した様子が描かれている。

そのようなイメージは、息子として魅力的に思える。もっとも、同時に心に浮かぶ人々の輪のことも犠牲にしないように急いで書いておかねばならない。その地平をなすものとしてカバン郡の小さな町を、おぼつかなくではあるが私は思い浮かべる。地元の弁護士や医者や有力な（と願うことにしよう、実際私たちは願ったのだから）「商人」がいて、彼らにまつわるよもやま話を私たちは愉快に聞いたのだが、彼らの結束した歓迎がその場に十二分に光彩を与えたように思われた。思い浮かべる絵の決定的な特色は、あらゆる扉がいつも開いており、そこから見える中の様子は、たいていどのテーブルにもウィスキーが用意してある、といったものだった。しかもそうした機会は、一族ではないが遠方から来て誰かの家に逗留していた美しいバーバラ（としか分からない）と庭園の中でスグリの実を探したことに比べれば（我が語り手にとって）はるかに魅力の劣ったものだった。（250）

父ヘンリーは、その父ウィリアムの死後、遺産相続をめぐる裁判の末、ウィリアムの遺産の十三分の一を手に入れ、一八三七年（二十六歳）の時に、イギリスとアイルランドを訪れた。アイルランドを出て、新大陸で成功したウィリアム自身は一度も故郷に帰らなかったが、皮肉なことに、その不肖の息子ヘンリーが、黒人の召使いビリー・テイラーを伴って、父親の故郷ベイリバラをいわば凱旋訪問したわけである。「ビリー・テイラーがアイルランド人の想像力に奇妙にも訴えたことは明らかであり、彼の一挙一動はある意味で彼らの想像力をけっして裏切らなかったのだ。（中略）ビリー・テイラーの若い主人は心から歓呼して迎えられたが、それは芝居に出てくるような召使いをつれていたという理由も少なからずあったようだ。」（『自伝』第二巻、251）

しかし、この訪問については不明なことが多く、それを調べるのが三度の現地調査の目的の一つだった。アルフレッド・ハビガーが作成したジェイムズ家の系図[1]には、もう少し書き加えることができる。左端のウィリアム・ジェイムズ（住んでいた地名によって「カーキッシュ（Curkish）のウィリアム」と呼ばれる）は、スーザン・マッカートニー（Susan McCartney）との間にロバート、ウィリアム、ジョンという三人の子供をもうけるが、二番目の息子が、独立直後のアメリカ合衆国に渡って巨万の富を築いたウィリアム、つまり小説家ヘンリー・ジェイムズの祖父である。ウィリアムの兄ロバートは、妻ジェインとの間にウィリアム、ジョン、ロバート、ヘンリーら合計十一人の子供をもうける。当時の亜麻栽培記録を見ると、ロバート・ジェイムズがここで亜麻を栽培していたことが分かる。[2]しかしロバートは、一八二三年、つまり父ウィリアムの死の翌年に死んでいる。ロバートの死後、未亡人ジェインは、息子ヘンリーとともにカーキッシュの農場に留まる。また、ヘンリーの兄ロバート（一七九七―一八四一）は、医者となってMain Streetの家を購入している。つまり、一八三七年ベイリバラを訪れた父ヘンリー・ジェイムズは、ロバートの住むMain Streetの家を訪問し、おそらくそこから数百メートルしか離れていないカーキッシュの農場で、ヘンリーとその妻（一八二二―一八八一、彼女の名前もジェイン）に会ったと思われる。(3)

それでは「カーキッシュのウィリアム」について、また彼が住んだベイリバラという土地の当時の様子はどのようなものだったであろうか。ジェイムズの祖父ウィリアムの父であるウィリアム・ジェイムズは、カーキッシュで、地代集金人の娘スーザン・マッカートニーと結婚した。彼らには三人の息子ができた。長男ロバート・ジェイムズは父の後を継ぎ農業を続け、一番下の息子ジョンは一八三一年、海で遭難したと見られている。「カーキッシュのウィリアム」は教育の必要性を感じ、次男のウィリアムに、読み書きはもちろん、ラテン語の初歩の文法も習わせている。この次男が、一七八九年、独立したばかりのアメリカ合衆国に十八歳の若さで渡ってきたウィリアム（「オールバニーのウィリアム」）である。(4)

「カーキッシュのウィリアム」の先祖を遡る手がかりは、地名と彼らの宗派である長老派にある。ベイリバラという地名は、十七世紀初頭にスコットランドのウィリアム・ベイリー(William Bailie)が入植したことに由来する。英国政府は、北部アイルランドの圧倒的多数のカトリック教徒に対して、英国国教会を信仰するイングランド人を送り込み入植させた。ベイリーは約八千エーカーを与えられたが、その土地の一部は沼地であった。(ベイリバラの中でジェイムズ家が住んだカーキッシュという地名は、「沼地」を意味する。) ベイリーは保有地をいくつかの小区 (townland) ――一小区は十農地ほど――に分け、耕作者に地代を払わせた。こうして一八世紀中葉には、ベイリバラにおよそ六十の小区ができている。「カーキッシュのウィリアム」は、その小区の一つにある十農地の一つ、約二十五エーカーの土地を耕作した。彼の先祖は一七〇〇年頃ウェールズからアイルランドに渡ってきたと考えられているが、立証はされていない (Lewis 4)。カーキッシュにおけるジェイムズ家には、不利な点があった。彼らが長老派だったことである。一八世紀末のアイルランドでは、三百万人以上がカトリック教徒であったが、長老派も約九十万人おり、これは支配階級であるアングロ・アイリッシュの人口の二倍に当たる。ジェイムズ家のような長老派は、土地の所有を禁止されていた。彼らは「教会」(church) を持つことも許されず、町のはずれの「集会所」(meeting-place) だけが許されている。さらにアングロ・アイリッシュによる教育抑圧政策も実施された。カトリック教徒にはいかなる教育も禁止され、長老派に対する教育も、禁止はされなかったが奨励されることもなかった。この政策によって、アングロ・アイリッシュが住む地区以外の住民のほとんどは読み書きができなかった。「カーキッシュのウィリアム」はこうした劣悪な教育環境をよしとせず、次男ウィリアムにアングロ・アイリッシュの「教会」(アイルランド教会) へ行くことを勧めた。その教会で次男ウィリアムは読み書きを習い、読書にも興味を持った。また「ウェストミンスター教理問答」も、正統派のカルヴァン主義の交誦集とともに復誦させられている。さらにラテン語文法からはじめて、古典の勉強も行なっている。後にこの次男がアメリカに渡り「オールバニーのウィリアム」となった時、読み込まれたイギリス文学の名作集がその書架に並び、自分の筆跡を自慢に思い、子供たちには教理問答を復誦させているのも、彼自身が受けた教育の影響であろう。

一七七〇年代に入り、新大陸のいくつかの植民地が母国イングランドに対して叛旗を翻しはじめたという知らせは、アイルランドで小作農を営んでいた農民たちを刺激した。特に一七七七年十月ハドソン川上流のサラトガにおいてイングランドが決定的な敗北を喫すると、アイルランドの一部の農民たちにイングランドからの独立の気運が生まれた。この動きを察知したイングランド政府は、規制を緩めることでアイルランド各地に叛乱が起こるのを防ぐ策に出た。新大陸の独立軍との戦争のために、宗派を問わずアイルランド人をイングランド軍に入隊させる必要もあったのである。とはいえアイルランドの農民は依然として不安定な状態に置かれ、新大陸では成功した独立も、アイルランドでは叶わないことがはっきりしてきた。「カーキッシュのウィリアム」の長男ロバートは父とともに耕作を続けた。しかし教育を受けていた次男ウィリアムは、十八歳まで住んだベイリバラに見切りをつけ、今やアメリカ合衆国となった新大陸に渡る決心をした。[5] 一族に語り継がれた伝説では、ウィリアムは「ごく僅かの金、本国ですでにある程度上達したラテン語の文法書、独立戦争の戦場を訪れたいという願望」(Matthiessen 4; Lewis 6-7; Allen 4) を持ってアメリカに渡ったとされている。ウィリアムが訪れたかった戦場とは、イングランド軍司令官バーゴイン将軍が独立軍に降伏したサラトガだったと推測されているが、立証はされていない。[6] ただ、ウィリアムがサラトガの近くのオールバニーを定住の地に選んだ理由は、その数年前に彼が実際にサラトガを訪れていたと考えると、説明がしやすいだろう。

一回目の現地調査で分かったことは次のことである。二〇〇八年時点でベイリバラのMain Streetにある家は、売り出し中だった。この家は、歯医者が開業していた。（父ヘンリー・ジェイムズが一八三七年に訪れた時も、医者ロバート・ジェイムズが開業していた。）その後、売りに出されていたこの家は買い手がつき、現在は不在地主が所有している。（バーバラという女性とのことだったが、確認できなかった。）ただしこの家は、アメリカに渡ったウィリアムの「生家」ではない。ウィリアムが生まれたのはカーキッシュの農場であり、Main Streetのこの家は当時ジェイムズ家の所有ではなかったのである。また、ウィリアムの父「カーキッシュのウィリアム」そして母スーザンの墓はどこにあるのだろうか？　彼らは長老派だったはずである。またカーキッシュの農場はどのあたりだったのだろうか？

二〇一〇年に行なった二回目の調査では、いろいろなことが判明した。まずMain Street正面にあるアイルランド教会についてである。教会の中には、ジェイムズ家の子孫が寄贈した立派なステンドグラスがあった。つまりジェイムズ家は、子孫のどこかの段階で、長老派からアイルランド教会に改宗したのである。（教会付属の新しい墓地には、一九三一年以降のジェイムズ家の墓石があった。）ジェイムズ家の祖先の墓は、現在のアイルランド教会付属の墓地ではなく、その裏手の古い荒廃した墓地にあるということだった。行ってみると草ぼうぼうだった。ジェイムズ家のアメリカの子孫が二〇〇五年にこの墓地を訪問したが、草が茂りすぎて墓を発見できず帰っていった。彼らは帰国後に嘆きと抗議の手紙を書き送っている。そこで筆者は、教会に千ユーロ寄付して墓地の整備をお願いして帰国した。その後アイルランド教会の司祭から、墓地が整備されたことを報告する電子メールが来た[7]。

二〇一二年、三回目にベイリバラを訪れた際には、さらなる調査を行なう一方で、筆者自身が現地の人たちに対して講演する機会を与えられた。また、アイルランド教会の最近整備された古い方の墓地で、ジェイムズ家の墓を発見した。しかし、なぜか墓石は皆、横倒しだった（図1参照）。

つまり、これは墓碑のみだったのである。アイルランドからアメリカへ渡ったウィリアムの父、つまり「カーキッシュのウィリアム」とその家族の墓碑も発見したが[8]、下半分に文字が刻まれていないのは、地面に埋まる部分と見込まれていたためだろう。調べた結果、ここからかなり離れたところにある長老派教会が、建物を拡張するため、建物の下になった墓の墓碑のみア

図1　ジェイムズ家の墓石（2012年、水野尚之撮影）

イルランド教会の墓地に持ってきたことが分かった。（当時のアイルランド教会は鷹揚だったらしく、飢饉の時にはカトリック教徒にも墓地を提供したということである。）それでは真の墓地はどこにあるのだろうか？　探した結果、かなり離れたコーグラス（Corglass）というところに長老派の教会があった。（長老派が当時、町の中心には教会を作らせてもらえなかったことと符合する。）この教会の墓守をしている人の家を訪ね、ついにジェイムズ家の墓（の跡）を発見した。また、当時から伝わる敷地見取り図（図2参照）を見せてもらい、ジェイムズ家の墓所を確定した。「カーキッシュのウィリアム」と妻スーザンは、コーグラスの長老派教会の拡張部分の下に眠っていた。

要するに、ウィリアムの父母は長老派として死んだのであり、息子のウィリアムも、長老派としてアメリカへ渡った。すなわちこの段階では、ジェイムズ家はアイルランド教会に改宗したわけではなかったのだ。

それではジェイムズ家の農場はどこにあったのだろうか？　そして消息不明といわれている子孫は？　筆者が現地で講演[9]したことがきっかけで、この疑問は解けた。筆者の話をジェイムズ家の子孫が聴きに来ていたのだった。翌日、この女性の家を訪問した。驚いたことに、彼女は夫とともにカーキッシュの農場のすぐ横に、今も住んでいた。この子孫のもとには、アメリカの子孫が訪ねて来たことがあり、系図を置いていったとのこと。もちろんこの系図もコピーさせてもらった。こうして、大西洋を挟んで、アイルランドとアメリカに広がっているジェイムズ家の子孫たちの詳細な

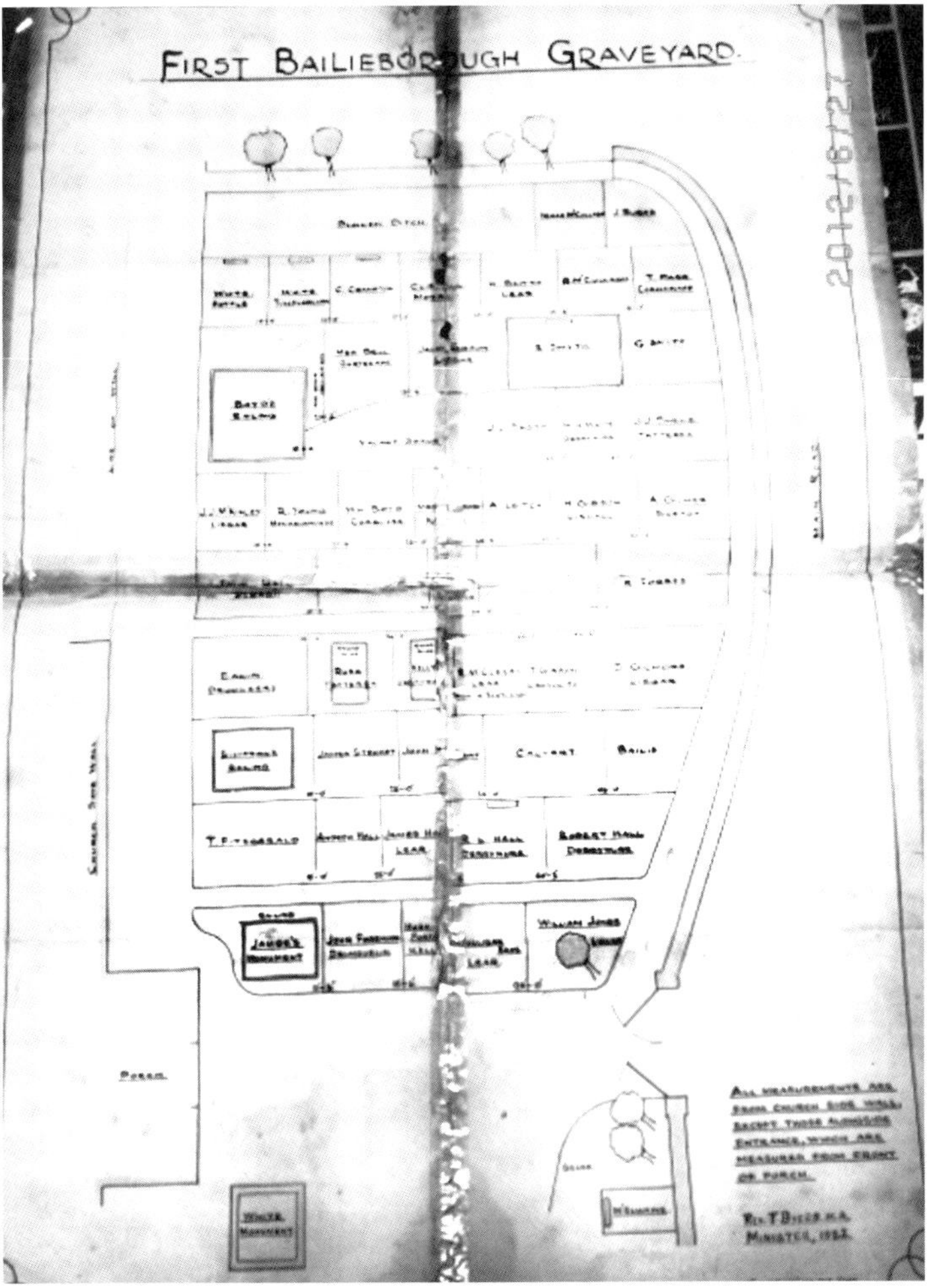

図 2　教会墓地の見取り図（2012 年、水野尚之撮影）

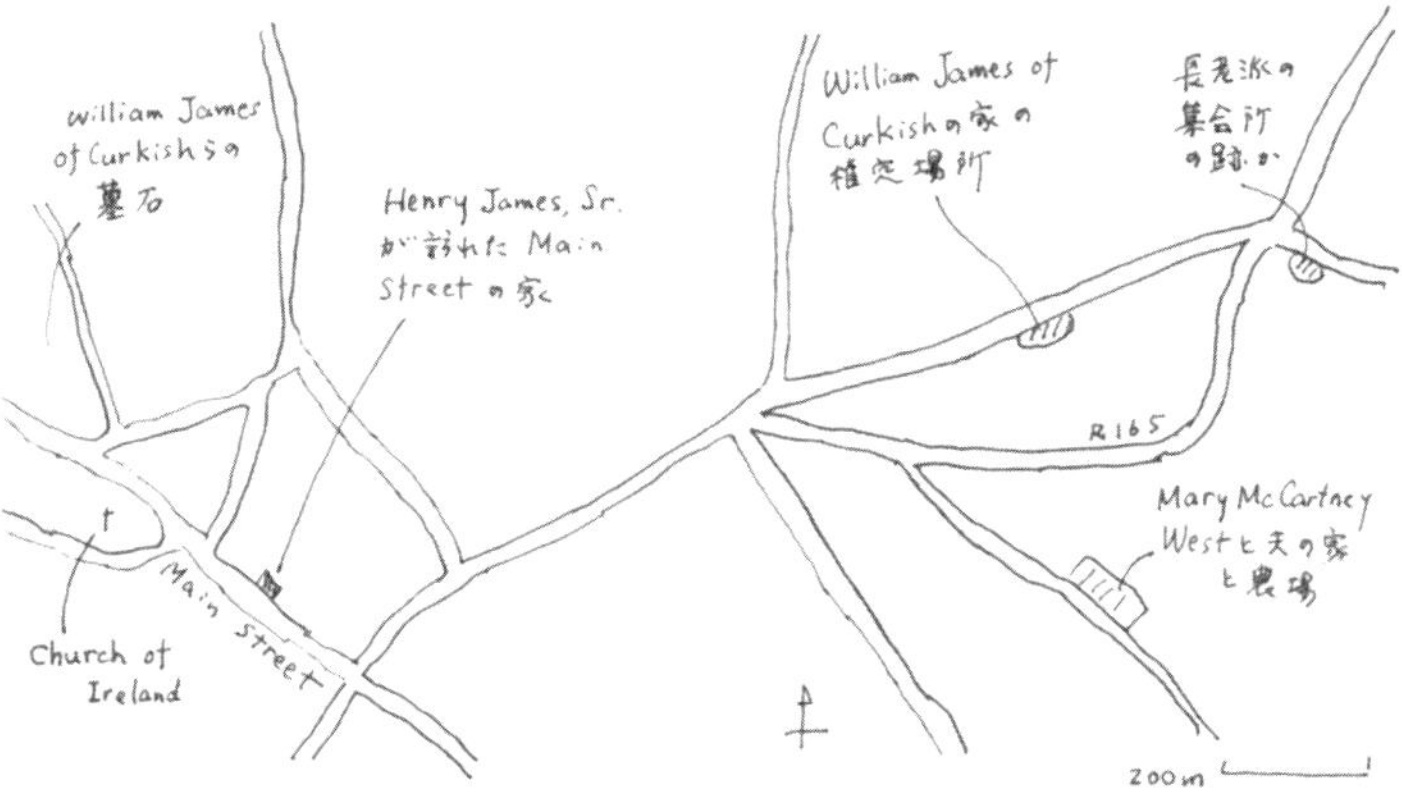

図3　ベイリバラ地図（2015年、水野尚之作成）

系図が入手できた。

また筆者は、カーキッシュにあった農場はどのあたりだったか、ピンポイントで知りたいと思った。すぐそばにあるはずだ。実は、筆者がたびたび通ってそこから写真を撮っていた道路（R165）は、当時なかったことが分かった。そうなると、当時の道は、丘の尾根つたいに昔からあった道と思われる。農作物の運搬を考えたら、家はおそらくこの道路沿いにあっただろう。古地図により古くから集落があったことが確認されているあたりへ行ってみると、住宅地になっていた（図3参照）。

また、「カーキッシュのウィリアム」たちのような長老派が礼拝を行なった集会所は、当時どこにあったのだろうか？「カーキッシュのウィリアム」の家の跡と思われる地点から、歩いて数分のところに教会があった。どうやらこれは、彼らの集会所だったと思わ

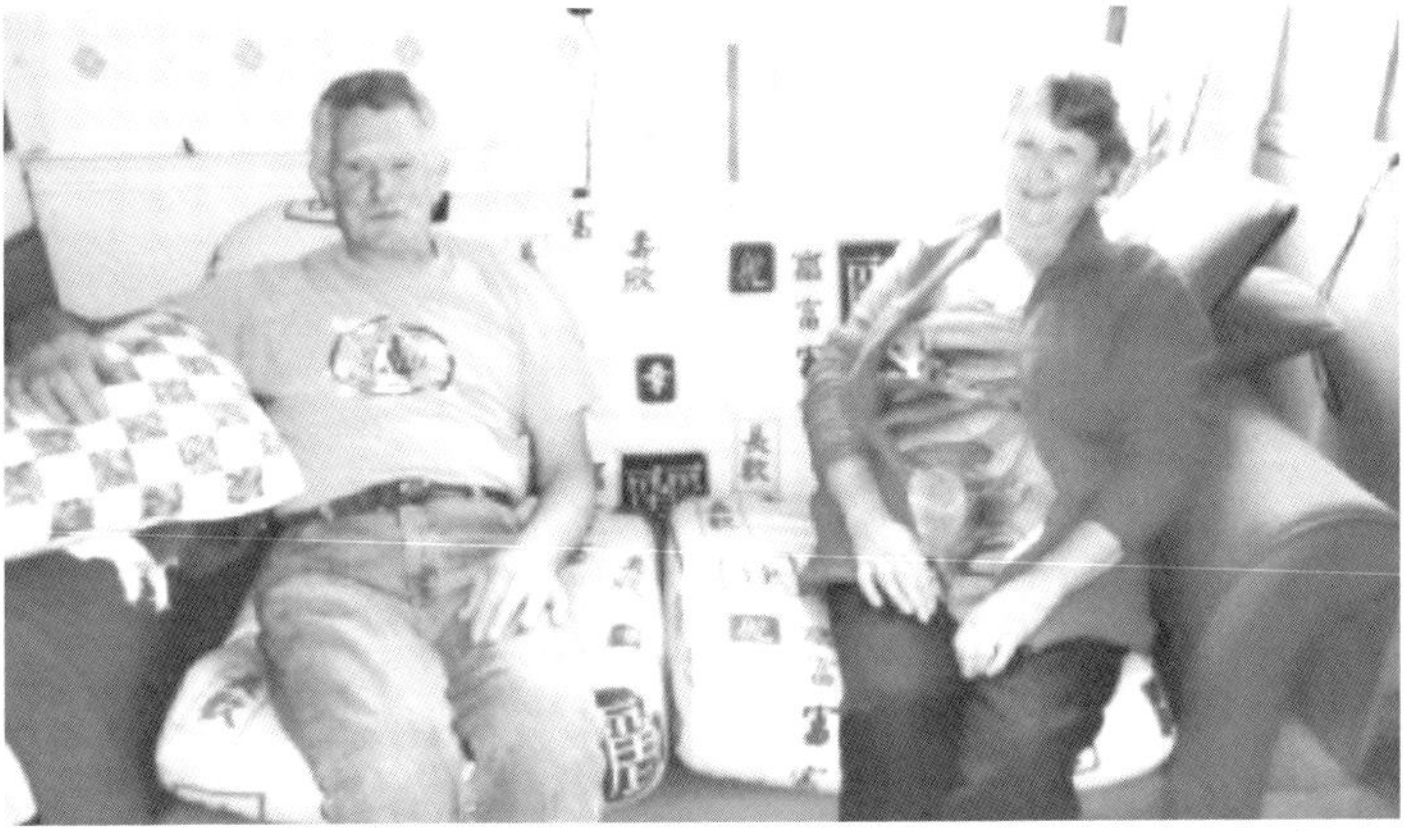

図4　メアリー・マッカートニー・ウエスト氏と夫ウィリアム・ウエスト氏
（2012年、水野尚之撮影）

れるところを、現在はカトリックの信者たちが集会所として使っているらしい。当時、ジェイムズ家のような長老派たちは、普段は町のはずれの集会所でひっそりと礼拝し、死んだら、かなり離れたコーグラスの長老派教会墓地に埋葬されたのである。

次に、現在カーキッシュに住む子孫について述べたい。写真（図4）はジェイムズ家の子孫メアリー・マッカートニー・ウエスト(Mary McCartney West)と夫のウィリアム・ウエスト夫妻である。彼らの先祖は、一八八〇年代以来ここに住んでいるという。ウィリアム・ウエスト氏はスコットランド人で、イギリス海軍に勤務し、一九七六年一月から七九年四月まで空母アーク・ロイアルに乗っていた。（現在は退役して、カーキッシュで小規模に農業をしている。）筆者が講演の中で、アメリカ側のジェイムズ家の子孫が第二次世界大戦中に空母に乗っていて、最近その回想記を出版したことを話すと、イギリス海軍で空母に乗っていたウエスト氏も興味を持った様子だった。

最後に、アメリカに渡ったウィリアム・ジェイムズ（オールバニーのウィリアム）の子孫について触れたい。ジェイムズ家は、それぞれの時代の戦争に、一族のだれかが戦争に関わってきた。そして小説家ヘンリーの兄ウィリアムの孫の時代になり、第二次世界大戦が勃発した。孫の一人のマイケル・ジェイムズが、アメリカ軍の空母モンテレーに乗って日本軍と戦い、その様子を密かに日記につけていた。この日記は二〇〇五年に、*The Adventures of M. James* として出版された。その日記には、空母での生活だけでなく、日本軍との戦い、神風特攻隊がアメリカの艦船に突入していく様子などが、写真とともに克明に記されている。また、アメリカ海軍が日本へ徐々に侵攻していく様子も、図とともに述べられている。アイルランドから始まったジェイムズ家の末裔が、終戦直後の東京湾に空母に乗って入ってきていたのである。

筆者は二〇一二年暮れに、翻訳の許可を得るために、ニューハンプシャー州ダブリンに住むマイケル氏に会いに行った。ちょうどクリスマスの時期で、ジェイムズ家の子孫たちが各地から集まっていて、情報収集に行った筆者としてはベストのタイミングだった。

またその際、アメリカ側のジェイムズ家の家系図の最新版（マイケル・アネスコ作成の系図[10]を補完する）をマイケル氏の甥のヘンリー氏が書いてくださった。

アレクサンダー・ロバートソン・ジェイムズ（哲学者ウィリアムの孫）の夫人ローズマリー・ジェ

図5　マイケル・ジェイムズ氏（中央）。両脇にいるのが双子の甥ヘンリー氏（左）とロバート氏（2012年、水野尚之撮影）

イムズの書斎には、小説家ヘンリー・ジェイムズの終の棲家ライの屋敷ラム・ハウスから、キャビネットを持ってきてあった。また机の中には、小説家ヘンリーの母メアリー・ウォルシュ (Mary Walsh) が書いた詩集があった。こうしてジェイムズ家の子孫たちの生活ぶりを拝見した後、いよいよマイケル・ジェイムズ氏に会いに行った。独身だった彼は、九十歳近くになっていて、老人施設に一人で住んでいた。マイケル氏は明るい性格の人らしく、筆者の様々な質問に答えてくれたが、このインタビューの半年後に死去した。*The Adventures of M. James* に続く *The Adventures of God and Others* (2013) が絶筆となった。

＊本稿は日本アメリカ文学会関西支部七月例会（二〇一一年七月九日、神戸大学）に於ける研究発表「ゆりかごから空母まで――知られざるジェイムズ家の素顔――」に加筆したものである。

注

（1）Alfred Habegger, "James Family," *The Father: A Life of Henry James, Sr.* (559-63) 参照。

（2）一七九六年のカバン郡ベイリバラの亜麻耕作者のリストにロバート・ジェイムズの名前がある。rootsweb.ancestry.com ホームページ参照。

（3）この家は、その後子孫たちの商店兼住居になり―たとえば一八五六年に曾孫のヘンリー・ジェイムズがここで店を開き、その後ジェイン・ジェイムズ (Jane James) が布地店を営んだ―、ベイリバラに現存している。

（4）小説家ジェイムズの母方の先祖もまたアイルランド出身であった。ウォルシュ家の中で最初にアメリカに渡ったのはヒュー・ウォルシュ (Hugh Walsh) である。彼は一七六四年、アイルランドのキリリー (Killyleagh) から移住してきた。ヒューの息子ジェイムズ・ウォルシュ (c. 1780?-1820) はロバートソン家のエリザベス (Elizabeth, 1781-1847) と結婚しているが、エリザベスの父はアレクサンダー・ロバートソン (Alexander Robertson, 1733-1816)、母はメアリー・スミス (Mary Smith) である。さらに遡って、アレクサンダーの父はジョン・ロバートソン (John Robertson)、メアリーの父はスコットランド、ダンフリーズ (Dumfries) のウィリアム・スミス（William Smith、一七六八年ニューヨークで死去）であった。

（5）ウィリアムがアイルランドを出た理由は明らかでないが、父が息子に牧師になることを望んだためそれを避けた、という「伝説」を紹介する研究者もいる。(Grattan 5)「カーキッシュのウィリアム」が次男のウィリアムにだけ教会で学ばせていたことも、それの傍証となろう。ただ、ウィリアムが聖職者への途を自ら閉ざして新大陸に渡ったとしたら、彼と最初の妻との間の息子、つまり大勢の子供たちの中の最年長のウィリアムが、新大陸において父の意に反して長老派の牧師になったことは皮肉である。

（6）ウィリアムが渡ってまもなく、ベイリバラの隣の村キリンケアからは、フィリップ・シェリダンが両親に連れられて新大陸に渡り、南北戦争時に北軍の将軍になっている。「良いインディアンは死んだインディアンだけだ」という迷言を残したとされる人物である。

（7）*The Anglo-Celt* (16 May 2013) 参照。

（8）墓石の一つには以下のように記されている。"Here are deposited the Remains of William James of Curkish who departed this life May the 3rd 1822 aged 86 years / Susan James departed this life on the 19th of May 1824 age 78 years"

（9）筆者はベイリバラで二度講演している。一度目は二〇一〇年九月 Bailieborough Arts & Cultural Centre で開催された "Henry James Literary Festival" に於いて（*The Anglo-Celt* 15 Sept. 2010 参照）、二度目は二〇一二年六月 Bailieborough Business Centre にて（同紙 21 June 2012 参照）。

（10）Michael Anesko, "James Family Tree," *Monopolizing the Master* 参照。

参考文献

Allen, Gay Wilson. *William James*. New York: Viking, 1967.
Anesko, Michael. *Monopolizing the Master*.Stanford, Calif.: Stanford UP, 2012.
Edel, Leon. *Henry James: The Untried Years*. London: Rupert Hart-Davis, 1953.
——. *Henry James: The Master*. London: Rupert Hart-Davis, 1972.

Grattan, C. Hartley. *The Three Jameses*. London: Longman, 1932.

Habegger, Alfred. *The Father: A Life of Henry James, Sr.* New York: Farrar, Straus and Giroux, 1994.

James, Henry. *A Small Boy and Others*. London: Macmillan, 1913.〔舟阪洋子・市川美香子・水野尚之訳『ヘンリー・ジェイムズ自伝――ある少年の思い出』臨川書店、一九九四年。〕

——. *Notes of a Son and Brother*. London: Macmillan, 1914. *The Middle Years*. London: W. Collins Sons, 1917.〔市川美香子・水野尚之・舟阪洋子訳『ヘンリー・ジェイムズ自伝第二巻・第三巻―ある青年の覚え書・道半ば』大阪教育図書、二〇〇九年。〕

James, Michael. *The Adventures of M. James*. Dublin: New Hampshire, Turn of the Screw P, 2005.〔水野尚之訳『マイケル・ジェイムズの冒険』大阪教育図書、二〇一五年。〕

——. *The Adventures of God and Others*. Peterborough, New Hampshire, Bauhan Publishing, 2013.

Kaplan, Fred. *Henry James: The Imagination of Genius*. London: Hodder and Stoughton, 1992.

Kelly, Tom. (2009) "Japanese Professor visits Bailieborough" *The Anglo-Celt* 2 Sept. 2009: np.

——. (2010a) "Success for First ever Henry James Literary Festival" *The Anglo-Celt* 15 Wed. 2010:np.

——. (2010b) "Henry James to be Honoured in Bailieborough Centre" *The Anglo-Celt* 25 Aug. 2010: np.

——. (2012) "Talk by James Expert" *The Anglo-Celt* 21 June 2012: 43.

——. (2013) "Historic Bailieborough Graveyard Recorded" *The Anglo-Celt* 16 May 2013: 17.

Lewis, R. W. B. *The Jameses: A Family Narrative*. New York: Farrar, Straus and Giroux, 1991.

Matthiessen, F. O. *The James Family*. New York: Alfred A. Knopf, 1947.

Moore, Harry T. *Henry James and his World*. London: Thames and Hudson, 1974.

第二部　揺れる主体

ジェイムズの手記と幽霊
――境界上の語りの戦略――

齊藤　園子

短編「エドマンド・オーム卿」(一八九一)と「ことの成り行き」(一八九六)は、一人称の語り手による物語を別の一人称の語りが導入するという、重層的な語りの構造を持っている。冒頭の一人称の語りは、中心となる物語を囲む「枠」(frame)として知られる。中・長編のうち、同様の構造を持つ作品に「ねじの回転」(一八九八)がある。「ねじの回転」においては、女性家庭教師の一人称の語りを、別の人物が先に登場して紹介する。中心となる物語が、遺された手記によるものとされている点も共通している。冒頭の語り手は、手記の再現に関わる人物らしいのだが、無名で正体は不明である。この語り手が後続の物語に明示的に登場することもない。[1] 枠の語りは必要なのだろうか。枠の語りがなくても、中心となる物語は十分に成立するのではないか。

「ねじの回転」は、幽霊の存在/不在についての議論が長年にわたって続けられてきた作品である。前置き部分も考察の対象とされてきたが、幽霊の存在や語りの信頼性を検証するための情報源の一つとして扱われることが多い。「エドマンド・オーム卿」や「ことの成り行き」とともに、語りの枠の役割にはいまだに検討の余地がある。

一　再現される手記

「エドマンド・オーム卿」、「ことの成り行き」、「ねじの回転」は、中心となる物語を幽霊物語として読むことができる点でも共通している。少なくとも作品には、幽霊の存在を主張する一人称の語り手が登場する。「ねじの回転」では女性家庭教師が、雇われた屋敷において幽霊と対峙した経験を語る。しかし、長年の議論で知られるように、この「幽霊」は超常現象としての実証性に乏しい。幽霊を語る家庭教師の信頼性が問題になるからである。そして、幽霊の存在が不明な幽霊物語に先立って登場するのが「枠」の語りである。枠の語り手は、後続の物語が、何らかの形で遺された手記の再現であることを説明するとともに、その手記が現在の形で再現されるに至った経緯を述べる。「ねじの回転」の場合は、語り手によれば、ダグラスと呼ばれる男性が、自分の妹の家庭教師だった女性の手記をクリスマス・イヴの余興として読み上げたことが、語り手と手記の物語との出会いである。ダグラスは同席者に促されてロンドンに使いをやり、自分の邸の使用人に頼んで、鍵をかけた引き出しからその手記を取り寄せたのだという。しかし、物語として手記を再現するのは、死期が近づいたダグラスから手記を託された「わたし」である。また、問題の事件は五十年以上も前の出来事で、手記を書いた家庭教師もダグラスもすでに亡くなっているという。短編二作品における冒頭の語りも、後続する手記を再現したとする人物による語りである。

（二）「エドマンド・オーム卿」

「エドマンド・オーム卿」は、イギリスを舞台に、美しい母娘、マーデン夫人とその娘シャーロット、そしてこの二人をめぐる男性たちの物語である。中心となる物語の一人称の語り手は、海辺の街ブライトンで二人に出会い、シャーロットに恋をしてプロポーズに至る。一方で彼は、母親の挙動が時として不審であることに気づく。やがてそれは、彼女が若い頃に、一旦婚約しながらも別の男性と結婚するために袖にしたエドマンド・オーム卿の霊につきまとわれていることが理由であると知る。母親によれば、娘が浮気な振舞いをすると、恋の相手にそれを教えるかのように幽霊が出現するのだという。結局、シャーロットが語り手のプロポーズを受けると同時にマーデン夫人が亡くなり、物語は閉じる。

この短編には、マーデン夫人と語り手の二人が幽霊を目にしているらしいという状況がある。しかし、幽霊の出現はこの二人以外によって証明されることはなく、語り手の話をそのまま信じることはできない。マーデン夫人の幻覚を語り手が都合よく利用したという読み方が成り立つのである。実際この語り手は、幽霊の出現をむしろ待ち望んでいる。幽霊が娘に取り憑いていると取り乱す夫人を前に、幽霊を「すばらしい存在」(135) と呼び有頂天になるのだ。彼にとってこの幽霊は、「神秘的な視野の広がり」(137) を与えてくれるものだという。手記の語り手はそもそも、他の男性たちとの交友を楽しむシャーロットとの関係に焦りを感じており、彼が幽霊を介してマーデン夫人に取り入ることでようやく結婚の約束を取り付けたという側面を排除できない。

加えて問題は、この手記に先立って別の語り手が登場する点である。前置き部分の語り手は、自分が手記を入手するに至った経緯と、手記に関する所感を述べるが、語り手の手記に対する態度は曖昧である。語り手は、手記を書いた人物の遺品を手に入れたときに手記を見つけたのだという。そして、書き手の妻が結婚後一年で亡くなったとか、手記は妻の死後かなり経たのちに書かれたものらしいなどと恣意的に情報を与える一方で、手記の内容に関係する人物の詳細については知らないし、そもそも詳細は重要ではないと述べる。そして手記の書き手については、「大体において誠実な人物だったと付け加える(119)。また、文書を自分が公表するに至った状況について、「手記の書き手は他人に見せるために書いたのではない」が、「奇妙な話なので自分が公表する」と説明する。そして「自分が変えたのは名前だけ」と念を押すのである(119)。

語り手が、他人が鍵をかけた引き出しに遺した私的な文書に対して行った行為は、無責任で搾取の意図に満ちたものである。読者の興味を掻き立てる一方で、内容に対する自分の責任は周到に回避しながらも手記の正当な継承者として振舞い、「人物名を変える」という操作をした上で勝手に公表していることになる。このような人物の編集を経た手記は、どこまでが書き手のものか不明であるが、読者は枠の語りを通してしか手記に到達できない。しかも手記の書き手は死去しており、幽霊の真偽は宙吊りのまま読者に委ねられるのである。

(二)「ことの成り行き」

「ことの成り行き」は一八九六年に発表された作品であるが、一九〇九年に『ニューヨーク版』に所収される際、「友だちの友だち」に改題された。改題の理由は意味深にも、原題が "colourless" (*Literary Criticism* 1256) だと考えたからであるようだ。この短編の「枠」の語りは、「出版の可能性」を明言する人物が、「あなた」に、ある女性の日記の一部を送る際にカバーレターとして書き添えた文章という形をとっている。語り手によれば、日記はもともと個人的な記録に過ぎず、秩序立てられたものではなかった。しかし、語り手がノートの記録を写させて、まとまりのある理解可能なものにしたのだという。その文書が出版に値するかどうか、語り手は「あなた」に打診する。

この冒頭部から、語り手が書き手不在の編集作業を行った上で、出版を計画していることが分かる。語り手の行為は、「エドマンド・オーム卿」の語り手同様に問題を含んでいる。他人の語りを奪取して恣意的な編集をしていながら、それを巧妙に隠蔽して正当な継承者として振る舞い、他人の私的な文書を公表しようとしている。語り手は、内容は興味深いが、出版は難しいのではないかと私見を述べつつ、その判断を「あなた」に委ねる。この仕組みのもとで「あなた」とは、語り手が想定する文書の受取人であると同時に、作品の読者でもある。作品の読者も編集後の物語の真価について問われていることになる。

冒頭部に続く物語は、女性の語り手によるものである。彼女は、肉親の幽霊に会うという共通の経験を持つ友人の男女を会わせようとするが、不可思議なことに実現しない。そのうち語り手と男友だちは婚約するが、引き続き必ず二人の邂逅を実現させると女友だちに約束する。しかしこの直後に女友だちの夫が亡くなり、ここに至って語り手は二人を会わせることを急に不安に感じ始める。嫉妬と不安に苛まれて、「この幽霊 (the ghost)」(381) を払拭するために、彼女は予定が変わったと婚約者に書き送ってしまう。この策謀により、二人の邂逅はまたも実現しない。しかし語り手は良心の呵責に耐えかねて婚約者に自分の所業を告白し、翌日には謝罪をするために女友だちの家を訪ねる。ところが彼女は前夜に急死したという。語り手は動揺するが、一層彼女を動揺させるのは、婚約者が前夜に彼女に会っていたという話である。彼は、幽霊ではなく生きた彼女の訪問を受けたと主張するのだ。

不思議なことに、語り手の不安は女性の死によってむしろ掻き立てられる。彼女は婚約者が、女性と、女性の死後も会い続けていると確信して婚約を破棄する。語り手の考えでは、二人は「存在の延長を楽しむという稀有な経験をした」(400) のだという。結局、語り手と元婚約者ともに独身のままで、元婚約者が亡くなったところで物語が終わる。この時の語り手は奇妙にも、「自分の考えが証明された」と満足気である (401)。この短編における幽霊にも確証はない。語り手は、元婚約者と亡くなった女友だちが会い続けているとかたくなに信じるが、元婚約者の言葉からはその確証は得られない。語り手自身の嫉妬と不安こそが「幽霊」となって取り憑いていたに過ぎないかもしれないのだ。

二　語りの分身たち

枠の語り手は、読者が読むことになる幽霊物語が手記から再現された物語で、しかも手記そのままの内容ではなく、枠の語り手が何らかの形で手を加えた結果であることを告げるために登場しているように思われる。つまり枠の語りにより、後続の物語が手記の忠実な再現ではなく、ゆえに唯一無二の物語というよりも、再現物語の一つに過ぎないことが示唆されるのである。中心となる幽霊物語は、いわば手記の分身の一つに過ぎないのだ。しかも手記の正体は不明である。読者が手記の起源を確認する可能性も否定されている。手記の書き手がすでに亡くなっている上、語り手の方で、手記の書き手のアイデンティティを明確にするつもりもない様子である。幽霊物語を語る語り手の正体を確認できない一方で、語りは確かに存在する。このような語り手は、語られる幽霊と同様に幽霊的である。幽霊物語についてのイーディス・ウォートンの言い回しにならえば、「幽霊が存在するのは語りの中のみ」(11) であるが、枠の語りに続いて提示される物語の中の幽霊は、幽霊的な語りの分身の中の幽霊なのである。

実のところ、中心となる物語も分身で満ちている。「エドマンド・オーム卿」においてはまずマーデン母娘が、異なるのは生きた年月だけであるかのごとくに、容姿のみならずまなざしや挙動、声の調子なども驚くほど似ているという (120)。二人と込み入った恋愛関係にあるエドマンド卿と語り手も分身の関係にある。二人についてイソベル・ウォーターズは、エドマンド卿の姓、“Orme”の綴りは、“or me”と読むことができ、語り手がエドマンド卿と同じ運命にあることに着目している (Waters 273)。マーデン夫人を失って消滅するエドマンド卿の姿は、結婚後一年余りで妻を失ったとされる語り手の未来を予見させるのである。マーデン母娘同様に、エドマンド卿と「わたし」も、過去と現在という時間の枠を横断する分身だと言える。

この分身たちは対立しながらも惹かれ合うようだ。マーデン母娘は、シャーロットの男性関係を巡って対立しながらも、寄り添うように生きている。またエドマンド卿と語り手についても、「エドマンドか、わたしか」が象徴的に示すように、語り手はマーデン母娘の側に立ち、エドマンド卿と対立する立場にある。しかし同時に、「わたし」は分身に惹かれるのである。「なつかしの街角」(一九〇八)のスペンサー・ブライドンのように、「わたし」は幽霊を追いかけずにはいられない("Sir Edmund Orme" 137)[2]。

　物語の語り手が、幽霊とのアイデンティティの交換が可能な分身として機能しているわけであるが、「ことの成り行き」の場合も、登場人物は不気味に重なり合う。語り手の男女の友だちは、幽霊を見た経験を持つことを理由に、語り手から同類とみなされている(371)。クリスティーナ・アルバースは、語り手の男女の友人が分身である可能性に加えて、二人が語り手の分身である可能性を示唆している。二人の友だちは、語り手の女性版と男性版であって実在しないというわけである(Albers 284)。

　中心となる物語は、本体が不明な分身による、分身についての物語ということになるが、起源のない語りが、語りの連鎖によって起源として振る舞うようになる様子も描かれている。「ことの成り行き」において、二人の友だちが幽霊に会った経験が語り手にとって重要な意味を持つのは、起源のない語りが現実に及ぼす影響力ゆえである。二人の幽霊経験は友人の口を介して世間に広まり、二人の「特徴」、あるいは「レッテル」(373)になっているのだという。「幽霊を見る」という個人的で、第三者によっては証明できない経験が、その個人に関する事実として受け止められている。ここに描かれているのは、語りが事実を反映しながら語り継がれている状況ではなく、語りの集積が語りの内容を裏書きし、事実として振る舞うようになる過程である。

枠の語り手は起源のない語りを継承して再現したことになるが、この有り様は、ジェイムズ作品と読者のアナロジーになる。ジェイムズの作品は、作家ジェイムズの語りである。ジェイムズが生み出した語りは、読者の「読み」に取り込まれる。しかし、読む行為を通じて生じるのはジェイムズの語りの分身に過ぎず、その分身は起源としてのジェイムズの語りを転覆させる可能性さえある。しかし、一旦作品が出版されれば、作品は作家の手を離れて読者の手に委ねられ、作家が読みの分身を制御することはできないのである。

三　戦略としての語りの枠

他人の手記を占有して語り直す枠の語り手の行為は、ジェイムズ作品の読者に対する警告となるのだ。重層的な語りの構造は、読者との関係を意識した作家が、読者に作品との関係を省察させる、いわば、劇中劇を演出するために用いた装置なのである。ジェイムズは「ニューヨーク版序文」において、「ねじの回転」が、「退屈し、幻滅し、気難しく、簡単には引っかからない人たちを引っかけるための冷静で芸術的な計算に基づく〈謎かけのための道具〉」であると述べている（*Literary Criticism* 1185)。「絨毯の下絵」（一八九六）がそうであるように、作者から読者への課題、もしくは挑戦状として冒頭に置かれていると考えられるのである。実に、「ねじの回転」で手記を読むダグラスとそれを聞く「わたし」やその他の同席者との関係も、作家と読者（あるいは批評家）の関係の縮図となっている。手記の書き手を代行するダグラスの躊躇いがちな態度や、「わたし」を気にする身振り、そして十分に話を聞くことなく通俗的な感想を口走る同席者の姿は、自分の作品を、結局は読者へと委ねざるを得ない作家の、不信感や不安感を映し出していると言える。枠の語り手は、ダグラスから手記を託されたとして、手記の正当な継承者として振舞うが、手記を演出するダグラスの様子からは、「わたし」の読者としての正当性を確認することは難しい。

ウィリアム・ゲーツも、「ねじの回転」の冒頭の語りを、ジェイムズと読者との関係から捉えている。冒頭の場面は、ジェイムズによる「読者のためのプロトコル」で、作品の読み方を読者に示すための場面であると指摘する (Goetz 71)。正しい解釈を示すという意味においてではなく、なぜ唯一の解釈に到達できないのかを示すというわけである。彼によれば、作品の登場人物は「作者」を求めながらも失敗している。この登場人物たちの有り様は、ジェイムズ作品の読者のアナロジーになっており、ジェイムズは、作品の一元的な解釈が不可能であることを示すとともに、作品の外部に解釈の裏付けを求める読者に警鐘を鳴らしているとする。ゲーツの指摘は、作品のメタフィクション性に着目している点で重要である。ジェイムズは、語りの構造を使って作品と読者の関係を劇化することで、読む行為に潜在する境界侵犯の可能性を可視化し、自分の作品を委ねることになる読者に対して警告を発しているのである。(3)

しかもこの読者は、ジェイムズと同時代の読者だけを想定するものではない。未来の読者も視野に捉えられている。そもそも「幽霊」の正体は、存在と不在のどちらにも帰属しえないため確定不可能で、時間的にも、過去と現在を行き来する曖昧な存在である。しかし、ジェイムズ作品における幽霊が行き来するのは過去と現在だけではない。彼の幽霊が持ち込むのは、「神秘的な視野の広がり」であり、「存在の延長」である。ジェイムズの幽霊は、未来も含めた領域を行き来する境界の存在なのだ。

語りの枠は、当時の出版産業や文学の大衆化、あるいは新世紀を前に未知の変容が引き入れる多種多様な読者を意識した作家による戦略的装置なのである。エドマンド・ウィルソンは、「ヘンリー・ジェイムズの曖昧性」において、ジェイムズのニューヨーク版序文の言葉「彼女［女性家庭教師］には大きな〈権威〉が与えられている」(*Literary Criticism* 1186) という言葉を取り上げている (Wilson 166)。ウィルソンの評論は、「ねじの回転」の幽霊が、神経症に陥った家庭教師の幻覚である可能性を指摘したことで知られるが、「ねじの回転」が語りの権威に関わる物語であるとの指摘は重要である。執筆活動自体が虚構を作りだす行為であることに鑑みると、ジェイムズが家庭教師の語りと、自分自身の執筆活動とを重ねていると考えるのは妥当であろう。ジェイムズは、中心の語りを書き直す別の語りを演出することによって、自分自身の語りを書き直す読者の語りを問題化しているのである。

四　閉じることのない関係性

ジェイムズの読者に対する警告は、しかし、作品の起源としての自らの権威を交渉下に置くという妥協と引き換えに発せられているようだ。中心となる物語は幽霊物語であるが、ジェイムズの幽霊は読者に依存する類の幽霊である。ヴァージニア・ウルフの言葉では、ジェイムズの幽霊たちは流血や身体的損傷などの描写で恐怖を掻き立てる種のものではなく、「読者自身に起源を持つ」(291)。幽霊は読者の内面から立ち現れるのだ。またミリシェント・ベルは、ジェイムズの序文を引用して、ナサニエル・ホーソーンの『緋文字』に見られるような、「言語的、表象的な省略」(Bell 16) によって、「ねじの回転」における幽霊には様々な性質が書き込まれる可能性があると指摘する。ジェイムズは序文において、作中の幽霊の邪悪さが、読者それぞれの経験によって特性が補われることで強烈なものになるように意図して作品を書いたと述べている (*Literary Criticism* 1188)。つまり、省略で生まれた空白にそれぞれの読者によって様々な意味が持ち込まれることで、個々の読者に適した、より効果的な作品が完成するというわけである。

ジェイムズがこのように語るとき、彼は、言葉を抑制して読者に意味を持ち込ませることで生じる効果は、自分があらかじめ計算したものであると主張していることになる。しかしこの主張は、裏を返せば、読者の読みが作家の想定外に逸脱する可能性を前提とするものである。ジェイムズの語りは、読まれることで無数の語りの分身を生み出すことになるが、それらは読者それぞれの経験によって異なる性質を帯びる。ここに見られるのは、作品の創造主として読者の読みを導く作家の姿ではない。むしろ作者としての権威は自明のものではなく、作家は、作品に対する読者の意味づけを追認するしかない状況にあるのだ。実際、同じ序文において、ジェイムズはこの作品を「無責任な小品」(*Literary Criticism* 1181) と呼ぶ。彼は、読者が持ち込む多様な意味を、作品の創造主として、自分の権威下に置き続けることの難しさを吐露しているのである。

ポール・バイドラーは、ジェイムズが小説と絵画とを同等の芸術品と捉えていた点を指摘し、「ねじの回転」の前置き部分の語りを、絵画をはめ込む額縁に例えている。彼は、冒頭の語りを「プロローグ」と捉える批評家たちによって、「エピローグ」を持たない「ねじの回転」の枠構造が不完全なものとみなされることがある点を指摘した上で、「プロローグ」は「エピローグ」としても機能しており、語りの枠は完全なものであると結論する。物語を読み終わった読者は、疑問を解消するためにもう一度プロローグに立ち返らされるというのである (Beidler 56)。確かに、冒頭部分が「プロローグ」であるとすれば、プロローグと「本編」の時間的な関係は、新しい出来事が古い出来事に先んじていることになるため、読者が改めて新しい出来事に立ち返ることにより、時間的な囲い込みが完成すると言えるかもしれない。しかし、語りの重層構造が実現するのは、プロローグからエピローグに至る直線的な時間のあり方というよりは、むしろ、冒頭部と後続の物語の間を終わりなく循環する、円環的な時間である。「プロローグ」と「本編」の間を何度となく往復しながら、作品の意味を考えてきた批評の歴史も、それを示しているように思われる。異なる語り手を配した外側の語りは、内側の語りとは時間的、空間的に別個の領域を構築するが、この領域は、内部を囲い込み、自己完結した領域を生み出すようには機能していない。むしろ、内外の行き来を可能にし、内部の語りを外部に開く方向に機能している。

T・J・ラスティグは、「ある意味で、すべてのジェイムズ作品は枠にはめ込まれている」(94) として、ニューヨーク版『ロデリック・ハドスン』の「ジェイムズの序文」に言及している。

> 実際には、遍く、関係性が停止することはない。そのため、芸術家が直面する高度な課題は、自分自身の法則に従って、その内部においては関係性が問題なく外部から切り離されている「ように見える」円をただ永遠に描くことである。(*Literary Criticism* 1041)（強調原文）

物事の連続性に向き合う作家の葛藤を述べる、よく知られた箇所である。ここでジェイムズは芸術家の仕事が、閉じることのない関係性があたかも閉じられ、内部の関係性が自己充足しているかのように見える枠で囲い込むことだと論じている。語りの「枠」も、実際には関係性が閉じることはないと認める作家によって設けられた境界である。読者それぞれの経験を利用して「幽霊」の邪悪さを最大化することに成功したかのようなジェイムズの言葉は、読者によって持ち込まれる関係性の連鎖を断ち切ることができないことを知る作家のパフォーマンスなのだ。作家には、読む行為に潜在する関係性の連鎖が、読む行為を通じて持ち込まれることを止めることはできないのである。

　作品の意味づけを読者の読みに一旦譲渡するというジェイムズのパフォーマンスは、作家自身を、読者と同じ舞台に身を置く役者の一人にする可能性を含んでいる。正体不明の手記の語り手も枠の語り手も、どちらもジェイムズのアイデンティティと交換が可能である。警告はジェイムズ自身にも返ってくるのであり、枠の語りを読む読者の外側に、作家のための安全な観客席はない。“or me”の“me”は読者との交渉に引きずり込まれる作家ジェイムズでもあるのだ。「エドマンド・オーム卿」の結末で語り手が耳にしたという悲痛な音は、作者としての絶対的権威の崩壊を受け入れ、分身の中に身を投じるジェイムズ自身の嘆きの声であるかもしれない。

五　語りが開く可能性

一九世紀末の、晩年に向かうジェイムズの幽霊物語には、自分の作品の継承に関する問題意識が反映されていると言える。紙の上に残された文字は、読まれることで関係性の連鎖を呼び込む。作品は一旦生み出されると、他者の語りに翻弄される手記と同様の状況に陥るのだ。その葛藤と模索が続けられる場所が語りの枠である。語りの枠は、作品の意味が保留され、読者との交渉が行われる中間領域を開く。枠によって関係性は断ち切られるのではなく、むしろ呼び込まれるのである。枠の語りは、一方では作品の読者に、「読み」に潜在する不正を示して警告する。しかし他方では、作品の起源と、作家の創造主としての絶対的権威の不在を露呈してしまう。作家は、読者との関係性の中で作品の意味が変容する可能性を受け入れざるをえないが、他方では、再現された手記と同様に、時間枠を超えて、読者の「語り」の中に存在し続ける。ジェイムズは自分の生の先に存在すること、つまり、幽霊的にではあっても、「存在の延長」を手に入れるのである。

語りの枠が開く、意味が保留される中間領域には、新しい共同体の契機が潜在していると言えるかもしれない。ポール・アームストロングは、「獅子の死」（一八九四）に関する論考において、作品をめぐる読者間の交渉の中から、支配権をめぐる争いとは切り離された「特定の読みだけを特権化する共同体とは異なる共同体」に出現の可能性が開かれるとしている。ジェイムズが作者として意味を押し付けることをせず、読者間の交渉を維持しながら、未来の読者が創り出す共同体に支配権を譲るからである(Armstrong 107)。ジェイムズの作品は、語りの再現により、ずれが生じることに抵抗を試みて警鐘を鳴らしながらも、他方ではずれを受け入れる。「言説実践の結果」としてのアイデンティティが持つ「パフォーマティヴィティ（行為遂行性）[4]」の現状変更の可能性も内包していると言えるのではないだろうか[5]。

本稿が扱った作品に見られた中間領域は、植民地主義の影響下にある文化的意味交渉の可能性が開かれる場所としての「中間領域」(in-between spaces) にも通じる面があるように思われる。ポストコロニアル理論の批評家として知られるホミ・K・バーバは、文化の差異の中間領域について次のように述べる。

> 差異の領域が重なり合ったり置き換えられたりすることで現れてくる裂け目。国民としての属性や共同体の利益、あるいは文化的価値といった複数の主体にまたがる集団的体験は、そうした裂け目においてこそ考えることができる。（バーバ 2）

アイデンティティが不明の複数の語り手によって開かれるジェイムズの中間領域は、多様な読者の関係性が持ち込まれることにより、交渉による意味の変容とともに、主体の再構築が生じる領域でもあると考えられる。

ジョン・カーロス・ロウは、ジェイムズの作品が、ポストモダンの状況においても読者や批評家に新たな読みを与え、価値を持ち続けている点を改めて評価している(Rowe 1)。「ことの成り行き」の改題後の題名は “The Friends of the Friends” であるが、複数形の友だちの連鎖を示すこの題名は、オフラインのみならず、オンライン上の不特定多数の「友だち」へと語りが拡散するデジタル時代の関係性をもよく表すものである。多様なネット上の「友だち」による語りの連鎖は確かに、多様という意味で“colourless”というよりも“colourful”な、新しい共同体を予見させる。また、語りの連鎖から生じる制御できない分身や、語りの連鎖により現実がパフォーマティブに創り出される様は、デジタル技術が媒介するコミュニケーションに対しても警鐘として機能している。ポーラ・ウイモネンは、フェイスブックが提供するコスモポリタンな枠と、オンライン上の「友だち」と「友だち」の間に現実に存在する格差に着目しているが(134)、幽霊的な経験と現実との間の中間領域で、他者との関係性を探るジェイムズの作中人物が思い起こされないだろうか。新たな共同体の具体的な姿は提示されてはいない。しかし、新旧大陸、階級、人種、宗教、性といった、様々な差異の中間領域で執筆を続けたジェイムズの語りの枠は、「未来の読者」との交渉を維持しながら、二一世紀においても新たな共同体の可能性を志向し続けるのである。

注

（1）「モード＝イヴリン」（一九〇〇）の場合は、枠の語り手は後続する物語の登場人物の一人である。
（2）このようなエドマンド卿と「わたし」の関係について、ダイアン・ホーヴェラーのように同性愛的な欲望を見出す批評家もいる。

（3）ジェフ・ウィリアムズは、「ねじの回転」の枠の語りを、語る行為についてのアレゴリーと捉え、語りの重層構造が「語りの競い合い」(49) に注意を向けるものであると指摘している。

（4）哲学者のＪ・Ｌ・オースティンの理論に由来する言葉で、何かを言うことがその行為を実際に行う状況を意味する。

（5）ジュディス・バトラーによれば、主体は、社会的に意味が確立されているパフォーマンスの反復によって構築される。しかし同時に、再現の繰り返しの中でずれが生じるため、パフォーマンスには現状を変える可能性が内包されている。

引用文献

Albers, Christina E. *A Reader's Guide to the Short Stories of Henry James*. New York: G. K. Hall & Co., 1997.

Armstrong, Paul B. "Art and the Construction of Community in 'The Death of the Lion'." *Henry James Review* 17 (1996): 99-108.

Austin, J. L. *How to Do Things With Words: The William James Lectures Delivered at Harvard University*. Oxford: Oxford UP, 1976.

Bell, Millicent. *Meaning in Henry James*. Cambridge: Harvard UP, 1991.

Beidler, Paul G. *Frames in James:* The Tragic Muse, The Turn of the Screw, What Maisie Knew, *and* The Ambassadors. Victoria: U of Victoria, 1993.

Bhabha, Homi K. *The Location of Culture*. London; New York: Routledge, 1994.

Butler, Judith. *Gender Trouble: Feminism and the Subversion of Identity*. New York: Routledge, 2006.

Goetz, William R. "The 'Frame' of *The Turn of the Screw*: Framing the Reader In." *Studies in Short Fiction* 18 (1981): 71-74.

Hoeveler, Diane Long. "Homospectrality in Henry James's Ghost Stories." *Henry James and the Supernatural*. Ed. Anna Despotopoulou and Kimberly C. Reed. New York: Palgrave Macmillan, 2011. 113-136.

James, Henry. *Literary Criticism: French Writers, Other European Writers, The Prefaces to the New York Edition*. Ed. Leon Edel and Mark Wilson. New York: Library of America, 1987.

——. "Sir Edmund Orme." *The Complete Tales of Henry James*. Ed. Leon Edel. Vol. VIII. London: Rupert Hart-Davis, 1963. 119-151.

——. "The Turn of the Screw." *The Complete Tales of Henry James*. Ed. Leon Edel. Vol X. London: Rupert Hart-Davis, 1964. 15-138.

——. "The Way It Came." *The Complete Tales of Henry James*. Ed. Leon Edel. Vol. IX. London: Rupert Hart-Davis, 1964. 371-401.

Lustig, T. J. *Henry James and the Ghostly*. Cambridge: Cambridge UP, 1994.

Rowe, John Carlos, ed. *Henry James Today*. Newcastle upon Tyne: Cambridge Scholars Publishing, 2014.

Uimonen, Paula. "Visual Identity in Facebook." *Visual Studies* 28.2 (2013): 122-135.

Waters, Isobel. "'Disengaged': Bolting and Remarriage in Henry James's Short Fiction." *Henry James Review* 29 (2008): 265-274.

Wharton, Edith. *The Ghost Stories of Edith Wharton*. New York: Scribner, 1973.

Williams, Jeff. "Narrative Games: The Frame of 'The Turn of the Screw'." *Journal of Narrative Theory* 28.1 (1998): 43-55.

Wilson, Edmund. "The Ambiguity of Henry James." *The Question of Henry James.* Ed. F. W. Dupee. New York: Henry Holt and Company, 1945. 160-190.

Woolf, Virginia. "Henry James's Ghost Stories." *Collected Essays.* Vol. I. London: Hogarth P, 1968. 286-292.

バーバ、ホミ・K『文化の場所——ポストコロニアリズムの位相』本橋哲也、正木恒夫、外岡尚美、阪元留美訳、法政大学出版局、二〇〇五年。

見間違いの喜劇
――『聖なる泉』の間主観的世界――

松井　一馬

一　世界を構築する視線の権力

ヘンリー・ジェイムズの作品において、テクスト中に描き出される世界は、登場人物の視点に限定される。言い換えれば、テクストの表面において読者の目に触れるのは、その視点人物の意識を経由し、その解釈を経た世界像である、ということだ。視点人物の視界こそがテクスト内の世界であり、その視線を通じて、視点人物は主観的に世界を構築する権力を手にしている。これを確認するのに、『聖なる泉』ほどうってつけの作品はないだろう。というのもこの作品においては、他の作品のように三人称の語り手が介在して所在を隠匿することもなく、視点人物自らその権力をほしいままに一人称の語り手として君臨し、まさしくテクスト内世界の作者として振る舞っているからである。

それゆえに、この作品にはこうした視線の権力にひそむ問題が浮き彫りとなっている。すなわち、その主観的な視線が構築する世界がいかに恣意的で独善的であるか、そしていかにたやすくその権力が無効化されるか、ということである。ジェイムズ作品の主人公は大なり小なり世界を見誤っている存在であり、他の見え方、他者の視線が越境してくることによってその主観的世界は崩壊し、間主観的世界認識が導入されるのであるが、『聖なる泉』ほど根底からその世界が覆る作品は他にない。[1] なにしろ、語り手が観察を繰り返し作り上げてきた物語そのものが、ただの幻想であり、語り手自身が「狂っている」と他の登場人物に切って捨てられてしまうのだ。ある意味で、一九〇一年、すなわち、ジェイムズの技法・主題が完成を見るいわゆる「円熟期」三作品の直前に書かれたこの『聖なる泉』は、ジェイムズ作品が常にはらんできた問題系を極度に誇張して提示しているのかもしれない。

本稿では、以上のような観点から、『聖なる泉』において語り手が作品内世界に振るう権力を確認したうえで、いかに語り手自身気づかぬうちに、間主観的にその世界が構築されているかを分析する。しかし、あまりにも極端に見間違っているがゆえに喜劇性すら帯びているこの作品について考察する前に、ジェイムズが主観的世界認識の独善性と、それがもたらしうる危険性についていかに描いているかを確認しなければならない。そのためには、ジェイムズの唯美主義に対する態度を見てみるのがいいだろう。

二　ジェイムズと唯美主義

しばしばリアリズム作家に分類されがちなジェイムズであるが、その芸術論はむしろ同時代の唯美主義者、すなわちウォルター・ペイターやオスカー・ワイルドと符合する部分が多い。ジェイムズが芸術活動を家に例えた一節を見てみよう。

一言でいえば、フィクションの家には一つの窓のみがあるのではなく、百万もの――数えきれないほどの窓がありうる、ということだ。(中略)そのそれぞれに特徴があり、その一つ一つの内には一対の目、あるいは少なくとも双眼鏡を持った人物が立っている。その双眼鏡が、何度も何度も、観察のために、唯一無二の道具となって、それを使う者に他のどの者ともまったく異なった印象を保証するのだ。(中略)広がる光景、人間の風景が「主題/主体の選択("choice of subject")」なのである。(中略)しかしそれらは、単一であろうと組み合わせであろうと、そこに立つ観察者の存在なしには無に等しい――言い換えれば、芸術家の意識なしには無意味なのだ。(*The Art of the Novel* 46)

この「フィクションの家」のメタファー、特に観察者/芸術家の意識の重視と、眼前の風景から個々の観察者が「他のどの者ともまったく異なった印象」を得る、という表現は、ペイターが『ルネサンス　美術と詩の研究』の結論で示した「個々の事物は観察者の心の内で一連の印象へと」広がり、「観察の全景は個々人の心という狭い小部屋へと矮小化」(Pater 151)される、という印象主義的理論を想起させる。また、「生はあらゆるものを内包し混沌としており、芸術は弁別と選択である」(*The Art of the Novel* 120)とするジェイムズの芸術観は、ワイルドの芸術論、すなわち芸術は「実際は誇張の形態であり、芸術の真なる精神である選択とは、過剰な強調の強化された様態に他ならない」(Wilde 1079)と述べたものと多分に重なりあっている。

このようなジェイムズの芸術家としての姿勢の背景には一九世紀後半、特に印象主義以降の芸術論争がある。ルース・ロビンスが詳述するように、印象主義の登場は一九世紀後半の審美的価値観を揺るがした。ジョン・ラスキンとジェイムズ・マクニール・ホイッスラーの裁判に顕著なように、写実的に事物を描き見る者にモラルを読み取らせる明快さを至上としてきた旧来の批評家たちは、芸術家が捉えた一瞬の曖昧な印象を再現しようとする新たな形式に反発したのである。写実と印象という二元的な対立の軸は、もちろん、プラトン以来西洋哲学が常に抱えてきたアポリア、すなわち客観と主観という世界認識の問題へと還元できるのであり、そして文学形式においてリアリズムと唯美主義とがその対立を反復していたことは言うまでもない。フランスにおいて自然主義者たちに幻滅したジェイムズが、その対立項である唯美主義に近づくのはある意味で当然であるだろう[2]。

しかし、だからと言ってジェイムズを唯美主義作家と見なしてしまうのは、リアリズム作家とレッテル貼りする以上に、その作家としての本質を見誤る行為である。実際のところ、ジェイムズは唯美主義者、特にワイルドに対しては、常に批判的であった[3]。その一例は『悲劇の詩神』におけるガブリエル・ナッシュに見出せる。この人物は、友人ニック・ドーマーへの美と芸術の教導者として登場し、政治家ではなく芸術家としての道を進むことを勧めるのだが、しかしその影響力と魅力は物語が進展するにつれて薄れていき、やがてはニックの心から消え失せるのである。唯美主義的思想を喧伝するこの人物の浅薄さと無責任さには確かにジェイムズの唯美主義への見方が表れているだろう[4]。しかし見誤ってはならないのは、ニックが結局政界から退き芸術家に転身することからもわかるように、ジェイムズが必ずしも唯美主義的思想を完全に退けているわけではないということだ。ジェイムズにとって受け入れがたかったのは、唯美主義の主張する芸術への献身という考え方それ自体ではなく、むしろ、まさにナッシュがそうであるように、芸術を重視するあまりに生を軽視し、無責任に振る舞うその独善性なのである。

三　主観主義の独善

こうした唯美主義の陥る独善性、生を軽視し無責任に芸術を称揚することの危険性をより端的に示すのが、「『ベルトラフィオ』の作者」である。小説『ベルトラフィオ』の作者、マーク・アンビエントを崇拝する若きアメリカ人の語り手は、明らかに唯美主義者として描かれている。ここで興味深いのは、この語り手がワイルド的な唯美主義の逆説を先取りしていることだ。アンビエントの家を訪問した際の印象を彼はこう述べる。

カーペット、カーテン、絵画、本、その後ろの庭には想像力があり、（中略）それは私には前ラファエル派の傑作を模倣したかのように思えた。その時イングランドで多くの物事が私に与えた印象はそのようなものだった。それらはあたかも最初に芸術や文学の内に存在したものを再現したかのようだったのだ。私の目に模倣と映ったのは絵画や詩、小説ではなかった。こうしたものこそが原型であり、幸福で高名な人々の生はそのイメージに合わせて形作られていた。（732）

このように、ワイルドが『嘘の衰退』で示した「人生は芸術を模倣する」という金言と全く同じ生の捉え方が、その五年も前にこの作品で示されているのである。こうした見方がいかに生を軽視しているか、いかに危険であるかを顧みることなく、語り手は作者自身不道徳で害をもたらすと認めるアンビエントの小説を賞賛し、その妻に読むことを勧める。しかし、芸術が生に先行するということは、言い換えれば生は先行する芸術に近づくということであり、その芸術作品が美と異教的堕落を併せ持つものであるのなら、生はその美だけでなく堕落すらも模倣してしまうことになる。アンビエントの妻はまさにそのことを恐れた。アンビエントの小説のもたらす悪影響、幼い息子ドルチノの生がその堕落を模倣してしまうことを恐れた彼女は、薬を与えず間接的に息子を殺すことを選ぶのである。芸術を称揚することのみを重視し、生を軽んじる無責任な唯美主義者のもたらす悲劇を描くこの作品は、十一年後のワイルドの裁判と投獄をも予感していたかのように思える。

同時に見落としてはならないのは、アンビエント自身は語り手と違い唯美主義的な見方をしていない、ということだ。語り手がドルチノを「彼はとても美しい――とても魅力的です。彼はまるで小さな芸術作品のようです」と述べたときにアンビエントが激怒することがそれを示している(741)。生が芸術を模倣するのであれば、生もまた芸術作品の一種に過ぎなくなる。そうした生を卑小化する見方の危険性、それがドルチノの「小さな将来を極めて困難なものにする」(741)ことをアンビエントは十分に理解している。アンビエントにとって、芸術はあくまで「それを通して人々が生を見るガラス」であり、決して生に先行するものでも混同されるべきものでもないのだ(755)。

こうしたアンビエントの見方に比すれば、アンビエントの妻もまた語り手と同質の存在であることに気づかされる。確かにモラルを重視する彼女はエピキュリアン的な語り手と対極にあるように思えるが、しかし、モラルが失われることを恐れるあまりに息子の命を奪ってしまうほど生を軽視している点で、語り手と変わらない。両者は、ともに自らの見方を他者に押し付ける独善性において共通なのである。その意味で、アンビエント家の悲劇は、二つの相容れない生を軽視した世界観が相克した結果であると言えよう。こうした恣意的な世界観、言い換えれば主観的な世界認識が、必然的に衝突と破局をもたらすことを「『ベルトラフィオ』の作者」は示しているのである。

そしてこの点こそ、ワイルド的唯美主義をジェイムズが退ける所以である。ワイルドは『嘘の衰退』において、芸術を生と我々を隔てるヴェールに例え、我々の目に映るのはそのヴェールに過ぎないとする。そして芸術家のみが現実や真実から離れそのヴェールを作り出す特権的な権力を有するのであり、世界は「芸術がそれを創造するまで存在しなかった」(Wilde 1086) とさえ主張している。芸術は「幸運にも一度たりとも真実を伝えたことはない」(1089) ゆえに「嘘」と同義であり、ただ芸術家のみが「あらゆる芸術の発現における大きな秘密、すなわち真実は完全に絶対的に形式の問題でしかないという秘密」(1081) を認識しえているのである。言い換えれば、芸術家は自らの主観に基づいた世界を創造し、それを作品として世に出すことで、他の者たちにその主観的世界認識を共有させる権力を持つのであり、その見方が正しいか否かはその芸術作品の持つ美的価値によってのみ決定されるということである。

しかし、決して芸術に対する生の優位性を疑わないジェイムズは、このような芸術家の特権化を認めない。芸術は「埋められた骨を探す犬のように本能的にあやまたず密集の中を嗅ぎまわる」ものであり、あくまであらゆるものを内包する生の中に隠れた「固く見えない価値」を探すものなのである

(*The Art of the Novel* 120)。先に示した「フィクションの家」のメタファーを思い起こしてみれば、ワイルドとジェイムズの違いは明白だろう。ジェイムズにとって我々を生と隔てているのは、向こう側を見通せないヴェールではなく、透き通ったガラスの窓なのだ。確かに、観察者の主観を通してのみ生が意味を成すとしている点ではワイルドと似ているかもしれないが、しかしその同じ「フィクションの家」にある無数の窓からは無数の観察者が同じ外景をそれぞれの主観を通して見ているのであり、これら他者の主観が芸術の真実性を裏書きする。生を見るガラスに芸術を例え、妻の見方も語り手の見方も受け容れられるアンビエントは、こうした考え方を体現する存在であると言えよう。すなわち、ジェイムズは後のエトムント・フッサールに先駆けて作中に間主観性の概念を導入しているのであり、それによって主観主義の独善を回避することを促しているのである。

四　『聖なる泉』の間主観性

主観的な観察者が独善におちいるのは、彼／彼女がその視線によってテクスト内に世界を構築する権力を手にするからである。そして先に示したように、その権力の独善性と、その主観的世界の見誤りを顕著に描き出すのが『聖なる泉』である。数あるジェイムズ作品においても特異なほどに両義的であるがゆえに、この作品の評価は未だ定まっていないと言っていいだろう。何しろこの作品がいかなるテーマを描いているかすら、批評家によって意見が分かれるのだ(5)。

この両義性は、この作品の一人称の語り手に起因する。ニューマーチを訪問した語り手は、結婚した当初中年だったブリス夫人が若返って美しくなり逆に夫であるブリスが以前よりはるかに年老いているように見えることから、ブリス夫人が夫から吸血鬼のように若さを吸い取っているのだと見なす。そして以前のような愚鈍ではなくなっていたギルバート・ロングも同様に誰かから知性を吸い取っているのだと結論付け、以前より知性を失ったらしいサーバー夫人がその相手と見当をつけ、それを確かめようと探り始める。これがこの作品の大前提であり、物語はロングとサーバー夫人の関係の確認に終始するのだが、しかし結末において語り手は「狂って」おり上記の見方は完全に妄想だとブリス夫人によって否定される。果たしてサーバー夫人は語り手が見て取ったように吸血鬼的な超自然現象に見舞われたのだろうか、それとも、ブリス夫人が切って捨てたように、それは語り手の狂気による妄想の産物なのだろうか。読者には実際に何が起こったのかを知る術はなく、どちらを信頼するかを選択するしかない。しかし、実のところ「実際に何が起こったのか」と考えることにはさほど意味はないだろう。むしろ、このテクストの焦点となるのはその決定不可能性である。同じものを人々がそれぞれに観察し解釈し、その異なった見方が並列されていること、その間主観的なあり方こそが、テクストの中心となっているのである(6)。

こうした間主観性を確認する上で重要なのは、語り手にとっての観察という行為が創作行為に擬せられ、自らの見る世界に作者としての権威を行使していることである。

私ははっきりと――そのように車輪は回っていた――自らの作品を誇りに思っていた。私がその全てを考え出したのであり、考え出すということは、素晴らしいことに、現前させるということだった。

しかし私はその時点ですら即座に了解していた、言わば私の思考にしばしば浮かんだ原理の確かな存在に唐突にたまたま気づかなければ、最も重要なものを現前し損ねただろうことを。このとき明りの中をサーバー夫人が（中略）現れたのだ。（中略）それはまさに、私の知性の働きによって、それどころか――なお喜ばしくも――私の感情の働きによって彼女がそこに現れたかのようだった。(77)

このように語り手はサーバー夫人を現前させ、目前の風景という彼の作品を完成させる。語り手はまさに芸術家として、作者として振る舞っているのであり、画家フォード・オバートに「私はただ語るだけです（中略）ちょうどあなたが絵を描くようにね。全く劣りませんとも！」(19)と述べるように、語ることで作品を創作しているのである。にもかかわらず、彼は自らの観察、すなわち作品を「理論」や「法則」と呼び、自らがあくまで卓越した観察者であると装って、「より大きな理解のために一つや二つの手掛かりを創造したに過ぎない」(63)と、その権力を偽装する。というのも、ワイルドが唱えた世界を創造する特権を有するのは、その主観的世界認識を他者に共有させる芸術家のみだからだ。ゆえに彼は、芸術家たるために逆説的に自らの作品の創作性を否認し、真実であると他者に認めさせなければならないのだ。

しかし結末において、こうした彼の「理論」の欺瞞は、ブリス夫人によって暴かれる。語り手を「狂っている」と両断し、その見方を全く受け容れないこと、全く異なる見方をしていることを彼女は明かすのだ、「それがあなたにとっての真実だとしても、他の誰にとっても真実ではありません！」(159)と。しかし、だからといって彼女の語ることが真実、すなわち「実際に起こったこと」であると保証するものは何もない。彼女が語り手の見方を妄想だと断罪する論拠となっているロングとジョン夫人の関係は、あくまで夫ブリスが見て彼女に語ったというものなのである。ならばブリスの語った内容も妄想に過ぎないかもしれず、事実、語り手は敗北を認めながらも、ブリス夫人の話に真実性を見出したわけではない。「実のところ彼女の三倍も私の方が筋道立っていなかったというわけではなかった。私に致命的に欠けていたのは、彼女の声の調子だった」(187)と述懐するように、語り手を打ち負かしたのは、彼女が語った内容ではなく、彼女がそれを語った形式である。まさにワイルドが述べたように、「真実は完全に絶対的に形式の問題でしかない」のだ。

すなわち、この『聖なる泉』というテクストは結末においてもなお、「実際に何が起こったのか」という客観的な真実を一切提示しないのである。示されるのは、語り手とブリス夫人、この場にいないブリスまでもが、観察して語るという同じ行為を行っていたことであり、語り手がその行為によってこのテクストの表面で芸術家として物語を創作していたのであれば、ブリスもブリス夫人もやはり芸術家として同じテクスト内で語り手とは異なる物語を作っていたと言える。こうしたテクスト内の芸術家の列に、画家オバートも加えるべきだろう。サーバー夫人に語り手と同じ印象を抱かなかったか尋ねられると、語り手と同様に物語を「構築する喜び」(130)を示しながら、彼もまた観察したことを語るのである。オバートがどのような見方をしていたかは明かされないが、やはり語り手とは異なる物語を作っていただろうことは疑いない。そもそも彼の関心はサーバー夫人の変化そのものにあり、語り手のようにそれをもたらした彼女の恋人を探り当てることには向いていなかったのだ。言わば、彼らは同じものを見ながら異なった主題を選択しているのである。このように異なった視点、異なった解釈を並列させる『聖なる泉』というテクストを象徴するのが、語り手をはじめニューマーチを訪れている客たちが画廊に集って「仮面を持った道化師」(34)の絵を見る場面である。その絵がどう見えるかについて、例えば「死の仮面」「可愛らしい女性」「かわいそうなブリス」など、意見を交わしながらも、結局彼らは結論に達することができない。それぞれの異なる解釈は並列されるのみで、いずれかが優位性を得ることはなく、何が描かれているのかは決定不能なのである。

このように相異なった解釈の物語、言い換えれば各々の主観的な世界認識を並列させる間主観的テクストの中心を決定不能性が占めるのは、視線の権力が相対化され無効化されるからである。世界を恣意的に見て主観的に世界を構築することで特権的地位を確立する芸術家、すなわち主体は、観察の対象とされることで客体に降格させられ、その権力をはぎ取られるのだ。「きっとあなたが気に入らないのは私の観察があなたに向けられるということでしょうね。告白しますけど、実際そうですのよ」(46)とブリス夫人が、「ああ、ぼくもあなたを観察していたんですよ」(129)とオバートが告げるように、語り手もまたテクスト内の他の主体によって観察されているのであり、その意味では主観的な世界を他者に共有させようとする語り手の試みはあらかじめ失敗が約束されていたとも言える。そしてブリス夫人に異なる世界の見方を突き付けられてその権威の失墜を自覚した瞬間、語り手は間主観的な見方を獲得し、そのテクスト内世界があらかじめ間主観的に成立していたことに気づくのだ。『聖なる泉』は、表面で語り手の主観的な世界を物語りつつも、その内に異なる世界認識を抱く多様な主体を包含し、間主観的世界を表出させるテクストなのである。

注

（1）ジェイムズ作品における主人公たちの見誤りについては、拙論「ヘンリー・ジェイムズの帝国」(21-22)を参照。

（2）ジェイムズが非リアリズム的な態度をとっていることは、H・G・ウェルズとの文学論争を見ても明らかである。客観的な世界認識を奉じ、現実を作品内に描き出すことによって読者を教化・啓蒙するというリアリズム的な文学観を標榜するウェルズと、主観的な世界認識に基づいて芸術を知覚活動の延長と見なすジェイムズの主張は最後までかみ合わない。拙論「ヘンリー・ジェイムズの帝国」(20)を参照。

（3）例えばジェイムズはペイターを批評家として賞賛し、そのルネサンス芸術への批評に影響を受けているにも関わらず、そのフィクションには必ずしも好意的な評を与えてはおらず、葬儀にも出席しないなど距離を保っていた。またワイルドには明白に反感を示しており、公的に言明することはなかったにせよ私信においては、ワイルドは「ほんの少しも関心を抱かせなかった」し(*Letters* 4: 10)、その戯曲は「題材においても形式においても幼稚」であり「分析や議論に値しない」(*Letters* 3: 372)と辛辣な評価が並ぶ。もっともこうしたワイルド評には、劇作家としての名声への嫉妬や、その傲岸不遜さへの嫌悪といった個人的な感情が強く反映されており、特に一八八二年に初対面した際にはその派手で軽薄な振る舞いに辟易したことが友人への手紙から窺える。また、ワイルドやペイターにつきまとう同性愛者という評判も、ジェイムズを唯美主義者から遠ざけた一因かもしれない。ペイターの葬儀を欠席したのは、ジェイムズ自身によれば長いこと会話をしていなかったからだというが、参列することで自分も同性愛者と見られることを恐れたため、とする見方もある。

（4）ナッシュのキャラクターの直接のモデルとなったのは、裕福な家庭に生まれた医師でありながらボヘミアンとしてあちこちを渡り歩く生活を送っていたジェイムズの友人、ハーバート・プラットである。しかし、その芸術に関する長広舌には明らかに当時の唯美主義の言説、それもワイルド的な逆説と皮肉にあふれており、J・ヒリス・ミラーが指摘するようにワイルドもモデルとなっていることは疑いない。なお、ミラーは『悲劇の詩神』がワイルドの『ドリアン・グレイの肖像』に影響を与えた可能性も指摘している。

（5）例えば、レオン・エデルはこれをゴシック・テーマに分類する一方、ポール・ジャイルズは芸術家テーマの作品と見なしている。

（6）『聖なる泉』の両義性、決定不可能性については拙論「尽きせぬ空の泉」を参照。

引用・参考文献

Husserl, Edmund. *Cartesian Meditations*. 1931. Trans. Dorion Cairns. Hague: Martinus Nijhoff, 1960.

James, Henry. *The Art of the Novel*. New York: Scribner's, 1934.

——. "The Author of 'Beltraffio." 1884. *Complete Tales* 5: 303-55.

——. *The Complete Tales of Henry James*. 12 vols. London: Rupert Hart-Davis, 1963.

——. *Letters*. 4 vols. Ed. Leon Edel. London: Belknap; Cambridge: Harvard, 1984.

——. *The Sacred Fount*. 1901. New York: Penguin, 1994.

Matthiessen, F. O. and Kennethe B. Murcock, eds. *The Notebooks of Henry James*. New York: Oxford UP, 1947.

Miller, J. Hillis "Oscar in *The Tragic Muse*." *Arizona Quarterly* 62.3 (2006): 31-44.

Pater, Walter. *The Renaissance: Studies in Art and Poetry*. 1873. Oxford: Oxford UP, 1986. Print.

Robbins, Ruth. *Pater to Forster, 1873-1924*. New York: Palgrave, 2003.

Wilde, Oscar. "The Decay of Lying." 1889. *Complete Works of Oscar Wilde*. Ed. G. B. Foreman. Glasgow: Harper, 1994. 1071-92.

松井一馬「尽きせぬ空の泉——『聖なる泉』の現象学」『藝文研究』第九七号、二〇〇九年、二九—四一頁。

——「ヘンリー・ジェイムズの『帝国』——"The Turn of the Screw" の革命」『アメリカ文学研究』第四七号、二〇一〇年、一九—三六頁。

「今はもう向こう側」
――「密林の獣」におけるセクシュアリティの境界――

畑江　里美

はじめに

デイヴィッド・ロッジは小説『作者を出せ！』で、作中人物の目を通し、「密林の獣」（一九〇三）は始まり方に困惑させられる上、読み進めるほどに「不可解という霧」(20)が濃くなる作品だと述べている。物語の中でジョン・マーチャーとメイ・バートラムは出会い、親しくなり、「恋に落ちるような気配」(20)がなくもないが、決定的なことはどうやら何も起きない。「密林の獣」は次のように始まる。

何かが会話の流れを決め、その会話が彼を驚愕させたというのが、彼らが出会った折のいきさつだが、それが何であったのかは大して重要ではない。おそらく、彼自身が口にした何気ない言葉――旧知の間柄であることを確かめた後、彼らが佇み、またゆっくりと移動するうちに口にした言葉だったのだろう。一、二時間前に彼が友人たちに連れられてやってきたその館に、彼女は滞在していた。(61)

これは、数多いジェイムズの短編の中でも特異な書き出しである。冒頭から〈彼〉がおり、〈彼ら〉がいて、その〈彼ら〉というのは〈彼〉と〈彼女〉であるらしく、かつ視点は〈彼〉にあるらしいのだが、物語は代名詞が誰を指すのか特定しないまま放置する。主人公マーチャーの名が出るのは、ニューヨーク版で二ページ目に入ってからの二四二語目、ジョン・マーチャーが二八一語目、メイ・バートラムに至っては三九三語目だ。

イヴ・コゾフスキー・セジウィックの『クロゼットの認識論』以来、「密林の獣」はホモセクシュアル・パニック、つまりセクシュアリティの境界をめぐる物語だというのが、批評の一つの前提だが、その際しばしば問題となるのが、ヘテロセクシュアルの積極的肯定あるいは越境の否定とみえる作品結末の解釈である。ケヴィン・オオイは、ジェイムズ批評の大きな二つの流れ、文体研究とクィア批評を統合することの重要性を説き、ジェイムズの「革新的な形式と文体の意義」は、文章の「セクシュアルな響き」を考慮してこそ捉えられると述べている（*Queerness* 2-3）。本論文では、作品の語りの操作と精神分析理論を手がかりとし、アセクシュアルとセクシュアルの間のもう一つの境界を考察し、作品結末と獣の出現について一つの解釈を提示したい。

一　再発見された対象

「それが何であったのかは大して重要ではない」という冒頭の一文は、この作品の核となる「会話」

を導く。しかし、会話はずっと後――ニューヨーク版では八ページ目、冒頭の文をもはや忘れてしまうくらい後――まで先送りされ、読者は「大して重要ではない」はずの説明に付き合わされる。問題はその意義だ。「密林の獣」には、できごとを意識している視点人物とそれを語る語り手という二重のフィルターが存在する。語り方それ自体に注意を払うと、この物語はまた別の層を顕わにする。

冒頭に続く第一節は、〈彼〉を取り巻く状況、つまり邸宅に集う人々の様子を描く。

昼食のあと、人々はさまざまに分散した（中略）素晴らしい部屋が数多くあり、客人たちは思いのままに動くことができた。主だったグループを先に行かせて離れることもできれば、何かをごく真剣に考慮したいなら、不思議な鑑賞や評価にふけることもできた。一人、二人で人目に付かない片隅の品物に向かい、手を膝にのせ身をかがめて、嗅覚が刺激されていることを強調するように首を振る様子も見られた。二人でいる人々は歓喜の声を合わせたり、さらに意味深い沈黙に溶け込んだりしていた（後略）（61-62）（傍点筆者）

ここには人々がいるが、外見についての情報はなく、性別やおよその人数すらわからず、あたかも動き回る影のようにおぼろげである。その反面、臭覚や聴覚情報について言及がある。つまり、冒頭から続く焦点化された語りが捉えているのは、色や形のはっきりしない人の動きと、言葉ではない声と、においだ。このような知覚の在り様は、生後間もない乳児の知覚と似ている。

続いてマーチャーが、昼食の席で「かなり離れた」（62）メイに気付く場面が語られる。その場に居並ぶ人々も交わされていたはずの会話も無視して、語りはメイを見るマーチャーに焦点を合わせる。メイは他とは明確に区別される特別な存在である。「彼女の顔は、何かを思い出させるもので、かといって憶えていたものではなく（中略）ただ彼の心をどちらかと言えばここちよく掻き乱し」(62)とあるように、初めマーチャーはメイを旧知の人物とは認識しないが、「彼女の声を聴いたとたん（中略）失われていた絆が取り戻された」(64)とあるように、変化をもたらすのはメイの声だ。乳児では未発達の視覚と異なり聴覚は誕生前から発達しているので、視覚では認識できない「絆」を声で確信するというのはつじつまが合う。また、メイの顔は、他の人々の顔とは区別され注目されているが、乳児にとって特に識別され選好されるのは、母親の顔に他ならないということは、経験的にも実験的にも確かめられている。（乳児の知覚については山口真美を参照。）

続いて、約十年前の二人の最初の出会いが語られる。マーチャーの記憶がメイによってことごとく訂正され、実は何も覚えていないのだと判断される場面だ。マーチャーはそれを全面的に受け入れ、二人の知の格差が確立される。この知の格差に基づく力関係については多くの研究者が論じている。例えば、マーチャーは「無報酬の乳母」に対するようにメイに依存しており、そのような「小児化された関係」は決して「性的に対等な関係になりえない」(Heyns 113)という見解がある。これは、当時の社会における乳母の役割を考えると、メイは母の代理であるというのと変わらない。

このあたりまでの物語は会話も含めてほぼ全てが語り手による叙述であり、その中で視点人物マーチャーの知覚や認識が前景化されている。マーチャーが過去の出会いがドラマティックでなかったことを残念に思うあたりからは、自由間接言説がはっきり用いられている。自由間接言説は焦点化された人物の言語化された意識の反映だが、叙述は焦点化された人物の言語化未満の意識も描出することができる。立場や年齢の設定上、マーチャーがメイを母親と「考える」などということはありえない。この作品の〈見えない語り手 covert narrator〉は、ジェイムズ作品の語り手がしばしばそうであるように、あからさまにコメントすることはせず、ただマーチャーのパースペクティヴに乳児の知覚のような特性を持たせることで、マーチャーの捉えたメイ像に母の要素を付与しているのだ。

マーチャーが今回の交流もまた途絶えてしまうのを残念に思っていると、メイが「あなたの話したことが忘れられなくて、そのせいで何度もあなたのことを考えました」(68) と切り出し、状況を一変させる。ここから物語は直接話法を中心とした語りに切り替わるが、地の文の視点はマーチャーに保たれる。マーチャーは、何を話したのか全く憶えていない。メイは「それ［予期していた稀有な運命］は起きたのですか？」(69) と畳みかける。地の文は自由間接言説である。「秘密を打ち明けた」ということさえ「忘れていた」にもかかわらず、マーチャーは「あなたが何をおっしゃっているのか分かっているつもりです」(70) と言う。叙述を支配する自由間接言説は、メイの「思いやり」に対する感謝の念を描き出すのだが、その間、マーチャーの発話にも思考にも十年前の会話の内容が浮かび上がることはない。「自分が彼女にどう思われているのかを確かめなくてはならない」という理屈で、彼は結局、「いったい、厳密には、どんなお話をあなたに――？」(71) と尋ねる。マーチャーを待ち受ける稀有な運命について口にするのはメイだ。

メイが告げる言葉を、マーチャーは「完全に受け入れる」(72)。メイの登場によって初めて物語にマーチャーの運命が導入された（Helmers 107）との指摘もある。導入された「本当の真実」は、マーチャーのアイデンティティの根幹となり、物語を支配する核となる。そのために、物語では一連の手続きが踏まれている。メイはマーチャーを知っている存在と位置づけられ、そのメイによってマーチャーの〈未来完了〉の運命が示され、それをマーチャーが全面的に受け入れる。しかもそれは、元はといえばマーチャー自身の言葉とされている。マーチャーはメイを通して受け取った幻想に引き込まれる。物語は、高揚感に満ちたマーチャーの内面を描き出す。自分でも覚えていなかった秘密を、メイが長年大切に守ってきたと知ったことからくる歓びは、「甘美」（69）であり「愉悦」（70）であり「極上の利得」（70）である。「見よ、彼はひとり孤独などではなかったのだ」（71）とは、〈原始的母親対象の後継者〉もしくは〈再発見された対象〉（ラカン『対象関係』上 102）との同一化による歓びを示すのではないだろうか。

二　フラストレーション

マーチャーの懇請により、メイは彼の運命を共に見守る約束をする。二人の間に「強い絆」（75）が結ばれ、「本当の真実」を共有することで、彼らは一つの「流れ」を「一緒に漂う」（76）。要するに彼らは同一化しているように見える。だが、両者の〈知〉の格差が初めから前提されていたように、両者のまなざしは非対称だ。彼女は「彼を見守って」いるし「ずっと彼の人生を見つめ、審査し、評価する」（80）。彼女は「正面から彼の眼を見ている」と同時に、「彼の背後から」も見ていて、彼の見ているものと「彼女自身の見ているもの」を一つに結び付けている」(82)。このように、メイからマーチャーに向けられた並々ならぬ関心は繰り返し確認されるが、マーチャーからメイに向かう視線は見当たらない。

マーチャーの解釈では、メイは、彼についての「本当の真実」が「彼女自身の人生の秘密」(81)であるかのように見せてくれ、彼が「実は頭がよいのにうまくいっていない」(82)ことを理解してくれる「思いやり深く賢い守護者」(81)である。マーチャーはメイに全面的に受け入れられているという確信に安住している。おそらくそれゆえに、マーチャーはメイ自身の人生について深く思い巡らすことがない。確かにマーチャーは「自己中心的」でないことを「自分自身に」示さねばならないと考えるし、自分のふるまいは「公平なのか」「報いていない」のではないかとメイに問う(84)(傍点筆者)。だが、そうした自由間接思考や会話に示された問題意識が深められることはなく、従って、メイ自身が何を欲しているのかという問いに発展することはない。メイはマーチャーを見ているが、マーチャーはメイを見ていない。共生関係の一体感が揺るがない限り、マーチャーにメイ自身について考える必然性は生じない。

その状態に変化が生じるのが、語り手が「我々が特別に関心を払う」(83)と言うメイの誕生日だ。語りは、それまでにかなりの年月——マーチャーの「中年期のすべて」(86)が経過していることをぼかしている。二人の関係が一定に保たれている以上、時間の長さは大した問題ではないのだろう。そんな中、この場面が関心に値するのは、メイがマーチャーの〈来たるべき運命〉を初めて過去形で語ることにある。メイは言う、「人の運命は到来しつつあるものだし（中略）到来してしまっているものです。ただ、(中略)その在り様と来方が、あなたの場合には(中略)特にあなたただけのものになるはずだったのです」(85)(傍点筆者)。マーチャーは「もはや何も起こらないと信じているようですね」(86)と言うが、メイは「曖昧」に首を振るだけで否定も肯定もしない。メイは「私たちの見張りが終わるわけではありません」と言うが、直後に「あなたの見張りは」と付け加える(88)(傍点筆者)。メイが「何かを言わずにいるという感覚」(88)に悩まされたマーチャーは、メイに問いただす。「あなたは［自分が知らない］何かを知っているのでしょう。そしてそれを僕に話すのを恐れている。(中略)僕がそれを知ってしまうことを恐れているんだ」(88-89)。メイは長い沈黙の末、「あなたがそれを知ることはないでしょう」(89)と告げる。

語り手はこの日が「記念すべき日」(88, 89)になったと二回繰り返す。この会話が画期的なのは、一つには、二人の見ているものが同じではないことを明らかにしたことであり、もう一つには、メイが自分の〈見張り〉をマーチャーのそれと区別したうえ、自分の〈見張り〉の終了を事実上マーチャーに告げたことにある。もはやマーチャーにとって、メイとの同一化は自明の前提ではない。ほかならぬメイの発話における微妙な言い回しと雄弁な沈黙が、マーチャーの至福に〈句読点〉を打ち、二人はそれぞれの考えを持った別個の存在であると認めることを促しているからだ。

これはマーチャーにとって危機的なフラストレーションの状況である。第三節前半の、マーチャーの奇妙な振舞い、蒸し返される会話、そしてその後の堂々巡りする思考がその表れだ。「自己中心的」であってはならないとあらためて自分を戒めたマーチャーは、一か月に十回以上もメイとオペラに同行するなど、格別に親密に振舞う。これが二人の間に生じた隙間を埋め、母との一体関係を存続させようとする試みでなくて何であろうか。

その振舞いとは裏腹に、マーチャーが口にする問いは、「何があなた［の評判］を守って」(91) いるのかであり、彼は自分との交際がメイの評判に与える影響を気にかけているように見える。だが実のところ、会話は二人の間の「結び付き」(91) を巡って交わされる。メイは、「私があなたのために生きているのではないと見せているふりはしません」と言い、「人が話題にしているのは、私のあなたとの親密さ」(91) だと言う。「僕はあなたの評判を傷つけてはいない、そういうことですね？」と確かめるマーチャーに、メイは暫しの沈黙ののち、「そう。私が気にかけているのは、あなたが他の男の方と変わらないと見なされるのを助けることだけ」(92) と答える。どうしたら報いられるかと問うマーチャーに、メイは今一度の厳粛な沈黙の末、「今のまま」(92) でいることと答える。

メイの沈黙は「深刻で重大な沈黙」であり、「さまざまな選択肢があるとでもいうかのよう」(92) だ。「今のまま」というのはメイの「選び取った」返答だ。メイの内面について、読者は知ることはできない。だが全体として、メイはマーチャーが聞きたがっていた言葉を与えたように見える。メイの言葉は、彼女の関心はマーチャーだけにあると告げており、二人の一体関係を肯定し、二人の間に生じた（実際にはもともとあったはずの）隙間を塞いだようなものだ。にもかかわらず、沈黙は〈句読点〉であって、マーチャーにいったん生じた疑いは消し去られはしない。二人の関係が「今のまま」の状態に「逆戻りした」(92) というのは表面的なことに過ぎない。

マーチャーの不安は、彼の「非難」に対し、「メイが反論する必要を感じているように見えなかった」せいで、「ある相違」(92) がはっきりと生じたことによる。二人の間に生じた裂け目を認めずに済ませるために、マーチャーの自由間接思考は堂々巡りを示す。

彼はその［メイが何かを知っているという考えの］周りを、距離を縮めたり広げたりしながら回った。結局のところ、彼女のほうが自分よりよく〝知る〟ことのできるものなどありはしない、と意識していてもあまり変わりはなかった。彼女が持っていて自分が同じように持っていない知識の源などないはずだ――とはいえ、彼女のほうが繊細な神経を持っているのかもしれないが。それは女性たちが関心を抱いている相手に対して持つものだ。女性たちは人が関わっていると、その当人が分からずにいるようなことを分かってしまう。（中略）そして、メイ・バートラムがとりわけ素晴らしいのは、それほどまでに自分の件に身を捧げてくれたことだ（93）（傍点筆者）。

二人が「同じように持っていない知識の源などない」とは、二人の見ているものは同じであるということであり、自分はメイが特に「関心を抱いている相手」で「身を捧げて」くれているとは、二人は一体であるということである。ここにあるのは、二人の分離を否定し自分を安心させようとする試みだ。

三　メランコリー

誕生日から数か月後、マーチャーは、「何か深い淵の向こう側、あるいは安息の島」にメイが行ってしまったような「見棄てられた不安」（99）を感じている。この四月の夕暮れの場面で初めてマーチャーから見たメイの外見が描かれる。見るとはメイを客体と位置付けることだ。二人の間の「相違」や「不一致」(99) が顕在化することを恐れていたマーチャーだが、もはや二人が一体でないことを覆い隠すことはできない。

メイが自分から「手を引いてしまった」(102)、自分を「見棄てた」(103) と言いつのるマーチャーに対し、メイは「今でもあなたと一緒にいる」、「見放してなどいない」(103) と応える。衰弱した身体の力を振り絞るようにして立ち上がったメイの「美しくほっそりとした姿」の全身に、目に湛えられていた「冷たい魅力」が拡がり、束の間、「若さを取り戻したかのように」(103) 映る。二人は見つめ合う。「遅すぎることはない」(105) と言うメイが何かを与えてくれようとしているとマーチャーは感じる。彼女の「やつれた顔」は「ほのかに」そして「きらびやかに」、「銀の白さ」を帯びて「輝く」。彼女の「顔」に彼は「真実」を見て取ったと思う。彼女は「触れ」そうなほど近くに「迫り」、彼が「期待を込めてただ見つめる」うちに数分の時が過ぎ、終わりが訪れる。彼女は眼を閉じ、小さく身震いをして椅子に戻る (105-6)。

この場面に漲る昂揚感には「性的な興奮」(Buelens 25) が満ちている。決して内面を語られることのないメイはここで、彼女自身の欲望を表現しているように見える。それがマーチャーに向けられたヘテロセクシュアルな愛以外のものと解釈することは困難だろう。マーチャーはそこに「真実」を見たと考える。だが彼の考えた「真実」とは何なのか、それは空白なまま、何かを与えられることだけを期待したマーチャーは、メイの差し出したものを受け取り損なう。二人は互いを欲していながら、そもそも根本的なところですれ違っている。一方が女性として男性に向かう欲望を持っているのに対し、他方は子として母とのナルシスティックな同一化に執着しているとすれば、いずれも満たされることはない。

　メイの身振りによって完全な充足の不可能が示され、同一化の幻想は崩れる。追い打ちをかけるように、次の日訪れた時、マーチャーは長い交際で初めて面会を拒否される。メイの死により「彼女を失う」ことは「彼の人生」の「終わり」(108)とマーチャーは感じる。彼女は「彼の宙吊りな状態を共有」し、「彼女自身の人生を捧げ」、「彼女は彼とともに歩んできた」。「彼女の助けによって彼は生きてきたのだから、彼女を置き去りにすることになれば、彼女の不在を（中略）ひどく辛いものに感じるだろう」(109)（傍点筆者）。ここには奇妙な逆転がある。面会を拒絶され、死によって後に残されるのはマーチャーのはずなのに、彼の思考では、彼の側が彼女を置き去りにすることになっているのだ。まるで糸巻を投げることで、母の不在に対処しようとした幼児のようではないか。

　四月の夕暮れの会話は、メイの死の直前の二人の最後の会話で振り返られる。「起こるはずだったこと」は既に「起きたのだ」と語るメイの言葉は「法」の真の声に譬えられる。「それ」はマーチャーを「自分のもの」(110)にしてしまった、未来に起こるはずだったことは既に「過去」となり、今はもう「向こう側」(112)である、とメイは告げる。

　セジウィックは、「マーチャーの運命とは、〈法〉を（中略）耐え忍ぶ客体から、その〈法〉の体現者へと変わる」という「エディプス的移行」(208)であり、彼が「彼のエロティックな自己についての無知を完全に受け入れた瞬間」が「[ヘテロセクシュアルな]文化の強制者となる瞬間」である(207)、と見る。だが、〈法〉の体現者になったとみなすに足るような行動は、マーチャーには欠けている。むしろ、奇妙にも「起きることの前と後の時間に位置」するマーチャーの「運命」は「法の形式」として「起きること」と相容れないと指摘し(210)、マーチャーは「あらゆる体現化の拒絶の体現」(212)だとするレオ・ベルサーニの見解もある。そのように考えると、物語はマーチャーが〈法〉の体現者になるというよりはむしろそれを回避する過程を描いていることになる。

そのような回避を可能にするのは、メイがマーチャーに与えた言葉だ。メイは最後の別れ際に、「もしできることなら、今でもあなたのために生きるでしょう――でも、できないのです」(114)と言う。エディプス的移行とは母子一体の共生関係が断ち切られることであり、その契機となるのが、〈母〉の欲望が自分ではない第三者に向けられていると気付くことである。メイが口を閉ざすこと、目を閉じること、背を向けることによって、一体的関係の不可能性が示されていたはずだった。しかし、メイの最後の言葉が分離をふたたび曖昧にし、共生関係の幻想が温存されたまま、メイはいなくなる。

この状況は、同性愛を構成する要因でもある。ラカンは、同性愛の場合、「父に対して法をなしたことが見出されるのは、母である」と述べている。すなわち、「父が禁止という形で介入することで、主体が母の欲望の対象への関係を解消する段階へと導かれ、ファルスに同一化するという彼にとってのすべての可能性が根本において絶たれるはずだったまさにそのときに、主体は逆に母の構造のなかに支えと助けを見出し、それによってこの危機が起きなくなる」(『無意識の形成物』上　305)。母の欲望の対象になれないという認識が生じないなら、父の法は機能しない。

しかしセジウィックが、「ホモセクシュアルではない」(205)と明言するように、マーチャーは同性愛者であるようには振る舞わない。メイの死後、マーチャーは二人の間にあったはずの緊密な「結び付き」が社会的には全く認知されないことに気付かされる。彼は「大切な人」を失っただけでなく、「大切な人を失った者」になることもできないという「二重の喪失」を経験する(114-5)。メイと二人だけの閉じた世界が消えた今、失われたものが何であるのかを彼は見究めることができない。フロイトによれば、「自分が誰を失ったのかということは知っていても、その人物における何を失ったのかということを知らない」状態はメランコリーのきっかけになるが(「喪とメランコリー」431)、その時「対象リビードからナルシス的リビードへの転化」が生じ、「性目標の断念ないしは脱性化」が起きる(「自我とエス」25)。

セジウィックが、作品中に溢れる同性愛を暗示する修辞戦略を指摘する前に、ここまでのところ「男性のホモセクシュアル・パニック」を、「男性のヘテロセクシュアル・パニック」または単に「男性のセクシュアル・パニック」と呼んでもかまわないようにみえる(200)と述べているのは示唆的だ。ナルシシズム的共生関係の段階にとどまり母―同一化による女性性強化も父―同一化による男性性強化も回避することは、単なる「セクシュアル・パニック」と呼ぶのがふさわしいアセクシュアルな状態のように思われるからである。

四　獣の跳躍

語り手は、メイの死後マーチャーに決定的な意識の変化が生じたと語る。未来にはもはや何も起こらないと確定した今、マーチャーの関心は、「覆い隠され(中略)見通すことのできない」(117)

過去における運命に集中する。それは、「意識の中の失われたもの」(117)であり、メイによって「死の闇」(118)の中に持ち去られた「知」だ。メイの墓碑はその奥を覗き見ることを拒んで立ちはだかり、「失われた運命」の象徴となる。墓碑に刻まれた二つの名はマーチャーにとって「彼のことなど知らない一対の眼」(118)と映る。何の意味づけも拒む無表情で無機的な墓碑の眼は、生前のメイの冷たい光をたたえた眼を反復し、しかも「死の闇」の入口に位置している。

約一年の放浪の末、マーチャーは再び「彼の人生の真実」(121)の在処である墓所に戻ってくる。それは「自分本来の在り様」に戻ることであり、「自分自身の、今ではそれだけが唯一貴重な部分」のもとに戻ることでもある(120)。マーチャーはメイの墓を繰り返し訪れる。

> そこに過去の事実があり、彼の人生の真実があり、過去へ向かう広がりがあって、それに彼は夢中になることができた。（中略）付添う友の腕に手をかけて昔の日々を彷徨っているように思えるほどだったのだが、その友というのが、驚くべきことにもう一人の彼、今より若い彼自身であり、さらに驚くべきことに、彼らは第三の存在のまわりをぐるぐると廻っているのであった。そして第三の存在である彼女は静止したままじっと動かず、ただその眼だけは、彼の回転する動きとともにあり、彼の後を追うことを決してやめなかった（中略）要するに、彼はこのような生き方に落ち着いたのだ――かつては生きていたこともあったという感覚だけを頼りとし、ただ支えというだけでなくアイデンティティのためにも、その感覚に依存しながら。(121)（強調原文）

かつて彼の〈人生の真実〉が未来形であった時、その周りを廻っていたのは、マーチャーとメイだった。〈人生の真実〉が過去形となった今、その周りを廻っているのは現在の彼と過去の彼であり、真ん中に位置するのが「彼女」と呼ばれる冷たい眼をもつ深淵である。彼は「何が起きたのか」という問いを「抱えたまま戻ってきたのではない」(120)。今、彼を突き動かしている問いは、墓が黙して語らない失われた運命である。

何か月も続いた膠着状態に急展開をもたらすのが、墓地に現れた喪に服する男、この物語で唯一の輪郭を持った第三者だ。その男の苦痛に満ちた顔、「傷ついた情熱」、「どぎついまでに生々しい嘆きと痛み」(124)がマーチャーに啓示をもたらす。彼は「自分の人生の内側」からではなく「外側」から、「ひとりの女性がその人自身として愛された時、どのようにその死が悼まれるのか」を見て取る(124-5)。

だがなぜ、悼まれているのは「ひとりの女性」と断言されるのだろう。マーチャーはこの男の姿を二回見る。一回目はまだ新しい墓に佇む後姿を、二回目は墓地から去ろうとする男の顔を正面から見るのだが、この時はあまりの衝撃に、服装、年齢など一切の特徴が記憶に残らない(123)。つまり、本来はこの男が誰の墓を訪れていたのか不明のはずだ。最愛の女性を亡くしたのだと決め込んだのは、視点人物のマーチャーだ。彼が男の顔に見て取ったのは、彼がこの男の中に読み込んだものなのである。

そもそも、この男の姿は、マーチャーに奇妙なほど重なり合う。この場の情景は不気味なものが出現する条件に満ちている。「陰鬱な」「灰色の秋の午後」(122)、墓石の立ち並ぶ「死の園」(121)で、マーチャーは「動く力も失われ」、「重い気持ちを抱え」(123)、メイの墓石に腰を下ろしている。しかも、「もしその時、望み通りにできるのなら、彼を受け入れようとしている墓石の上にただ身を横たえただろうし、それを彼の最後の眠りを受け取るために整えられた場所にしたかっただろう」(123)とあるように、彼の死が遠くないことが強く示唆されている。墓地に出現したのは「もう一人の彼、今より若かった彼自身」ではないか。メイの死の直後、マーチャーは墓のもと、「強烈な思いにのみこまれ」、立ち去ることもできず、さりとて「死の闇の中を見通すこともできず」、長い間、立ち尽くしていた(118)。マーチャーはその時の自分を、文字通り「自分の外側」に見たのである。

かくて、物語は急転直下、マーチャーの確信に満ちた〈洞察〉、「逃れる方法は彼女を愛することだっただろう。そうしていいたなら、彼は人生を生きただろう」(126)（強調原文）に至る。最終段落での語り手と視点人物の関係については意見が分かれてきた。セジウィックは「マーチャーの啓示的理解」に対する「ジェイムズの修辞的権威」(200)による同意を見る。だが、ジェイムズのように視点操作にきわめて意識的だった作家の場合、ことはそう簡単ではない。男との邂逅の場面の始めに語り手は自らを「私」(122)と呼び、最終二段落の始めにはわざわざ「彼、ジョン・マーチャー」(124)と名指している。このように距離を設けることで、語り手は「否認」も「承認」も与えていないというドナテラ・イッツォの見方には説得力がある(Izzo 237-8)。さらには、マーチャーの見解はもともとメイの解釈であったとも指摘(238)し、オオイも同様に結末部は基本的に自由間接言説による「メイの（挫折することになるだろう）望みのマーチャーによる提示の語り手による提示」だ("The Beast's" 2-3)と見る。しかも、「そうしていいたなら」と、仮定法が強調されて用いられているのだ。これによって語りが示唆しているのは、イッツォの論じる通り、規範としての異性愛の「回復」ではなく、むしろその「不可能性」(239)でさえあると思われる。

確かに、マーチャーの最終的な確信の内容は、メイの願望と一致しているように見える。ならば、彼は母性的対象であるメイの欲望を自らの欲望とすべきだったと考えていることになり、母の欲望を満足させられたはずの方法を見出したことになる。セジウィックは、墓地に現れた男が表していたのは、「母として形象化されるファルスの、去勢による喪失の苦しみ」であるとし、マーチャーがこの男に同一化したことを父の法への参入の完成と見る(211)。だが、男が喪失した存在であるのなら、持っている者として母を剝奪する父の機能は果たしえない。これまで論じてきたように、マーチャーのエディプス・コンプレックスが規範的な形で進行しておらず、母が禁じられないままだとしたら、彼が最後に引き受けたのは、実は〈母の法〉だったということになるのではないか。

幕切れで、襲いかかろうとする獣の幻が現れ、目の前の昏くなったマーチャーはメイの墓という死の闇の入り口に向かって身を投げる。ラカンは、父による禁止とは母に向けられた「お前の生み出したものを取り戻してはならない」(『無意識の形成物』上　296)であるとする。母とみなされる者の墓に向かって身を投げるとは、まさに母との同一化という始原の場へ戻ろうとする身振りなのではないか。物語の中で獣は二回出現する。死を前にしたメイが立ち上がった時に現れ、メイの死とともに姿を消し、末尾でメイの墓に現れる。いずれもメイの愛もしくは欲望が物語の表面にもっとも顕わになる時だ。獣は母を禁止しようとする父の脅威であるかもしれない。だが、父の法が規範的に機能せずに終わったとすれば、獣はむしろファルスを持つ母の脅威だったのかもしれない。

引用・参考文献

Bersani, Leo. "The It in the I: Patrice Leconte, Henry James, and Analytic Love." *Henry James Review* 27 (2006): 202-214.

Buelens, Gert. "In Possession of a Secret: Rhythms of Mastery and Surrender in 'The Beast in the Jungle.'" *Henry James Review* 19 (1998): 17-35.

Helmers, Matthew. "Possibly Queer Time: Paranoia, Subjectivity, and 'The Beast in the Jungle,'" *The Henry James Review*. 23 (2011): 101-117.

Heyns, Michiel W. "The Double Narrative of 'The Beast in the Jungle': Ethical Plot, Ironical Plot, and the Play of Power. *Enacting History in Henry James: Narrative, Power and Ethics*. Ed. Gert Buelens. Cambridge: Cambridge UP, 109-125. 1997.

Izzo, Donatella. *Portraying the Lady: Technologies of Gender in the Short Stories of Henry James*. Lincoln; London : U of Nebraska P, 2001.

James, Henry. "The Altar of the Dead," "The Beast in the Jungle," "The Birthplace," *and Other Tales*. New York: Scribner's Sons, 1909.

Lodge, David. *Author, Author.* London: Penguin, 2005.

Ohi, Kevin. "The Beast's Storied End." *Henry James Review* 33 (2012): 1-16.

——. *Henry James and the Queerness of Style*. Minneapolis: U of Minnesota P, 2011.

Sedgwick, Eve Kosofsky. *Epistemology of the Closet*. Berkeley: U of California P, 1990.

フロイト、ジグムント「自我とエス」、『フロイト全集第十八巻』岩波書店、二〇〇七年。

――「不気味なもの」、『フロイト全集第十七巻』岩波書店、二〇〇六年。

――「喪とメランコリー」、『フロイト全集第十四巻』岩波書店、二〇一〇年。

山口真美『赤ちゃんは顔をよむ――視覚と心の発達学』紀伊國屋書店、二〇〇三年。

ラカン、ジャック『対象関係』（上）小出浩之・鈴木國文・菅原誠一訳、岩波書店、二〇〇六年。

――『無意識の形成物』（上）佐々木孝次・原和之・川崎惣一訳、岩波書店、二〇〇五年。

分身というモンスター
――「なつかしの街角」における自己イメージの問題――

砂川　典子

序

ジェイムズの短編「なつかしの街角」は、二十三歳でアメリカを離れ、その後三十三年間ヨーロッパで過ごした後にニューヨークに戻り、自身の所有する家の中を「分身」、あるいは幽霊を探して夜中にさまようスペンサー・ブライドンの物語である。この物語は様々な要素が混じり合っているが、物語の核心である分身は現実に存在しているのか、幻覚に過ぎないのかは曖昧であり、ツヴェタン・トドロフの定義する幻想文学の一ジャンルに分類することが出来る。もっとも、トドロフは幻想文学の本質として、「自然の法則しか知らぬ者が、超自然と思える出来事に直面して感じる『ためらい』」(42)を登場人物にも読者にも要請することを挙げているが、「なつかしの街角」においては、分身、あるいは幽霊は作中人物であるブライドンと、彼と旧知の仲であるアリス・スタヴァートンによってその実在性は疑われてはいない。超自然的な何かはブライドンとアリスの意識の中で確実に存在しており、アリスに至っては夢で二度、物語の最後にも遭遇したとブライドンに告白する。分身は文字通り二人の共同幻想と呼んでもよいものであり、最終部の二人の会話ではそれが存在するかどうかは問題ではなく、その分身が果たしてブライドンなのかどうかに収斂している。

また、一方この物語はゴシック小説の要素も備えている。超自然的な出来事が発生し、ブライドンの経験する恐怖や不気味な描写、陰惨な分身の姿もゴシック小説風であり、エドガー・アラン・ポーの「ウィリアム・ウィルソン」を思い起こさせる（もっとも、「なつかしの街角」では主人公が分身を追跡するが、「ウィリアム・ウィルソン」では分身によって主人公が追いつめられる）。しかし、「なつかしの街角」の舞台は中世の異国的な城や館ではなく、二〇世紀初頭の高層建築ラッシュに湧くニューヨークである。このことから、ジェイムズの自伝的要素をこの物語に見出すのは容易である。ジェイムズは一九〇四年の夏から二十年ぶりにアメリカを訪れ、その旅行の印象を『アメリカの風景』にまとめているが、久しぶりに帰国して祖国の変貌ぶりを見たジェイムズの姿はブライドンに投影されており、また、「なつかしの街角」におけるニューヨークの喧騒や混沌は『アメリカの風景』におけるそれらと非常に類似している。

しかし、物語においてブライドンの関心はいつしかニューヨークやアメリカから離れてしまう。

それは単なるつまらないエゴイズムであり、こういう言い方を彼女［アリス］が気にいるなら、病的な妄想だった。彼はすべてのことが結局一つの問題、つまり、ニューヨークを捨てなければ、自分はどんな人間になれたのだろうか、どのような人生をたどり、どのような「結果」になっていただろうかという問題に帰着することに気づいた。（中略）もう他の興味は、アメリカのどんな魅力も彼の心

を惹きつけなかった。(705-706)

ブライドンが帰国したのは、自分の財産である「なつかしの街角にある家」を見るためであった。そして、二軒の家が父と二人の兄が亡くなった後にブライドンの所有となったが、当初ブライドンは、高層アパートに改築中の家をアリスと共に足繁く訪れていた。しかし、次第にもう一軒の昔の面影が比較的残っている現在は空き家になっている家に一人で夜毎通うようになる。ブライドンはこの家は「七十年間の過去を象徴しているのです。ここで人生を終えた祖父の世代、そしてかなり以前に消滅した私の青春の残り灰を含めて、ほぼ三代にわたる年代記がここの空気の中に微塵となって漂っています」(704) とアリスに告白するが、彼の関心は現代のニューヨークやアメリカからひたすら過去へと遡及し、昔の家を一人で歩き回ることで、「本当に人生が始まる」(709)、「自分が完全に自分のものだ」(709) という感覚がよみがえってくる。つまり、夜中に過去の古い家を徘徊することは、ブライドンの根源的な不安や苦悩を和らげ、自己の統一性を回復させる働きを持つのである。

ブライドンは現在の自分を「ぱっとしない二流の社交界の成功者」(710) であり、彼を取り囲む世界もぼんやりとして、「それに応える自分の身振り手振りも巨大な影」(710) だと感じ、自身を取り巻く現実に対して齟齬や不和を感じている。そして、アメリカに残っていればどのようになりえていたか、またどのような姿になっていたのかという想像は妄想となり、ありえたかもしれない自分を「分身」(*alter ego*) と呼び、それをひたすら追いつめることに固執することになる。夜中に家をさまよい、分身を探すことはブライドンが思いがけず気づくように、自分で自分を追いつめることになるのだが、外界から隔絶し、現在や未来に背を向け、ひたすら過去に沈潜して分身を探すことにどのような意味があるのだろうか。

一　摩天楼と「父」の家

『アメリカの風景』には、二〇世紀初頭のニューヨークの様子が描かれている。ジェイムズが当時のニューヨークに感じたのは、「びくともしない力」(72)であり、その力は「途方もない」(72)ものであった。その雰囲気は喧騒や熱狂によって支配され、そうしたニューヨークをジェイムズは「荒々しい若い巨人のようにそのぐにゃりとした四肢を伸ばし、成長し続ける怪物」(73)と呼んでいる。そして、人や富で膨張し続けるニューヨークを象徴するものが摩天楼であるが、それらは「針山のピンのように水面から空を穿ち」(74)、「他のアメリカ的なものと一緒で図々しいくらいにあからさまに新しく」(75)、「商業という点を除けば、歴史も歴史の永続性もない」(75)。つまり、摩天楼には、威勢や新奇性があるが、反面、歴史性も芸術性もないということである。また、摩天楼は、「美的な見方をしようとしても、その特徴、つまり経済的理想を最も声高に叫ぶ特徴によって結局は挫かれてしまう」(92)と述べられている。摩天楼は「商業の大聖堂」とも呼ばれたが、元来商業建築なので、建築家の構想や美意識よりも依頼主や所有者の意志や思考が反映されやすく、また壮大であればあるほど依頼主や所有者がいかに成功したかの指針になる。トーマス・ファン・レーウェンは、「権力で人を支配するよりも、その権力をもっぱら物に移し替えようとするのである。これこそがおそらくアメリカの摩天楼現象の最も重要な一面である。権力は物質に、あげくは建物に変形される」(127)と指摘しているが、摩天楼には自己の拡大や膨張、成功や蓄積された富といったものが読み取れる。アリスは「アメリカにいらしていたら、才能を生かして素晴らしい建築様式を思いついて、大金持ちになれたかもしれません」(701)とブライドンに言うが、ここでもアメリカにおける権力や成功が摩天楼に象徴されていることが分かる。

一方、先述したように、ブライドンが長い年月をヨーロッパで過ごし、アメリカに帰国したのは、父の死後財産を引き継いだ二人の兄が亡くなったため、自分に遺された二軒の家を見るためであった。この二軒の家はブライドンに強固な経済的な基盤を与えてくれるものだ。また、たまたまニューヨークの家賃が高騰していること、二軒の内の一軒が現代風の高層建築に改築することが可能になったことで家賃収入が増えることが予想され、彼にそれなりの資産をもたらすことを約束してくれる。しかし、これらは成功や富、権力の象徴である摩天楼と対照的である。二軒の家はあくまでもブライドンの父から譲り受けただけで、ブライドン自身が築いたものではなく、資産が増えることも時代のたまたまのめぐり合わせにすぎない。柴田元幸は、アメリカ文学では主人公が家を建てる（あるいは買う）ことは自己創造と同義であり、豪邸を建てることはself-made manにとって「社会的に自己創造を遂げるための必要不可欠なステップなのだ」(74)と述べているが、ブライドンは家を建てたり購入したりするどころか、「父」の家を受け継いで改築することが限界であり（ブライドンには実質上財産と呼べるのはこの二軒の家しかない）、二軒の家はブライドンの自己創造や自己の拡大、成功や富、権力の象徴にはなりえない。
そして、ブライドンが自分自身を完全な失敗者とまでは言ってはいないが、現在の自分に忸怩たる思いを抱いているのは明らかである。

「とにかく、それは言葉の比喩に過ぎません。実際今そのように感じているのです。若い時分にあの曲がりくねった人生を選ばなかったら—ほとんど父の呪詛を浴びながらでしたが—あの日から今日のこの日まで、何の疑いも痛みも感じずにあのように『向こうで』頑張らなければ、特に、向こうの生活をあんなに愛さなければ、自分の愛にうぬぼれてあんなに愛さなければ。少しでも違っていれば、私の生活も『外見』も少し違ったものになっていたでしょう」(706)

自身の若い頃を「父の呪詛を浴びながら」と振り返っているが、その結果としてブライドンの人生の挫折がある。ブライドンは文字通りの意味でも、象徴的な意味でも「父」を乗り越えることが出来ていないと言える。ブライドンは夜中にひたすら「父」の家、一族の過去の家を徘徊するが、これは時間的にも精神的にも一種の退行であり、無意識の領域の探索である。フロイトは自我の意識的な部分で、合理的・論理的な思考をする部分を「自我」(「エゴ」)、道徳的・倫理的判断を行う「超自我」(「スーパーエゴ」)、無意識の領域をエス(「イド」)と分類したが、無意識/エスは自我や超自我によって追い払われた部分、つまり抑圧された欲望や思考である。ブライドンはそれを自分でもはっきりと認識出来ない「私の中の奥深くにあった奇妙な分身 (alter ego)」(707) と呼んでいるが、分身はブライドンの抑圧された無意識的願望がイメージ化されたものだ。

しかし、逆説的なことに、分身は分身だから似ているのではなく、似ているから分身と呼べるのである。ブライドンはアメリカを離れてヨーロッパに行かなければ、「私の生活も『外見』も少し違ったものになっていたでしょう」（706）とアリスに言ったが、分身のイメージがブライドン自身から乖離していた場合、それが自己の分身であるとどのようにして認識出来るだろうか。この問題は物語の最終部の分身をめぐるブライドンとアリスの矛盾撞着した会話にも現れている。アリスが夢で二回会った男はブライドンの分身であり、ブライドンが朝方に遭遇した顔を覆って片方の指が欠損した醜い男と同一であるにもかかわらず、ブライドンに似ていないので分身ではないとブライドンもアリスも結論付ける。しかしその陰惨さ故にアリスに愛情と憐憫をかけられている気の毒な男の正体が誰なのかという問題は未解決のまま黙殺されるのである。

二　ナルシシズムと分身／鏡像

分身に夢中になるブライドンを、ナルキッソスの神話とフロイトのナルシシズム理論、ラカンの「鏡像段階」論から解釈したのは、シャーリン・クラゲットである。ナルシシズムの語源はギリシャ神話の美青年ナルキッソスの物語に由来するが、この物語を「なつかしの街角」に当てはめるなら、ナルキッソスに恋する森のニンフのエコーはアリスであり、水面に映った自分（分身）にひたすら魅了され、その場から離れることが出来ず衰弱して死ぬナルキッソスがブライドンということになる。

ナルシシズムは、エロス的な対象として自分自身を選ぶことを特徴としているが、フロイトは人の発達段階に従って、エロスの対象が自己から外部へと向けられることを示唆しており、人の「対象選択 (object-choice)」(欲望の対象として選ばれた人やモノ) のあり方は、以下のように移行すると定義している。

(1) ナルシシズム型によって
(a) いまある自分を (自分自身)
(b) かつての自分を
(c) なりたい自分を
(d) 自己の一部であった人物を
(2) 依託型によって
(a) 世話をしてくれた女性を
(b) 保護してくれた男性を (フロイト 257)

クラゲットは、「フロイトに従えば、アリスは『依託型』の対象選択―つまり、リビドーが自己という内部ではなく、外部へと向けられることによって欲望される人物である」(193) と述べているが、「依託型」とは、母親や父親といった幼児期の保護者に対する愛情のことで、つまり母親的・父親的な人物のことである。ブライドンは物語の始まりは自己愛的で、アリスに「自分自身のこと以外はどうでもいいのですね」(708)と言われていたが、夜中に分身を追求して空き家を歩き回った後、朝方に惨めな自分の分身を思わせる男と遭遇して気絶し、その男は自分の分身ではないと拒絶する。そして、傍らでずっと見守ってくれていた庇護的で母性的なアリスの愛に応えるので、ナルシシズム型から依託型(2)(a)に移行しているように見える。しかし、「なつかしの街角」はブランドンのナルシシズム克服の物語に収斂されるかどうかは疑問である。なぜなら、分身探しは心的な発達や成長といったナルシシズムの克服とは逆のベクトルを持つからである。

昔の家を夜中に徘徊して分身を探すことは、先述したように、離人症のような現実感消失を抱えるブライドンの根源的な不安を和らげ、自己に何らかの統一性をもたらすものであった。また、その分身はブライドンの自我の一部で、無意識的願望がイメージ化されたものと解釈できるが、その視覚的イメージをつかむことはブライドンの自己イメージの認識・獲得につながるのである。これはラカンの「鏡像段階」論における幼児の身体性や自己イメージの獲得と類似している。人間は「前エディプス段階」と呼ばれる生後四ヶ月位は母親との境界も曖昧で、自身の身体的イメージや統一感がないが、その後「鏡像段階」と呼ばれる時期に入り、生後六ヶ月から十八ヶ月の間に鏡に映ったイメージを見て、自分の姿に歓喜を覚え、統一した身体イメージや統一的自己像が形成される。(1)本来なら、ここから幼児は「鏡像段階」を経て、家族や社会、他者と関係し、言語を獲得しながらこの世界に入るはずだが、ブライドンの鏡像であるはずの分身は、片手の指が二本欠けて、灰色の頭をした、冴えない身なりをした惨めな男である。幼児が鏡に映った自分のイメージを見ることは自己の統一的イメージを獲得する歓喜の瞬間であるが、ブライドンが目撃した分身／鏡像は、「見たこともなく、とても信じられようもなく、恐ろしい、自分と似ている可能性などどこにもないものだった。（中略）こんな人物なら全く自分と似ていないし、分身となると怪物に違いない」(725)。ブライドンは「父」の家を夜ごと歩き回り、現在や未来に背を向け、過去へと逆行して鏡像段階に至っても、結果的に自己の統一的イメージの獲得に失敗し、根源的な不安の解消どころか、分身に出会った恐怖で失神してしまうのである。

さらに、この分身／鏡像のイメージがブランドンに与えた衝撃を、先のナルキッソスの神話の結末と比較し、ナルキッソス＝ブライドン、エコー＝アリスととらえると、アリスの役割は一転する。エコーはその名が示す通り、聞いた言葉をそのまま返すことしか出来ず、ナルキッソスの話の終わりを繰り返すことしか許されていない存在である（ブライドンとアリスの会話において、アリスはブライドンの言葉をそのまま返したり、受け答えしたりすることが多い。実際、"echo"という単語も使われる）。このため、ナルキッソスは言葉の世界―ラカンにおける言語というシニフィアンの織りなす象徴界で他者が存在する世界―から結果的に疎外され、自己の意志や感情を表象する言語によって他者とコミュニケーション、あるいはディスコミュニケーションすることもなく、水面という鏡に映る自分自身のイメージに耽溺して命を落とす。つまり、ナルキッソスは自己の鏡像というイメージに溺れて死に至ったとも言えるのである（ブライドンが分身を見て意識を失うのはその象徴とも解釈出来る）。アメリカに残りさえしていたらありえたかもしれない姿が現在のブライドンとは異なる理想的自己像であるかのように説いて誘惑し、ブライドンを分身探しへと促したのはアリスである。つまり、アリスがナルシシズムの克服とは真逆の方向、つまり、ブライドンのリビドーの対象が自分自身・分身／鏡像へと向かうように唆し、イメージによって構成される他者不在の自己完結的な想像界の領域に留まらせたとも言えるのである。

三　分身／鏡像のジレンマ

それならば、分身／鏡像がブライドンの姿と酷似していたら、ブライドンは衝撃を受けなかったのだろうか。分身／鏡像のおかげでまとまった統一体としての自己のイメージを獲得していわゆる「本当の自分」を手に入れたり、理想の姿を見出してそれに同一化することが出来たのだろうか。石田浩之は分身／鏡像のジレンマについて以下のように述べている。

> このロボット［自分とそっくりで同じ一対一対応的に動くロボット］（分身）を前にして、人は自己の存在があやふやになることを経験する。ほんとうの自分はどちらなのか。こちら側で動いているのは自分なのか、あちら側で動いている自分なのか。そして、このロボット、他者は、そこで初めて人間が自分を知ったものである。この他者のおかげで人間は自我をもつことができた。しかし、この同じ他者のせいで、人間は自分の存在する場所がわからなくなる。もちろん、ふつうの大人の場合には、このような混同は自我がはっきり形成されているために容易に起こるものではないが、小説では分身 (*Doppelganger*) のテーマでよくみられるものであり、今論じている子供の最初の自我の経験では、上のように考えることもできよう。そこでこのようなロボット、分身、鏡像への関係は、大変不安定なものとなる。人間は、鏡像という救いのイメージのおかげで、バラバラな身体像という根源的苦悩から抜け出せるゆえに、この像《イメージ》に惚れこむ。しかしこの像《イメージ》が、今度は自己の存在を疎外し、自己を失わ

せかねない結果になる。そこで、この像《イメージ》、ロボット、分身を破壊し、殺し、その不安定から逃れようとする傾向が生じてくる。しかし、ロボット、分身、鏡像をなくせば、自分もなくなり、最初の根源的苦悩に逆戻りしてしまう。そのため、これを壊すことはできない。そこでこの葛藤は永久に続くことになる。(24-25)

自己を不安に陥らせる分身を攻撃した物語としては、ポーの「ウィリアム・ウィルソン」の主人公が、自分を執拗に追う同名のウィリアム・ウィルソンに剣を突き立てて絶命させた例が挙げられる。統一的自己イメージと自己認識を与えてくれた分身/鏡像がなぜ激しい攻撃性に結びつくのであろうか。「鏡像段階」において述べたように、幼児は自己の統一性や統一的自己像が形成されるより前に、視覚イメージによってそれを先取りしてしまう。それためこの鏡像は大きな意味を持つのだが、そもそも鏡像は「自己の投影」に過ぎないのであって、「自分自身の本当の姿」ではない。この他者の姿としてしか自己を見ることが出来ない、自己が鏡像の中に疎外されている状態をラカンはヘーゲルを引用して「他者の中に自分を見る」と言っているが、[2] 新宮一成が指摘しているように、この疎外によって「自己の所属するはずの価値は他者によって掠め取られてしまうことになる。(中略)したがって、鏡像の向け換えによる同一化では、同一化の対象である他者は自己の統一性を不当に奪い所有している他者に他ならず、同一化の中には、多量の攻撃的成分が含まれてくることになる」(173-174)。

「なつかしの街角」では、自己認識や自己統一性の獲得には鏡に映った自己イメージが必要でありながら、その鏡像がジレンマを引き起こすということがブライドンの分身追及を通して描かれている。つまり、分身は自分自身であり、かつ自分自身ではないという二律背反がそこに存在しているのである。

「寒い薄暗い夜明けの頃だとおっしゃいましたよね?今朝の寒い薄暗い夜明けの頃に、私もあなたを見ました」
「〈私〉に会ったのですか?」
「〈彼〉に会ったのです」とアリス・スタヴァートンは言った。(729)

「彼［分身］は〈私〉ではありません。彼はまったく別人なのです」(708)

「こんな人物ならまったく自分［ブライドン］と似ていないし、分身となると怪物に違いない」(725)

「それにあの人［分身］は─あの人はあなた［ブライドン］ではありません!」(731)

さらに、自己が他者に疎外され、その他者が自己を迫害し、どちらが自己の主人なのかという自己と分身／鏡像の間に葛藤がせめぎ合う構造も暴いているのである。

「もし彼［ブライドン］が追いつめているのが分身だとしたら、得体の知れない相手の正体は結局彼自身になってしまう」(715)

注

(1) ラカンの「鏡像段階」論については、主にブルース・フィンク『ラカン派精神分析入門—理論と技法』、新宮一成『ラカンの精神分析』、石田浩之『負のラカン—精神分析と能記の存在論』を参考にした。

(2) 初期のラカンがヘーゲルの影響を受けていたことに関しては、例えば石田浩之『負のラカン』(22-24)、斎藤環『生き延びるためのラカン』(95) を参照。

引用・参考文献

Claggett,Shalyn. "Narcissism and the Conditions of Self-Knowledge in James's 'The Jolly Corner.' " *The Henry James Review* 26 (2005):189-200.

James, Henry. *The American Scene.* New York: Bibliographical Center for Research, 2009.

——. "The Jolly Corner." *Henry James: Complete Stories 1898-1910*. Ed. Denis Donoghue. New York: Library of America, 1996. 697-731.

Mellard,James M. *Using Lacan, Reading Fiction*. Urbana and Chicago: U of Illinois P, 1991.

Savoy, Eric. "The Queer Subject of 'The Jolly Corner.'" *The Henry James Review* 20 (1999): 1-21.

Watt, James. *Contesting the Gothic: Fiction, Genre and Cultural Conflict, 1764-1832*. Cambridge:

Cambridge UP, 1999.

石田浩之『負のラカン―精神分析と能記の存在論』誠信書房、一九九二年。

斎藤環『生き延びるためのラカン』バジリコ、二〇〇六年。

柴田元幸『アメリカ文学のレッスン』講談社現代新書　講談社、二〇〇〇年。

新宮一成『ラカンの精神分析』講談社現代新書　講談社、一九九五年。

トドロフ、ツヴェタン『幻想文学論序説』三好郁郎訳、創元ライブラリ、東京創元社、一九九六年。

フィンク、ブルース『ラカン派精神分析入門―理論と技法』中西之信 他訳、誠信書房、二〇〇八年。

フロイト、ジークムント『エロス論集』中山元訳、ちくま学芸文庫、筑摩書房、一九九七年。

レーウェン、トーマス・ファン『摩天楼とアメリカの欲望―バビロンを夢見たニューヨーク』三宅理一・木下壽子訳、工作舎、二〇〇六年。

ジェイムズのホームカミング
――expatriate から "dispatriate" へ――

石塚　則子

はじめに

二〇世紀の始まりとともにビクトリア朝が終わり、ヘンリー・ジェイムズは後期の代表作『使者たち』、『鳩の翼』、『黄金の盃』を立て続けに出版する。そして、『黄金の盃』を上梓したのち、出版を待たずに、一九〇四年八月にほぼ二十年ぶりにアメリカに帰郷する。十一ヶ月かけて、東海岸だけではなく西部や南部にまで足を延ばし、近代化とともに大きく躍進したアメリカを自分の目で確かめ、その印象を集めるのである。

ジェイムズの二十年ぶりのホームカミングの理由については、様々な議論がなされてきたが (Anesko 3-11, Matthiessen 304-14)、帰国前にジェイムズはウィリアム・ディーン・ハウェルズへの手紙の中で、「アメリカ行きは強い希望であると同時に、この上なく必要なことだと感じている」(Edel, *Master* 231) と、その心境を吐露している。ジェイムズは幼いころから家族とともに、何度も大西洋を往復しヨーロッパ各地を転々とした。『ホーソーン』論（一八七九）で披瀝したように、アメリカに欠落しているもの、つまり豊かな歴史や伝統を求めて、一八七五年にヨーロッパへ渡る。一八八〇年代初めにアメリカを訪れる機会があるものの、ヨーロッパで創作活動を続け、一八九七年にはイースト・サセックスのライにあるラム・ハウスに移り、二年後には屋敷を購入するのである。しかし、六十代を迎え、イギリスに居を構えて落ち着いたと思われるジェイムズが、なぜ再びアメリカに戻る「必要性」を感じたのだろうか。

最晩年のジェイムズの作品を取り上げたロス・ポスノックやアデリン・ティントナーの論考をはじめとして、近年、ジェイムズのポスト「円熟期」の作品群への注目が高まってきている。一九〇五年七月にイギリスに戻ったジェイムズは、一九〇七年に『アメリカの風景』、そして「なつかしの街角」をはじめとする、ニューヨークを舞台にした短編小説を数編発表し、さらに新たな十八の序文を含む作品集『ニューヨーク版』のために主要作品の改訂作業に取り掛かる。三十代になってヨーロッパへの憧れを抱いて大西洋を渡ったものの、一九〇四年のアメリカ再訪以降、創作上の関心のベクトルをアメリカに向けるようになったと思われる(Tintner 7-9, Horne 208-11)。自らの作品集を、「サセックス版」ではなく「ニューヨーク版」と名付けるのも、その一例であろう。フィリップ・ホーンの指摘によると、「それまで機会に恵まれなかったのだが、自分の生まれた街ニューヨークへのオマージュ」として、是非とも作品集を「ニューヨーク版」と呼びたいという心情を、出版社スクリブナーズへの書簡の中でジェイムズは明らかにしている(Horne 209)。本論の目的は、ジェイムズのホームカミングの理由を考察するのではなく、二〇世紀転換期に大きな変貌を遂げる生まれ故郷ニューヨークの印象が、晩年の傑作短編小説「なつかしの街角」にどのように投影されているのかを、ほぼ同時期に執筆した『アメリカの風景』を補助線としながら検証することにある。

一　「なつかしの街角」における二つの家

「なつかしの街角」は、一九〇四―〇五年にかけてのアメリカ再訪後に、ジェイムズが書いた最後の幽霊物語である。そこに描かれた近代アメリカの印象を検証する前に、一八八〇年代前半の帰郷直後に書いた短編小説を取り上げてみたい。当時、ジェイムズは相次ぐ肉親の死とともに、父の遺産相続問題で兄弟、特に長兄ウィリアムとの合意形成に奮闘したようだ。しかし父が亡くなる直前に、ジェイムズは遺言執行者に指名され、兄弟間で納得のいく相続配分を実現するために奔走したものの、思い通りにいかずに自分の相続分を放棄してヨーロッパに戻ることになる。その経験を下地にしたと思われるのが、一八八三年十一月に発表する、ニューヨークを舞台に遺言執行を一つのテーマにした「従妹の印象」である。ジェイムズは舞台を一八七〇年代前半のニューヨークに設定し、ヨーロッパから従妹とともに財産のことでアメリカに戻った女性の画家に、その顚末を日記の形式で語らせる。その冒頭で語り手は、ニューヨークには、描きたい衝動に駆られるような美しい景観がないと嘆く。五番街から五十三丁目あたりに入ると、「間口が狭く、温かみのない、無味乾燥なブラウン・ストーン」でできた家々が連なり、その外観はまるで「紙やすりのようで趣がなく」、「街の眺望はあまりにもひどい」(116)と酷評し、この街の暮らしには「品格」(116)が感じられないという。

ジェイムズがテクストに描きこむ、ブラウン・ストーンの家並みに代表されるニューヨークの殺風景な風景は、その三十年後には、摩天楼が建ち並ぶ風景に変貌する。一八七〇年代のニューヨークの風情のない景観に対して語り手が感じる抵抗感や失望は、若かりしジェイムズのヨーロッパへの憧れを逆照射したものであろう。二十年後、近代化したニューヨークに対して、ジェイムズは依然として自分の美意識では許容できない抵抗感や失望はあるものの、そのまなざしは複雑であり、財産問題で三十三年ぶりに帰郷する初老のスペンサー・ブライドンの物語「なつかしの街角」に投影されているように思われる。本論では、ニューヨークの変貌とモダニティをどのようにジェイムズが受容しテクスト化するのか、建築物に焦点を当てて考察してみたい。

一八七〇年代から一九〇〇年代初頭までの間、アメリカは近代化の波とともに、世界一の工業国となり、およそ一千百万人の移民を受け入れ、とりわけニューヨークの人口は約三倍に増大する。その発展は国内にとどまらず、米西戦争や米比戦争など帝国主義的拡大に波及していく。ニューヨークの変貌で顕著な例は、まさにその景観であろう。従来、厳しい耐火建築規制が敷かれていたが、一八九二年に緩和され鋼鉄の骨組みが使用できるようになり (Schleier 6)、また九〇年代に電気がエレベーターの動力として普及すると、高層建築の条件が整い、資本主義のアイコンとして摩天楼が次々に建設され、ニューヨークの街の景観は一変するのである。ジェイムズの作品において建築のモチーフは様々な位相で重要な役割を果たしているが (Rawlings 140, Follini 32-39)、とりわけ『アメリカの風景』では過去の記憶と近代化による変化が、空間、特に建築物を介して表象され、また

「なつかしの街角」においては二軒の家が重要な場を提供している(Tintner 9-11)。

主人公スペンサー・ブライドンが三十三年ぶりに故郷のニューヨークに戻ってまず驚くのは、その景観の変化である。「いいことか悪いことか知らないが」、「予測をはるかに超えていて」「様々な新しいものや異様なものが、なかでも巨大なものが、どこを向いてもすぐ目に飛び込んでくる」(313)と近代化したニューヨークの印象を語る。(1) ブライドンのホームカミングを描いた「なつかしの街角」の原題は「もう一つの家」("The Second House")である(Edel, *Master* 313)。つまり、ヨーロッパで三十三年間暮らした現実の自分と、もしアメリカに留まっていたら違う人生を歩んでいたかもしれなかったもう一人の自分。自己のアイデンティティの二重性と呼応するかのように、二軒の家が作品に登場する。ブライドンの帰郷の目的は「三分の一世紀の間四千マイルと近づいたことのない自分の〈財産〉」を見ること(314)、つまりこの二軒の建築物について現状を確認し、今後のあり方を検討し、必要な措置を講じることであり、それは三十三年間の自分とアメリカとの関係性を見つめ直すことに通じる。

一つの家は「小さな一軒家」(151)で、賃貸期限が切れたため「現代的な改築がいっきに可能」(151)になり、ブライドンの帰国前から改築が決まっていた家である。帰国後まもなく、ブライドンは、今まで「ずっと眠ったままだった」「実務能力や建築家的感覚」を発揮し、「内心ひそかに興奮しながら」(315)、「高層アパート」(314)への改築に関わり、古くからの友人で古き良き時代と秩序の精神を共有できるアリス・スタヴァトンを驚かせる。「アメリカにずっといらしてさえいたら、摩天楼の発明者になれたでしょうに。アメリカにいらしてさえいたら、才能を活かして何かとても新しい建築様式を始めて、それでもって大金持ちになれたのではなくて?」(316)と彼女に言わしめるほど、ブライドンは意外な才覚を発揮する。この彼女の言葉は彼の「心の内奥の奇妙な琴線に触れ」(316)、もしニューヨークに留まっていたら果たしてどんな人生になっていたのか、もう一つの家での「自分の分身」探しに彼を誘うことになる。

もう一つの家は、ブライドンの生家であり、「比較的昔の面影を残している大通りと東側で交差する角に、文字通り〈なつかしい〉一角」(316)に立っていて、ヨーロッパに行かなかったならば「生涯をここで過ごしていたかもしれない」(319)家である。高層アパートに着々と改築されつつある他方の家とは対照的に、その家は「空き家にしておく理由があり」(317)、ブライドンは建築会社からの執拗な改築要請に頑として応じない。なぜなら、自分にとっての「七十年間の過去を象徴する」(318)その家に「自分の分身」が存在するのではないかという「馬鹿げた空想」(320)に取り憑かれるからである。彼が答えを探そうとしているのは、「そもそもニューヨークを捨てなかったなら、自分はどんな人間になっただろうか、どんな人生をたどり、どんな結果になっただろう」(320)という問いである。ブライドンは「満たされぬ好奇心」(320)に苛立ちながら、過去に放棄した人生の可能性について逡巡する。

この二軒の家は、「富と力と成功がそのまま実現したところから現れた、商業の広大な荒れ野」であるニューヨーク、「すさまじい現代の混雑」(315)の中に存在している。ブライドンは、一つの家を時流に乗って「高層アパート」に改築し、もう一つの家は「昔の自分の可能性を目覚めさせて、幽霊として歩き回らせる」(324)という妄想の再現場所とする。この二軒の家に対する相反する彼のふるまいには、これまでの自分の人生と故郷ニューヨークとのつながりをどのように統合するのか、過去と現在と未来をどのようにつなげるのか、その葛藤が投影されている。

「なつかしの街角」を意識のドラマとして以前に取り上げた拙論では、ジェイムズの作品には、主人公が「非現実的な可能性、実現しなかった方の可能性」（折島 322）を探索する話が多いという折島正司の指摘を援用しながら、ブライドンの分身探しを論じた。自分の内奥から聞こえてくる、「その昔放棄され、挫折の憂き目をみた潜在的可能性の呻き」(324) が、ブライドンの分身探しの起源であり、その起源は過去には実在せず、想像力の産物にほかならない。ブライドン自身も「本質的に夢想」(324) に過ぎないと分かっているものの、「昔の自分の可能性を目覚めさせて」、過去を象徴するこの古い家の中で、その潜在的な可能性を再演しようとする。それは、「わけがあって、そうするのが最善だと大事な手紙を開封しないで燃やしてしまった」(320) 行き場のない感情に動かされたものであり、燃やされてしまった手紙の内容を知ることが不可能であることは自明の理である。ブライドンの分身探しは、過去に対するノスタルジーではなく、「アメリカに留まっていた場合の現在の自分」についての仮想体験なのである。「なつかしの街角」で繰り広げられる、着地点が見つからないブライドンの仮想体験は、まさに二十年ぶりに帰郷して、摩天楼と新移民に遭遇するジェイムズのアメリカについてのアンビバレントな「印象」と共鳴しあう。

二　ジェイムズのホームカミングと『アメリカの風景』

一九〇四年八月から翌年七月にかけてアメリカを再訪したジェイムズが、およそ二十年ぶりのアメリカの印象を集めて執筆したテクストが、『アメリカの風景』である。その中で、ジェイムズは「不安な分析者」として「混乱と変化が支配するニューヨーク」(1)にまず訪れる。「不安な分析者」の「不安」("restless")には、別府惠子が指摘するように「安住の場がない、休む暇のない」(5)という意味が込められている。別府は「空間・時間的移動」(5)を強調しているが、本論では自己定位の不安感、あるいは現在の現実認識に対する居心地の悪さと読み解く。二十年という時間と大西洋という空間で隔絶された、記憶のアメリカと現実のアメリカをパズルのようにつなげようとする「分析者」としてのジェイムズの印象は複合的であり、包括的な理解が不可能なものである(36)。こうした複合的な印象は、ジェイムズの視点の移動によるものだ。つまり、「内情に通じた生え抜きの住人」(xi)、「長年の不在を悔いた帰国者」(2)、「注意深い人間」(9)、「年老いた瞑想家」(40)、「感じやすい物語の探究者」(41)、「童心にかえった旅人」(52)、「人生を描く画家」(58)、「自由な観察者」(59)、「熱心な観察者」(60)、「逍遥する心やさしい批評子」(69)、「悔い改めたこの街の子」(72)として、観察者ジェイムズの自己認識の揺れは、彼が目にした、近代化とともに変貌したアメリカ像の複合性とも連関している。

ニューヨークのことを「雑然とした怪物」(36)と呼ぶジェイムズは、まず「ある種の不屈な力」

(54)に圧倒され、なかでも「過密な状態の針刺し」(55)、あるいは「歯の欠けた櫛が逆立ちした」(100)ように林立する高層建築を、モダニティを象徴する存在と位置づける。世紀転換期に続々と建てられた摩天楼は、ヨーロッパの歴史ある建築物のような「永遠の安らぎの形式」(56)や美意識のかけらもなく、古い建物を陰に追いやり、情け容赦なくその「可視性」を奪い、一九世紀の終焉をジェイムズに知らしめる。近代的な建物のおぞましさは、「やみくもに商業的に利用される以外なにひとつ神聖な用途をもたない」(55)こと、歴史の欠如、「本質的に拵えもの的存在であること」(56)から来ているのである。『ホーソーン』論の中でジェイムズが批判した、アメリカに欠落しているもの—歴史、伝統、社会の諸制度など—が、次の三つの力によって世紀転換期にさらに深刻化していると、チャールズ・カルメロは要約している。それらは富、パブリシティー（建物に私的空間が欠如していて「すべてが人目にさらされていること」(7)）(Banta 2)、移ろいやすさである(450-53)。伝統、永続性、秩序をかつてヨーロッパに求めたジェイムズが、近代化し刻々と変化し続けるアメリカ、とりわけ高層建築に見出したものは、財力に担保された「不屈の力」なのである（Anesko 8-9)。

　ジェイムズはまた高層建築を「高価な間に合わせ的存在」(56)として、大輪のバラ「アメリカン・ビューティ」に喩えている。このバラは一八七五年にフランスで品種改良され、一八八六年にアメリカで商業的に流通しはじめた真紅の香しい大輪のバラで、高価な切り花として富裕層の社交場を豪華に飾ったと言われている。[2] ニューヨークのあらゆるところに「成長への意志」(38)、つまり繁栄に向かって突き進むエネルギーをジェイムズは感じるのだが、このバラも同様に待ち構えられた運命によって「たちまちのうちに摘み取られるべく育てられた」もの、つまり「商業的に利用されれば、次にまた別のものが後続として控えているという (55)。繁殖力の強い高価なバラ「アメリカン・ビューティ」の喩えに、ジェイムズは「誇るに足る過去の歴史がないばかりか、将来、歴史をもちうると信じられる時間の可能性もない」(55) アメリカの移ろいやすさに対する鋭い批判とともに、変化し成長し続ける驚異的な力と財力を投影している。こうした次から次へと再生する力はある意味、新旧という差異を脱構築していくのではないだろうか。

ジェイムズはさらにイーストサイドやマジソン街で移民の群集に遭遇したとき、アメリカ人／外国人 (“alien”) の境界が攪乱されると同時に、アメリカが常に「巨大な熱いるつぼ」の中で「融合状態」(83) にあることを体感する。「単なる市場の怪物たち」(57) と形容される高層建築や、街の随所に垣間見ることができる、途方もないエネルギーと移ろいやすさは、この街の群集にも通底するのである。ジェイムズは街全体を「巨大な同化機構」(91) と看破し、移民たちの過去や「民族的特質」や「美しい風俗」(92) が消滅することに当惑と失望を感じる一方で、アメリカという「大量のごった煮を作り出している大なべ」(93) の圧倒的なパワーを直視し、目の前の現象に対して「逃避したい衝動に駆られつつも」(93) 観察し続けるのである。

『アメリカの風景』論でこれまで論じられてきた、ジェイムズのアメリカに対する視座については、様々な解釈が行われてきた (Posnock, “Affirming” 224-25)。以前はジェイムズのアメリカに対する否定的な視座やその近代性に対する強い抵抗感や失望が論じられるのが主流であったが、最近の論考では新しいアメリカに対する抵抗感は認めつつも、ジェイムズ独自の「飽くなき好奇心」(Posnock,

"Breaking" 27) や「分析する」姿勢 (Caramello 467) を評価する方向に移行してきている。つまり、ヨーロッパのような秩序や伝統や文化的深遠さが欠落していることを嘆き、自分が生まれ育った時代のアメリカをノスタルジックに振り返るジェイムズではなく、彼自身がその序文で述べているように「集めた印象」(ix) をテクスト化し、「ひとつの近代アメリカ像」に統合する試みを遅延し拒否し続けながら、アメリカのモダニティの移ろいやすさと多様性を再演する観察者／作家としてのジェイムズに批評的関心が集まってきている。「一枚の絵」に描ききれない、ジェイムズの複合的なアメリカ像について、デイヴィッド・ジェルヴェはアメリカ人だけではなくヨーロッパ人にも居心地の悪さを感じさせる「厄介なアメリカ像」(349) であると指摘している。しかし、「厄介なアメリカ像」は、トランスアトランティックな移動によって異文化適応 (acculturation) を内面化しているジェイムズの、大西洋両岸の文化に対する居心地の悪さやアンビギュイティが投影されているともいえるのではないだろうか。またその一方で、そのような複合的な視点をもつジェイムズなればこそ、「内情に通じた生え抜きの住人」に優るとも劣らない、アメリカの状況を察知する見識と、ヨーロッパから久しぶりに訪れた「探究心に富む外国人」(ix) のような新鮮な目で、混沌としたアメリカのモダニティを観察し記録することができたのではないだろうか。

「不安な分析者」ジェイムズは、「巨大な同化機構」ニューヨークにおいて、移民たちがその民族的特徴や風俗を失い、アメリカ人に生まれかわる様子を観察するとき、視点を変えれば外国人による「異国化」(62) が進み、「アメリカ生活の総体」(89) そのものが揺るがされていること、つまりアメリカ人としての「地位を奪われてしまった状態」(62) であるという認識に達する。このように彼自身が「アメリカ人」としてのアイデンティティに揺さぶりをかけられ、アメリカ人／外国人という二項対立が脱構築されるとき、そこから逃れる道は未来や現在ではなく、「あるのはただ、過去へ逃れる道」(62)であるという。エリス島での自己同一性喪失の衝撃は、「安全と思われていた古い我が家の中で幽霊に出会う」(61)ようなものであるという。この衝撃こそ、「なつかしの街角」のブライドンが「もう一つの家」で「分身」と遭遇するときに体感する衝撃ではないだろうか。

三　「なつかしの街角」におけるブライドンと分身との対峙

『アメリカの風景』では、ジェイムズの生家はすでに存在せず、「高く真四角で個性のない建物が独特の粗野をむき出しにして」その場所の「過去の眺望」を遮っている(65)。「なつかしの街角」では、「もう一つの家」がブライドンの過去を象徴する家として残っていて、「ドアを追放したも同然な現代の建築様式とは正反対に―ドアの数が多いのをありがたがる当時の素朴な建築用式」のままであり、「自分の分身が見えるかもしれないという妄想を支えるのにはまことに好都合だった」のである(330)。ブライドンが自分の分身を探すという「馬鹿げた空想」は終わるどころか、止めどなく広がる。ブライドンはアリスに次のように分身探しについての心情を吐露する。

ここに留まっていたら、人生に鍛えられた、敏感な人間になれたかもしれません。といって、そういう人間に憧れているというのではありませんが。たしかに彼らには魅力があります。彼らの金銭欲は鼻持ちならないにしても、それを超えた、アメリカの生活で養われた魅力があります。だがそれとこれとは別です。私はただ、自分の性質がどんな意外な発展でも十分可能だったのに、その機会を逃してしまったと言っているだけなのです。小さな固い蕾のなかに満開の花が隠れているように、その頃は、私のなかの奥深くのどこかに自分の意外な〈分身〉が隠れていたかもしれないという思いが、そして私があんな人生を選んだため、いや、あんな気候の国に移ったため、〈分身〉は永遠に枯れてしまったのかもしれないという思いが、してくるのです。(321)(傍点筆者)

アリスはブライドンに「どんな花になっていたのだろうか」、さぞかし「美しい花」、「大輪の、途方もない花」になっていただろうと話すが、それに対するブライドンの答えは、「とりわけ途方もない」、「そしてさぞ嫌な、下品な花」(321)だったであろうという。ブライドンがアメリカに留まっていたら咲かせていたかもしれない「大輪の花」を、ジェイムズが『アメリカの風景』において高層建築に喩えた真紅のバラ「アメリカン・ビューティ」であると仮定するならば、アメリカに留まって成功し、財を築きあげ「人生の勝利者」(335)になっていたかもしれないというブライドンの妄想は、アンビバレントなものであることが類推される。

　ブライドンは「分身探し」から一度は「引き下がる」ことを決断するが、やはり続行し、「時間感覚がすっかりおかしくなっていく」(332)ことを体感する。そして、ついに「自分自身の別々の投影であるふたり」(330)の対面の瞬間が訪れ、ブライドンは「彼」が全く別人の醜い男であり、しかも「右手の」(340)「指の二本は事故で吹っ飛んだように根元からなくなっていた」(335)ことを知る。「馬鹿げた空想」は、奇妙な時間感覚の中で、つまり時間を脱節して滞留する過去の亡霊との遭遇に至り、実現しなかった過去の自分と現在の自分を統合するという妄想はやはりアポリアに行きつくことが明らかとなる。

おわりに

人生を通してトランスアトランティックな経験を重ねてきたジェイムズにとって、過去と現在、ヨーロッパとアメリカに対する視座はどちらに対しても「インサイダー」であり「アウトサイダー」であった。古くはエドマンド・ウィルソンが指摘しているが、複合的な視座が晩年の心理や流動化する世界観と相まって、ジェイムズの自己定位不安は解消の糸口が見えないままである。[3] さらに、過去／現在、ヨーロッパ／アメリカという時空間の二項対立はモダニティの中で脱構築されていく。

ジェイムズは一八九八年の『フォートナイトリー・レビュー』誌に寄せた記事の中で、一九世紀前半のフェニモア・クーパーの時代に比べて、世紀転換期の世界は「まるで手玉に取れるオレンジ」のような世界観を述べている。("Story-Teller" 187) のように小さくなってきていると、まるで最近のグローバル化を予見するかのようである。さらに注目すべきことは、同記事の中で、ジェイムズは自らの文化的アイデンティティを、"expatriation" ではなく "dispatriation" (188) という自らの造語で表現していることである。複数の文化や国家の枠組みで規定されたアイデンティティの中から一つを選び取ることを表わす "expatriate" と差異化し、アメリカ／イギリスのどちらかの価値観だけを許容するのではなく、それぞれと一定の距離を保つ「世界市民」(193) の視座が、創作には必要であると説いている。「なつかしの街角」のブライドンが対峙する分身には、右手の指二本が欠落していた。分身の身体的欠陥は、ジェイムズがアメリカに留まっていたら“dispatriate”としての創作の視座を獲得できなかったことを示唆しているのではないだろうか。

二十年ぶりのホームカミングからイギリスのラム・ハウスに戻ったジェイムズは、一九〇五年十二月二十一日付のポール・ブールジェへの書簡の中で、その感想を語っている。「あちらでの十一ヶ月はとても興味深いものであったが、大変だったし疲れた。それに［アメリカについて］一つの結論に到達することも、またまとまった考えを受け入れることもできなかった。好感も憤慨もいろんな感情をたくさん感じた」(Edel, *Letters* 388)。ポスノックがウィリアム・ジェイムズの多元的プラグマティズムを借用しながら、過去へのノスタルジーではなく、ジェイムズの断片的で流動的なモダニティへの視座を指摘しているように（“Breaking” 32）、最晩年のホームカミングによってジェイムズはアメリカへの新たな視点を獲得したように思われる。アメリカのモダニティに強い抵抗を覚えつつも、秩序や単純化を拒む、そのハイブリディティやダイナミズムを体感することができたことで、成熟したコスモポリタンとして、複合的な印象をアメリカから得られることを看取し、それをテクスト化するための視座と意義を再確認したように思われる。

注

（1）邦訳については、「なつかしの街角」は大津栄一郎訳、『アメリカの風景』は青木次生訳を参考にした。

（2）大輪のバラ「アメリカン・ビューティ」については、サイト“HelpMeFind.com Roses”に掲載されていたSean McCann. *The Rose: An Encyclopedia of North American Roses, Rosarians, and Rose Lore.* Mechanicsburg, PA : Stackpole Books, 1993からの抜粋(13-14)を参照。アメリカでの流通の始まりがメリーランド州ボルティモア市の業者ジョージ・フィールズであったことから、一九二五年には、首都ワシントンD. C.の花に採択された。ジェイムズがアメリカを表象するものとして、この花を選んだことは、卓見であろう。また「アメリカン・ビューティー」ではなく、ローズをアメリカ合衆国の国花とする法律が、一九八六年に当時の大統領ロナルド・レーガンによって公布された。

（3）エドマンド・ウィルソンはアメリカ的精神性とヨーロッパの精神性からジェイムズ作品の主要人物の系譜を分析しているが、ジェイムズ自身はイギリスに住むためにアメリカとの地縁を断ち切ったわけではなく、元々一ヶ所に根を下ろすようなことはなかったという(176)。またエドナ・ケントンはジェイムズの創作において、アメリカ／ヨーロッパとの比較、距離感が重要であり、そこがジェイムズにとっての本拠(“home”)であると論じている(Kenton 136-37)。最晩年のジェイムズのアメリカやイギリスに対する自己定位の問題については、ジョン・カーロス・ロウは、国家の枠にとらわれないジェイムズ像を提唱している(Rowe 233-35)。

引用文献

Anesko, Michael. "James in America: In Quest of (the) Material." *The Cambridge Quarterly* 37 (2008): 3-15.

Banta, Martha. "'Strange Deserts': Hotels, Hospitals, Country Clubs, Prisons, and the City of Brotherly Love." *Henry James Review* 17.1 (1996): 1-10.

Caramello, Charles. "The Duality of *The American Scene*." *A Companion to Henry James Studies*. Ed. Daniel Mark Fogel. Westport, Conn.: Greenwood P, 1993. 447-73.

Edel, Leon. *Henry James: The Master: 1901-1916*. New York: Avon Books, 1972.

——, ed. *Henry James Letters*. Vol. IV 1895-1916. Cambridge: The Belknap P, 1984.

Follini, Tamara L. "Habitations of Modernism: Henry James's New York, 1907." *The Cambridge Quarterly* 37 (2008): 30-46.

Gervais, David. "Deciphering America: *The American Scene*." *The Cambridge Quarterly* 18 (1989): 349-62.

Horne, Philip, "Revisitings and Revisions in the New York Edition of the Novels and Tales of Henry James." *A Companion to Henry James*. Ed. Greg W. Zacharias. Malden, MA: Wiley-Blackwell, 2008. 208-30.

James, Henry. *The American Scene*. London: Granville Publishing, 1987.

——. "The Impressions of a Cousin." *The Century Illustrated Monthly Magazine* 27.1-2 (1883): 116-28, 256-75.

——. "The Jolly Corner." *Tales of Henry James*. Ed. Christof Wegelin. A Norton Critical Edition. New York: W. W. Norton, 1984. 313-40.

——. "The Story-Teller at Large: Mr. Henry Harland." *The American Essays of Henry James*. Ed. Leon

Edel. Princeton: Princeton UP, 1989. 186-93. [originally published in *The Fortnightly Review*, April 1898.]

Kenton, Edna. "Henry James in the World." *The Question of Henry James*. Ed. F. W. Dupee. New York Octagon Books, 1973. 131-37.

Matthiessen, F. O. *The James Family*. 1947. Woodstock: The Overlook P, 2008.

Posnock, Ross. "Breaking the Aura of Henry James." *Henry James's New York Edition: The Construction of Authorship*. Ed. David McWhirter. Stanford: Stanford UP, 1995. 25-38.

——. "Affirming the Alien: The Pragmatist Pluralism of *The American Scene*." *The Cambridge Companion to Henry James*. Ed. Jonathan Freedman. Cambridge: Cambridge UP, 1998. 224-46.

Rawlings, Peter. *Henry James and the Abuse of the Past*. Houndmills: Palgrave Macmillan, 2005.

Rowe, John Carlos. "Henry James and the United States." *Tracing Henry James*. Ed. Melanie H. Ross and Greg W. Zacharias. Newcastle upon Tyne: Cambridge Scholars Publishing, 2008. 14-27

Schleier, Merrill. *The Skyscraper in American Art, 1890-1931*. New York: Da Capo Press, 1986.

Tintner, Adeline R. *The Twentieth-Century World of Henry James: Changes in His Work after 1900*. Baton Rouge: Louisiana State UP, 2000.

Wilson, Edmund. "The Ambiguity of Henry James." *The Question of Henry James*. 160-90.

石塚則子「ウォートンの過去を振り返るまなざし―最後の幽霊物語『万霊節』」『アメリカ文学における「老い」の政治学』金澤哲編著、松籟社、二〇一二年。五五―七六頁。

折島正司「ヘンリー・ジェイムズの捜しもの」『英語青年』一五二巻第六号総号、一八九一号、二〇〇六年。三二二―二四頁。

ジェイムズ、ヘンリー「にぎやかな街角」『ヘンリー・ジェイムズ短編集』大津栄一郎編訳、岩波文庫、岩波書店、一九八五年。一四七―二一三頁。

――『ヘンリー・ジェイムズ―アメリカ印象記』青木次生訳、アメリカ古典文庫一〇、研究社、一九七六年。

別府恵子「アメリカ、アメリカ―巡礼者の帰還―」『アメリカ文学評論』第一四号、筑波大学アメリカ文学会、一九九四年。一―九頁。

第三部　変わりゆく意識

『ポイントンの蒐集品』における「もの」とひととの関係

町田　みどり

はじめに

ヘンリー・ジェイムズの作品において、「意識」が常にジェイムズの関心の中心を占めていたということはいうまでもない。その一方、ジェイムズは初期から後期に至るまでひとを取りまく「もの」、そして「もの」とひととの関係にも関心を示し続けてきた。初期作品では『ある婦人の肖像』のマール夫人、後期作品では『鳩の翼』のケイト・クロイや『金色の盃』のヴァーヴァー氏。これらの登場人物に見られるように、ジェイムズ作品においては「もの」はアイデンティティや世界認識の要となるものとして意識され、「もの」に対する登場人物の欲望や認識法が重要な役割を果たしている。なかでも『ポイントンの蒐集品』は、「もの」と、さまざまなかたちで「もの」と関係を持つ人びとが前景化された作品である。本作品のニューヨーク版序文では、ジェイムズのこうした「もの」への関心をうかがい知ることができる。ジェイムズは作品執筆の経緯を語り、自分が耳にした「家の神々」を巡る母親と息子の諍いの話を題材とすることで当時流行していた「骨董熱」、「現代よりも丹精をこめてものを作る時代」の「もの」を「飽くなく求める強烈な欲望」に光をあてることが可能であると考えたという。ジェイムズはこのような「もの」への欲望が「他の情熱や、他の関係に与えている影響」に関心を示しつつ、さらに「もの」自体が「危機のまさに中心」を占め、「いかなる葛藤の絵図においても、英雄的な重要性を享受している」（「序文集」134）として、「もの」そのものを描くことに同等の重要性を見いだしている。このようなジェイムズの関心はオッテン、ワイン、オトゥール等の批評家によって注目され、今世紀初頭より「もの理論」を展開しているブラウンによって焦点化された。ブラウンは本作品を「フィクション内のものの運命を理解する上で分岐点となるテキスト」（*A Sense* 148）とし、ポイントン邸の蒐集品とフリーダ、ゲレス夫人との関係を中心に論じている。本稿では、本作品が雑誌連載時においては *Old Things* と題されていたことに着目し、ポイントンの蒐集品のみならず、作品内全体に登場するさまざまな「古いもの」と人びとの関係を対象として考察する。ジェイムズは本作品において、「もの」の諸相と知覚様式にもとづく「もの」とひととの関係を探求し、「触覚」を通じた「もの」の認識が、「視覚」認識に基づく関係性とは異なった関係性をもたらすことをあきらかにしていると考えられる。以下主要な登場人物と「もの」との関係性を分析しつつ、知覚の相違がもたらす関係性の相違について論じていく。

一　メトニミーとメタファーとしての「もの」

読者が作品内で最初に遭遇するのはブリグストック家の「もの」である。「根源的組織的醜悪」として列挙されるのは、「安ぴかの飾り物」、「切り抜き帳ものの絵画」、「小間使いたちへの形見分けの安骨董品」、「家族が自慢半分に冗談の種にしている水彩の戯れ描き」、「百年祭か博覧会からの土産」、「この屋敷の醜さに輪を掛けたような場所からの土産類」、「おそらくは家のものが総出で塗りたくったであろう」「ワニス塗り」(7) 等々。[1] 古いものと新しいものが入り混ざって並べられているブリグストックス家の「もの」類は、主として複製技術によって大衆にも入手可能となったまがい物の芸術品やデパートのモデルとなった博覧会の記念品の類い、一言で言えば大量生産された商品である。[2] また誇らしげにディスプレイされるのは自ら描いた絵に象徴される「お手製重要美術品」(17)、すなわち、芸術や技術の大衆化の産物である。しかし、これらのものの共通点はそれだけではない。

スーザン・ステュアートのスーヴェニアとコレクション論における両者の対比は、ブリグストックス家の人びと、ヴェッチ氏、ゲレス夫人のそれぞれが所有する「もの」と彼らとの関係を理解する上できわめて示唆に富んでいる。[3] ステュアートはその対比において「もの」自体が持つ「使用価値」、「もの」が所有者に対してのみ持つ機能、そして「もの」が喚起するナラティヴに着眼した。ステュアートによれば、スーヴェニアは所有者の経験の構成要素の一部を取り出し、メトニミー的な機能を持ち、所有者の「いま・ここ」からは時間的・距離的に隔たりのある経験を不完全な形で日常の同一平面上に可視化する。不完全というのは、その一部を取り出したものであるという意味においてである。その隔たりと不完全性は、所有者の眼差しをスーヴェニアとの遭遇、入手の瞬間という起源、すなわち過去へと誘い、記憶を呼び覚まし、隔たりと不完全性とを「語り」によって充足しようとする欲望を喚起する。換言すれば、スーヴェニアは所有者の過去の経験を物語る契機を与える。そして、スーヴェニアは個人の空間に単独で陳列されることは少なく複数陳列され、所有者の「自伝」を構成するものとなる。このようにスーヴェニアにおいてはメトニミーという象徴機能が焦点化されるため、ボードリヤールいうところの「記号価値」が、「もの」の「交換価値」や制作時に意図された「使用価値」よりも優先される。それゆえ、所有者の経験との関わりの度合いがその価値基準となり、所有者以外の人間の価値基準に照らし合わせれば、無価値に見えるということさえありうる。

このような観点からブリグストックス家に陳列されている品々を眺めてみれば、それらは一家の社会的・経済的上昇の軌跡のメトニミーとなっていることが理解される。さまざまな記念品・土産物や手製絵画は経済的、時間的に余裕ができた中産階級の文化活動の証である。新興中産階級である一家のステータスは安定したものとはいえない。従って、一家は自己の活動、消費の結果を自己の延長・代替物として、スーヴェニアというメトニミーによって家の中にディスプレイするのだ。家はいわば自分を映す鏡として機能している。そして鏡像においては、視覚が支配的価値を持ち、「ほんもの」か「複製」かということは意味を持たず、「ほんもの」らしく見えることが最重要となる。

それでは、フリーダの父ヴェッチ氏と「もの」の関係はどうであろうか？　ヴェッチ氏の蒐集品は「大量生産」による日常品やその容れ物から成り立っている。「大量生産」による「商品」としてそれぞれのアイテムの固有の価値は皆無に等しいという点では、ブリグストック家が所有する「もの」と同類であるように見える。しかし、ヴェッチ氏の場合は、蒐集行為に対してより自覚的である。そこで、ステュアートの議論を再び参照してみよう。ステュアートによれば、蒐集においてはスーヴェニアの場合と同じく、個々の「もの」に固有の価値はほとんどない。異なる点は、蒐集者と「もの」の間に入手以前の経験的関係性が全くないということである。蒐集者が眼差しを向けた瞬間から関係性が生じ、自分の蒐集物というコンテクストの中に組み込む際、他の蒐集品との対比、関係性の中で意味と価値付与が行われる。スーヴェニアとの相違を端的に表すとすれば、スーヴェニアが所有者の経験の「メトニミー」であるのに対して、蒐集の場合は「メタファー」であり、他の構成要素との配置によってつくられるコンテクストが重要になってくるという。ここで示唆されるのは、ヴェッチ氏が所有している「もの」を考察する際、重要なのは個々のアイテムが他とどのような関係にあるのかということである。

このような観点にたって、氏のコレクションを見るならば、ひとつの特徴が浮かび上がってくる。フリーダの目には、ポイントン邸の光輝に包まれた「古いもの」とは対照的に、父親の蒐集品――「古いブランデー瓶、マッチ箱、古カレンダー、手引き書」や「ペン拭きや灰皿といった、彼がノミの市で買い集めてきた『収穫物』」――は「薄汚れてくたびれ」た「がらくた」(137)としか見えない。しかし、これら蒐集物を個別に見るのではなく、アイテム間の共通性に焦点をあてて見るならばひとつのテーマが見えてくる。そして、ゲレス夫人との相違もこの点で明らかになる。氏のコレクションは単に「古いもの」というのではない。それらはゲレス夫人の蒐集品とは異なり、誰でも入手可能な日常品ですでに本来の用途を終えたものという共通性を有している。この状態は、対象が脱コンテクスト化され、本来意図された意味から解放されることによって、いかなる視線をも受け入れ、審美学的眼差しの対象にもなりうることを意味する。すなわち、眼差す主体として、蒐集者に意味・価値付与の特権が与えられるのである。たとえば、ヴェッチ氏の蒐集物のひとつ、古いマッチ箱は、マッチが中に残っている場合には容れ物としての使用価値にある程度以上束縛されている。しかし、中身が使い尽くされ、本来の使用価値がゼロになったときに、容れ物という限定的存在意義から解放されて、いかなるものも蒐集の対象となりうる。「なんであの子は何かを集めてみようとしないんだろう？――それが何であろうと問題じゃない」「たやすく手にはいる、ちょっとした珍しい品々には果てしがないんだ」(99)。また、さらに注目したい共通点は、氏の蒐集物はかつて中身があったことを示す容れ物であるということだ。古ぼけた空のマッチ箱はかつて存在していたマッチの不在を、ブランデー瓶は中身が飲み干されてしまったことを、そして古カレンダーはそれが表していた月日はすでに過ぎ去ってしまったことを表している。残された空の容れ物は、かつては中身が「存在」していたということの証であると同時にもはやそれはないという「不在」の証でもある。それは、妻を失った夫、喪失感を抱き続けるヴェッチ自身のメタファーであるともいえよう。

このようにして、ブリグストックス家、ヴェッチ氏宅にある「もの」はメトニミーかメタファーかの相違はあるにせよ、「もの」は、固有の意味を失い、人間主体によって意味内容が定められる記号表現として機能しているのである。

二　身体の一部としての「もの」

ブリグストックス家やヴェッチ氏の蒐集品と際立った対照をなすものとして描かれるのは、ゲレス夫人の蒐集品である。前二者が所有する「もの」の場合、固有の価値は低く、その価値は主として所有者との関係性に依存するものであった。しかし、後者の場合は、個々に芸術的価値が備わっており、「大いなる色と形で綴られ、異国の言葉や名匠の手で記されている」(21)とあるように、それぞれの時間・空間的起源と作り手の個性が刻み込まれている。それらは様式という伝統の中に位置づけられ、美学的価値を与えられており、持ち主との関係性から生まれる物語とは別に「もの」それ自体の物語を有している。ゲレス夫人の蒐集品は、具体的にはフランス製の家具類、イタリア製のカーテン、陶器類等さまざまであるが、ブリグストック家、ヴェッチ氏のコレクションがリアリスティックに描写されているのに対し、それらはフリーダが受けた印象という形で詩的に描かれ、その差異はいっそう際立つものとなっている。[4] 所有者と「もの」との関係も対照的である。ブリグストック家やヴェッチ氏の場合は、主体が「もの」に価値を与え、自己を投影することによって、「もの」は主体の経験や主観を運ぶ記号表現的な存在となり、所有者に従属する。しかし、ポイントン邸では蒐集品のために「血と汗を流して来た」(29)というゲレス夫人の言葉にも端的に表されているように、人間と「もの」との関係は対等、あるいは逆転している。所有者の経験は「もの」を中心とし、「もの」についての所有者の物語もその獲得のプロセスや入手後の日々の慈しみや持ち主が抱く愛着という「もの」そのものを中心とした物語なのだ。

さらに、ブリグストック家のコレクションは視覚中心であったのに対し、ポイントン邸の場合は、触覚に重点が置かれていることに注目したい。前者がディスプレイする「もの」は、住む人の経験を表す記号として視覚に訴え、自己を映し出す鏡のような存在である。しかし、ポイントン邸の場合は、主に家具類に焦点が絞られ、「もの」と人との接触によって与えられる「もの」の物質的実在性と、その物質的実在性ゆえに、触れた人に「もの」が与える感覚が描かれている。フリーダは「ルイ十五世のお手が触れたもうたかも知れない真鍮細工をうっとりなでさすったり」「ベニス製の別珍を掌にいとしみつつ腰を下ろす」(21)といった具合に触覚を楽しむ。また、「目隠しされても、真暗闇の中でも、そっと触っただけで見分けがつき」「手で触れれば応えてくれる」(29)というゲレス夫人の言葉にも、「触覚」の強調が見いだされる。

オッテンはこうした「触覚」の強調に着目し、同時代の室内装飾をめぐる言説と対照しつつ、居住空間という物質的環境の形成力と階級との関係性において、本作品の考察をおこなっている。これらの言説は、画一的な工業製品の流通による「個性」の喪失への杞憂を反映しており、屋敷や屋敷内で住人を取り囲む「もの」に「触れること」を通して身体に刻み込まれる習慣と階級とを関連づけ、階級間の境界線を明確化しようとする試みである。しかし、このような試みにもかかわらず、階級間の境界は結局曖昧であり、階級内においても一貫性が見いだせないことが次第に認識されていく。本作品においても、ジェイムズは階級内矛盾を早い段階で意識的に提示している。ゲレス夫人と息子の対立こそ、その矛盾の最たるものである。夫人には息子がなぜモナのような女性を結婚相手として選択したのか到底理解できない。また、フリーダは、自分の目には「美術品」と映るものが、ゲレス夫人の美意識を受け継いだはずであるオウエンにとって、「家具」(39)にしかすぎないことに驚愕をおぼえる。とすれば、ジェイムズの「触覚」の焦点化は、階級の輪郭の明確化といったこと以外の関心によるものと考えられる。

三　「他者」としての「もの」

それでは「触覚」を媒介としたひとと「もの」との関係は、「視覚」を中心とした関係とどのように異なるのだろうか？この問いにこたえるためには、フリーダ、ゲレス夫人の「もの」との関係をさらに検討する必要がある。ふたりは相似した感受性を備え、両者の「触覚」を通じた「もの」との関係は一見酷似している。両者は「もの」を人間と同等、もしくはそれ以上の存在として認識する。しかし、ふたりの相違が蒐集品のリックスへの移送のエピソードによって明らかにされる。ゲレス夫人は暗闇で触っただけでも見分けがつくというほど、日々、蒐集品に触れている。日々触れるということは、触れる対象から感覚を受け取るだけではなく、その表面に触れる者の痕跡を残すということでもある。それが長期に続けば、「もの」の表面は触れる者の触れ方に応じて摩耗し、存在そのものが「もの」に刻み込まれ、触れる者の身体をうつしとる。共に暮らすことによって変化する「もの」は単なる「もの」ではなくなり、生命さえ感じられ、触れることによって親密な関係を結ぶ者にとって、「もの」は、自己の身体の一部にさえなるといえるだろう。リックスに引っ越したゲレス夫人は、ポイントン邸を失い、リックスの屋敷に住まう自分は「足がひき千切られ」、「木製の義足を引きずって」(62)いるようだという。彼女と屋敷は一体化し、屋敷は身体の一部となっている。このように「触覚」は主体と「もの」との間により密接な関係をもたらし、「もの」は自己の身体の延長としての存在感を強めるのである。

一方、フリーダと「もの」との関係はどのようなものであろうか？　フリーダは「略奪」された品々で飾られた部屋で横たわり、「空洞」となったポイントン邸の「慄えている部屋々々の屈辱」を想像する。そして「幸せな全体」が「名誉を剥奪」され、「ばらばらの部分部分」が「切断された手足のように苦悶し」、「静かな低い呻き声」(64)が聞こえてくるように感じる。このようなフリーダの感知には、屋敷と蒐集品をひとつの統一体とし、尊重すべき人格が備わった存在と見なすという認識が反映されている。彼女は、屋敷と蒐集品同士がゲレス夫人の意志を超越したところで自律的な秩序をつくり、その中では「もの」が互いを不可欠な存在とするひとつの有機的な生命体をつくりあげていると考えている。そのためフリーダはゲレス夫人が「珠玉」だけ選んで持ち出してきたという言葉を聞き、蒐集品の一部が夫人によって「ガラクタ」と見なされたことに違和感を抱く。夫人の選別は市場的な価値や美的価値という人間的な尺度に拠る個別の価値裁定を意味する。他方フリーダはポイントンという場所と屋敷と「もの」たちの独自の関係性の中で成立している秩序を認識し、調和のために全体との関係性において生じてくる「もの」の自律的価値体系を尊重している。そのため夫人に「ガラクタ」と見なされるものも、全体の調和のためにはひとつとして欠くことができないと考える。

このエピソードを通して鮮明にされるふたりの似て非なる「もの」との関係性は、夫人の場合「もの」は人間に対して従属的関係にあり、フリーダの場合は、対等な関係である。ゲレス夫人にとっては、喪失が身体的苦痛をもたらすほど「もの」は自己の一部になっているが、それゆえに意のままに操作することが可能なものと見なされている。つまり、「もの」は自己の延長であり、この点では、「もの」に自己を投影するブリグストックス家の人びとに近づく。

「もの」に対するこのような態度の相違は、所有関係の有無によるものとして説明することも可能であろう。苦労を重ねて所有関係を結び、その維持に尽力する夫人と、「もの」を所有する「力」を持たず、所有関係すら結べないフリーダとでは「もの」に対する態度が異なるのは当然である。しかし、所有関係を持てないがゆえに、フリーダは所有者による「もの」の支配――「もの」のひとへの従属という一義的な関係性――から解放され、「もの」そのものの自律性に気づき、敬意を抱くことができたのではないだろうか？フリーダは所有の欲望を捨て、ポイントンへ蒐集品が戻されたことに対して、「もの」自身のために喜ぶ。

彼女は蒐集品とともに生き、誰の所有などといったことを忘れて、それらのものに思いを馳せた。ひょっとすると彼女のものになったかもしれないとか、いや未だに彼女のものになるかもしれないとか、それともまたひょっとしてもう既に誰か他の人のものになっているかもしれないとか、そういったことは、彼女にとってはどうでもいいことだった。それらの品は全く誰のものでもない（中略）ポイントンこそは蒐集品のものであり、蒐集品が自分のものをただ回復しただけのことなのだ。（226）

フリーダのこのような認識は、「もの」を人間主体とは異なった理の中で存在するものとして認め、「他者性」への尊重につながってくる。そして、フリーダが「もの」たちが感じているであろう「歓喜」から感じる「不思議な平安」は、フリーダと「もの」との間に「間主観性」といってもよいものさえ存在していることを示唆する。

「もの」に自律性、独自の生命を見いだすというフリーダの認識は奇異な印象を与えるかもしれない。しかし、ひと＝まなざしの主体、「もの」＝まなざしの対象という認識そのものが「もの」との関係性についての理解のひとつにすぎない。このような「もの」についての二元論的認識法について批判的立場をとるイアン・ホダーによれば、二元論としながらも、ひとと「もの」の関係性の捉えかたにおいては、人間が特権的位置を占め、「もの」の物質性についての認識には偏りがあった。この認識論においては、人間が特権的に焦点化されており、「もの」は、眼差す「ひと」の延長としてとらえられるという非対称的な関係性におかれている。近年においては、こうした偏向への批判から、ラトゥールのアクター・ネットワーク理論をはじめとして、人間と非人間をシンメトリカルにとらえなおそうとするアプローチが現れている。ホダーは、こうしたアプローチをふまえて、「もの」を人間の側から見るのではなく、「もの」の側に立って人間と「もの」の関係を見ることを提唱する。(5)「もの」は、人間にとって「媒介物」、「道具」でもあるが、同時に「「もの」はある程度自分自身の世界に存在」し、「「もの」には生命がある」(Hodder 89)。無生物とされている「もの」も、存在の持続性が人間を超越しているがゆえに、生命を持たないように見えるだけなのである。さらにホダーは、「もの」の独自の世界を担保した上で、「もの」が存在し続けるための他の「もの」への依存、また人間への依存を認めている。「花」であれ、「電話」であれ、生物・無生物にかかわらず、物質性を有するとき、その存在の維持には、人間を含め、他の「もの」に依存し、その物質性ゆえに「枯れる」「故障する」といった形で人間に「抵抗」する。そしてその「抵抗」によって、我々は否応なしにその存在に巻き込まれてしまうという。ゆえに、たとえ人間が創造したものであっても、存在し始めた瞬間「「もの」の別個の世界が人間をひきこみ」「人間の社会的世界と「もの」の物質的世界が依存と依存性によって共にもつれあう」のである (Hodder 89)。

ジェイムズが、フリーダと「もの」との関係において焦点化した「触覚」とは、「もの」について自立した別個の存在としての認識――他者としての認識といってよいかもしれない――を促すものと言えるのではないだろうか？視覚で捕捉したものについてさまざまな想念を重ねても、触れた瞬間に、想像とは異なる手触り、温度を伝える表面は、たとえ所有者の日常的接触によって摩耗し、自己が刻み込まれたものであったとしても、どれほどその境目が曖昧化したとしても、その物質性ゆえに、存在の境界に隔てられているという事実を突きつけるものである。十九世紀後半、博物館やデパートによって、「見る」行為が前景化され、視覚による認識行為が支配的になっていくとき、ジェイムズは「触覚」を通した「もの」の認識がひとにもたらすもの、それによって生まれる関係性を探求しようと試みたといえるのではないだろうか。

四　結びにかえて――誰の「戦利品」か？

ジェイムズは、ポイントンの蒐集品を巡る人びとの争いについての半ば喜劇的ともいえる物語を、肝心の蒐集品が屋敷と共にすべて焼尽するというアイロニカルな結末でしめくくる。この結末について批評家はさまざまな解釈を行ってきたが、本作品を「もの」の諸相とひととの関係性についての考察として捉え直した場合、結末はまた異なった意味合いを持つことになる。まず、ポイントン邸の焼尽について多様な解釈が生まれる理由のひとつは、フリーダによる説明や解釈が皆無に等しいということであろう。読者は物語内でフリーダの間主観的な想像力や洞察によって、オウエンやモナの心情、そし蒐集品の〈心情〉に至るまで、理解を助けられてきた。しかし、最終場面では、主として起こった出来事のみが語られ、読者はフリーダの意識から閉め出されており、結末の解釈においてフリーダの助けをえることができない。それはフリーダ自身が「もの」から拒絶されている、あるいは彼女の意識が「もの」に閉ざされていたためである。フリーダは立ち上がる炎に「ぞっとするような抑制」を受ける(255)。いってみれば、フリーダはポイントン邸から拒絶されているのだ。「もの」とある種の対話さえ交わしていた彼女と「もの」との間に隔たりが生じた原因は彼女の「もの」への態度の変化にあると考えられる。彼女の「もの」への態度には、オウエンによる贈り物の申し出を契機に変化が生じており、ジェイムズは、彼女がゲレス夫人やモナとどうように「所有」の意識にとらわれるさまを誇張して描きだしている。贈り物の申し出を受けた途端、フリーダは「感謝の印(a token of gratitude)」として「何か素晴らしいものを自分のものとして所有」すること、「苦い思いに充たされた他の二人の何れの所有にも負けず劣らず完全」な「所有」の感覚に酔いしれる(251)(傍点筆者)。ポイントンへ向かう彼女には、かつて自ら批判していた「選択」と「所有」についてなんの躊躇もない。

タイトルの変遷もまた結末の解釈について示唆的である。創作ノートによれば、執筆開始前の作品タイトル候補は *House Beautiful* であったが、アトランティック・マンスリー連載中は *Old Things* と題され、最終的には出版時に *Spoils of Poynton* へと変更された。このタイトルの変遷はジェイムズの関心の焦点の移動を反映するものと考えられる。*House Beautiful* では、「もの」の視覚的側面と「見る」主体の美意識の問題に焦点があったと考えられるが、*Old Things* においては焦点が「もの」そのものにシフトし、「もの」とその存在の時間的経過という客観的な事実を示すタイトルにかえられている。しかし、作品内ではまさにその時間的経過においては同じに見える「古いもの」の認識のしかた――骨董品として認識するのか、ガラクタとして認識するのか――が登場人物の審美眼の有無の指標となり、その識別力がブルデューの言うように登場人物を識別する。したがって、「もの」そのものに関心が移行しているようであっても、価値を裁定する主体の認識の問題への関心という点では最初のタイトルの延長線上にあると言えるだろう。しかし、最終的につけられたタイトルは、このふたつとはやや異なっている。ジェイムズはゲレス夫人の蒐集品に対して、『オクスフォード英語辞典』によれば「戦時に敵あるいは占領した都市から奪った貴重な品物」という原義を持つ"spoils"を用いることで、「もの」の物質的存在性によって生じる「所有」をめぐる人間関係及びその「所有」に到達する手段までを包含させている。すなわちこのタイトルにおいては人びとの欲望と欲望充足の暴力的手段、権力関係が前景化されているのである。あるものが「戦利品」と呼ばれる時、我々の意識は敵対関係にある者とその両者の戦いにたちどころに向けられる。「戦利品」は、スーヴェニアの一種といってよく、この場合、「戦い」という出来事のメトニミーとして機能するのである。ポイントン邸にあった家具や装飾品は、最初、ゲレス夫妻がヨーロッパにおいて、骨董商を追いつめ手にした「戦利品」であった。やがてそれらはモナの手中におさめられ、ゲレス夫人との戦いにおける勝利を象徴する「戦利品」となる。そして、フリーダにとっては感謝の「印」としてオウエンから贈られた「逸品」は「彼女の戦利品 (trophy)」(252) となるはずであった。しかし、屋敷に赴き、蒐集品からひとつだけ選びだして持ち去る行為は、かつて彼女自身が批判したゲレス夫人のポイントンの調和への破壊行為に等しく、この時点において、フリーダはポイントン邸とそこに属する蒐集品の敵となりうる。屋敷と「もの」をひとつの人格をもった存在として見なすというかつてのフリーダの認識を読者が踏襲するならば、火災は自分の一部をもぎとろうとするフリーダに対するポイントンの屋敷による抵抗の身振りであるとも解釈できるだろう。とすれば、"Spoils of Poynton" とは、ポイントンの屋敷そのものが、ひととの争いにおいて勝ち取った「戦利品」といえるのではないだろうか。しかし、その「戦利品」は焼尽という形でしか獲得できないものである。このことは「もの」の完全な自律的存在の不可能性を示唆しているように思われる。「もの」の存在の継続にはひとの手もまた不可欠なのではないか。ホダーが主張するように、ひとも「もの」もその存在には互いが必要であり、互いに「もつれあって」存在しているのだ。ジェイムズはこのような結末で物語を閉じることによって、「もの」そのものの存在の自律性を認めつつ、それでもなお、「もの」はひとと隔離したところで存続し続けることはできず、ひとともものとは互いに依存しあって存在していくことを示唆していると言えるだろう。

注

（1）『ポイントンの蒐集品』の邦訳引用には、大西昭男／多田敏男訳を用い、適宜引用者修正を加えた。

（2）消費文化における室内装飾についてはアグニュー、消費文化の文脈におけるジェイムズ作品については拙論及びエルレイエスを参照のこと。

（3）スーヴェニアについては、ヒューム、コレクションについてはベル、ワトソン、フランセスカトを参照のこと。

（4）バルザック的なリアリズムとは異なるジェイムズ独特のリアリズムについてはクールソンを参照のこと。

（5）「もの」理論概観はホダー（第一章）を参照のこと。

参考文献

Agnew, Jean-Christophe. "A House of Fiction: Domestic Interiors and the Commodity Aesthetic." *Consuming Visions: Accumulation and Display of Goods in America 1880-1920*, ed. Simon J. Bronner. New York: Norton, 1989, 133-156.

Belk, Russell. *Collecting in a Consumer Society*. London: Routledge, 1995.

Brown, Bill. *A Sense of Things: The Object Matter of American Literature*. Chicago: U of Chicago P, 2004.

——. "A Thing about Things: The Art of Decoration in the Work of Henry James." *Henry James Review* 23(2002): 222-232.

Coulson, Victoria. "Sticky Realism: Armchair Hermeneutics in Late James." *Henry James Review* 25(2004): 115-126.

El-Rayess, Miranda. *Henry James and the Culture of Consumption*. New York: Cambridge UP, 2014.

Francescato, Simone. *Collecting and Appreciating: Henry James and the Transformation of Aesthetics in the Age of Consumption*. Oxford: Peter Lang, 2010.

Hodder, Ian. *Entangled: An Archaeology of the Relationships between Humans and Things*. West Sussex: Wiley-Blackwell, 2012.

Hume, David. *Tourism Art and Souvenirs: The Material Culture of Tourism*. New York: Routledge, 2014.

James, Henry. *The Spoils of Poynton*. New York: Oxford UP, 2008. [『ポイントンの蒐集品』『ヘンリー・ジェイムズ作品集2』工藤好美監修、国書刊行会、一九八四年。三―二五六頁。]

——. *The Art of the Novel: Critical Prefaces*. New York : Charles Scribner's Sons, 1934. [『ヘンリー・ジェイ

ムズ「ニューヨーク版」序文集』多田敏男訳、関西大学出版部、一九九〇年。]

——. *The Complete Notebooks of Henry James*. Ed. Leon Edel and Lyall H. Powers. New York: Oxford UP, 1987.

Otten, Thomas J. "*The Spoils of Poynton* and the Properties of Touch." *American Literature* 71(1999): 264-86).

O'toole, Sean. "Queer Properties: Passion and Posession in *The Spoils of Poynton*." *Henry James Review* 33(2012) : 30-52.

Stuart, Susan. *On Longing: Narratives of the Miniature, the Gigantic, the Souvenir, the Collection*. Duke UP, 1984; 2007.

Watson, Janell. *Literature and Material Culture from Balzac to Proust: The Collection and Consumption of Curiosities*. Cambridge: Cambridge UP, 1999.

Wynne, Deborah. "The New Woman, Portable Property and *The Spoils of Poynton*". *Henry James Review*, 31 (2010): 142-153.

町田みどり「ジェイムズと消費社会—『鳩の翼』再読」『読み直すアメリカ文学』渡辺利雄編、研究社、一九九六年。三五〇—三六六頁。

ストレザーの「新しい倫理」
――アメリカ、グローバリゼーション、正義――

松浦　恵美

序

一八七五年、作家としての活動を本格的に始めるにあたり、三十二歳のヘンリー・ジェイムズはアメリカを離れ、ヨーロッパへと旅立った。翌年ロンドンに居を構えたジェイムズが、つづく数年のうちに出版したのは、アメリカとヨーロッパとの出会いを描いた、いわゆる「国際小説」とよばれる作品群であった。幼いころから新旧両大陸を行き来し、両方の文化を吸収して育ったジェイムズにとって、このような空間的移動により引き起こされる、異なる文化的領域の出会いを描くことは、まことに適切であった。しかし、アメリカとヨーロッパを相対するふたつの地域的統一体として固定化してしまっては、おおくのものを見落とすこととなる。これらの地域的・空間的条件はかならず、その地域がおかれた時代、つまり時間的条件のうちに存在しており、両地域の関係は、時代の推移とともに移りかわる両者のパワーバランスによって規定される。したがって、ジェイムズの国際小説を読む際には、空間的条件と時間的条件というふたつの変数を意識しなければならない。

ジェイムズが国際的主題をあつかったのは、ふたつの時期に集中している。作家活動を始めた一八七〇年代前半から八〇年代初頭には、ジェイムズ最初の長編小説とされる『ロデリック・ハドソン』、『アメリカ人』、「デイジー・ミラー」そして『ある婦人の肖像』などの代表的な国際小説が出版された。その後、自然主義的小説や劇作に挑戦した中期を経て、国際的主題がふたたび登場するのは、「円熟期」とよばれる二〇世紀初頭のことである。この時期、大西洋をはさんだ両地域には、おおきな変化が起こっていた。ことにアメリカは、一九世紀末にかけておどろくべき産業的発展を遂げ、旧大陸の影響を政治的にも文化的にも脱し、また周辺地域にたいする軍事的影響力を拡大しながら、超大国への道を歩み始めようとしていた。それは、二一世紀の今日まで続く、グローバリゼーションという名のアメリカ覇権拡大の始まりでもあった。

国際舞台におけるアメリカのこのような変化は、ジェイムズのテクストにもさまざまなかたちで反映されている。一九〇三年に出版された『使者たち』の主人公ランバート・ストレザーは、数十年ぶりに訪れたパリで、故郷の町マサチューセッツ州ウレットがいかに狭く厳格な道徳律に縛られているか、そして他者にたいし暴力的な力を振るいうるかに気づく。そこにあらわれるアメリカは、初期の国際小説のなかで、ヨーロッパの犠牲となっていた「無垢」なアメリカとは対照的である。ジェイムズのテクストにおけるこのような権力関係の変化を、グローバリゼーションとそれにともなって要求される新しい倫理批評の見地から読む試みが、近年あらわれてきている(1)。この流れを参照しつつ考えるなら、『使者たち』の結末におけるストレザーの選択は、二〇世紀初頭のグローバルな権力関係の変化と連動した、従来の道徳律から離床した新しい倫理的決断であると考えることができる。本論では、一九世紀後半から二〇世紀初頭にかけて国際舞台でアメリカがどのような変貌を遂げたかを参照しながら、ストレザーの選択がなされた理由をその時代的背景に照らし合わせて再考し、彼が示すとおもわれる「新しい倫理」がどのようなものであるか、そしてそれが今後どのように展開していくと考えられるのかを考察する。

一　「無垢」から「帝国」へ――一九世紀後半アメリカの変転

ジェイムズの国際小説では、アメリカについてしばしば「無垢 (innocence)」ということばが使われる。このことばには、罪のない、道徳的にあやまちのない、素朴な、あるいは無害なといった意味が含まれる。ジェイムズ初期のテクストを見てみると、たしかに、純真で率直なアメリカ人登場人物たちは、伝統と慣習にしたがって行動するヨーロッパ人たちと比較して「無垢」な存在に見える。しかし、この時代のアメリカにおける歴史的事象を見るならば、アメリカ人を罪のない、あるいは無力な存在とみなすことは適切とはいえないだろう。一八七〇年代のアメリカは、国内で飛躍的な産業的発展を果たし、その富をたずさえて国外へと進出していく時期を迎えていた。南北戦争終結後、国家の再建が進んだこの時期は、大陸横断鉄道の建設や、鉄鋼業および石油精製業といった新しい産業の発展により、アメリカが世界一の工業国となっていった時代であった。アンドルー・カーネギーやジョン・D・ロックフェラー、J・P・モルガンらに代表される大企業家が登場し、ニューヨークのような大都市や、シカゴ、ピッツバーグ、サンフランシスコなどの工業都市は新興富裕層であふれた。こうした新興階級の裕福なアメリカ人たちが、旧大陸が提供する美、あるいは文化資本を求めて、ヨーロッパ旅行へとおもむいたのである。とくに一八七〇年代は、交通手段の発達もあり、アメリカ中産階級のあいだで国外への旅行が非常におおきなブームとなった (Blair 126)。その結果、ローマやフィレンツェの街やアルプスの山中、ドイツの保養地などは、かつてのヨーロッパの貴族にかわり、アメリカ人観光客であふれかえることとなった。ジェイムズ初期の国際小説に描かれたのは、まさに、新たな富を得て大西洋を渡ったこうしたアメリカ新興富裕層の姿であった。クリストファー・ニューマンやデイジー・ミラーのような、アメリカの無垢を象徴するとされる印象的な主人公たちも、いっぽうでは南北戦争以降驚異的な発展を遂げたあの「神秘的なドルの国」("Daisy Miller" 65) の経済力を体現する存在なのである。

そのデイジーに代表されるように、ジェイムズ初期の国際小説におけるアメリカ人たちはおおむねヨーロッパでなんらかの失敗や悲劇に見舞われる。これは、一八七〇年代においてはいまだヨーロッパがアメリカにたいする権勢を保っていたことと無関係ではないだろう。しかしその後、一九世紀末から二〇世紀初頭にかけて、国内での産業的発展を終えたアメリカは、経済的のみならず軍事的な意味でも国外への拡張主義の道をとりはじめる。ここに至って、アメリカは国際的孤立を守り続けた建国以来の伝統的立場を離れ、世界的強国として積極的な対外政策に乗り出していく。つまり、帝国主義の道をたどり始めるのである。こうしたアメリカの外交的立場の変化にたいするジェイムズの反応は、意外なほどに敏感なものである。一般的には芸術に専心し政治的な事柄については無関心であったと思われがちなジェイムズであるが (Roberts 90)、実際には同時代の国際的事件についてさまざまな考えをノートや私信に残している。とくに、一八九五年に始まり、アメリカ拡張主義の嚆矢となった米西戦争とそれにつづくフィリピン領有については、兄のウィリアム・ジェイムズとともに明確な反発を示している。[2] 友人への私信では、米西戦争勃発の契機となったキューバへの干渉を決定した連邦議会にたいし、その「軽薄さと無責任さにはひどく胸が悪くなった」(qtd. in Kaplan 433) と述べ、アメリカが孤立主義を捨て帝国主義的な動きを取り始めたことに強い反感を示している。

アメリカがこうして国外への侵攻を進めていく一方で、一九世紀に世界各地で圧倒的な権力を誇ったイギリスは、いまや衰退の道をたどりつつあった。おりしも米西戦争と同じ時期に南アフリカで起こったボーア戦争（第一次・一八八〇―八一、第二次・一八九九―一九〇二）は、イギリス軍がおちいった意外な劣勢や、彼らがとった非人道的な戦略にたいする国際的な非難などにより、大英帝国の没落の始まりを告げるものとなった。すでに二十年以上イギリスで生活をしていたジェイムズは、イギリス帝国主義については一貫して肯定的な姿勢を取りつづけた。[3] 一方で、ボーア戦争でのイギリス軍の悲惨な戦況にたいしては重い気持ちを抱き、「大英帝国の終焉?」(*Letters* 132) という疑念を持つまでになっている。

以上のように、アメリカの対外政策の強化および帝国主義の拡大と、イギリスの国際的地位の低下という「グローバルな大騒擾」(Roberts 100) のなかで、ジェイムズの後期三部作『使者たち』、『鳩の翼』（一九〇二）、『黄金の盃』（一九〇四）は成立した。この三つの作品ではふたたび国際的主題があつかわれているが、そこで描かれるアメリカとヨーロッパの関係は、初期のそれとはおおきく異なるものとなっている。ここでは、三部作のなかで最初に書かれた『使者たち』について考察をおこないたい[4]。二〇世紀初頭の世界情勢を反映し、このテクストにおけるアメリカは、いまや新しい「帝国的主体」(Blair 123) として、世界全体に覇権を打ち立てようとしている。このような新旧両大陸の関係の変化が克明に映しだされている点において、このテクストはすぐれて二〇世紀初頭の地政学的風景を伝えるものとなっている。『使者たち』において問題となるのは、主人公ランバート・ストレザーの認識と倫理的判断であるが、彼の選択は、いまや新たな帝国として君臨しつつある二〇世紀初頭のアメリカを、どのように認識し、それにたいしどのような判断をくだすのかという、新しい地政学的条件のなかでこそ問われる倫理的な問題にたいする反応でもある。

二　『使者たち』における二〇世紀アメリカ帝国主義と道徳の問題

『使者たち』もまた、ヨーロッパを訪れるアメリカ人たちという典型的な国際小説の様式をとっている。主人公のランバート・ストレザーは五十五歳の初老のアメリカ人男性、マサチューセッツ州ウレットという架空の工業都市からパリを訪れる。彼は、地元の有力企業を取りしきる未亡人のニューサム夫人から、数年前パリに遊学に行ったきり帰らない息子のチャドを連れ戻すよう使命を受けて、はるばる大西洋を渡ってきたのである。無事にチャドを連れて帰ることができれば、ストレザーはニューサム夫人との結婚に至るだろうという見とおしがある。しかし、そのような任務を背負いながら、ストレザーは数十年ぶりに訪れたパリの光景に魅了され、幻惑される。ストレザーは、ヨーロッパに着いた当初から、ウレットの道徳への忠誠と、ヨーロッパの文化への憧憬という「二重の意識」(2)を抱いているのだが、「巨大な玉虫色の物体、ひかりかがやく硬質な宝石にも似た広大なバビロン」(63)であるパリの壮麗さに触れるやいなや、その魅力に身をまかせてしまう。さらに、故郷の人たちがパリで「堕落した」(48)と考えていたチャドが、その予想とは反対に、非常に洗練された紳士としてストレザーの前に姿をあらわす。

とつぜんその席に彼とともに腰をおろしたのは、完全なる変身を遂げたチャドの姿だった。そのため、それまでさかんに活動していたストレザーの想像力は、この出来事を受けて、いっさい動く余地を失った。彼はあらゆる事態を想像していたが、チャドがチャドでなくなるなどということは考えてもみなかった。(96)

このチャドの新しい姿は、二〇世紀初頭のグローバルな舞台におけるアメリカの姿とも重なる。工業都市ウレット出身の粗野な若者であったチャドは、いまやヨーロッパで文化的に発展をとげ、「世につうじた男」(106)となっている。しかし同時に、この新しいチャドは、魅力と同時にはかりがたい危険性をあわせ持った存在である。洗練の内になにか「不吉さ」を感じさせ、それと同時に「羨望を呼びおこす」チャドを、ストレザーは「手に負えない若き異教徒」(110)と呼びあらわし、同時にこのような変身が起こるこの世界についての「自分の無知」(114)を思い知る。「ニューヨーク版の序文」に、この作品の中心となるのは「ものの見方の変化の過程」(xxx)とあるように、当初の無知の状態から、さまざまな新しい認識を経てあらたな「見る」眼を得るのが、このテクストの骨子である。

ストレザーが「見る」ことに特化するのは、彼がみずからの視覚以外に頼れる基盤を持っていないからでもある。チャドはウレットの人々が想像しえないような変身を遂げており、また、故郷の人々が、彼は「いやしい」女につかまっているのだろうと考えていたのとは反対に、ヨーロッパの洗練と美を体現するヴィオネ夫人という女性と親しくつきあっていた。チャドの友人のリトル・ビラムや、ストレザーがパーティーで出会うバラス嬢といったパリの人々は、チャドの美的成長を賞賛しつつ、二人の関係について、そしてチャドの立場について謎めいたことばを告げる。このようななかで、ストレザーはこの二人の関係を見極めようとするのだが、その過程で、自分の認識以外になにも外的な判断材料を持ちえない、つまり「超越的な正当化を与えてくれるいかなる直接的保証も要求しえない」(Armstrong 206) 状態に置かれる。しかし、ストレザーはむしろそのような不安定な状況のなかで新しい認識をつくりだしていくことにたいして、非常に積極的である。

ストレザーはこれまでになかったほどに明瞭であった。「ぼくは、この地に来て、新しい事実に直面していることに気づいたんです―ぼくたちが持っていた古い理性ではますます対応できないような、新しい事実に。非常に単純な問題なのですよ。新しい理性―その新しい事実におとらず新しい理性―が必要なのです（後略）」(235)

ここでストレザーは、故郷ウレットの慣習的で厳格な道徳とは別の、新しい理論的枠組みをつくりあげ、それにしたがってみずからの力で「事実」を解釈していこうとする姿勢をみせている。ここに、『使者たち』に特有の、現実とそれを認識する意識との独自な関係を指摘することができよう。キャスリーン・ウォルシュは、ジェイムズの後期テクストに、彼の兄でプラグマティズムを牽引した哲学者であるウィリアム・ジェイムズと共通するある傾向が存在することを指摘している。ウィリアム・ジェイムズは、意識には現実を認識する能力と同時に現実をつくりだす能力があると考えていた。[5] 真実を、経験をつうじてのみ獲得でき、かつ多元的に存在するものであるとするウィリアムの立場から考えるなら、「現実は―すくなくとも部分的には―それを観察する者によってつくられる」(Walsh 52)。ストレザーの行動は、視覚、つまり自分の認識と照らし合わせながら、新しい現実と、そして同時に新しい理性をつくりあげていく、創造的な認識行為であると考えられる。このような姿勢にしたがい、ストレザーはチャドとヴィオネ夫人の仲を、彼らのたぐいまれな洗練と美しさにふさわしい特別な、「美徳に満ちた」(128)関係であると信じる。それと同時に、彼自身もウレットの偏狭な道徳体系から離れ、彼独自の倫理観をつくりあげていくのである。

しかし、「視覚」のみに頼り、なんら裏付けがないなかで新しい現実をつくりあげていくことには、当然危険がともなう。つまり、その判断が間違いであるかもしれないという危険性がつねに存在するのである。物語の終わりにちかい第十一章で、ストレザーはパリ郊外のちいさな村へ小旅行に出かける。そして、おなじくその村を訪れていたチャドとヴィオネ夫人に偶然出会い、彼らが、自分が考えていたよりずっと親密な関係にあることを知る。それは、ストレザーがつくりあげてきたのとはまったく異なる「事実」であった。その翌日、パリに戻ったストレザーを自邸に招いたヴィオネ夫人は、チャドを失う可能性に、まるで「若い恋人に捨てられ泣く女中」(409)のように泣き崩れる。一方、チャドはウレットへ帰る可能性を否定しながら、新しい時代の力となるであろう「広告の技術」(430)への関心を口にする。チャドのこの口ぶりには、「一九世紀末の『アメリカ性』の特徴である帝国主義的」(Wilson 526) な響きがにじんでいる。ここにきて、ジェイムズの国際小説における新旧両大陸の関係は完全に逆転する。いまや新大陸アメリカが、その新しい力をもって、ヨーロッパをふくむ全世界にたいし帝国として力を振るうのである。そのなかで、ストレザーはチャドが近い将来ヴィオネ夫人を捨てることを予見しながら、もはやニューサム夫人との結婚の可能性が失われたウレットへと帰る決心を固める。なんのために、と聞かれ、彼は「正しくあるために」(438) と答える。このストレザーの選択がいったいどのような倫理的姿勢をあらわすのかについて、あらためて考えてみたい。それは、新しい世界秩序のなかでの倫理のあり方をあらわすものであるかもしれない。

三　ストレザーの「新しい倫理」と二一世紀文学批評

彼女は彼のことばを受け入れるほかなかった。それでも、役に立たない反論を口にした。「あなたは、実際にそれだけ『正しい』からそうなさるのではありません。あなたをそうさせる、おそろしく鋭い眼を持っていらっしゃるのです」(438)

国籍離脱者として長くヨーロッパに暮らし、またストレザーのよき理解者として彼の冒険を見守ってきたマライア・ゴストリーは、アメリカに帰る決心を告げるストレザーにこう語る。マライアのこのことばを介して、ストレザーの最後の選択と、彼が言う「正しさ」が、彼が二〇世紀初頭のアメリカ人であることとどのように関わっているかを理解することができるだろう。

チャドが新しい世紀における成功を約束されているとしたら、ストレザーはその逆の、「すべてそろった失敗者」(31)である。彼は、一度も物質的成功を収めたことはなく、また物語の最初で「使者」としてヨーロッパに到着したときには、ウレットの、つまりニューサム夫人の道徳を代理するのみであった。チャドとヴィオネ夫人の本当の関係をストレザーが知ったとき、マライアが危惧していたのは、「彼がふたたびウレットの規律へと逆戻りすること」、「『事実を知ったことの』衝撃がニューサム夫人のもとへ彼を振り戻す」(416)ことだった。しかし、事実を知ったストレザーは、ウレットの道徳へは「戻らなかった」(417)。結末で示されるのは、ニューサム夫人が体現するアメリカの伝統的な道徳観を脱却し、また、チャドとヴィオネ夫人の関係の実情を知ってもなお、彼らのうちにあった審美的な意味での卓越性を認識しつづける、言いかえれば、「事実関係の誤りを超えて『正しく』想像しようとする」(Weinstein 137)、ストレザーの創造的な倫理的姿勢である。この姿勢こそ、ヨーロッパでの経験を経てストレザーが獲得するに至った、一九世紀的なアメリカの道徳観とは別の、彼独自の倫理観であるといえよう。

それと同時に、もうひとつ指摘したいのは、従来のアメリカの道徳から離れたストレザーが示すこの独立した倫理的姿勢には、チャドが示す新しい時代におけるアメリカの拡大主義的な傾向と共通性があることである。チャドの広告への興味は、工業的発展によって繁栄を築いた一九世紀のアメリカとは異なる発展のモデルを彼が志向していることを象徴している。アメリカに戻るであろう彼が、ニューサム夫人の名前が話題にのぼると、「ああ、母のことなどもう関係ないのです！」(432)と拒絶するのは、母親があらわす前世紀的な方法論をチャドが否定し、それとは別の道を取ろうとしているためであると考えられる。ストレザーもまた、パリでの経験を経てニューサム夫人の影響を脱し、同時に彼独自の倫理的基準を確立するに至っている。チャドの新時代における武器が広告であるとすれば、ストレザーが頼るのは彼自身の比類ない「想像力」である。チャドやニューサム夫人が、他者を服従させる圧倒的な力を有するのと同時に、まったく想像力を欠く人物であると述べられる (365, 377) のとは対照的に、ストレザーはその旺盛な想像力でもってチャド、ヴィオネ夫人、ニューサム夫人らを彼の認識のうちに取りこみ、彼らを分析し、再構築している。このストレザーの想像力に、二〇世紀初頭アメリカの帝国主義的な支配力の同等物を見ることもできるだろう。ジョン・カーロス・ロウは、ジェイムズのテクストにおける「新しいアメリカ人」たちが、彼らの精神的先駆者であるウォルト・ホイットマンと同様に、他者を圧倒しみずからのうちに取りこむほどの精神的豊かさを持つ存在であることを指摘しているが、ストレザーにもまた、このような「心理的な操作と支配」(Rowe, *The Other* 16) をおこなう力、つまりアメリカ帝国主義ともつうじる、他者にたいする支配的な力があるといえる(6)。『使者たち』や晩年の自伝にみられるように、後期のジェイムズは想像力が持つ力を重要視し、精神的な活動が現実の生活にたいして積極的な意味を持ちうることを強調した (*A Small Boy and Others* 151)。このようなジェイムズの姿勢から、精神的な活動である想像力に、チャドが象徴する経済的な力にもおとらない、現実の世界における権力を割り当てようとする志向を認めることができるだろう。

　このように、権力を志向する面があるのと同時に、ストレザーの倫理はまた、自己を他者にたいし積極的に開いているという点で、むしろ自己にとって危険をはらむものでもある。この危険をともなうという点において、ストレザーの姿勢は、今日あらたに隆盛をむかえている文学における倫理批評にとって重要な例となっている。二一世紀にはいり、とくにグローバリゼーションの拡大の結果として、倫理をめぐる問いがさまざまな領域で喫緊の課題として浮上してきている。(7) 文学批評における新しい倫理的問いかけのなかでとくに問題となっているのは、ポスト人文主義、ポスト構造主義の現在、他者の理解へとつながるような文学の読みははたして可能かという問いである (Hale 190)。一九世紀の社会においては、共通の文化的・歴史的基盤のうえに共同体が存在し、そのうちに生きる人々が共有できる道徳的感情を喚起することが文学に求められた。それにたいし、今日の世界において問題となるのは、科学技術の発達や経済活動の活発化、さらには人々の流動性の高まりによる文化的衝突などにより次々と未知の現象が起こるなか、人々が持ちうる共通の基準や十分な判断材料を欠く状態のなかで、それぞれがみずからの認識と決断によって判断をおこなわなければならないという倫理的要請である。二〇世紀初頭の世界情勢の急激な変化のなかで成立したジェイムズ後期のテクストには、そのような未知の世界のなかで生きる人々の倫理的決断が描かれている。それと同時に、そうしたテクストを読む読者にも、テクスト内の出来事にたいし、彼ら自身がどのように判断するかが問われる。J・ヒリス・ミラーは、ジェイムズのテクストを読むことにともなう合理的説明を超えた倫理的決断を「暗闇への跳躍」(83) と呼んでいる。『使者たち』全編をつうじてストレザーがおこなうのも、まさにこのような暗闇のなかでの判断であり、結末に至るまで一貫してこの暗闇のなかに身を置き続けることこそ、彼が倫理的な姿勢を取り続けたことの証拠でもあるだろう。ストレザーのこのようなあり方は、もちろん、おおきな危険をともなうものである。みずからの認識以外に裏付けをもたないということは、その判断が誤りである可能性、つまり可謬性を抱えこむことでもある。ストレザーの場合、彼がチャドとヴィオネ夫人の関係を誤ってとらえていたことが、なによりその証明となっている。しかし、いかなる合理的裏付けも望めない倫理的暗闇のなかで、そして変化しつづける新しいこの世紀において、可謬性はむしろ生の基本的な条件のひとつでもある。(8) ストレザーの、未知なる他者を悦び、他者との出会いに内在する危険を引き受けながら、あくまでみずからの眼と認識をたよりに進んでいく姿勢、そして、「正しく」あることにむかってストレザーを進ませる彼の「おそろしく鋭い眼」こそ、彼をして新しい時代の倫理的主体ならしめるものであろう。

結　び

他者性をおそれず、また創造性にあふれるストレザーのこのような姿勢は、グローバルな倫理、グローバルな正義が求められる二一世紀の現在、指針となるひとつの重要な例を示しているように思われる。人文主義的道徳が、既存の閉じた共同体を基盤として、そのなかで規範を守ることを求めるものであったとするならば、グローバルな倫理は次々とあらわれる新しい現象にたいしどのように向き合うのかを、そのたびごとにつくりだしていく、創造的な倫理である。そのような倫理は、たとえばアメリカ帝国主義のグローバルな動きにたいし全面的な反対を示すものでは決してない。ストレザーは、チャドが示す帝国主義の暴力性と、その力が持つ魅力や価値を認めたうえで、彼にたいする美的あるいは倫理的判断をくだしている。ストレザーのこのような姿勢は、あらゆるものが経済的言説や市場における価値に換算されるグローバル化の時代にあって、経済的価値を唯一の価値基準とする趨勢に沿うのではなく、経済に収れんしないまた別の、暗闇に跳びこむことのみによって見いだし得る新しい「価値」が存在することを示すものである。

ストレザーの新しい倫理は、帝国主義的グローバリゼーションと並行して進みながら、それとは別の価値体系を提示する。グローバリゼーションのネガでもあり、同時にそれにたいする唯一の処方となりうるものとして、ストレザーが示すこの新しい倫理は、二一世紀の今日、よりよく理解され、共有されるのではないだろうか。

注

（1）Roxana Oltean は、ジェイムズのテクストが初期の「新—植民地主義的ロマンス」から後期の「アメリカ—ヨーロッパのコスモポリタンな倫理ともいうべきものによる救済のプロット」へと変化したという分析を示している(18)。また、Priscilla Roberts は、ジェイムズの国際小説が、世紀末に中南米で発生した政治的・軍事的事件や、新興成金や投資家の台頭に象徴される経済的発展といった国際社会におけるアメリカの地位の変化と連動していることを指摘する。同様の指摘を Blair,

Rowe(2012) もおこなっている。一方で、グローバリゼーションの進行と平行するように、文学批評の領域では、近年「新しい倫理」についての考察があらわれている（*PMLA*, vol. 114, No. 1 参照）。そのなかでジェイムズが特別な参照項として挙げられている (Buell 8, Hale 201)。

（2）アメリカのフィリピン領有に反対して一八九八年に組織された反帝国主義連盟には、自由主義の政治家や作家、文化人が多数参加したが、アメリカの帝国主義化にはっきりと反対を表明していたウィリアム・ジェイムズは発足時からのメンバーのひとりであった。ヘンリーもまた会員に名を連ねている。

（3）イギリス帝国主義にたいするジェイムズの肯定的な姿勢は、彼がかならずしも帝国主義そのものやアングロ・サクソンによる他人種の支配を否定していたわけではないことを示している。本論第三節で述べるように、ジェイムズの美学的・倫理的思想と帝国主義のあいだにはある種の共犯性が見出せると筆者は考えている。

（4）『使者たち』は一九〇一年には完成していたが、十二回の雑誌連載ののち書籍として出版されたのは一九〇三年となった。『鳩の翼』は『使者たち』の脱稿後に執筆がはじまり、一九〇二年に出版されている。

（5）ウィリアム・ジェイムズの真理に関する議論については、『プラグマティズム』第六講「プラグマティズムの真理観」を参照。

（6）最後の会見でヴィオネ夫人が、ストレザーに自分が「どう見えているか」(406) を気にするのは、彼女が彼に対して持つ影響力を確認したいのと同時に、ストレザーが彼女をどう見るのかが、彼女の存在を規定する力を持つためであるとも考えられる。ヴィオネ夫人が泣き崩れるのは、彼女が「人生を恐れている」(409) とストレザーが判断したからであり、彼が彼女を「そのように見ている」(409) ことをヴィオネ夫人が知ったからである。このように、ストレザーの眼と想像力は、チャドとヴィオネ夫人の関係を継続させるうえで決定的な力を持っていたのであり、彼が二人を「美徳に満ちた関係」と考えるのが終わったとき、彼らの関係そのものも終わりをむかえる。

（7）近年、グローバルな倫理あるいはグローバルな正義という用語が、おもに政治哲学から出発し、さまざまな学問領域で使われるようになってきている。グローバリゼーションによって引きおこされるモラルや正義についての問題が論議され、対象となる領域は政治、経済、人種、宗教、環境、科学、文化など非常に多岐にわたる。

（8）可謬主義はプラグマティズムにおける重要な概念のひとつでもある。プラグマティズムの原型となる思想をつくったチャールズ・サンダース・パースは、真理とは推論と検証を重ねた先にたどり着くものであり、可謬性はそのための必要な段階であるとしている。プラグマティズムは二〇世紀以降のアメリカの思想的基盤となっているが、その根幹にあたる部分に可謬性の承認があることは、アメリカ帝国主義の連続体としての今日のグローバリズムを考えるうえで今後注目すべき点であろう。

引用文献

Armstrong, Paul B. *The Phenomenology of Henry James*. Chapel Hill and London: The U of North Carolina P, 1983.

Blair, Sara. “Henry James, Race, and Empire.” *A Historical Guide to Henry James*. Ed. Eric Haralson and John Carlos Rowe. Oxford: Oxford UP, 2012:121-68.

Buell, Lawrence. “In Pursuit of Ethics.” *PMLA* 114.1 (1999): 7-19.

Hale, Dorothy J. “Fiction as Restriction: Self-Binding in New Ethical Theories of the Novel.” *Narrative* 15.2 (2007): 187-206.

James, Henry. *The Ambassadors*. Oxford: Oxford UP, 1998.

——. "Daisy Miller." *Selected Tales*. London: Penguin Books, 2001.

——. *Henry James Letters Volume IV: 1895-1916*. Ed. Leon Edel. Cambridge: Harvard UP, 1984.

——. *A Small Boy and Others: A Memoir*. New York: Turtle Point Press, 2001.

James, William. *Pragmatism*. Ed. Frederick H. Burkhardt et al. Cambridge: Harvard UP, 1975.

Kaplan, Fred. *Henry James: The Imagination of Genius: A Biography*. London: Hodder & Stoughton, 1992.

Miller, J. Hillis. *Literature as Conduct: Speech Acts in Henry James*. New York: Fordham UP, 2005.

Oltean, Roxana. "From Romance to Redemption: James and the Ethics of Globalisation." *Henry James's Europe: Heritage and Transfer*. Ed. Dennis Tredy, Annick Duperray and Adrian Harding. Cambridge: Openbook, 2011:17-38.

Roberts, Priscilla. "The Geopolitics of Literature: The Shifting International Theme in the Works of Henry James." *The International History Review* 34.1 (2012): 89-114.

Rowe, John Carlos. "Henry James in a New Century." *A Historical Guide to Henry James*. Ed. Eric Haralson and John Carlos Rowe. Oxford: Oxford UP, 2012:197-217.

——. *The Other Henry James*. Durham, NC: Duke UP, 1998.

Walsh, Kathleen. "'Things Must Have a Basis': Verification in *The Ambassadors*, *The Wings of the Dove*, and *The Golden Bowl*." *South Atlantic Review* 52.2 (1987): 51-64.

Weinstein, Philip M. *Henry James and the Requirements of the Imagination*. Cambridge: Harvard UP, 1971.

Wilson, Sarah. "Americaness Becomes Modernism in James's *The Ambassadors*." *Studies in the Novel* 36.4 (2004): 509-32.

欲望の構図
――『鳩の翼』に見る資本主義的対立――

堤　千佳子

序

一九世紀から二〇世紀に活躍した作家ヘンリー・ジェイムズを歴史、文化、社会の動きとの結節点から見直そうとしたとき、modernity（モダニティ）ということがひとつのキーとなってくる。クリストファー・バトラーはその著書『モダニズム』の中で、モダニティの定義として「科学技術への依存度の高まり、資本主義によってもたらされた市場の拡大と商品化、大衆文化の成長（発展）とその影響、個人生活（プライバシー）への官僚制度の侵入、男女間の関係に関する考え方の変化」(1-2)と著している。本論ではこの定義の中での「資本主義によってもたらされた市場の拡大と商品化」について、特に顕示的消費、登場人物の商品化といった観点から『鳩の翼』を読み込んでいく。

ヘンリー・ジェイムズの作品、特に後期のものについては経済性を内包した作品であると評されることが多い。Major Phase と称される円熟期の三作品、『使者たち』、『鳩の翼』、『黄金の盃』についてはその傾向が特に顕著である。それらの作品では従来の新世界アメリカ対旧世界ヨーロッパの対比という『国際テーマ』を扱っているだけではなく、経済力によって相手を支配する側と支配される側、搾取する側と抑圧される側という分類が可能である。この場合、経済力を持ち、相手を圧倒する力を持っているのはアメリカ人であり、初期の作品にあるように文化的搾取を受ける側から、経済、もっと言えば金の力で支配権を持つこととなる。これは消費社会の成立が一八八〇年代とする研究がなされていることからも実証される（ブロナー 6-7）。市場社会ではあってもジェイムズの作品では直接的な経済活動はあまり扱われない。登場する男性たちも、『ある婦人の肖像』のキャスパー・グッドウッドなどを例外として、大半が直接経済活動に携わる立場ではない。グッドウッドにしても、アメリカのビジネスマンであることは記されているが、実際の仕事について言及されることはない。初期の「デイジー・ミラー」の父親にしても、成功しているビジネスマンであることは息子のランドルフの口から述べられているが、作品の表面に姿を現すことはない。このことは「国際エピソード」のヒロインの姉の夫にしても同様である。

ジェイムズ自身、作家という立場にあり、のちに劇作や作品の出版について経済面について考慮することはあるが、直接的な経済活動に携わっているわけではない。このような面が作品にも反映していると思われる。

一　ケイト・クロイの場合

（一）ケイトを取り巻く環境

主人公であるミリー・シールは作品中登場するのは全十部のうち、第三部に入ってからで、最終部である第十部においては姿を見せない。その代わりにプロットを進行させていくのはケイト・クロイである。彼女は作品中何度かその現代性について言及されている。「彼女はロンドンの現代女性で、極めて進歩的」(I: 56) とあるように、彼女は自分とデンシャーと取り巻く状況を冷静に判断し、時には周囲の人物の思惑をも利用して、自らの目的、すなわち不利な状況に陥らずに、結婚することを達成しようともくろんでいる。彼女の考え方は作品のプロットが進む中で、叔母のラウダー夫人の影響を受けながら変化していく。いうなれば、それはラウダー夫人の意図をケイトが自分なりの立場に置き換えながら、自分のものとしていく過程とみなすことができる。当初「雌ライオン」と比喩されるラウダー夫人に対して「仔山羊」と例えられていたケイトが作品の後半には「捕食動物」と比喩の対象が変化したことからも読み取ることができる。

彼女が自らの商品価値を認識し、ラウダー夫人の思惑を利用しながら、自らの目的を達成しようとする姿勢はまさしく資本主義的である。この作品中には株式に関わる表現が多用されている。登場人物を単なる商品として見るよりも投機の対象とみなしており、より市場経済を意識していると考えられる。ケイトの父親と姉にとって彼女は「大きな価値がある」(I: 71) と常に意識させられている。「市場のブリタニカ」、「雌ライオン」に例えられるラウダー夫人の応接間はデンシャーにとって「むだな費用や、あらゆるものの背後に感じられる道徳と金、安らかな良心と巨額の銀行預金」(I: 79)という印象が強烈に与えられ、彼の精神世界との乖離を絶望的なまでに感じさせるのである。夫人はデンシャーに対し、これまでケイトを見守ってきたことを「株の売り買いで言えば、貯め込んで値上がりするのを待っていたようなものです。いよいよ儲けになりそうだというときに、高い値をつけてくれない人との取引にわたくしが応じそうかどうか、お判りでしょう」(I: 82)と詰め寄る。非常にあからさまな言い方で、彼をケイトの周囲から排除しようとしている。ここでの彼女は捕食動物の「雌ライオン」で、この時点での「仔山羊」のケイトを支配下に置こうとしている。しかし現代的思考のケイトは表面上叔母に従うそぶりを見せながら、デンシャーとの関係を水面下で進めようとしている。

（二）ケイトの策略

ケイトは死を避けられないミリーがデンシャーに抱いている好意に気づくと、さらに策略を進めていく。その中でケイトは自己を正当化しようとして「私は彼女に楽しい思いをさせてあげたいのです。（中略）そのために、私は手持ちの駒を使うのです。あなたは私の持ち駒のうち、最も貴重なものです。だから私はあなたを最大限に利用するのです」(II: 52)とデンシャーに打ち明ける。彼女のこの考え方は、前述したラウダー夫人の考え方を踏襲するものである。相手を自らの所有物として、最大限に利用しようというスタンスである。ミリーとの結婚を進めるにあたって「死ぬはずだから、結婚しろと言うのでしょう？（中略）彼女が死ねば、当然採算はぼくのものになるのだから」(II: 225) というデンシャーの問いに対し、「当然あなたは財産を手に入れます。当然私たちは自由になります」(II: 226) と平然と答える。またラウダー夫人もデンシャーのことを自分の計画のために利用しようとしている。彼女はデンシャーとミリーを結び付けようとしているが、それは彼をケイトから引き離すためである。彼は夫人の意図を「シール嬢の財産で誘惑しようとしている」(II: 67) と気づくのである。

バトラーの引用にあるように、「男女間の関係に関する考え方の変化」(2) ということでは、ケイトはデンシャーからの要望に応じて、彼にミリーとの疑似恋愛関係を促すことの引き換えとして、彼のヴェニスでのアパートの一室で関係を持つ。この場面についてはジェイムズ作品らしく、具体的な描写はなされていない。ミドルクラスの女性であるケイトが冷徹なまでの計算によって、自らの肉体を提供するという設定はそれまでのジェイムズの作品に見出すことはない。彼女はそれまでラウダー夫人や父親、姉によってその価値を最大限に利用できるように期待されている。すなわち、結婚による社会的地位の向上と自由に使える財産の入手のための持ち駒である。しかしここで彼女は目的を達成しようとして自らの肉体を利用しようとしている。非常に功利主義的な対応であると言える。デンシャーは彼女の計画に参加する見返りとして、彼女と関係を持つよう迫るのではあるが、それが果たされてしまうと、逆に彼はその約束に拘束されることとなる。

ケイトを最も強く魅了するのはミリーの財産である。ミリーの真珠に強くひきつけられる強い感情にデンシャーは注意をひかれる。「なぜかケイトの心をつかんで離さないのはミリーの力である富の印象なのだ。ミリーの富は大きな力だった。それが鳩に似ているのは、鳩には優しい羽の色や柔らかな鳴き声の他に二つの翼と素晴らしい飛翔力があるからだ」(II: 218) ミリーとケイトの大きな隔たりは「王女」に例えられるミリーとその「お付き」に例えられる場面で読者に念押しされる。「王女にふさわしいミリーの首飾りを―今ではある程度彼にも理解できる理由によって―　ケイトは自分とミリーの隔たりの象徴とみなしたのだ」(II: 219) と考えている。一方デンシャーは同じ鳩でも彼女の精神性のほうに目を向けている。同じ目的に向かいながらも、計画の当初から、二人の視線はずれている。それが作品の最後の場面での二人の決別へとつながっていく。作品の最後で、デンシャーはミリーからの遺産贈与の手紙を受け取る。しかし、ケイトはミリーによって彼の気持ちが変化してしまったことに気づき、遺産を請求し、二人の結婚はなくなる。ミリーという「鳩」の翼に覆われて、二人の関係は変質してしまったのである。

二　ミリー・シールの場合

(一) ミリーの富

ミリーの富については「何を着ようと、どこを歩こうと、何を読もうと、何を考えようと、富は彼女について回った。(中略) たとえ失おうと努力しても失うことはできなかった―本当の金持ちとはそういうものだったのである。富とは持ち主の人格の一部分であった」(I: 121) とあるように、ミリーすなわち富であり、通常とは異なり切り離すことのできないものである。ミリーの姿は「生命の価値と、富の本質の象徴」(II:229) とジェイムズは描いている。『ある婦人の肖像』のイザベル・アーチャーのように本来の彼女自身に遺贈という形で付加された財産とは異なる。ミリーの富は「この娘一人の肩の上に山積みされた巨額の遺産」(I:105) であり、いつも身にまとっている喪服によって、その継承方法が暗示されている。

ソースティン・ヴェブレンがその著書、『有閑階級の理論』の中で財力を示す手段として「顕示的消費」を挙げている。この『鳩の翼』はジェイムズの他のどの作品よりも「顕示的消費」を象徴するような事物が多く挙げられている。その一つはミリーの身に着けている「真珠」である。

真珠を用いたファッションは一九世紀のヨーロッパで大流行した。特にナポレオン三世の皇后ウージェニーとイタリア王妃マルガリータの真珠のロングネックレスは有名だった。アメリカでは一九世紀半ば淡水の真珠が取れることが判明してから、様々な真珠が採取されるようになり、ティファニー社が様々なタイプの真珠を使って装飾品を作成するようになった。

『鳩の翼』とは少し時期がずれるが、第一次世界大戦期(一九一五〜一六)にはアメリカは世界の真珠の大半を手に入れるようになる。アメリカのブルジョアにとって「屋敷や馬車や自動車と同じようになくてはならないもの」(山田 138) であり、値段も高騰した。

アメリカでの真珠の流行に関して有名なのはニューヨークの大資本家J・グールドの義理の娘、エディス・グールドで、ダイヤと真珠のネックレスを身に着けた肖像画が有名である。またジェイムズの友人で、彼の作品のヒロイン造形に大きな影響を与えたとされるイザベラ・スチュアート・ガードナーにも有名な肖像画が二枚ある。どちらも有名な真珠のネックレスを身に着けている。この二人にとっての真珠は美しさよりも、「卓越した財に対する高い評価」（ヴェブレン 146）、「財の商品的価値」（189）をあらわしている。着用している人物を被うための物理的なサービスよりもむしろはるかに大規模な程度で、財の評判の良さや流行のファッションから成り立っている。ガードナーの夫は四五〇〇ドルで彼女の最初の真珠を購入している。そのほかにも彼女は自分自身で、パリにおいて一三、〇五六ドルで真珠を購入している。真珠はそれを取るときに命がけということもあり、宝石の中で最も高価なものだという考え方もあった。

ミリーの真珠はずば抜けた富を象徴し、その真珠特有の柔らかな光沢と共に、ケイトの欲望を刺激するものである。その真珠色はもう一つミリーを象徴する『鳩』の比喩にもつながる。

ヴェブレンの理論からすると、所有するものが単なるものではなく、言葉・記号として機能し始めたことをジェイムズは認識していた。彼の作品では、演技をする人物が多数登場する。『ある婦人の肖像』のマダム・マール、当作品のケイト・クロイ、『黄金の盃』のシャーロット・スタントがその代表である。演技をするものは自分の果たすべき役割、特に社会、あるいは社交界での役割についてはっきりとした認識を持っている。自らを演じるもの、あるいは記号として意識している。その演じるものが記号としての存在にふさわしい持ち物を持つようになる。するとその持ち物自体が所有者を表象することとなる。これは特にミリーの場合、顕著である。「王女」として、「鳩」として、ふさわしい行動をとることを、自らの規範とする。その演じるものにふさわしい持ち物がミリーにとっての真珠であり、宮殿なのである。

このような認識にはマダム・マールの有名な唯物史観的見解との共通性を見出すことが可能であ

る。マダム・マールは「仲間の人間との直接または間接の関係の中においてのみ存在する」「社会的動物」(I:274)であり、「殻というものは人間をつつんでいる付属品や環境の全てです。真空状態の男も女も存在しません。誰もいろいろな付属品で出来上がっています。(中略)自分自身と言っても、他人には、それが外に出ていなければ見えません。だから自分の家とか家具とか服とか、好きな書物とか、交際中の友人とか—そういうすべてのものが自分を表しています」(I:287)彼女の考え方はまさに顕示的消費の概念を表していると考えられる。

顕示的消費を端緒に表すものとして、衣装が挙げられる。「デイジー・ミラー」においては、ドレスはすべてパリ製のものであることや、パリで作られたドレスの中でも素晴らしいものはみなアメリカに送られるのだということが、デイジーの口から語られる。アメリカン・マネーがヨーロッパを席巻している様子が描き出されている。これは前述のジェイムズの友人、イザベラ・S・ガードナーの場合と同様である。ボストンの上品な伝統にはそぐわないような、挑発的なドレスをあえて身にまとい、賛否両論の大きな渦を巻き起こしたガードナーはやはりパリ製のドレスを身に着けていた。ガードナーの持つ財力については、彼女の美術品の蒐集熱に見ることが可能である。彼女の美術品の蒐集癖ついては『黄金の盃』のアダム・ヴァーヴァーや『ポイントンの蒐集品』のゲレス夫人との関連性が見える。アメリカの富がヨーロッパの遺産、特に美術品を蒐集することで、旧世界を席巻する構造を見て取れる。

ミリーは衣装についての贅沢さについてはとくに言及されていない。ただ材質などでその高級感を感じさせる彼女の衣装についての特徴は黒を着用しているということである。これは彼女が多くに身内を失っていることを表しており、ミリーの財産の入手法が遺産相続であることを暗示している。衣装の黒と真珠の白がコントラストをなしているが、最後のデンシャーとの面会では白のドレスを初めて着用している。これは現状からの脱却と『鳩』のイメージの強化であると考えられる。デンシャーとケイトのたくらみを知らされたのち、悩み・迷いから抜け出し、清められた印象を読者に与える。これには医師のルーク卿の助けもあることが描かれている。

(二)　ヴェニスという環境

ヴェニスはかつての金融の中心地で、古い資本主義の土地柄である。この作品ではヴェニスは過去や過去の栄光、ロマンスを象徴している。レポレルリ宮殿はかつての栄光の遺跡であり、この時点では『金』(それもアメリカン・マネー)によって貸し出される不動産となっている。本来先祖から子孫へ受け継がれるもののはずが、財産として可視化され、アメリカ人へと貸し出されている。この宮殿のモデルとなったバルバロ宮殿もまた、アメリカン・マネーにより前述のガードナーの友人、カーティス夫妻に貸し出される運命にあった。しかも最終的にカーティス夫妻に購入されるまでは次々と人手に渡り、その宝物というべき美術品は散逸し、のちにカーティス夫妻によって買い戻されている。これはアメリカン・マネーの強大さと共に、かつてはヨーロッパが所有していた美術品などが換金化され所有権の移動が起こったことを描き出している。レポレルリ宮殿を貸しきったことは、ミリーの財産を顕示している。彼女が残りの生を安らかに過ごすことを願う場所としてこの宮殿は、顕示的余暇、顕示的消費を表している。この宮殿を借り、維持していくためにはそれなりの出費が必要となるが、ミリーの財産はそれでは揺らぐことのないものとして表現されている。ヴェニスの場面から登場してくるユージェニオはこの仲介者であり、ミリーの意に沿うように手はずを整える役目を担うが、彼はミリーの財産に関して残余受贈者としての自分の存在を主張することにためらいを持っていない。ここではミリーと彼との契約関係、またお互いの受益者であるという交換経済の関係が成立している。

またこの宮殿のことは「黄金の貝殻」というようにも表現されているが、その中にいるミリーは真珠と同一視されているとも考えられる。

一方でヴェニスは観光都市として、様々な国から多くの人々が訪れ、デンシャーはそれに辟易している。ミリーは宮殿を貸し切って暮らし、「王女」のように時折下を見下ろすというように描かれている。経済力の違いが、同じ都市の別の側面を押し出している。

三　ケイトの世界とミリーの世界の越境

この作品はジェイムズのほかの作品とは異なり、アレゴリカルな要素が多く織り込まれている。その反面、経済的要素が強く出ていて、その部分では非常に現実的な要素を持つ。ミリーが主に活躍するアレゴリカルでロマンス的部分と、ケイトが中心となるリアリズム的世界観が共存している。

金融の中心地がヴェニス、ロンドン、ニューヨークへと移り変わっていくのに対し、この作品の舞台はその流れとは逆にニューヨーク、ロンドン、ヴェニスへと変遷していく。そして最後にヒロイン、ミリーが姿を消してからまたロンドンへと戻っている。アレゴリカルでロマンス的部分は主にヴェニスを舞台とし、リアリズム的部分はロンドンで展開される。ニューヨークは回想場面やミリーについての背景的説明の場面で言及されるだけで実際に登場するわけではない。またスイスはあくまでも通過点として扱われるだけである。この二つのパートを越境する手がかりとなるのが富と欲望であり、その富を顕示するのがミリーの所有する真珠や彼女が最後の日々を過ごすレポレリ宮殿である。

ロンドンとヴェニスの共通点として、かつて金融の中心地であったことが挙げられるが、もう一つどちらの都市もライオンによって象徴されることである。ヴェニスは羽の生えたライオンによって、ロンドンはイギリスを表象するライオンによって象徴される。またどちらも観光客を呼び込み、新たな消費者が入り込み、かつての所有者からその財産の所有権が移動しているということも共通している。

この二つの都市を結び付け、アレゴリカルでロマンスを象徴するヴェニスと、リアリズムを象徴するロンドンの間を越境するために必要とされるのは、人々の欲望を刺激するための富なのである。

引用及び参考文献

Agnew, Jean-Christophe. "A House of Fiction: Domestic Interiors and the Commodity Aesthetic" *Consuming Visions: Accumulated and Display of Goods in America 1880-1920*. ed. Simon J. Bronner New York: Norton, 1989: 133-156

Berland, Alwyn. *Culture and conduct in the novels of Henry James.* Cambridge: Cambridge UP, 1981.

Bronner, Simon J. "Introduction," *Consuming Visions*: 1-13.

——. "Reading Consumer Cultures," *Consuming Visions*, 13-55.

Butler, Chiristopher. *Modernism: A Very Short Introduction.* Oxford: Oxford UP, 2010.

Edel, Leon. *Henry James, a Life*. London: Collins, 1987.

El-Rayess, Miranda. *Henry James and the Culture of Consumption*. New York: Cambridge UP, 2014.

Hughes, Clair. *Henry James and the Art of Dress.* London: Palgrave, 2001.

James, Henry. *The American Scene*. London: Hart-Davis, 1968.

——. *The Complete Notebooks of Henry James*, ed. Leon Edel and Lyall H. Powers. New York: Oxford UP, 1987.

——. *The Portrait of a Lady* I & II. New York: Charles Scribner's Sons, 1908.

——. *The Wings of the Dove* I & II. New York: Charles Scribner's Sons,1908.

——. *Letters to Isabella Stewart Gardner*. Ed. Rosella Mamoli Zorzi. London: Pushkin Press, 2009.

McCauley, Elizabeth Ann. *Gondola Days: Isabella Stewart Gardner and the Palazzo Barbaro Circle*. Boston: Isabella Stewart Gardner Museum, 2004.

Michie, Elsie B. *The Vulgar Question of Money: Heiresses, Materialism, and the Novel of Manners from Jane Austen to Henry James*. Johns Hopkins UP, 2011.

Pearson, Maeve. "Re-exposing the Jamesian Child: The Paradox of Children's Privacy" *Henry James Review* 28 (2007): 101-119.

Rawlings, Peter. "Vital Illusions in *The Portrait of a Lady*." A *Companion to Henry James*. Ed. Greg W. Zacharias. Chichester, West Sussex, U.K. ; Malden, MA : Wiley-Blackwell, 2008.

Tharp, Louise Hall. *Mrs. Jack: A Biography of Isabella Stewart Gardner*. New York: Congdon & Weed, 1965.

Veblen, Thorstein. *The Theory of the Leisure Class*. Oxford: Oxford UP, 2007.

岩井克人『ヴェニスの商人の資本論』筑摩書房、一九九二年。

ジンメル、ゲオルグ『ジンメル・コレクション』鈴木直訳、筑摩書房、一九九九年。

モース，マルセル『贈与論』吉田禎吾・江川純一訳、ちくま学芸文庫、筑摩書房、二〇〇九年。

山田篤美『真珠の世界史』中公新書、中央公論社、二〇一三年。

新しい家庭構築の試み
――アメリカン・ヒロインとしてのマギー――

志水　智子

序

一九世紀末の経済的に豊かになったアメリカ人が、その財力によってヨーロッパで美術品や結婚相手すら買いあさる様子が窺える『黄金の盃』においては、アメリカ人のヒロイン、マギー・ヴァーヴァーは独自の信念によって彼女に降りかかる危機を回避しようと試みる。彼女の夫アメリーゴの表現によると、アメリカ人は、「蒸気」で動き、「ロケットのように人を打ち上げる」(48) 迷いのない道徳意識によって自らの判断に確信を得、それを信念にしていく。マギーが二組の夫婦の崩壊を食い止め、それらを再構築する指揮力を期待され、しかも自分たちアメリカ人父娘の富が有効に機能する方法を割り出していく様子は、彼女を取り巻く国際的舞台が生み出す「アメリカ的英雄」の活躍の一つと考えることができる。

アメリカン・ヒーロー（ヒロイン）とは、自らの信念に従って秩序を創造し、他者に献身的に生き、また他者を導くリーダーとなるアメリカ人像の一つである。亀井俊介は、「アメリカン・ヒーロー」を、「アメリカのアダムのような自然人」、「文明の建設者」、「社会的モラルの守り手」、「結婚の絆を大切にする」、「純真」、と定義している（亀井 227）。さらに、R・W・B・ルイスの著書『アメリカのアダム』を参考にすれば、アメリカン・ヒーローとは、「新しい国の未来を共有しようと」（Lewis 13）する開拓精神と原初の人間「アダム」のような初代性を持ち、かつピューリタリズムの道徳観を身に付けた人物と考えることができる。

ヴァーヴァー家の莫大な富の根源となるアダム・ヴァーヴァーのアメリカでの仕事の内容については、『鳩の翼』におけるミリー・シールの財産の出所についてと同様に、ジェイムズの筆は曖昧で、これらの作品中、アメリカ人が実業でいかに稼いだかではなく、稼いだ金をいかに使うかの方に焦点が当てられていると言える。彼は一代でヴァーヴァー家の経済基盤と彼を取り巻く人物たちすべての生活の前提を築いたまさに「アメリカのアダム」であった。またアダムは、その財力によって思うままの安逸を満喫できる、いわば「ヴァーヴァー王国」と呼べる生活空間を充実させるべき結婚相手を、娘と自らに「買う」。さらに彼は、文化に乏しいアメリカに、ヨーロッパ芸術を紹介し、人々を啓蒙するための美術館建設を計画する。アダムはこういった行為によって「文明の建設者」と呼べる。

これに対して娘のマギーは、すでに父の築いた経済基盤、「ヴァーヴァー王国」の中で生活をしており、それが前提となる以前を知らない。しかし彼女が、父の手配した結婚関係の秩序の崩壊に気づき、自ら家庭という文明の境界線を構築し、その秩序を整えることは、「ヴァーヴァー王国」における「文明の建設者」としての行為であると言えよう。そして「子供のように」無垢かつ善良に、自ら貞節を捨て結婚の絆を脅かす側とはならないアダムもマギーも「社会的モラルの守り手」であり「結婚の絆を大切にする」アメリカ人である。するとマギーは揺るがない経済基盤と上流階級社会という極めて限られた世界において、彼女を取り巻く人物たちの生き方を方向付ける、指導的役割を期待されるアメリカン・ヒロインであると考えられる。

また、この作品においては、「父と娘」の絆の強さが執拗に描かれている点が特徴的である。単にアダムと彼が築いた経済力の継承者の関係に意味が与えられるのであれば、「父と息子」という設定もあり得るが、まるでエレクトラ・コンプレックスを想起させるような「父と娘」であることの意味と効果も注目に値する。この男と女の親子に加え、彼らとそれぞれの結婚相手、相談相手となるアシンガム夫妻、第一部と第二部のタイトルらが明確なシンメトリーを備えて描かれ、結婚というテーマが前面に押し出されることで、そこに関わる人物たちはその男性性、女性性をいやが上でも浮き彫りにされる。そして小柄で静かなアダム、シャーロットにもマギーにも左右されて主体性に欠けるアメリーゴ、妻の聞き役に徹するアシンガム大佐らの男性がいずれも主導性に欠けるという状況が、この作品において女性性に主導力が与えられていることを示唆する。そして結婚の秩序の再構築に邁進するアメリカン・ヒロインの信念の中に、アメリカ人にとっての結婚の意味が読み取れるのである。

この作品は「アメリカ」の変遷の表象として読み解くことも可能である。アダムの富の構築とその結果としての父娘の裕福な生活、そしてそれぞれの結婚相手獲得の過程は、アメリカ人の物理的、文化的未開拓状態である「ウィルダネス」の征服と独自の国家の建設を思わせる。また、マギーによる結婚の秩序の整備過程は、無秩序と境界の混乱という「ウィルダネス」の逆襲を阻止し、そこに文明と秩序を敷くアメリカン・ヒロインの開拓力とリーダーシップを浮き彫りにする。さらに、マギーがアダムとシャーロットをアメリカへと越境させる過程、アダムがヨーロッパの美術品やシャーロットをアメリカへと取り込む過程、そして、マギーがヨーロッパの伝統を体現するアメリカと調和しつつ異文化の中でアメリカの存在感を明らかなものとして生きていく過程は、アメリカの拡張主義を彷彿とさせるのである。本稿では、父と娘の生活、結婚の絆のほころびをめぐる、マギーというアメリカン・ヒロインの特性を考察することでこの作品が表象する同時代の「アメリカ」の姿もまた検証していく。

一　「ウィルダネス」の征服と「ヴァーヴァー王国」の建国

アダムはアメリカにおいては、前人未到のビジネスという「ウィルダネス」を征服し、その成果である富によって「コルテス」のようにヨーロッパという次なる「ウィルダネス」を「征服するべき世界」(122)と見なし、上流階級に属する社会的地位を確保し、娘と自らの結婚による「ヴァーヴァー王国」を建国するのである。この時点でアダムの開拓者としての「アメリカン・ヒーロー」的役割は終わる。「ヴァーヴァー王国」内の生活では、彼はおとなしく華奢で、F・O・マシーセンが「『黄金の盃』では、あたかもアメリカの現実を忘れたかのように、ジェイムズは成功したアメリカ人たちに現実には考えられないような美徳を与えようとした」（マシーセン 114）と指摘するように、およそアメリカで、腕一本で成り上がり大金を手に入れた人物には見えない風貌を持つ。また彼はマギー、アメリーゴ、シャーロットらと異なり、その心の内が描かれることがなく静かな人物であり続ける。かくして、かつてのアメリカン・ヒーローが築いた安泰な王国において、危機に際して人々を導くヒーロー不在の中で、シャーロットとアメリーゴによる結婚の境界線の侵犯、すなわち安定した王国文明を揺るがす混乱という「ウィルダネス」の逆襲が始まるのである。

「ヴァーヴァー王国」に関わる四人は、同時代のイギリスに労働者階級の生活や人生も存在していることなど忘れさせるほど有閑階級にあり、彼らは互いに訪問し合うことや同階級内での社交以外にすることはない。この様子は、アシンガム大佐の、「あの人は今のところこの人生で何もすることがないのだよ」（213）という指摘において表れ、また、「私たちの立場の何とも言えず微妙な点は、この人生で何もすることがないということではありませんか」（221）と言うシャーロットによって繰り返し描かれる。さらにアダムはマギーに「働く」ことなどしてほしくないと明言している。マギーは生死に関わるような危機にさらされることはおろか、働くことも生活に困窮することも全くないという非常に制限された狭い世界で、アダムが取り組んだものとは違う意味を持つ「ウィルダネス」に、心理的戦略をもって取り組むことになる。この際のマギーは、実際に彼女が持つことのない武器のイメージや、開拓者の姿によって形容され、それらは彼女の心理を象徴するものである。そして彼女は自分に向けられた試練の象徴としての「ウィルダネス」に対し、「武器」や「開拓者」が象徴する気構えをもって挑み、その征服において主導権を握るアメリカン・ヒロインとなる。

彼女をとりまく他の人物もそれぞれ象徴性を備えた役割を演じる。アダムは彼に関わる人々の経済生活の大前提であり、動かぬアメリカの大地とその安定した経済力を象徴する。そのアダムに気に入られ、「世界の縮図」(*English Hours* 16) たるロンドンでヨーロッパの美術品の一つとして蒐集されるアメリーゴは、アダムが象徴するアメリカの大地の発見者、アメリゴ・ヴェスプッチの子孫としてその能力を受け継ぎ、自らが生きていく場所と経済基盤をかぎつけたヨーロッパ系アメリカ移民を象徴する。彼はヨーロッパでの家系をヴァーヴァー父娘に「買われ」、それを依るべきアイデンティティとしてアダムが象徴するアメリカに生きる移民の象徴であり、またヨーロッパの経済不況をも象徴する。そしてシャーロットは最もアイデンティティが保証されていない人物として登場する。彼女は由緒ある家系を持つアメリーゴとは違って、家系のルーツは定かではない。彼女は、「天涯孤独で、財産もなければ、親類縁者もなく」(64)、「あらゆる民族の血が流れて」(271) おり、「どこに安住の地を見出したらよいのかと自問自答する」(490) 寄る辺ない立場にある。このためシャーロットは生きぬく方法と自分の居場所をその時々にかぎ分けて行動する必要があり、安泰な生活を保障されたマギーよりもシャーロットの方が生活に対する危機意識はよほど強い。この様子は、シャーロットの方がマギーよりも自らを美しく装い、社交界を巧妙に生き抜く能力に長けることで、その社会的な生命力の強さを示す場面から読み取れる。シャーロットは自分が持つ限られた能力と与えられた条件を頼りに、貪欲に、精力的に生きようとするアメリカの移民を象徴する存在となる。ヴァーヴァー王国の秩序を混乱させる「ウィルダネス」を制圧するマギーは、ヨーロッパの弱みを抑え、ヨーロッパに影響を与えるアメリカの力を象徴すると言えよう。こうして四人が織りなす心理の世界は、移民やヨーロッパに対するアメリカの姿を表す寓話にもなっていく。

アダムとマギーの父娘は、互いの家庭という境界線の成立後も、それぞれの配偶者と過ごすよりも親密に過ごし、シャーロットとアメリーゴは婚姻の秩序を越境して男女の仲となる。結婚というものが、原初の人間男女のユニットであるアダムとイヴの結合と、それをルーツとして生み出される人間の家系における個人のアイデンティティを象徴すると考えると、結婚によって築かれた家庭の境界線の「越境」行為は、結婚によって創出することが可能なルーツ、つまり民族的、家系的アイデンティティの根本を揺るがし、それを無きものにする行為に等しい。この段階においてマギーは、悪循環を始めたのはもともとマギーだったのだというアシンガム夫人の言葉通り、シャーロットを追い出して父アダムの配偶者の位置を占めるという婚姻の枠組みの境界侵犯行為を行っているのである。それゆえマギーは、「アダム」の子、つまりアメリカン・ヒーローの継承者であるのか、「アダム」の妻、イヴであるのかが曖昧で区別がつかないままの存在であり、女性としても移民の象徴としても強い生命力を見せるシャーロットに比べて自意識が弱い。この様子はマギー自身が自分とたくましいシャーロットを比較し、「私はいつも生命に関わることのようにおびえおののいています」(149)と言う言葉においても示される。マギーの隙を利用するシャーロットとアメリーゴの不義、すなわちマギーにとっての「ウィルダネス」をマギーが発見した時、彼女は初めて無垢な「良い子供たち」(252)である ことをやめ、「楽園の牧歌的生活」(Fryer 112)を離れ、生命力を発揮して「生き始め」(285)る。マギーが自らを「アメリカのアダム」の継承者であり、「アダム」の妻イヴではないことを区別して自覚することが、彼女のアメリカン・ヒロインとしての第一歩となるのである。

二　逆襲する「ウィルダネス」の征服

結婚の秩序を脅かすシャーロットとアメリーゴの不義を、物言わぬ存在でありながらマギーに察知させ、アメリカン・ヒロインとしてリーダーシップをとるための知識を彼女に与えるのがタイトルでもある「黄金の盃」である。マギーの結婚前、シャーロットとアメリーゴが骨董屋で見つけたその盃は、水晶に入るひびが金のめっきによって覆われ、隠されたものである。この盃のひびは、アダムの莫大な富によって覆われ、隠されていた無法地帯「ウィルダネス」であり、「純粋で完全な水晶」(120) にたとえられるアメリーゴの背信行為を表す。またシャーロットと不義の関係を結ぼうとする際に、アメリーゴは「ぼくは今日という日を、二人で飲み干すべき大きな黄金の盃のように感じる」(262) と言う。彼らが飲む「満杯の」(267) 黄金の盃は、寛大で安泰な「ヴァーヴァー王国」の中で隠ぺいされる不法の享楽を意味すると考えられよう。この不法の享楽は統治者にとって、廃除するべき「ウィルダネス」ととらえることができる。これらの「ウィルダネス」は、放置すればますます増殖し、「ヴァーヴァー王国」の秩序と文明を脅かす。マギーはこの「ウィルダネス」の逆襲に敗北することを否とし、結婚の秩序という文明の覇権を確保するという明確な方向性をもって人々をリードすることを決意する。

この作品に多少とも影響を受けて著された作品である、夏目漱石の『明暗』においては、互いによく知っていない相手との結婚や結婚を決めるにあたっての覚悟といった話題について登場人物たちが語り合う場面がある。口をきいたこともない男女の結婚が成立することをいぶかる津田に対し、津田の叔父は「今の若いものには一寸理解できにくいかもしれないがね。叔母さんはうそを吐いているんじゃないよ。知りもしないおれの所へ来るとき、もうちゃんと覚悟を決めていたんだからね」(夏目　212)と述べ、決意があれば知らない相手との結婚も成立する旨を説く。しかし『黄金の盃』においては、マギーは結婚前、アメリーゴの個人的側面をよく知らないことを全く不安に思うことはなく、アダムは娘を安心させるために結婚することを十分なシャーロットへの求婚理由と考え、アメリーゴは不安な気持ちをアシンガム夫人に明かすのみで、各人物の結婚への身構えといったものはほとんど語られることはない。これはすべてのひびを覆うヴァーヴァー父娘の富の存在感が大きすぎるためであり、結婚に伴う困難という問題に対する人々の危機意識は薄い。

個人の意思によって夫、妻、という役割を受諾し、次世代に家系と、民族的アイデンティティを人為的に創出することが可能な結婚という制度は、アメリカ人にとってどんな意味を持つと考えられるだろうか。アメリカという国家の成長過程がヨーロッパのそれと異なる点は、アメリカ人は自然発生的なルーツや家系に依拠して地縁を育んだ人々の子孫というわけではない点である。依るべきルーツから隔離され、「孤児」として新大陸へ移民してきた人々は、アメリカ人になろうとする意志によって人為的に国家を形成したのである。このような事情の中では、結婚は人々にこれまでなかった家系の伝統とその中での自らの地歩を作る貴重な機会と言える。亀井もまた、結婚は「縁に乏しいアメリカ人が家族を作り、ルーツを作り、アイデンティティを築く行為」(亀井　33)を象徴すると考える。マギーの人柄には「アメリカ的血統の内に、掃除好きなニューイングランドのおばさんたちがある」(403)と描かれる。このような彼女の人柄にうかがえるピューリタニズムは、初期アメリカ人の結婚と家庭に不可欠な道徳意識であり、それが結婚の絆を厳しくも神聖なものとしていた。そして家庭の境界線を神聖なものとして自覚し、その越境による境界侵犯を阻止し、その中で自らのアイデンティティを確保しようとするマギーの行為は、きわめてアメリカ的な地歩獲得の努力を表象している。再び亀井の著書に依れば、アメリカン・ヒーローの特徴は「結婚の秩序を重んじ」、「道徳的」で、「純真」であることだと定義される。マギーはこの定義にまさに合うアメリカン・ヒロインと考えられよう。明確な目的を意識し、心の内を他者に晒さなくなったマギーは「雌のトラ」(306)と描写され、野生的な生命力を持って「ウィルダネス」と対峙し、またピューリタンの子孫としての道徳観と正義感をもって結婚という文明を建設する。かくしてマギーは父アダムとは違った意味の「自然人」、「文明の建設者」、「社会的モラルの守り手」といった条件を備えたアメリカン・ヒロインとなる。

アシンガム夫人が三つの断片へと打ち砕いた黄金の盃を目撃し、マギーから「知っている」と言われながら具体的に何を知っているのかは明言されないアメリーゴは、シャーロットとの自由な交際の隙を失う。マギーの、アメリーゴを攻めたてて彼を失う結末を迎えたくないという気持ちは、純粋に彼に対する愛情から来ているが、アメリーゴがマギーを失いたくない理由は、彼の現在の生活基盤となるアダムの富を失いたくない気持ちからであることは否めない。このため彼はマギーが気付いたことをアダムもまた知っているかどうかを気にするのである。もともとアメリーゴがマギーと結婚した理由は、彼女自身の魅力だけでなく、その財産でもあった。アメリーゴにとって結婚はルーツとアイデンティティを築くといった精神的な価値を持つものでも文化的な問題でもなく、現在の生活を維持するための死活問題なのである。彼がマギーの結婚の秩序再構築の意志に逆らわないことを選び、シャーロットにマギーの開眼を伝えることをしない時点で、アメリーゴはマギーのアメリカ的なリーダーシップに従い、それを受動的に受け入れる、いわば初期アメリカの移民同化政策に従う、アメリカに入ってニューイングランドのアメリカ人の風習に同化するアメリカ移民となる。家庭再構築の主導権は主流アメリカ人を体現するマギーにある。

シャーロットとアメリーゴの関係について、また、それをマギーが知ったことについて、果たしてアダムが気付いているのかどうかは謎めいたままである。結婚前のマギーが父に語る、「ええ、わたしが本当に打撃を受けたら、お父様にはお分かりになるでしょう」(153)という予言めいた言葉、シャーロットの首に見えない絹紐を結びつけてその紐の先をアダムが握りながらマギーに目配せを送るかのように感じられる場面、さらには娘の目的達成の助けとなる、アメリカ帰国を自ら進んで申し出る場面などにより、アダムは神のように娘夫婦やシャーロットの動向を知っていると解釈することも可能である。しかしアダムは自ら二組の結婚再構築のための主導的役割には携わらない。彼はアメリカン・ヒロインであるマギーが活躍する、動かぬ「大地」に徹するのである。マギーはアメリーゴにはアメリカに同化する移民としての生き方を、シャーロットにはアメリカの大地を象徴する父に貢献するその忠実な妻としての生き方を与える。他者の身の振り方を主導し、そのアイデンティティを創出するというマギーの行為は、サイードの指摘するところの、アメリカの「自信」と「傲慢さ」(サイード 42)を象徴すると言えよう。「ヴァーヴァー王国」の「ウィルダネス」を征服していく時、彼女は孤独である。この様子は、「誰ひとり頼る人のない孤独を強く感じた」(330)「彼女はみんなの複雑な関係を単純化する仕事をおしつけられた」(457)と描かれる。他者から距離を置いて強いリーダーシップを意識し、アメリカを脅かす「ウィルダネス」を征服することで国家の文明を防御しようとするアメリカの膨張主義理念が、マギーのアメリカン・ヒロインとしての姿から垣間見られるのである。

三　国境「越境」による結婚の秩序確保

アダムはアメリカに帰国する意志を示し、シャーロットは「私の結婚した人を自分のものにしておきたいのです」(513)「私が望むのは（中略）あの人がはっきりした区切りをつけることです」(513)と言い、アダムの意向に従う。互いに「越境」され、その秩序を持ち崩していた二組の結婚関係は、空間的に遠く離れることで境界線を明確化し、閉じられた秩序空間となることが予定される。また、「アメリカのアダム」を体現するアダムの、継承者（子）であるのか、妻「イヴ」であるのかの境界が曖昧であったマギーは、その区切りを明確化し、自らをアダムの継承者に、シャーロットを「アダム」の妻「イヴ」に位置付ける。二人の違いは、マギーが「新しい国の開拓者」(517)、シャーロットが「亡命者」(521)と表現される点においても読み取れる。

「司令官のよう」(444)と描写されるアメリカン・ヒロインであるマギーは、父とシャーロットをアメリカに、自らと夫をヨーロッパに配置する。帰国するアダムは、妻シャーロットも含め、ヨーロッパの文化財産を、アメリカを脅かす「ウィルダネス」としてではなく、アメリーゴと同じように「ぶつ切りにしてソースをかけた鳥」(32) のように静かになった状態で、完全に制御できる自分のものとして購入し、アメリカを豊かにするために持ち帰るのである。マギーの方は、自分の力と存在感をアメリーゴに認めさせ、ヨーロッパに残る。アダムは異文化と移民をアメリカに取り込み受容するアメリカの包容力と経済力、そして文化的な知識欲を体現すると考えられよう。そしてマギーは異文化に進出するアメリカの経済力とアメリカのモラル・センスを認知させる力、さらには対外的な膨張主義をも体現する。この帝国主義的とも言える力の片鱗は、アダムの美術品や結婚相手の購入態度においても見られるが、彼はアメリカに異文化を取り込む力、マギーは異文化へと出ていくアメリカの力において帝国主義的片鱗を体現すると考えられる。

アダムとマギーがそれぞれのアメリカの力を備えながら国を隔てて別れる前に、二人は互いに信用し合っていることを確信する。この様子は、「彼（アダム）は決して失敗者ではなく、失敗者には決してなりえないという意識が二人のすることからあらゆるやましさを取り去った。彼らは心を合わせて計画しても恥かしがる必要はなく、それどころか微笑むことさえできるように思われた。それは新しい自信に似ていた」(484-85) と表現される。この描写にはアメリカの膨張主義理念の大義の一つが彷彿される。すなわち文明を脅かす「ウィルダネス」を征服することは、アメリカの明白なる運命であり、それを指揮するアメリカン・ヒーローにとっての正義と美徳となる。夫婦の再構築と家庭の「越境」行為の阻止という目的を達成できたマギーもまた失敗者ではないゆえに自信を持てるはずなのだが、彼女が抱く気持ちが一筋縄ではない点は意味深い。マギーは、アダムの美術品の嗜好に従うシャーロットの様子を痛々しくて見ていられないと感じ、最後の場面におけるアメリーゴの瞳を哀れに、また、恐ろしく感じ、自分たち父娘が体現するアメリカ的膨張主義に含まれる帝国主義的傾向に危機感を抱くことができる感性を持つ。この点がマギーの演じるアメリカン・ヒロインの特徴なのである。

「ヴァーヴァー王国」における結婚の秩序という文明を「ウィルダネス」の逆襲から守るために、攻撃を持って防御をなすという価値観に対してマギーは不安を覚える。自らの使命を達成しながら、マギーは次のような釈然としない気持ちを語る。「私たちはお互いに対して滅びるのです……私たちは自分の誤りでそうなるのではありません。それを思うといかにも悲しい、不思議な運命です」(523-24)。この言葉は直接的には、マギーが「自分のあやまり」のせいではなく、シャーロットとアメリーゴのあやまちのせいで結果的にシャーロットの自由を奪い、彼女を孤独な隷属者に追い込んだことに良心の呵責を感じる様子を表すものである。「ウィルダネス」を征服しなければ生きていくことができないというアメリカの辺境開拓精神が膨張主義を導き、さらにそれを強迫観念として帝国主義を導いていくアメリカの変遷に対して人々が抱きうる疑問が、マギーの感じる不安をもって描き出されていると考えられる。

マギーがいかに彼女にとっての大きな危機と試練を持ったとはいえ、依然として篤く安定した経済基盤に守られ、狭い社会階級内で生き抜くことに変わりはない。「ヴァーヴァー王国」に同化する代わりに経済的安定を手に入れるアメリーゴが、「かつてないほど勘定が合う」(40)と思う一方、アメリカに帰るアダムもマギーに対して、「勘定が合っている。良いものが手に入ったね」(541)と言う。父娘の金と骨董的価値を持つヨーロッパの伝統というものの取引は成立している。藤野早苗は、この作品は「ヨーロッパの経済的衰退」（藤野 58,196）を象徴すると述べる。マギーはアメリカの経済成長が可能としたアメリカン・ヒロインであると言える。なにがあろうと揺らぐことが想定されないヴァーヴァー家の富と、父娘の顔色を素早く伺い、その庇護から外れて生活することはできないアメリーゴとシャーロットの経済力の差異を、マギーは明確化し、アメリーゴとシャーロットに自覚させる。そしてマギーの演じるアメリカン・ヒロインは、経済成長を遂げたアメリカの帝国主義的傾向と物質主義が進行する未来を予示するのである。

結　び

父の体現する「アメリカのアダム」の妻イヴであるべきか、その継承者たる「アダム」の子であるべきかが曖昧となる危険性、「ウィルダネス」の出現、それゆえの「アダム」の子となる意志の明確化――これらを促すためにマギーがアダムの息子ではなく娘である設定には意義がある。つまりマギーは自然発生的に「アダム」の子ではなく、アメリカのアダムの継承者となる意志をもって「生き始めた」のであり、彼女を取り巻く人物も、アダムの富が象徴する「アメリカ」という土壌に、マギーのリードによって明確な役割とアイデンティティを与えられて生き始める。かくしてアメリカ人になろうとする人々の意志によって成り立つ国、アメリカを象徴する「ヴァーヴァー王国」において、その秩序と文明が繁栄し、「ウィルダネス」は入り込む余地を失うのである。

エドワード・サイードは、「海外領土のアメリカの権益を擁護する者たちはアメリカがいかに無垢で善をなし、自由のために戦っているかを強調する」（サイード 40）と述べる。このアメリカの様子は、マギーが体現するアメリカの膨張主義、帝国主義傾向と重なるものがある。マギーは「利己的なところがなく」(96)、人を「見捨てない」(459)、基本的に悪意のない道徳的資質を備えたアメリカン・ヒロインだが、すでに確立された経済基盤の上という限られた視点を持って自国の利益を考えるのである。アメリカへと異文化を取込む力と、移民を受け入れる力を象徴するアダムが帰国するのに対し、異文化においてアメリカの威力を示すマギーは、正しい結婚の秩序構築のために戦ったというイデオロギーを前提としてヨーロッパで生きる。そして父夫妻を送り出した後、彼女は自らにとって利益をもたらすことが、他者にとっても「正しい」ことであるかということに自信を持ってよいものかどうか気持ちが揺らぐのである。マギーは、自国にとっての利益を、世界にとっての利益へとつなげようとするアメリカのイデオロギーや、移民を受け入れ、彼らにアイデンティティを与えることを善と考え、そのモラル・センスに自信を持ちたいと考える成長するアメリカを体現すると同時に、アメリカの膨張主義がはらむ暴力性にも気づくことができる特徴的なアメリカン・ヒロインと言えよう。

引用文献

Fryer, Judith. *The Faces of Eve: Women in the Nineteenth Century American Novel.* Oxford: Oxford UP, 1978.
James, Henry. *English Hours.* London: Barrie & Jenkins, 1989.
——. *The Golden Bowl.* Aylesburly: Penguin Books, 1966.
Lewis, R.W.B. *The American Adam.* Chicago & London: The U of Chicago P, 1995.
亀井俊介『アメリカン・ヒーローの系譜』研究社、一九九四年。
工藤好美監修訳『ヘンリー・ジェイムズ作品集5　黄金の盃』国書刊行会、一九八一年。
サイード、E・W『文化と帝国主義　1』大橋洋一訳、みすず書房、二〇〇〇年。
夏目漱石『夏目漱石集（二）』筑摩書房、一九五六年。
マシーセン、F・O『ヘンリー・ジェイムズ―円熟期の研究』青木次生訳、研究社、一九七二年。
藤野早苗『ヘンリー・ジェイムズのアメリカ』彩流社、二〇〇四年。

耳をすます子ども

――『メイジーの知ったこと』に聴くモダンの風景――

難波江　仁美

はじめに

一八九五年一月五日、『ガイ・ドンヴィル』初演は、挨拶にステージに立った劇作家ヘンリー・ジェイムズへの観客のブーイングで幕を閉じた。隣の劇場ではオスカー・ワイルドの『理想の夫』が上演されていたが、ジェイムズはその人気を博していた劇を最後の大喝采を耳にするところまで見届け、口惜しさを押さえきれないかのように「あの作品で喜ぶような観客にわたしの作品が理解できるというのか？」(Edel 150) と手紙に綴った。しかし彼は、即座に、そして見事に、方向転換を果たす。新たな決意はノートに記された。

> この使い慣れたペン、忘れることのできない苦労と聖なる闘争を共にしてきたこのペンをわたしは再び手にしよう—それ以上何も言う必要はない。大きく豊かに気高く、未来はまだひらかれている。わたしのこの生涯の仕事をこなすのみ。（一八九五年一月二十三日、*Complete Notebooks* 179)

ブーイングの衝撃は劇作家ジェイムズを奈落の底へ落としめたが、小説家ジェイムズはそこから這い上がった。「あの作品で喜ぶような観客」と言葉にしたとき、ジェイムズはすでにその「観客」についての自身の認識不足に気づいていたはずである。彼はさっそく、ブラダと名乗るフランス人女性が書いた『ロンドン覚書』を読み始めたのだ。ノートには新しいロンドンの特徴を、「第一《プリモ》に、女性の男性化」、「第二《セコンド》に、貴族の道徳観の低下」、そして「前からわかっていたのだが（中略）ここに小説家にとっての大きなテーマがある」(1)（117）と記した。フランス人女性が見たロンドン事情は、ジェイムズに新しいテーマを与え、『メイジーの知ったこと』（以下『メイジー』）が生まれたのである。

そうして『メイジー』は、女性が男性化して母親としての役目を果たさなくなり、かつ道徳規範のモデルとなるべき貴族の意識が低下した一九世紀末ロンドンを舞台に、近代化するモダンな環境の中で、子どもがどのような感性を身につけて成長するのかを描いた作品となった。(2)本論では、その子ども、メイジー・ファランジの経験を聴覚に注目して検証してみたい。トニー・タナーが「メイジーは世界を見て、その映像を楽しんで驚喜することを生業とする」（293）と述べたように、大人の世界を「見る（観察する）」早熟な子どもとしてのメイジー像は定着している。しかし、彼女は大人の世界に目を凝らすと同時に、耳も澄ましている。その意味でグレッグ・ザカリアスが、「ジェイムズと耳、聞くこと、音」があまり考察されていないことを指摘して、ジェイムズにおける音の重要性を促したのは重要である。（428）とりわけ近代化し大きく変貌する一九世紀末の都市空間は、機械音など無機質な音、多様な言語や騒めきに溢れ、それらが従来とは違った感性を培っていったはずだからである。ジェイムズ自身もそれを体感している。顕著な例は、『チャップ・ブック』[3]に『メイジー』連載中、腱鞘炎を理由に雇い入れたタイピストが叩くタイプライターの衝撃である。この新しい体験について彼は次のような手紙をタイピストに口述筆記させた。

これまでヴェニスの声がいつも大きく鳴り響いていましたが、わたしがこうして口述筆記をしているタイプライターのクリック音にそれはほぼ消えてしまいました。ちなみに、このタイプライターは何ヶ月か前にわたしの萎えた手の割れ目からわたしの存在の中に侵入、今や長いホテル住まいや鉄道旅行中にもなくてはならないほど重要な位置を占めるようになりました。(Edel 47)

ジェイムズ晩年のタイピストであったセオドラ・ボサンクェットは、レミントンのタイプライターの「クリック音[4]」が、「明らかに拍車になって」ジェイムズを刺激し、言葉を「引き出した」(34-38)と回想している。しかし、先の引用にあるように、すでに初期の段階からジェイムズにとってタイプライターは「手に」していた「ペン」の代替物となり、さらに彼の身体に「侵入」して一体化するという奇異な感覚を彼にもたらしていた。タイプライターを叩く音は体内に響き渡り、彼の思考のリズムを抜本的に変容させた。ブーイングを経験したジェイムズの小説家としての再出発をかけた『メイジー』は、結婚と離婚をめぐるロンドン最新事情を描いた風俗小説であると同時に、新しい時代の感性を身につけた子どもを描いた児童小説であり、またジェイムズ自身が機械を使うことによってモダナイズされた感覚を世に問う新しい小説ともなったのである[5]。

小説で扱われるのは、離婚した両親の間を行き来するメイジーの子ども時代であり、両親に捨てられた後については語られることはない。年齢設定を考えれば、彼女が成長して活躍するのは二〇世紀初頭になる。本論最後には「メイジーその後」を補足する形で、イーディス・ウォートンの『トワイライト・スリープ』（一九二七）と、シンシア・オジックの「ディクテーション」（二〇〇二）に言及し、ジェイムズのホームレス・チャイルド《ガール》の行く末を展望したい。

一　揺れる映像、混じり合う声

両親の離婚によってメイジーは「羽子《シャトルコック》」のように父の家と母の家とを「移動（migration）」[6]する生活を余儀なくされる[7]（42, 52）。本来なら親権は男親にあるのだが、父親ビールが母親アイダに借金の負債があったために、親権は折半されたのである。だが「移動生活」はメイジーにいつか「路頭に迷う」という不安を抱かせる（96）。「父は二人、母も二人、家も二つ、合計六つの保護」があるにもかかわらず、彼女は「『どこ』へいったらいいのかわからなかった」（99）のだ。そして何時地面に落ちるかもわからない「羽子《シャトルコック》」のような生活の中で彼女が最初に気づくのは、薄暗がりにうごめく不気味な影である。

> 両親の憎悪をまのあたりにした彼女「メイジー」は、幻灯機《ファンタスマゴリア》から投影された映像が壁面を跳梁するのを見るときのように目を見張った。彼女の小さな世界は変幻極まりない世界――映写幕の上で踊る奇妙な影絵の世界だった。あたかもそれは全てが彼女のために――薄暗い大劇場の中のちっぽけな半ばおびえた幼子のために――上映されたかのようであった。（39）

メイジーは幻灯機[8]が映し出す「踊る奇妙な影絵」に目を凝らしている。影は動き、場面は次々と変化する。彼女は恐れつつも、そのうごめく影に引きつけられる。この冒頭の幻灯機の比喩は、まず視覚が情報収集器官として使われること、そしてメイジーがそこにうごめく影を理解しようとしていることを示している。だが、『メイジー』への序文でジェイムズが述べるように、知覚は視覚だけではない。

その子はわたしの構想を最後まで見届けてくれるだろう、つまり、彼女の限られた意識がまさにわたしの画布であり（中略）不思議に思いを巡らす我が目撃者が物質的にも必然的にも見たものを書かなくてはならない。（中略）子どもの頭では大きなギャップや空洞が残るだろう（中略）ことばに置き換えられる以上のものを感じ取っているから。それは彼らの語彙の範囲をこえてもっと豊かであり、その理解は刻々と深まっているのだ。(26-27)

ジェイムズは、大人が想像する以上に子どもには「知覚能力」があるという。メイジーの「限られた意識」に映る映像をそのままに伝えようとする語り手には、彼女が理解したすべてを言語化して説明することはできない。しかし、彼女が外界を「大きなギャップや空洞」として捉え、そこに関心を示すとき、彼女の「理解」は「刻々と深まって」いるはずである。先の幻灯機の場面はまさにその好例である。怖いながらも次々と映し出される映像に釘付けになるメイジーは、映像以外の様々な情報の刺激も受けていよう。何よりまず「両親の憎悪」、つまり罵倒し合う両親の声が引き金となって彼女の関心は彼らの方に向けられる。このとき、街の喧噪やドアの開け閉めなどの雑多な音も重なって聞こえ、それらに補われて彼女の感性はその騒めく日常の中で育まれる。

メイジーは大人たちの声に耳を澄ましている。移動の生活はメイジーの経験を断片化してしまうが、彼女はとりわけ母の雇った家庭教師ウィックス夫人のとりとめもない物語、しかも移動の度に中断され先送りされる不完全な物語に魅了される。そして、関連がないような出来事であっても、それらはいつかどこかで繋がっているはずだと思いはじめる。矯正眼鏡をかけ偏狭な「道徳観」を振りかざすウィックス夫人だが、彼女の寄せ集めの、そしてしばしば説明不足の物語は、メイジー自身の雑多な経験をなぞることのできる語りのモデルとなったのである。

> 人がもの笑いの種にしようとも、なおえも言われず人まねできないウィックス夫人の口調に感じられるある印象から、（中略）メイジーは「がけっぷち」の胸もとまである手すりのように絶対に「安心」できる頼もしい人という印象を引き出した。（中略）夫人はフィクションという確実な世界に逃げ場を求めたが、確かにその世界には真実の青い河が曲がりくねって流れていた。(51)

夫人の娘が馬車に轢かれて事故死したように、ロンドンは「がけっぷち」のような危険な都市空間だ。しかし、保護者も避難所（子ども部屋）もないメイジーにとって、夫人の物語る声は唯一彼女がしがみつくことのできる「手すり」である。娘を亡くした悲しみを知る夫人の声には、母アイダにはない心安まる母性の響きもあったであろう。しかし、何より「安心」なのは夫人の物語に「終わり」がないことである。「移動生活」を送るメイジーにとって、夫人の物語る声の継続性にこそ救いがあった。その物語は、夫人の経験と小説とを接ぎ木したようなとりとめもないものだが、メイジーは自分の生活を代弁しているかのような即興性と意外性をその「曲がりくねった」「真実の青い河」の物語に見いだしたのだ。

こうして互いに語り手と聞き手を得たメイジーとウィックス夫人は、一心同体の関係を築いていく。それをメイジーが意識したのは、歯医者で抜歯をされた瞬間、痛みで「叫び声」をあげたのが彼女ではなくウィックス夫人だったときである。以後メイジーは、父の家に移るために夫人と別れるときにも夫人の「叫び声」を思い出し、夫人との別れを身体の一部分をもぎ取られるような痛みとして疑似体験する。このように夫人と身一つとなった感覚を抱くメイジーは、夫人の不在を自分の身体の一部に開いた穴（抜歯の跡）と感じ、夫人がその穴の「沈黙」の向こうに待っていると想像する。つまり、メイジーにとって理解できない「ギャップ」や「空洞」は単なる不在や無ではなく、言語化以前の「沈黙」であり、未だ語られぬ「物語」として意識されはじめるのである。

ウィックス夫人の沈黙そのものがメイジーの意識をしめる大きな要素の一つになった。やがて夫人の沈黙は、メイジーのこころの中で暖かい居心地のよい雰囲気をかもし出した（中略）その奥のどこかで、おぼろげな修正めがねがじっと彼女に注がれていた。波さわぐ小さな流れの外のどこかで、ウィックス夫人が息を殺して待っていてくれた。(60)

夫人が待っているという「安心」から、メイジーは夫人の「沈黙」（＝不在）に「居心地のよさ」を覚える。それは同時に彼女の内面世界の形成にも繋がっていく。夫人が沈黙する間、彼女には別の彼女だけの物語、すなわち「波さわぐ小さな流れ」が聞えてくる。彼女にとって経験は、もはや一連の幻灯機の映像という視覚的なものではなく、人の声やざわめきが波のように途切れなく聞こえてくる音の風景として意識されるのだ。そしてメイジーの聞き取った「小さな流れ」は、いつか夫人の「真実の青い河」に合流する。ウィックス夫人の語り古されたお伽噺や小説の焼き直しは、モダンな感覚を身につけたメイジーによっていわば彼女のライフスタイルに合わせて修正されていく。都市空間を移動し、様々な音を集めるようにして耳を澄ますメイジーの意識には、このように様々な音が重なり合い、複数の声から成る物語が、あたかもモダニズムの語りを先取りするかのように、ポリフォニックなコラージュとなって響いていると想像できよう。

二　金ぴか時代へ「クリック！」

父の家に滞在中、メイジーは、父と再婚したビール夫人から、母の再婚相手クロード卿のお土産として楽譜「月光の子守歌」を受け取る。楽譜は、夫人とクロード卿の密会の証しだが、卿が「音楽教育」を強調することで、メイジーは独学でピアノを弾き、音にますます注意を向けるようになる。授業料が高いためレッスンは実現しなかったが、楽譜の「五シリング」の印字から、メイジーは卿が「音楽教育」は「本物 (the real thing)」と言った意味を理解する。「本物」は「高価＝大切 (dear)」(135)、つまり代価を払わなくてはならないのである。「知識《ノレッジ》というお菓子屋さんのショーウィンドーに鼻をペタンと押しつけている」(120) と描写されるように、金欠の彼女にはお菓子《ノレッジ》を買うことができない。一方、このお菓子屋さんの比喩は、知ることと見ることを関連づける例としてしばしば引用される箇所だが、実はここで重要なのは、金で買える甘いお菓子のような無害な「知識」や「教育」は彼女には無縁、いやむしろ無意味だということである。この後に続く大博覧会会場の場面でも、メイジーは入場料が払えず見世物小屋に入ることができないが、その会場において唯一無料で彼女を招き入れた小屋にこそ、彼女にとって必要な人生「経験《ノレッジ》」が待っていたからである。

それは、「森の花」と題された全身褐色の女たちの絵を掲げた小屋である。(9) その前に立ち止まったメイジーをさらに仰天させたのは、父と一緒にそこからその絵と同じような「褐色の貴婦人《ブラウンレディ》」が現れたことである。有色人種を初めて見たメイジーはその婦人を「プードル」や「モンキー」(10)(156)に喩えてしまうのだが、父はその婦人を「アメリカの伯爵夫人」と紹介し、彼女の豪華な私室に娘を招き入れ、アメリカの富について熱く語り、メイジーを捨ててアメリカへ行くことを仄めかす。最後に追い立てられるように辻馬車に乗せられた彼女の手に「伯爵夫人」は金貨を投げ入れ、その確かな感触はメイジーにアメリカ、すなわち父との別れが現実であることを体感させるのである。

「さぁ、お金」と褐色の貴婦人は言った―「お行き！」それは威厳のある声だった―馬車はガタゴトと動き出した。メイジーは片手に一杯の硬貨を持って腰をおろしていた。(中略)街灯の近くを通り過ぎたとき、彼女は数えようとして身をかがめた。見えたのは金貨《ソヴリン》の山だった。やっぱりアメリカには富が満ちているのだ。いずれにしてもその夜はやっぱりアラビアンナイトの世界だった。(197)

メイジーの耳には馬車の音に重なって、金貨が擦れ合う音が響く。金貨という「本物」の感触は、アラビアンナイトのようなその夜の出来事が「本物」であることを彼女に認識させる。豪華な「アメリカの伯爵夫人」の部屋が無料であったのは、そこで彼女が「娘が父を捨てる」という父の物語の最終幕を主役として演じなければならなかったからであろう。しかし、泣き出したメイジーは演出家である父の意図を汲まない大根役者でしかない。「伯爵夫人」の金貨はいわば慰謝料であり車代である。メイジーは父を諦めるという代償と引き替えに「知識」、すなわち自分がホームレス・チャイルド《ガール》であるという現実を手にしたのである。

このときから、彼女の人生という物語は大きな転機を迎える。父が伯爵夫人の部屋の鍵を開ける「クリック！」(175) の音はタイプライターの改行音にも似た新しい幕開けの合図である。メイジーの手にした金貨には、父を虜にした金ぴか時代の多民族国家アメリカ、そして父を失うという現実とが表裏一体となっていたのだ。そして彼女の現実認識能力は一気に加速する。影を潜めていた語り手さえこのとき「彼女が見た事の数の多さと彼女が発見した秘密の数の多さを、ああ絶対に読者の皆さんに信じていただくことができないでしょう」(205) と感嘆の声をあげる程である。

「クリック！」の合図はさらに響く。今度は母アイダが娘を捨てる場面である。メイジーは母が財布を開ける「クリック」を耳にし、お小遣いがもらえると期待しながら母の恋人を褒めはじめる、しかしその恋人とはすでに別れた母の機嫌を損ね、母は「鼻先でドアをピシャリと閉めるような目つき」で娘を睨み、再び「クリック」音と共に財布を閉めてしまう (223)。無機質な「クリック」音は、父との場面同様、ここでも母が娘を捨てようとしていること、そして親子であっても人間関係が金銭で繋ぎ止められていることを報せるのである。このとき両親が前後して娘を捨てるのは、後にビール夫人が口外するように、メイジーの為に預金されていたはずの養育費をビールが使い果たしてしまったからであろう。無一文のメイジーには彼らを繋ぎ止める魅力はない。だがこの場面には今一つ聞き落としてはならない音源がある。アイダの声である。

夏のたそがれの中で母親の怒りは次第に溶けてあわれみに代わり、しばらくしてそのあわれみが言葉の調子となって表現されたとき、財布の留め金がまたもクリック！と音をたててアクセントを添えた。彼女は取り出したものを仕舞いこんでしまったのである。「お前はおそろしい陰気な嘆かわしい哀れな子ね」と彼女はつぶやいた。(225)

感傷的な側面を見せたこともないビリアードの名手アイダの声に「あわれみ」の「調子」が混じる。そして母が南アフリカへ行くと聞いた瞬間、メイジーは「狂気と孤独」、「荒廃と暗黒と死」というヴィジョンを見る。なぜ南アフリカなのかは説明されない。しかし、当時大英帝国からの独立戦争に揺れる国への言及は、アイダの未来を不穏なものにしている[11](225)。もちろん、メイジーにはアメリカも南アフリカも遠い国でしかなかったが、母アイダも自分と同様孤独なホームレスという宿命を背負っていることをメイジーは直感したのかもしれない。同時にアイダも、娘が自分と同じ運命を背負った「哀れな子」だと気づいたのだと思われる。というのも、この後アイダはわざわざロンドンのウィックス夫人を訪ね、彼女に十ポンド紙幣を渡して娘の世話を頼むからである。娘の養育費を着服して頓挫する父ビールとは違い、天涯孤独なホームレスという運命を共有する女性としてのアイダなりの決着の付け方がここにある。

小説の結末、クロード卿は彼女をフランスのブローニュ＝シュル＝メールへ連れて行くが、このときメイジーの耳に母の「鉄の留め金のクリック」(235)が記憶の中で鳴り響く。[12] 再び彼女が捨てられる運命にあることへの警報である。義父と義母にとってメイジーは、不倫関係を正当化するための口実であった。危機感を感じながらもメイジーの義父を恋い慕う気持ちは膨らむが、最後にクロード卿は彼らから彼女が自由になることを望み、彼女をウィックス夫人と共にイギリスへ向かう連絡船に乗せる。そしてこのフランスの小さな港町で大人たちに振り回されたメイジーの子ども時代は幕を閉じるのである。しかし、メイジーには悲壮感はない。彼女の世界は、両親が離婚訴訟で戦った大都市ロンドンから、不倫関係を続けるために義父と義母が逃げ込んだ小さな港町へと縮小されたかにみえるが、港町の大聖堂の上に佇む黄金のマドンナのすべてを包み込むようなパノラミックなヴィジョンにメイジーは共鳴し、「みんな一緒に」(271)過ごすことのできる諍いのない世界という理想に目覚めるからである。

小説は英仏海峡に漂う共にホームレスの女性、メイジーとウィックス夫人を描いて終わる。メイジーが何を「知っている」のかわからないが、メイジーの世界は父が憧れるアメリカ、母が向かう南アフリカへと拡がったのは間違いない。そしてメイジーが直面しているのは、離婚や不倫をめぐる家庭問題ではもはやなく、アメリカや南アフリカへの言及が示唆する資本主義的帝国主義の蔓延する先行きの見えない不穏な社会情勢であり、ホームレス・チャイルド《ガール》がそこでいかに生き延びるのかという死活問題である。[13]

三 ホームレス・チャイルド《ガール》、メディア、そしてモダンの風景

メイジーの子ども時代の終焉と共に小説『メイジー』は幕を閉じる。ここで明らかなのは、彼女が「海峡の半ば、静かな海に囲まれて」(363) 漂っていること、そして彼女の前には二〇世紀という新しい時代が待ち受けていることである。

『メイジー』が出版されて三十年後の一九二七年、イーディス・ウォートンの『トワイライト・スリープ』が出版された。この冒頭でまず登場するのが、イギリス生まれの「完璧な秘書」(9) メイジー・ブラスである。彼女は、雇い主であるニューヨーク社交界のセレブ、マンフォード夫人の多忙なスケジュールを一手に引き受け、結婚と離婚を繰り返すニューヨーカーたちが集うディナーの席順を難なく作り、頻繁な電話のために擦れてしまった声で「お母様はいつも貴方に会いたいと思っておられるのですよ」と夫人の娘を慰めて親子の間も取り持つ。そして彼女には病気の母親がいる。もしメイジー・ファランジがウィックス夫人と共に西へと海を渡り、ニューヨークに漂着したとすれば、三十年後に夫人を母として介護し、自ら秘書として家計を担うキャリア・ウーマンのメイジー・ブラスになっていたかもしれない。ジェイムズのメイジーが、「わたしがあなた達を引き合わせたのよ」(340) と義父と義母に誇らしく語ったように、メイジーは人と人を繋ぐ媒体の役割を担っていた。もちろんこの場合、社会的には不倫関係を奨励したことになってしまうのだが、彼女にとって重要なのは関係が繋がること、みなが「一緒」に過ごせることであった。ウォートンのメイジー

は、狂乱の二〇年代、ニューヨークに住む独身のベテラン秘書である。モダンの時代に相応しいキャリア・ウーマンとして、電話、電報、タイプライター等の媒体《メディア》を駆使し、人と人との間を取り持つ媒体《メディア》の役割が彼女の仕事である。だが皮肉なことに、複雑化する情報を処理するためには彼女自身が機械とならなくてはならない。声は擦れ、母の介護は後回しというように、人間的な感情を麻痺させなければ仕事は追いつかない。しかし彼女がこのように身をすり減らし、献身的に人と人とを繋ぐ仕事に従事する姿には、大人たちの諍いを教訓とし、生命あるものすべてを包み込むマドンナのまなざしに共感したメイジー・ファランジの献身的な「引き合わせる」媒介《メディア》としての精神が時代を超えて受け継がれているといえるだろう。

さらに二一世紀には、ウォートンでは献身的な脇役でしかなかった秘書が主役に転じる。シンシア・オジックの小説「ディクテーション」（二〇〇八）では、ジェイムズのタイピスト《アマニュエンシス》であったボサンクェットが、ジョゼフ・コンラッドのタイピストと結託して、ディクテーションした小説の一節を交換し合い、大作家の作品の改竄を企てる。声を文字に置き換える機械であるタイピストが、オジックの作品では作家のメインプロットに干渉する策略家となるのだ。ウォートンもオジックも、ジェイムズが語らなかったメイジーのその後、すなわち二〇世紀におけるホームレス女性の姿に思いをはせた。人と人を繋ぐ重要な媒体《メディア》的役割を担いながらも社会における脇役でしかない女たちに秘められた自発性、創造性、そして転覆力、さらに言えばメイジーが母の未来を予見したような霊媒力《メディアム》に光を当てたのである。(15)(16)

ジェイムズのメイジーは、都市空間における様々な音を子守歌がわりに成長した。無機質な「クリック！」音は、彼女を金ぴか時代の現実へと誘った。そしてメイジーは、不安定な世界情勢の中、一文無しのウィックス夫人と共に生きていかなければならない。だが彼女の中には、クロード卿が「このうえなくすばらしく神聖な」新しい「生命」(354)と呼ぶ何かが生まれている。それは、既存の道徳観から免れた彼女の自由な精神である。相矛盾する価値観の共存をめざす精神である。ただ彼女の寛容さは、既存の道徳観に囚われた者には不倫を許容する不道徳な早熟性でしかなく、彼女はしばしば大人たちに「モンスター」(64, 113, 189)と呼ばれた。しかし、メイジーの自由な精神は、反骨精神でも自由選択の精神でもない。多様な価値観を相対化し、それらを繋ぎ合わせ、そこから複数の物語の共存を可能にする新しい物語を希求する精神である。タイプライターのクリック音に刺激されたジェイムズの語りが生みだしたモダンの申し子メイジーは、未だ知られざる二〇世紀モダニズムのざわめきへと耳をすまし続けている。

＊本稿は、二〇一四年七月十八日にアバディーン大学で開催された第六回国際ヘンリー・ジェイムズ学会(The Real Thing: Henry James and the Material World)での口頭発表 "Clicking the 'Real Thing': What Maisie 'Heard' in *What Maisie Knew*"（未発表論考）に訂正・加筆したものである。

注

（1）『ノートブック』のブラダの記述については、Hadley、Britzolakis、Rowe にも言及がある。

（2）ジェイムズは「小説の技法」（一八八四）で、子どもが「モラル・センス」を身につける過程を描いていないとしてゴングールの『シェリ』を失敗作だと評した。ジェイムズにとって「モラス・センス」とは既存の価値観ではなく、ウィリアム・ジェイムズが考えた意識の流れのように、周囲の状況に適応しながら変化発展する知覚のありようのことだと思われる。

（3）シカゴで出版された『チャップ・ブック』（月2回発行）に一八九七年一月十五日から八月一日まで掲載されたのが初出。

（4）『メイジー』以前の小説では「クリック」は、サボやブーツの音（『アメリカ人』、『カサマシマ公爵夫人』、「アスパンの恋文」）、茶碗の音、ビーズをより分ける音（『カサマシマ公爵夫人』）などの物音に使われている。無機質な「クリック音」は、『メイジー』で登場する。次作『檻の中』では、突然何かに気づくという意味で、「クリック音がした」という表現が使われ、それが引き金となって電報技手は思わぬ行動をとる。

（5）ホーンは、ジェイムズは「新しいことをせずにいられない性質から、自分を常にモダナイズした（中略）劇の失敗で傷ついたジェイムズがその後書いたのは、まさにモダニティの作品―『メイジー』では離婚、『檻の中』では電話技師嬢、『厄介な年頃』では堕落した社会―であった」と論じている。（16, 28）高尾直知はジェイムズが児童心理に関心のあったウィリアムから児童文学執筆を提案されたことを指摘している。

（6）『メイジー』からの引用は、ニューヨーク版に依る。日本語訳は青木次男訳『メイジーの知ったこと』（あぽろん社）を参考にした。

（7）一八九二年十一月十二日、『ノートブック』にジェイムズは晩餐会で聞いた話として「離婚によって半分半分に過ごさなければならない子供」（126-127）について言及している。

（8）この「マジック・ランターン」はいわゆるスライド・ショーだが、一八九四年には、ロンドンのポリテクニックで最初のシネマトグラフが上映された。（Britzolaki 377 Castle140-167 参照）。

（9）この大博覧会は一八八七年の第一回アールズコートと言われる。アメリカ人興業主バッファロー・ビル（ウィリアム・フレデリック・コディー）が、アメリカ先住民族の戦士シッティング・ブルを起用した「アメリカン・ウエスト」で高収益をあげた（Theroux 注 272）。

（10）トニ・モリソンは、白人作家の無自覚な黒人描写の例としてこの場面を取り上げ、(13-14) ロウは、フランスの植民地であった革命後のハイチにありえた称号を持つクレオールを連想させることで、アメリカの多様性と富に言及したと論じている。(250)

（11）第二次ボーア戦争は『メイジー』出版年の秋に勃発。ジェイムズは翌年正月「宙ぶらりんの不安、心配、家族の死、悲しみとその不安、さらに花盛りにある若者たち、息子たちや兄弟たちの壮大なる犠牲。なんという幽霊の大舞台」と記している (Edel II: 339-340)。

（12）小説の冒頭で、親戚の女性がメイジーの養育費を両親が使えないようにしたことが報告されるが、ビールはそれを着服したらしい。クロード卿が事実を調査すると約束するが、果たされるかは疑問。

（13）一九八五年ペンギン版の表紙にも使われたジェイムズの友人サージェントの「エドワード・D・ボイトの娘たち」（一八八二）には、豪華なアパートの一室に国籍離脱者の四人の娘が描かれる。彼らは四歳から十四歳、メイジーの年齢にも一致する。詳しくは Hirshler 参照。

（14）ジェイムズの死後、ウォートンはボサンクェットをタイピストにと切望したが断られた。ボサンクェットは降霊術に傾倒、ジェイムズの死後もウィージャボードを使いディクテーションし続けた（Thurchell 100、Shilleman26-29 参照）。

（15）次作『檻の中』は電報技師（女性）の話。メディアと女性、そして霊媒に関する論に Thurschwell、Hutchison、タイプライターについては Kittler、Wershler-Henry 参照。

（16）別府恵子はオジックがジェイムズの作品の「同時代性」に注目したと言及し、ジェイムズが「『アングロ・アメリカ文化における女の状況』を作品化することに拘り続けた」と指摘する。(24)

引用文献

Britzolakis, Christina. "Technologies of Vision in Henry James's *What Maisie Knew.*" *Novel: A Forum on Fiction* 3.3 (2001): 369-390.

Edel, Leon. *The Life of Henry James Vol.2.* Harmondsworth: Penguin, 1977.

Castle, Terry. *The Female Thermometer: Eighteenth-century Culture and the Invention of the Uncanny.* New York: Oxford UP, 1995.

Hadley, Tessa. *Henry James and the Imagination of Pleasure.* Cambridge, U.K.: Cambridge UP, 2002.

Hirshler, Erica E. *Sargents's Daughters: the Biography of a Painting.* Boston: MFA Publications, 2009.

Horne, Philip. "A Palpable Imaginable *Visitable* Past: Henry James and the Eighteenth Century." *Eighteenth-Century Life* 32. 2 (2008): 14-28.

Hutchison, Hazel. "'An Embroidered Veil of Sound': The Word in the Machine in Henry James's *In the Cage.*" *The Henry James Review* 34. 2 (2013): 147-162.

James, Henry. "The Art of Fiction." *Essays on Literature.* New York: Literary Classics of the United States, 1984. 44-65.

——. *The Complete Notebooks.* Ed. Leon Edel and Lyall H. Powers. New York: Oxford UP, 1987.

——. *Letters.* Vol. 4. Ed. Leon Edel. Cambridge, Mass.: Belknap Pr., 1984.

——, and Paul Theroux. *What Maisie Knew.* [1897] Harmondsworth, Middlesex, England: Penguin, 1985.

——. *What Maisie Knew, In the Cage, The Pupil.* Vol. 11. *The Novels and Tales of Henry James.* New York: Augustus M.Kelley, 1971. [『メイジーの知ったこと』青木次男訳、あぽろん社、一九八二年。]

Kittler, Friedrich A. *Gramophone, Film, Typewriter.* Stanford, Calif.: Stanford UP, 1999.

Matthew Schilleman. "Typewriter Psyche: Henry James's Mechanical Mind." *Journal of Modern Literature* 36.3 (2013): 14-30.

Morrison, Toni. *Playing in the Dark: Whiteness and the Literary Imagination.* Cambridge, Mass.: Harvard UP, 1992.

Rowe, John Carlos, "The Portrait of a Small Boy as a Young Girl," *The Other Henry James.* Durham: Duke UP, 1998. 120-154.

Tanner, Tony. *The Reign of Wonder: Naivety and Reality in American Literature*. Cambridge UP, 1977.

Thurschwell, Pamela. "On the Typewriter, *In the Cage*, at the Ouia Board." *Literature, Technology and Magical Thinking, 1880-1920.* Cambridge: Cambridge UP, 2001. 85-114.

Wershler-Henry, Darren S. *The Iron Whim: a Fragmented History of Typewriting.* Cornell ed. Ithaca, N.Y.: Cornell UP, 2007.

Wharton, Edith. *Twilight Sleep.* [1927] NY: Scribner, 1997.

Zacharias, Greg. W. "Citational Strategies and Literary Traditions: Placing Henry James's *The Portrait of a Lday.*" Alfred Bendixen, Ed. *A Companion to the American Novel.* Hoboken, NJ: John Wiley & Sons, 2012. 422-442.

高尾直知「ヘンリー・ジェイムズ『メイジーの知ったこと』大衆小説手段としての早熟なこども」『アメリカ文学のアリーナ　ロマンス・大衆・文学史』南雲堂、平石貴樹、後藤和彦、諏訪部浩一編、二〇一三年。一三五～一六二頁。

別府惠子「Henry James "the Master" からの解放— Cynthia Ozick の "Dictation" (2008) と *Foreign Bodies* (2010)」『関西アメリカ文学』、五一、二〇一四年。二一～三七頁。

第四部　非時空間の世界

ジェイムズの眼差しの戦略と差延化する／されるアイデンティティ

中村　善雄

一　自己増殖する都市表象と複眼的眼差し

スーザン・ソンタグは、九・一一前後に執筆された『この時代に思うテロへの眼差し』（二〇〇二）に所収の「エルサレム賞スピーチ」の中で、作家はメディアに安易に同調する「オピニオン・マシーン」ではなく、「単純化された声に対応する、ニュアンスと矛盾の住処」としての文学空間を構築し、「多くの異なる主張、地域、経験が詰め込まれた世界をありのままに見る目を育てること」が必要と説いた（ソンタグ 208-9）。そして安易な意見の弱点には「自己固定化の作用」があり、逆に間断なき更新性を有する作家の叡智を表象する言葉として、「何に関しても、最終的な言葉など、私にはない」というヘンリー・ジェイムズの一言を引用している（ソンタグ 214-15）。ジェイムズからのこの引句は、おそらく『アメリカの風景』（一九〇七）において旅の終わりにジェイムズが発した、「どのような結論にも縛り付けず、再び竿をさして波のまにまに漂い流れる」（700）という言葉を受けたものであると推測されるが、これはテロ恐怖に怯える今日の状況に作家ジェイムズの姿勢が一石を投じることの出来る可能性を示唆している。[1]

九・一一テロによってＷＴＣを瞬く間に地上へと引きずり下ろした未曾有の惨劇を我々が眼にしたのに対し、高層建築群が次々と建設される状況を目撃したジェイムズは、一連のテロの震源地と言えるこの大都市に対してどのような言葉を残したのであろうか。まずは『アメリカの風景』のニューヨークを振り出しに、ジェイムズが「自己固定化の作用」の弊害をいかに掻い潜り、また「単純化された声に対するニュアンスと矛盾の住処」をいかに築いていったのか、テロの延長にある戦争に対する彼の姿勢を交えながら、考察してみたい。

『アメリカの風景』は、ヘンリー・ジェイムズが一九〇四年から一九〇五年にかけて二〇年ぶりにアメリカ再訪を果たした際の印象記である。その紀行文の中で、ジェイムズはノスタルジアの余韻を感じる暇もなく、ニューヨークの近代化に目を見張っている。特に彼は垂直軸／平行軸に自己増殖しているこの大都市の諸相を描き出している。その垂直軸への増殖を体現したものが、摩天楼群である。「アメリカン・ビューティ」(420)の花束と表される摩天楼群は、短命なバラの運命と同様に、「本質的にこしらえもの的存在」(420)として、世界の壮大な建築の永続性とは対照的に、近代化と表裏一体にある脆弱性と虚飾性を露呈する。同時に、その仮設的建築の背後には「無限の後続」(420)が控えており、随時更新され、不断の変化に見舞われる有機体としてのニューヨークに着目している。その高層建築群の中でも、ジェイムズはホテル、特に二〇一四年に中国の保険会社である安邦保険集団に売却されたウォルドーフ・アストリア・ホテルに着目し、彼はそれを「空に向かって活路を開く」(439) 垂直軸に展開される拡張主義の具現と見做している。スティーヴン・ミルハウザーの一九九七年度ピューリッツァー賞受賞作『マーティン・ドレスラーの夢』では世紀末から二〇世紀初頭のニューヨークのホテルを舞台にし、主人公マーティン・ドレスラーが最終的に一大迷路と化した巨大ホテルを建設したが、この建物の膨張ぶりはジェイムズが描く自己増殖するニューヨークの姿と共鳴する。

ジェイムズは垂直軸に延び行くホテルに対して、並行軸にニューヨークが拡大していく象徴を特等寝台車（プルマン車両）にみている。そして、増殖を重ねる原動力となるホテルと特等寝台車を「ホテルと特等寝台車—疾駆するホテルというべき特等寝台車と固定された特等寝台車と呼ぶべきホテル」(689) と称し、互換可能なものとしている。この互換性はよく指摘されており、ダニエル・J・ブアスティーンは、プルマン車両の発明者ジョージ・M・プルマンが、自身の発明品を「ホテル車両」(336) と呼び、『トランス・コンティネンタル紙』が「美しくて、広い動くホテル」(334) と形容したことを紹介している。現在は使用されていないが、グランド・セントラル駅からの鉄道引き込み線がウォルドーフ・アストリア・ホテルと地下で繋がっていた事実もホテルと鉄道の親和性を物語る一つの証左である。そして、両文化装置は共に、定住と移動の緊張関係を宿した空間であり、人の交換を助長し、ニューヨークの流動的様相を生み出す原動力の一つとなっている。ホテルは垂直軸に、鉄道は水平軸に、各々増殖を続け、ニューヨークのスペクタクルな「ファンタズマゴリア」(466) 世界を生み出す装置と化しているのである。

この可変性に富んだ大都市に対して、ジェイムズはいかなる眼差しを放つのであろう。この高層建築群をジェイムズは、「何千ものガラスの眼」(420)をもつ「ガラスの塔」(435)と称している。『ニューヨーク版』の口絵担当である写真家アルヴィン・ラングドン・コバーンも二〇世紀初頭のニューヨークの高層ビルを写した一枚の写真を奇しくも「千もの窓のある家」("The House of a Thousand Windows")と題しており、ジェイムズが喩えた「ガラスの塔」を視覚的に表現している。ジェイムズとコバーンが共に着目した高層建築群の窓ガラスはいわばカメラのレンズと化し、ニューヨークの刻々と変化する相貌を片時も見逃さず、間断なく都市の変容を映し出すのである。また、この「何千ものガラスの眼」や「千もの窓のある家」は、ジェイムズが『ある婦人の肖像』(一八八一)の序文において述べた「小説の家には一つだけではなく、百万の窓がある――むしろ数えきれないほどの窓があると言った方が適当だろう」(x)という言葉と共鳴するであろう。彼はその無数の窓の一つ一つには「一対の眼を備えた、あるいは少なくとも双眼鏡をもった人間」(x)が立ち、同一の対象に対して窓ガラスを通して、無数の人間が異なる視点から異なる印象を抱く眼差しが小説の構築には必要としている。その結果、「一人が黒と見れば他は白と見て、一人が大きいと見れば他は小さいと見る」(xi)姿勢で、ジェイムズはガラス越しに観察対象を多角的に捉えようと試みている。登場人物の微細な心的変化をあらゆる角度から描き出す小説世界と同様に、ジェイムズは不断に変化する流動的なニューヨークの諸相を片時も見逃さず、多面的に記録しようとしたのである。

ニューヨークを遊歩するジェイムズは、自らを「様々な印象を多少なりとも矢継ぎ早に抱く観察者」(450)と定義づけたが、この「観察者」の眼差しもカメラの眼差しに通じる。コバーンは、『自伝』の中で、ジェイムズには自らの印象を記録する「感光板」(58)があると指摘している。同書の中で、コバーンは写真を「射撃（"shoot"）」(86) に準えているが、被写体を渉猟し、即座に写真を「撮影する（"shoot"）」ことは、ジェイムズが眼差しのレンズを通して自らの「感光板」にニューヨークの印象を焼き付ける姿勢と重ね合わすことができるであろう。またアラン・トラクテンバーグは、『アメリカの風景』におけるジェイムズの作品手法はドキュメンタリー写真家ウォーカー・エヴァンズの写真手法と類似し、「眼に映る様々な印象を寄せ集め、それらを一つの秩序に収めていく鋭い懐疑的態度」(284) を両者の共通点に挙げている。

この「眼に映る様々な印象を寄せ集める」ジェイムズの多角的眼差しの基盤となっているのが、〈新鮮〉という点では探究心に富む外国人」(353)、「自由な観察者」(424)、「不安な分析家」(424)、「完全に孤立した旅行者」(683)、「内情に通じた生え抜きの住人」(353)、「偶然、中を覗き込んだ敏感な市民」(426) という、自身を多くの呼称に準えた、彼のポジショナリティの複数性である。ジェイムズは生後六ヶ月の時に父ヘンリーに初めてヨーロッパに連れられて以来、欧米を往来し、『アメリカの風景』にみるジェイムズの多様な自称は彼自身の流動的なアイデンティティの反映といえる。その異種混交性はあえて単純化するならば、「探究心に富む外国人」という「国籍離脱者」と、「内情に通じた生え抜きの住人」というニューヨーク出身者の、相反するポジショナリティとして二項対立化される。前者の立場からは周縁から想像的中心へと眼差しが発せられ、後者の立場から正反対の眼差しが発せられる。この複眼的眼差しがジェイムズに一種の特権的地位を付与し、アメリカの境界を自由にトランスする視覚装置として機能しているのである。

こうしたジェイムズの多様な視座は間断なく揺れ動き、カメラの速写のごとく様々な角度・焦点からこの大都市を照射し続ける。自己増殖するニューヨークの流動的状況を「ファンタズマゴリア」(466) と表象したジェイムズの揺れ動く眼差しも、「ファンタズマゴリック」(466) といえよう。ニューヨークのダイナミズムを定点から観察するのではなく、自らも都市の流動性に同調し、内外からマルチアングルに「感光板」のごとき眼差しを発することで、この大都市の全貌をジェイムズは記録しようとしたのである。

二　不断の問いとアメリカの差延的状況

都市から都市を形成する人間に目を転じると、アメリカの玄関口であるエリス島では移民者の殺到・混在・増幅が見られ、人種が織り成すもう一つのファンタズマゴリア世界が展開されている (Blair 185)。この移民者の洪水は「様々な要素を溶かした融合状態」(452) の渦に没し、その原動力となるのが「アメリカという巨大な同化作用」(461) である。他方で、ジェイムズは、移民者たちの「民族的諸特質」(463) 消滅への疑問とその特性が「再び表面に浮上する」(463) 可能性を問うている。その一例をジェイムズはユダヤ人に見出し、人種の坩堝にあって、水面から彼らの鼻が依然として浮かび上がっている姿をユーモラスに描き出し、「同化不可能な残りの部分」(458) の象徴としている。ジェイムズ・クリフォードは『ルーツ』の中で、移民者は、「国民国家／同化主義的イデオロギーと構成的な緊張関係にあるが、それは他方で、土着的な主張、とりわけ自主的主張とも緊張関係にある」(Clifford 252) と、その二重拘束性を指摘している。「同化作用」と同時に、「民族的諸特質」の浮上を示唆するジェイムズの相反する問いかけも、移民者の二律背反的なアイデンティティを浮き彫りにしている。

ジェイムズの眼差しは、移民者だけでなく、移民者とアメリカ人との関係性も射程に捉えている。彼は自分自身をアメリカの一員として「私たち」(427) とし、エリス島に蝟く移民者を「彼ら」(427) や「エイリアン」(“alien” 427) と称し、自他の暫定的境界を設定する。しかし次のように相反する疑問を同時に投げかけている。

> 最初から歴史の油断のない注目を浴びて人口を増してきた国――つまり近年になって、跡づけ可能な、緊急の必要に基づく移民によって人口を増してきた国の場合、そもそも外国人 (“alien”) とは誰であり、何者であろうか？（中略）この限られた基準に照らしてみた場合、どのような人々がアメリカ人なのか――すくなくともこの国の大部分について、どのような人々が外国人ではないのか？アメリカ人と外国人の間を区別する一線はどこにあるのか？そもそも、外国人からアメリカ人への変化のある段階、連続した過程のある一点を「見定め」同定することが可能であろうか？ (459)

ジェイムズの矢継ぎ早の問いかけは、「私たち」と「彼ら」の間の「境界線」を曖昧化していく。カレン・カプランは、故国離脱者は領土に結びつく本質主義的な民族主義を混乱させ、越境的な主体性や共同体に近づくと述べたが (Kaplan 136)、ジェイムズのこの問いも婉曲的ではあるが、安定した国民的アイデンティティへの戦略的揺さぶりといえよう。結果、アメリカの「主体意識溶解のトラウマ」（別府 31）が明らかとなるのである。

疑問を通じて境界線を脱構築していくジェイムズの姿勢は、同時代人である改革論者デュボイスのそれと類似している。W・E・B・デュボイスはハーヴァード大学でジェイムズの兄ウィリアム・ジェイムズの哲学の授業を受け、終生彼を敬愛した。ウィリアムのほうも、デュボイスの著書『黒人のたましい』（一九〇三）を「以前私の生徒であった混血によって書かれた、感動的な書物」(Warren 112) と賞賛している。ヘンリーも『アメリカの風景』の中で、同書を「多年の間に出版された中で唯一の優れた南部の本」(697) と激賞し、デュボイス本人を「黒人の中で最も卓越した人間」(697) と評価している。そしてバーヴァリ・ハヴィランドは、ジェイムズとデュボイスは「精神的混血」(Haviland 108) であると称し、ロス・ポスノックは、この二人はアメリカのアイデンティティを異種混交的に捉えていると指摘している ("Affirming" 240)。この両者の結びつきの要となったのが、兄ウィリアムであり、彼の思想である。ポスノックによると、単一的かつ固定化されたアイデンティティに対するウィリアムの批判は、デュボイスとヘンリーのアメリカ人のアイデンティティに対する懐疑主義と驚くほど合致するとしている。またウィリアムは主客が一体となった「純粋経験」や個々の端と端を連結させモザイク的に構築される多元的宇宙観を唱えたが、境界の無効化を志向するウィリアムの思想はデュボイスやヘンリーの考え方と同調している ("Affirming" 240)。

ウィリアムのこの思想は前述したジェイムズの多角的眼差しや境界を動揺させる問いかけと通底するが、デュボイスの「二重の意識」とも共鳴しあう。周知のように彼は、『黒人のたましい』にて、アメリカに生きる黒人の意識の中に「アメリカ人であることと黒人であること」の「二重の意識」が宿り、この「二重の意識」によって、「常に他者の目を通して自分自身を見る」という脱中心化の意識が芽生えることを唱えた(Du Bois 5)。そしてこの意識をもって、デュボイスは南部へ問いかけをする。二〇世紀初頭の南部は、ジェイムズが『アメリカの風景』の中でリッチモンドを訪問した際に抱いた印象のごとく、「南部の譲れない（“inalienable”）しるし」(661)が全体を覆い、「他者＝エイリアン」（“alien”）を受け入れる「可能性」（“able”）を「否定」（“in”）し、ジム・クロウ法によって徹底的な白と黒の境界線《カラー・ライン》が構築された場である。その社会は、空虚でホモジーニアスであり（“Affirming” 241）、ニューヨークが移民者＝他者＝エイリアン殺到の縮図と化していることと対照的である。この南部白人とアフロ・アメリカンとの徹底的な乖離としての「南部の壁」(686)を前にして、デュボイスは次のような疑問を呈する。「あなたの国?どうしてそれがあなたのものなの?巡礼者が上陸する前に私たちはここにいた。ここに私たちは三つの贈り物をもたらし、それらをあなたのものと混ぜ合わせた」(265)や「アメリカは黒人がいなくてもアメリカなのだろうか?」(266)という問いかけをする。アメリカ人であり、黒人であるデュボイスの二重の眼差しは、アメリカ（人）の本質性への疑念と白人／黒人の間に境界線《カラー・ライン》を構築することで黒人を不可視化することへの疑問を生じさせる。それは、ニューヨーク出身であり、国籍喪失者であるジェイムズのいわば「二重の意識」がアメリカ人と移民者の間の境界に疑問を抱いたのと軌を一にする問いである。自らのポジショナリティを差延化・脱中心化した上で放たれるジェイムズとデュボイスの眼差しは、流動性・多数性を抑圧する境界＝「壁」を越境・攪乱する役割を担うのである。

三　戦争に試されるアイデンティティ——ジェイムズとホーソーンの眼差しの親和性

ジェイムズが有する二重のアイデンティティと脱中心化の眼差しの実態は、彼の人生のまさに最期に露わとなる。最晩年に起こった第一次世界大戦の最中である一九一四年から一五年にかけて、ジェイムズは『ニューヨーク・タイムズ』紙などのインタビューに応え、アメリカの参戦を求めた。しかし、ジェイムズの願いも空しく、彼の存命中アメリカ参戦（一九一七年四月に参戦）は実現せず、一九一五年七月二十六日に彼はイギリスに帰化する。しかしイギリス国籍の取得は、ジェイムズにとって単純なイギリスへの同化を意味するのではない。彼は長年のイギリス暮らしにもかかわらず、自らをあくまで「エイリアン」（"Within the Rim" 185）と称している。一九一五年十月十七日の『ニューヨーク・タイムズ』紙に掲載された、「イギリスにおける避難民達」と題された記事では、イギリスへ避難したベルギー人に言及しつつ、アメリカ参戦を前面的に主張している。ジェイムズはこの記事を「国家のそして市民の幸福や幸運が、思いつく限りの非道な暴力に突然屈してしまうという最も悲劇的な光景に深く心を痛める一人の隣人そして観察者の純粋な意見書」（"Refugees" 161）であると定義付けている。イギリスに帰化後も、イギリス側からの主観的な意見でなく、あくまで「エイリアン」的立場から「隣人」、「観察者」として、アメリカ人の共感を得ようとしている。

このジェイムズの姿勢は、彼が作家として評価したナサニエル・ホーソーンの南北戦争への態度と相通じるものがある。ホーソーンの南北戦争の印象記である「主に戦争問題について」（一八六二）に関して、ジェイムズは作家論『ホーソーン』（一八七九）の中で、「自己の側だけでなく、相手側を見ようとする、彼の敵が感じていることを感じて、問題に対する彼の見解を表明しようとする一例として興味深い」（453）とコメントしている。南北戦争時に、北部への共感と南部への批判を期待される政治的状況にありながら、北部からあえて距離を置き、南部側の心情を推し量るホーソーンの脱中心的眼差しにジェイムズは着目している。敵味方を均等に観察しようとするホーソーンの姿勢と、イギリスにとってもアメリカにとっても隣人的観察者として自らを位置づけようとするジェイムズの姿勢を短絡的に同一視することはできないが、共に観察対象から距離を取り、中立的立場であろうとする点は共通している。

しかし、両者の類似性はこれだけに留まらない。同じ評論『ホーソーン』の中で、ジェイムズはホーソーンのことを、「事実、多くの人々にとって彼の偉大で最も感銘深い特徴は、どこに居ようと常に彼がその環境から超然としている点であろう。彼はあらゆるものに対してアウトサイダーであり、どこにいてもエイリアンである」（467）と評している。ジェイムズが語るホーソーンのこのポジショナリティは、アメリカ北部という地政学的状況に拘束されず、自らを脱中心化・差延化し、一つのポジショナリティに固定化・帰属化しない「アウトサイダー」の立場と結びつく。同時に自らを「エイリアン」と見做したジェイムズがホーソーンのポジショナリティに共感したことは容易に想像がつく。

しかしながら、ジェイムズは自らを単なる「エイリアン」とだけ規定したわけではない。難波江仁美がジェイムズの共感を象徴する言葉として着目しているように(272-3)、ジェイムズは「連携するアウトサイダー」("Within the Rim" 185)と自称している。セオドア・ルーズベルトはジェイムズのような国籍離脱者はヨーロッパ人でもアメリカ人でもなく、何者でもないと批判した("American Ideals" 19)。しかし、この何者でもない「アウトサイダー」こそがイギリスとアメリカとの連携を図ろうとする可能性を生み出したのである。ポスノックはジェイムズの態度を「ノンアイデンティティ・ポリティックス」(*Trial* 103)と称したが、「ノンアイデンティティ」という国家からの逸脱が、国家という枠組みを超越し、逆に国家間を結節させるポリティックスを可能にするのである。戦争エッセー「境界の内側で」(一九一七)においても、ジェイムズはイギリスを加えた、フランス、ベルギー、アメリカの連携が必要と主張しており、「境界の内側で」というこのエッセーは、実のところ「境界を越えて」の国際的連携の重要性を訴えている(Rowe 234)。

一方、ホーソーンの脱中心的な眼差しも「主に戦争問題について」の中で、境界を越えた連携を射程に入れている。この紀行文の末尾において、ホーソーンは南北間で「より真実の融合を建設する以外に路はない」(442)と唱えている。そして、次々に届く北軍勝利の報せを前にして、「真実の融合」を果たすために、北部が『ライオンがその花嫁に求愛するように』南部に求愛する」(442)必要があると説いている。「ライオン」のごとく南部に求愛を求める姿勢は、荒々しい弱者への求愛であるが、これは、第一次世界大戦において相対的に弱者となったイギリスへの強者アメリカの参戦＝支援を願うジェイムズの眼差しと通底するのではないだろうか。そしてこの二人の弱者への共感はジェイムズの場合はアメリカとイギリス、ホーソーンの場合は北部と南部、その両方から距離を置きながらも、両者の橋渡しになろうとする「連携するアウトサイダー」の精神に根差すものである。

四　ジェイムズの眼差しの現代性

以上見てきたように、都市の諸相、都市を形成する人間の移動を、それらに同調する複眼的・多面的視点からジェイムズは眼にしてきた。しかし、ジェイムズは単なる忠実な記録者に留まらない。彼は自らのポジショナリティを絶えず更新することで、国家／国家やアメリカ人／移民者といった境界の攪乱を図り、アメリカ人の間断なき主体変容の実態を浮き彫りにした。人種をめぐる境界線《カラー・ライン》に対しても、デュボイスとの共通性にみられる異種混交的な二重の眼差しでもって、ジェイムズは揺さぶりをかけている。ジェイムズの眼差しはアメリカに存在する境界と、境界設定によって生じる二項対立的構図を常に解体していくことを志向している。その顚末は前述したように、『アメリカの風景』の旅の終わりに発する、「どのような結論にも縛り付けず、再び竿をさして波のまにまに漂い流れる」(700)という、フラヌール的立場の再確認と、アメリカを未決の差延状態に留め、不断に変化する有機体として捉える姿勢である。エレフセリア・アラポグルは対象を保留状態に置くジェイムズのこの戦略がホミ・バーバの、境界の裂け目に生じる「中間領域」の概念と親和性を有していることを指摘している(235)。

ジェイムズのこの差延的志向は、彼自身のアイデンティティが問われる戦争においても顕在化し、イギリスに帰属する／帰属しないアウトサイダーの立場に自らを位置付けた。しかしながら、このアンビヴァレントな立場こそが、アメリカへの共感とイギリスとの連携の可能性を模索させたのであり、ジェイムズのアイデンティティは境界を越えることと同時に、境界を無効化する働きをしている。

この境界を無意味化するジェイムズの眼差しの行方は、全地球的な規模の境界解体の姿まで射程に入れている。彼は曖昧な表現ながら、「西は東にあり、同様に東はますます西にあり、人や物が全て本来あった場所から離れ、どこにでもあるのだから」(*William Wetmore Story* 27-8)と述べている。また、ヘンリー・ハーランドの『喜劇とあやまち』(一八九八)に関する評論の中で、特に「国のない作家」("Henry Harland" 282)にとっては、「想像の上で、世界はもてあそぶことのできるオレンジほどのサイズに急速に収縮している」(283)と語り、国境はおろか、地球外から地球を惑星として眺める視座を提供している。[2]

他方、『アメリカの風景』において、「同化作用」と共に「民族的諸特質」の存続／浮上に言及したように、ジェイムズは多民族・多文化を誘発する、様々な位相での複数性も視野に入れている。『アメリカの風景』にて、同化作用に晒されるイタリア移民が、「幾世代にもわたって育てられた特質が完全に消滅するなどということが考えられるだろうかという疑問」(463)を呈している。その疑問をジェイムズは『黄金の盃』(一九〇四)で作品化しており、「博物館物《モルソー・ド・ミュゼ》」(12)として同化・所有されたイタリア貴族アメリーゴが、不倫を通じて同化作用に抵抗し、亀裂の入った黄金の盃に表象される分節として機能する姿を描き出している。言い換えれば統合的作用が支配的な磁場の中で、異種混交性を基盤とするマルチ・エスニックやマルチ・カルチュラリズムを駆動させる力学が蠢く動的過程をジェイムズはこの作品でテーマ化している。

アラポグルはその複数性を志向するジェイムズの眼差しが、『アメリカの風景』において、バーバの「中間領域」を想起させるような、多数の声が響き合う、ポリフォニックな一つの音楽を生み出すと指摘している(235)。その多様な声が混在するジェイムズの創作空間は奇しくも冒頭で言及したソンタグの言葉「単純化された声に対応する、ニュアンスと矛盾の住処」と共鳴するであろう。帰属する国家や共同体から脱中心化し、絶えず自らを自他の混沌とする立場に置くジェイムズから発せられる言葉はポリフォニックな声が共存する領域を生み出し、それは同時に異なる複数の声が「対話」をする機会を提供する。「エルサレム賞」受賞スピーチの中で、ソンタグが九・一一以降の作家のあるべき姿としてジェイムズに言及したのも、テロの潜在的恐怖に怯える現代社会の中で、この作家が創出する混声的な空間と相互対話の可能性がその緊張緩和の一つの手段となると感じたからではないだろうか。ジェイムズが百年以上前に放った眼差しは、世界のボーダレス化や矮小化を見据えながらも、その中に蠢く他者の存在を見逃さない、巨視的／微視的アングルを宿したものであり、同時に我々が今なすべき事に有益なる視座を提供してくれるのである。

注

(1) Henry James, *The American Scene. Collected Travel Writings: Great Britain and America*. (New York: Library of America, 1993): 700. 以後、この書からの引用は引用末尾の括弧内に頁数を記すものとする。日本語訳については、青木次生訳の『アメリカ印象記』を参照した。

(2) ジェイムズは国境の越境とそれに伴う世界の矮小化を物理的に可能とするテクノロジーの発展も視野に入れている。『使者たち』(一九〇三)において、両大陸に跨るニューサム夫人とストレザーの情報手段を、作品後半にて手紙ではなく、大西洋を横断する「海底電報」(38)に置き換えたジェイムズは、当時のメディア・テクノロジーが越境と接合を促進する原動力となっている事実を間接的に語っている。そして、キャサリン・ヘイルズが電信を主題とした中編『檻の中』(一八九八)を「二十世紀の情報をめぐる物語の前編」(Hayles 71)と称したように、電信によるネットワーク体系は「後編」のインターネット網の前身に位置づけられ、今日の高度情報化社会の原型を形作っている。

引用文献

Arapoglou, Eleftheria. "Narrative Heterogeneity as an Adjustable Fictional Lens in *The American Scene*." *Henry James's Europe: Heritage and Transfer*. Cambridge: Open Book Publishers, 2011.

Blair, Sara. *Henry James and the Writing of Races and Nation*. New York: Cambridge UP, 1996.

Boorstin, Daniel J. *The Americans: The Democratic Experience*. New York: Vintage Books, 1974.
Clifford, James. *Routes: Travel and Translation in the Late Twentieth Century*. Cambridge: Harvard UP, 1997.
Coburn, Alvin Langdon. *An Autobiography*. New York: Dover, 1978.
Du Bois, W.E.B. *The Souls of Black Folk*. New York: The Modern Library, 2003.
Haviland, Beverly. *Henry James's Last Romance: Making Sense of the Past and The American Scene*. New York: Cambridge UP, 1997.
Hawthorne, Nathaniel. "Chiefly about War-matters. By a Peaceable Man." *The Centenary Edition of the Works of Nathaniel Hawthorne*. Vol. 23. Columbus: Ohio State UP, 1994.
Hayles, Katherine. "Code as Reinscription: 'In the Cage'." *My Mother Was a Computer: Digital Subjects and Literary Texts*. Chicago: U of Chicago P, 1995.
James, Henry. *The Ambassadors. The Novels and Tales of Henry James*. Vol. 22. New York: Augustus M. Kelly, 1971.
——. *The American Scene*. *Collected Travel Writings: Great Britain and America*. Ed. Richard Howard. New York: The Library of America, 1993. ［ジェイムズ、ヘンリー『ヘンリー・ジェイムズ　アメリカ印象記』アメリカ古典文庫10、青木次生訳、大橋健三郎解説、研究社、一九七六年。］
——. *The Golden Bowl. The Novels and Tales of Henry James*. Vol. 23. New York: Augustus M. Kelley, 1971.
——. *Hawthorne. Literary Criticism: Essays on Literature; American Writers; English Writers*. Ed. Leon Edel. New York: The Library of America, 1984.
——. "Henry Harland." *Literary Criticism: Essays on Literature; American Writers; English Writers*. Ed. Leon Edel. New York: The Library of America, 1984.
——. *The Portrait of a Lady. The Novels and Tales of Henry James*. Vol. 3. New York: Augustus M.Kelley,

1976.
——. "Refugees in England." *Henry James on Culture: Collected Essays on Politics and the American Social Scene*. Lincoln: U of Nebraska P, 1999.
——. *William Wetmore Story and His Friends: From Letters, Diaries, and Recollections*. New York: Kennedy Galleries, 1969.
——. "Within the Rim." *Henry James on Culture: Collected Essays on Politics and the American Social Scene*. Lincoln: U of Nebraska P, 1999.
Kaplan, Caren. *Questions of Travel: Postmodern Discourses of Displacement*. Durham: Duke UP, 1996.
Millhauser, Steven. *Martin Dressler: The Tale of an American Dreamer*. New York: Vintage Books, 1997.
Posnock, Ross. "Affirming the Alien: The Pragmatist Pluralism of *The American Scene*." *The Cambridge Companion to Henry James*. Ed. Jonathan Freedman. New York: Cambridge UP, 1998.
——. *The Trial of Curiosity: Henry James, William James, and the Challenge of Modernity*. New York: Oxford UP, 1991.
Roosevelt, Theodore. "American Ideals." *The Works of Theodore Roosevelt*. New York: Charles Scribner's Sons, 1926.
Rowe, John Carlos. "Henry James and the United States." *The Henry James Review* 27.3 (2006): 228-36.
Trachtenberg, Alan. *Reading American Photographs: Images as History, Mathew Brady to Walker Evans*. New York: The Noonday Press, 1990.
Warren, Kenneth W. *Black & White Strangers*. Chicago: U of Chicago P, 1993.
ソンタグ、スーザン『この時代に思うテロへの眼差し』木幡和枝訳、NTT出版、二〇〇二年。
中村善雄「ジェイムズのディアスポラ的眼差し――『アメリカの風景』にみる表象の力学」『比較文化研究』第六七号、二〇〇五年。一―八頁。

難波江仁美「共感する『わたし・たち』――ヘンリー・ジェイムズの政治性」増永俊一編『アメリカン・ルネサンスの現在形』松柏社、二〇〇七年。二三九―七八頁。

別府恵子「二〇世紀初頭の多文化／多民族社会―― James の『アメリカの風景』再読」『英語圏文学――国家・文化・記憶をめぐるフォーラム』人文書院、二〇〇二年。二一一―三六頁。

アメリカ民主主義の功罪
――『アメリカの風景』の訴え――

里見　繁美

序

ヘンリー・ジェイムズは、『ホーソーン』で記しているように、いわゆる何もないアメリカを離れてヨーロッパに旅立ち、そこで次から次へと風習小説を世に問い、後期の三大小説『鳩の翼』、『使者たち』、『黄金の盃』を完成させた。その直後の一九〇四年八月から一九〇五年七月にかけて、およそ二十年振りにアメリカに戻り、各地を見て回り知人宅を訪れるという体験をしたが、その体験をまとめて一九〇七年一月に出版したのが『アメリカの風景』である。この書は一見旅行記に見えるが、明らかに啓発の書であり、今日的視点に立てば、その指摘が真に迫ってくるのである。ジェイムズはこの著作の中で、アメリカが建国以来民主主義を標榜する近代国家でありながら、その民主主義の行き過ぎた側面や大きなマイナス面を指摘する。つまりアメリカが余りにもコマーシャリズムに毒されていることや、彼の言葉を借りれば「商業的民主主義」が至る所にはびこっている様子を、この著作のあらゆるところで指摘して嘆いたのである。『アメリカの風景』におけるこうした項目はウィリアム・ジェイムズがいち早く注目して以来、これまでに多くの研究者が分析してきてはいるが、今やかけがえのない地球環境の保護を重要視する二一世紀という時代を迎え、筆者なりに改めてこの作品を分析したいと考える。本論においては、当然アメリカの負の側面、すなわちジェイムズの目から見たマイナス面を浮き彫りにすることが中心となるが、逆に彼にとっての魅力的なアメリカをも照射し、二一世紀以降に向けての環境のあり方の指針をジェイムズから引き出したいと思う。

一　アメリカ訪問の視点

アレクシス・ド・トクヴィルを典型的な例として、当時ヨーロッパに住む知識人たちが大西洋を越えて西に向かう時、その目的の一つがアメリカにおける政治的、市民的、経済的な観点から見た民主主義的諸制度の現状を知ることであったことは、ジェイムズも指摘している通りである。

だが、今回のジェイムズのアメリカ訪問の目的は、上記の大半の人達の意図とは異なって、民主主義的諸制度の研究ではなく、むしろそれに内包された人間一人ひとりの心と深く結び付いた部分、更にはそれが具現化した対象の観察が主であった。ジェイムズがこうした観点から何故アメリカという国を二十年振りに見てみたかったかというと、そこにこそ彼が小説のテーマにしてきたものがあったからであり、それと同時に、祖国アメリカの現実をも確認したかったからなのである。ジェイムズはヨーロッパに長年暮らしているとはいえ、根本的にアメリカ人という意識を強く持っていて、今や両親や弟、妹を失った段階にあり、しかも自身は六十代になって、祖国に対する思いは誰よりも秘められた強さを持っていたはずである。そうした意識の中で、アメリカという民主主義的諸制度が確立している国において、風俗や人の感情、人と人との接触といったものがどのように織り成されているのか、また温存されているのかについて、彼はひときわ関心を抱くことになったのである。結論を先取りすると、実はその期待は裏切られて失望の連続となったのである。確かに、民主主義がアメリカにこの上ない恩恵をもたらしたことはジェイムズも否定してはいない。しかしながら、その民主主義によって生み出された副産物や犠牲のことを考慮すると、その恩恵を素直に享受することの妥当性に対してジェイムズは疑問を投げかける。それは古き良きものや長い年月をかけて作り出されてきたものの破壊に他ならないと考える。アメリカにも昔から意識して守られてきた良き生活が存在するが、今やそれが民主主義という金科玉条の下に、次から次へと破壊されていっているという悲惨な現実にジェイムズは否応なく直面し、滞在を快快として楽しむことができなくなっていくのである。

さて、そうしたものの具体的な列挙に入る前に、アメリカにおいてジェイムズがすばらしいものとして賞賛していた対象を、先ず確認することから始めたい。

二　アメリカの良き側面

ジェイムズは二十年振りのアメリカ体験の中で、大きく二つの良き点について指摘している。これらに共通して言えることは、それらが長い間に亙って破壊されずに維持され守られてきたという点である。一つはコンコードで、その雰囲気や歴史までも含めた街全体であり、もう一つはカリフォルニアの自然美である。前者は時代の流れをうまく吸収しながら良き部分を今日まで伝えている点を評価し、後者はその自然美そのものの魅力に加えて、卑俗な商業的民主主義による乱開発に未だ晒されていないという点である。後者に関しては、今日ジェイムズがこれを目の当たりにしたら、果たしてどのような思いを抱くであろうか、ということは興味深い問いになるが、何れにしてもこれら二つには良きものが温存されているという認識を持ったのである。先ずコンコードに関して、ジェイムズの率直な声に耳を傾けてみたい。

外観を保ち情趣を保ち、雰囲気を保っている。木々はこうした財産を保護するかのようにうっそうと生い茂って、慈しむかのように覆っている。また、今では手ばなすことのできない宝物のように色調と特徴を大切にしている。（すぐれた特色を具えている数少ない）アメリカの他の町のうちで、すぐれた特色を奪い去られず、しかも奪い去られる危険性もない町があったとしたら教えてください。私がこれから再訪しようとしている古いセイラムやニューポートには、聞くところによると、損なわれずに残る古い良さがあるようですが。（*The American Scene* 257-58）

　ここでジェイムズが、あたかも久しぶりに懐かしい人に会って自分の率直な気持ちを伝えるかのように語っている様子に注目したい。そうした語り方の中に彼の心情が明確に読み取れるのである。コンコード訪問は、ジェイムズがアメリカ訪問の意図の一つとしたが、やはり望んでいた通り、素晴らしい側面が見られることを確認する。二十年前とほとんど同じ外観を保ち、雰囲気を維持していることを素直に喜ぶのである。それは彼がここを訪れて感じたこの上なき心地良さによっても窺い知ることができる。コンコードはアメリカの独立と深く結び付く独立戦争の端緒を開いた所というだけでなく、アメリカ文学の原点的存在であるエマソン、ソロー、ホーソーンといった人物とも密接に関係しており、歴史的文化的深みを感じさせる。それ故にジェイムズがコンコードを「アメリカのワイマール」と呼ぶのも理解できる。またそうした文化的遺産や雰囲気を包み込むかのようにして、豊かな自然が存在する。こうしたものは人間が人間らしく豊かに暮らす上で必要不可欠な要素である。このようにして均整の取れたコンコードの調和の中に、彼は文化の熟成を感じ取って安堵するのである。またその中に、遥か昔に憧れて、実際に体験したヨーロッパの厚き伝統を読み取る。シェイクスピアのストラトフォードや、ジェイムズ六世とメアリー女王およびリッツィオゆかりのホーリールード宮殿等である。更に、コンコードのすばらしい雰囲気を、現実のものともあるいはロマンティックで空想的なものとも、どちらにも捉えることができると述べているが、それほど想像に訴える要素を多く持っているということなのである。実はこうした要素こそが創作上彼にとって重要な意味を持ち、インスピレーションを与えてくれるのであった。このようにして古き良きものを温存しながら、時代の流れに適応していっているコンコードの姿こそ、理想的な姿として捉えていたのである。ただし、ここで留意しておかなければならないことは、古い物だけが残存した状態をジェイムズが好んでいたということではない点である。その証左は、カリフォルニアの自然賛美の中に端的に表れているからである。ジェイムズはそこに力強さや個性を見出すのである。カリフォルニアの自然を、次のように描写する。

アメリカ大陸の中で「美しい」地域に属してその美しさを代表しているから、短い期間であれば、立派な役割を傲然としてやり遂げることができる。太平洋岸沿いの自然の景観は「貴族的」で、包容力の大きなアメリカといえども、ほかに見ることはできない。繊細な人であれば、そこに自然の女神の本能的反応を窺うことができる。高貴な特徴を持たない社会が攻めこんでくることに備えて、自然の女神が身震いして奮然と守備についていているような印象を受ける。(412)

自然以外のものがまだまだ貧弱に見えるカリフォルニアにおいて、自然そのものがその貧弱さを補い、あたかも女神のごとく個性を保って力強さを誇っている姿はまさに「貴族的」であり、しかも没個性の荒波が襲いかかってくるのを食い止めている姿は実にすばらしい、とジェイムズは評価する。古さを兼ね備えたもののみならず、このように美という特性を備えたものに対してジェイムズは賞賛を惜しまない。それ故に、逆にそうした気品のある自然が傷つけられていく様を目の当たりにすると、血相を変えて非難する。これに関しては後述するが、以上見てきたように、ジェイムズはすばらしい自然美に対して安堵感を覚え、賞賛の念を抱くのであった。

ところが、そうした気品をいささかも持っていない対象、あるいは持っていないとジェイムズが捉える対象―たとえば、摩天楼―に対しては、不快感を隠さない。何故かと言えば、もっぱら拝金主義の対象として造られ、しかも古き良きものを破壊していく象徴だからである。その現象をジェイムズは商業的民主主義の邁進として捉えているのである。次は、その現象を掘り下げていってみる。

三　アメリカの負の側面

確かに、一九〇〇年代初頭にコマーシャリズムの波が大きく押し寄せて来ているのはアメリカだけに限ったことではなかった。しかしながら、その程度を比較してみた時に、際立って顕著な変化を示しているのがアメリカなのである。その最たる例がニューヨークだとジェイムズは指摘する。ロンドンにもパリにもローマにも、新しいコマーシャリズムの波は押し寄せて来ているが、これらの都市においては、そうしたものが街の中でのさばり返っているという印象は少ない。ところが、ニューヨークはまさにその逆で、すべてがコマーシャリズムによって埋め尽くされ占領されているという印象をジェイムズに与えるのである。しかもそのコマーシャリズムによって作り上げられたものが自分自身にいささかの信用も信頼もおいていないといった雰囲気を作り出している、と捉えるのである。そしてその背後に横たわるものは、「形式美など全く意に介さず、金銭を追求する飽くなき我利我利亡者」(二一)と指摘するのだ。つまり民主主義という美名の下に、アメリカが他国とは比べようもないほどコマーシャリズムによって毒されつつあることを、ここで鮮明にしようとするのである。ジェイムズがこれ程までに嫌悪感を表して、悪の印象を鮮明にしている理由は理解できないでもない。というのは、たとえ個人の家とはいえ、自分が生まれ育ったマンハッタンの家にしても、またアメリカ滞在中に壊される運命にある、青春期の数年を過ごしたボストンの家にしても、アメリカにおいて最も身近でかけがえのなかったものが商業主義のために、いとも簡単に「破壊」されていってしまうアメリカの非情さを目の当たりにしているからである。こうしたアメリカの非情さを象徴する状況やニューヨークの中に異常なまでにはびこるコマーシャリズムを目撃するが、これはニューヨークだけに限ったことではなく、彼が訪れたアメリカの他の多くの場所でも目撃している現象であった。それでは更に掘り下げて見ていくことにする。

興味深いことに、ジェイムズは自身が好むものと好まざるものとを対比するかのように解説していくのである。そして時には、好むものが好まざるものに囲まれて、いかにも窮屈そうで肩身の狭い思いをしていることを説く。まず、アカデミックなものの象徴である大学に目を向けてみたい。比較の対象は、ハーヴァード大学とニューヨーク大学である。どちらがより古いということではなく、この二つの比較の中に彼の考え方が凝縮されているからである。ジェイムズはケンブリッジで、夜ハーヴァード大学を訪れるが、安堵感を覚える。何故かと言えば、「安堵感を求めて心の中に描いてみるさまざまなものの中でも最も魅力的なものの萌芽、見聞を広めるにつれて育てずにはいられなくなる別の価値尺度を象徴する心の備え」(57)をそこで確認し、確実にこの大学が過去を温存しながら時の経過の中で拡張を続けていっている姿を確認したからである。さらにこの後、昼間にもハーヴァードを訪れるが、その時にも「純粋な精髄と、より素晴らしい感覚」(58)を感じ取っている。それゆえに、アメリカの諸物の中で、この大学が最も心地よいものの一つに属することを確認するのである。

他方、ニューヨーク大学はどうかと言えば、かつては彼の記憶にこの大学が「灰色で、多少は『神聖』だった」(91)と、好ましい印象を持っていた。しかしながら、今回目撃してみると、無機質で特徴のない巨大な建築物へと変身を遂げてしまっていたのである。しかもこの建物が立っている所は、かつて彼の生家があった場所で、今やこの近代的な建物によってそこが踏みつけられている。ジェイムズが指摘する通り、ここここそ最も変貌を遂げて欲しくなく、以前の様相を残しておいて欲しい場所であったが、状況は正反対であった。同じように拡張を続けるにしても、このように無機質で形式美を持たない物がアメーバのごとく周囲を食い潰していく様は、ジェイムズにとって快快として不快以外の何ものでもなかったのである。確かに、自己の生家の残存は過去の温存を意味したわけであるが、残念ながらそのような期待と夢想は潰されて、このニューヨーク大学の建物が象徴するように、着実に商業主義が良きものを蹴散らして食いものにしながらはびこっていた、という残念な印象をここマンハッタン島で得なければならなかったのである。次に、良きものがそうした商業主義の波に晒されながら、肩身の狭い思いをしている例に触れてみる。ここで取り上げる例は、ボストンのアシニアム図書館とニューヨークのトリニティ教会及び市庁舎である。

まず、ボストンのアシニアムだが、かつてジェイムズはボストンで暮らしていた頃に、文化の殿堂であり、彼にとって「向上心に溢れていた青春時代の喜びであり、思い出も懐かしいすばらしい図書館」(232)であったこの建物によく出入りしていて、これこそボストンにおける文化の精髄的象徴として捉えていたが、二十年振りに目の当たりにして、中に入りたいという気持ちを完全に喪失してしまった。理由は何かといえば、この建物の回りを取り囲む高層建築にあったのである。こうした醜い巨大な塊に取り囲まれると、すばらしい価値も地に落ちてしまい、耐えることのできない悲惨な状況を作り出していると指摘する。では、ジェイムズが何故これ程までに高層建築を毛嫌いするのかというと、先ずその建築が専ら商業的な目的で建てられていて、美をいささかも意図していない点である。基本的に商業的目的のために造られたのであるから、何百年にもわたって残していくようなものとして考えられてはいない。寿命が来れば、いとも簡単に破壊されていく。そうした個性のない、はかない建築物とジェイムズは捉える。現状に目を向けると、こうした建築物が至る所に出現していて、最悪なことに、何百年も残ることを意図し、美をも考慮に入れて造られたものがこのような無機質なものに取り囲まれ、また視界を奪われて窒息状態に置かれている。そのような状況を見ることはあまりにも残酷だということになるのである。そうした意味において、ボストンのアシニアムにしても、また「人目を楽しませる建築を街の誇りとし、ブロードウェイが特徴とした気高くそびえる簡素なゴシック様式の美」(78)として説明されるニューヨークのトリニティ教会にしても、同様に窮屈な状況に置かれている。今や巨大で他者を威圧するような高層建築に囲まれて、見るも無惨な環境に追いやられてしまった感のあるこの教会は、「その責任は自分にはない」(78)ということを観光客や参拝者に空しくも密かに訴えるだけで、ひたすらこの状況をこれから何十年も何百年も堪え忍ぶしかないといった様相を呈しているのである。ジェイムズは同じ様な状況に置かれた人の姿をそこに投影しているのだ。こうしたマンハッタンの様相の中で、唯一卑俗化の荒波をかろうじて食い止めているのがニューヨーク市庁舎の建物である。「この建物の完璧な趣向と洗練さ、また小さいけれどもゆったりとした大きさと各部分の調和、更に申し分のない均整と古典的優雅さ、理想とされた形が生き生きと実現しているという印象を含めたさまざまな長所は、細部の華やかさを損なうことなく、かつ『風変り』な効果を一段と高めていて、すべては昔のまま」(97)であり、形式美を備えていて、しかも高層建築とは違って、その形式美に対して自信を持ち責任を自覚している。こうした卑俗化の荒波が押し寄せて来る時にこそますます必要な文化的機能をそれが果たしているのである。だが、残念ながら今や商業化の大波が大挙して押し寄せ、この市庁舎のような建物は希有な存在となりつつあるというのがジェイムズの率直な認識なのである。その大波を象徴する最たるものが高層建築である。美しき弱者があたかも醜き強者によって食い物にされていくかのごとくに例えるこの現象の張本人を、彼は「得意満面な高額配当の支払い者」(76)とか、「金貨の『蓄積者』」(212)と呼ぶ。そして商業的利益により自己のために作り出されていったもの、あるいはその象徴の一つが、例えばジェイムズが実際に訪れたロードアイランド州ニューポートに見られる豪邸―大富豪ヴァンダービルトのマーブル・ハウスやブレイカーズ等―である。このようなアメリカでは、一握りの人達がそうしたものに関与しているのではなく、一般大衆までそうした意識が浸透して生活様式を規定しているのである。ジェイムズはそれを要約して、次のように指摘する。

アメリカでまず必要なこと、それは金銭的利益であって、それ以外の何物でもない―諸条件を利用して存分に稼ぎまくり、物価や礼儀作法、その他の不便は癒し安いかすり傷とみなすこと、これ以外にはない。アメリカの生活を支配し、その基調を決定しているものは、他国が足元にも寄れないほどの莫大な利益であり、個人はすべてその分け前にあずかり、文句の出ない程度のもうけを「つかま」されているという、一般の了解と人生観である。しこたま金を握って気にしないこと、どんなことであっても気にとめないこと、――これこそがアメリカ的生活態度である。金儲けができないために――あるいは無きに等しい収入しかないために――アメリカ的生活の不愉快をいちいち気にせざるをえない人は、アメリカが自分に向かない国であることを認めなければならない。(236-37)（傍点筆者）

端的に言えば、金銭に対する特定感覚がまず根底にあって、それによって物事が決定されていくということ、それこそがジェイムズの定義する「アメリカ的生活態度」なのである。だからこそ、彼は街を歩くたびに、「どこへ行っても『ビジネスマン』風の顔が見られ、この種の顔がどこまで集中して現れるのかの可能性をこの上なく現実のものとしている」(64)という印象を受けることになったのである。ここには多少の誇張はあるにしても、彼が理想として捉えるものがアメリカにははなはだ少なくなっていて、また加速して消え失せて行っている、という認識をまた新たにしつつあったと考えられるのである。

　以上のように見てくると、アメリカ人一人ひとりの心の中に、程度の差こそあれ巣くった商業的民主主義がこの国に甚大な影響を及ぼしていっていることがジェイムズの解説を通して明確になってくる。ジェイムズにとって好みの対象としたものがことごとくその餌食となり、数をも激減させている現実を目の当たりにして、それを否応なく認めていかなければならない状況は最悪で最も苦しい体験であったことは容易に察せられる。それ故に、ジェイムズは民主主義という半ば理想的と捉えられがちな「主義」を持つ国のマイナス面について、自己の趣向と照らし合わせて、あえてこのように鋭く突かざるを得なかったのである。それでは最後に、以上のようなことを念頭に置いて、彼が最も憂えた自然破壊への言及に注目してみる。

四　自然破壊

ジェイムズはコマーシャリズムの行き過ぎによって、今度は自然が壊滅的な打撃を受けていることを指摘し、その壊滅に対して痛烈な批判を展開していく。まず、その破壊によって利益を受けていると思われる元凶的象徴への攻撃から開始する。ニューポートに集まる人々があまりにも金銭欲を露骨に表すようなライフスタイルを保持していることを取り上げて、「高く積み上げられた金貨は、今では自然や空間に釣り合わないくらい莫大な量に達している」(211) と表現し、それによって「自然は徹底的に抹消されて、元々あった内気な優しさは、けばけばしくなって苛め抜かれてしまった」(211) と鋭く指摘する。さらに、コマーシャリズムや近代文明そしてアメリカそのものを象徴し、ジェイムズ自身も実際に利用したプルマン（特等寝台車）に関連して、語気を強めて語る。

私の周りに広がっている大きくて気高いものを、おぞましくて恥知らずなものや病めるものへと変えていく。台無しになった状況や、解答不可能な疑問を増やしていくような無責任なやり方は、血も涙もない母親が父のいない子を他人の家の戸口や待合室に捨てていくやり方と同じだ。「町」―それ自体愚にもつかぬもの―という犯罪的なものを次々と造り出して、不愉快なものをただ訪問者に見せつけるのは、母親が子を捨てるやり方と同じだ。(463-64)

アメリカが至る所でやっていること、つまり醜悪なものをあちらこちらに撒き散らして、豊かな自然を荒廃させ、アメリカという大地に「傷を作って血を流させている」という暴行を、ジェイムズは以上のように厳しく糾弾する。そのやり方はまるで、父親のいない子供を母親が他人の家の戸口に捨てていくというような、残忍でかつ犯罪的な行為と手厳しく非難する。彼が何故これほどまでに厳しく非難するのかというと、自分が愛する美しさや魅力はそうした静かな自然の中にこそ存在するからだと言う。確かに、ジェイムズは実際にカリフォルニアの大地を見て、その中にそうした魅力を見出していた。その意味において、彼が愛するものはただ単に古くて形式美を備えた建造物や伝統だけではないことがわかる。こうした優美な自然の中にも素晴らしさを見出しているのである。だが、その優美さをことごとく破壊して、一向に責任を取ろうとしないアメリカの厚かましさこそが問題であって、それはまさに「悪魔の踊り」(465)だと形容する。このような環境の中に「人間らしく快適で社会的な萌芽」(465)は育ち得るのであろうか、と疑問を投げかける。アメリカ文化の在り方に対するジェイムズの攻撃はこのように痛烈を極めるのである。

我々がジェイムズの語るこのような強烈な言葉を耳にした時、ややもすると祖国嫌いで近代文明の批判者とした安易なレッテルを張りがちになる。彼のアメリカに対する言葉の痛烈性を文字通りそのまま鵜呑みにすることはできないが、明確なことは、こうした言葉の中に我々が少なくとも読み取らなければならない慧眼や将来への警句が組み込まれているということである。まさに今日のような時代に生きていればこそ、ジェイムズがこの『アメリカの風景』の中で、商業的民主主義に焦点を当てて攻撃の標的にしてきた部分はますます大きな意味を持ち、示唆を与えてくれる。何故かと言えば、コマーシャリズム最優先の結果、吹き出してきた諸問題、特に自然破壊や快適な環境空間の破壊といった問題が二一世紀の今日においても、全世界的に解決していかなければならない最重要課題となっているからである。それを彼はこの一九〇〇年代初頭という商業主義邁進の萌芽の段階で取り上げて啓発していたのである。ジェイムズが指摘したように、今日アメリカのみならず世界中の大地が今だに、コマーシャリズムの無慈悲な矛先によって大きな傷を受け続けて血を流しているのである。それに加えて、国によってはその上空が今でもどす黒い大気で覆われ、窒息寸前の状態にある。こうした状況を踏まえると、民主主義の恩恵だけを素直に評価することはできず、むしろその恩恵と並行して産出されてきた危険な副産物に対して、更なる注意を喚起し、改善に向けて積極的に取り組む姿勢を地球人一人ひとりが特たなければならないことを、『アメリカの風景』は訴えているのである。

引用・参考文献

Freeman, Jonathan. (ed.) *The Cambridge Companion to Henry James*. Cambridge: Cambridge UP, 1998.

James, Henry. *The American Scene*. With an Introduction and Notes by Leon Edel. Bloomington: Indiana UP, 1968.

——. "The Art of Fiction," *The Portable Henry James*. Edited and with an Introduction by M. D. Zabel. New York : The Viking P, 1976.

——. *The Art of the Novel*. With an Introduction by R. P. Blackmur. New York: Charles Scribner's Sons,1953.
——. *Hawthorne*. London: Macmillan, 1887.
——. *Henry James Letters*. Ed. Leon Edel. London: The Belknap P, 1984.
——. *The Notebooks of Henry James*. Ed. F. 0. Matthiessen and K. B. Murdock. Chicago: The U of Chicago P, 1981.
——. *Notes of a Son and Brother*. London: Macmillan, 1914.
——. *A Small Boy and Others*. London: Macmillan, 1913.
Tambling, Jeremy. *Henry James*. New York: St. Martin's P, 2000.
Zacharias, Greg W. (ed.) *A Companion to Henry James*. Oxford: Wiley Blackwell, 2014.
青木次生訳・大橋健三郎解説『ヘンリー・ジェイムズ　アメリカ印象記』アメリカ古典文庫10、研究社、一九七六年。
亀井俊介監修『アメリカ』新潮社、一九九二年。
猿谷　要『ニューヨーク』(「世界の都市の物語」2）文芸春秋、一九九二年。
松本重治編『フランクリン／ジェファソン／マディソン／トクヴィル他』中央公論社、一九九五年。

越境の先
――二つの未完作品に見えるもの――

海老根　静江

一　未完の二作品

一九一六年ヘンリー・ジェイムズが亡くなった時、あとに二つの未完の作品が残された。『過去の感覚』と『象牙の塔』でいずれも一九一七年、パーシー・ラボックの短い序文をつけて出版されているが、この二作品は複雑な過程を経て出版に至っている。ジェイムズがバルザック的小説として書こうとした『象牙の塔』について一般に流布されているのは、第一次世界大戦という出来事に直面したジェイムズが意図していたような小説を書き続けるのは不可能だと感じて放棄したという説である。代わってジェイムズが書き進めたのが『過去の感覚』であった。

『過去の感覚』はかなり前に思いついて断続的に書かれていた。『ヘンリー・ジェイムズ事典』によれば、ラドヤード・キップリングのすすめで、『ねじの回転』に続く幽霊ものとして、一九〇〇年ごろまでに三〇〇〇語ほど書かれており、その後ウィリアム・ディーン・ハウェルズの依頼で「国際関係の幽霊話」を書くことにした。しかし本気で取りかかったのは一九一四年後半である。一方『象牙の塔』の方も、『事典』にあるようにアイディアそのものはかなり前(一八八一)からあり、執筆は複雑な過程をたどる。一九〇八年に書き始めたとハウェルズに報告した小説が、そのアイディアに基づくもので、『象牙の塔』に発展したのだと思われるが、ハウェルズへの手紙のあとすぐに秘書に書き取らせた「『K・B』のケース」と「マックス夫人」という「覚え書」が残され(*The Complete Notebooks* 256-70)、登場人物たちの名前へのこだわりやプロットの計画が記されている。未完の作品として出版されたテクストは一九一四年の夏に口述されたが、センテンスの途中でぷっつり切れている。しかし前もって口述され、作品完成時には廃棄されるはずであった未完部分についての長い詳細な「覚え書」があり、完成された部分と抱き合わせて出版されていて、あえて大胆な言い方をするならば、あたかも完成されているかのように読めるのである。『過去の感覚』にも「覚え書」が残され、完成部分とともに発表された。

二 『過去の感覚』——二つの越境

以上のように創作過程を見ていくと、二つの作品が関係しあいながら書かれていると言えるのだが、「越境」のテーマが大きな意味をもっているのは「国際もの」の「幽霊物語」としてジェイムズが構想した『過去の感覚』であり、ここには二種類の「越境」がある。ニューヨークに住み、歴史について著述のあるラルフ・ペンドレルに突然イギリスで暮らしていた親戚からロンドンにある一八世紀に建てられた邸宅が遺贈される。ラルフは昔から親しい資産家のオーロラ・コインが寡婦となってヨーロッパからアメリカに戻ったのを機に結婚を申し込もうとしていた折のことである。オーロラは以前にはラルフがヨーロッパに行くことを阻止していたのだが、今回は逆に自分との結婚を考えるよりは、手に入ったロンドンの屋敷に住むことを強く主張する。彼女のすすめに従ってイギリスを訪れたラルフは、その家を見回っているうちに奇妙な体験をすることになる。誰もいない部屋に飾られた肖像画の一つが動いて、正面を向いた時、それはラルフ自身の姿そのものである。二人は分身として行動し、またラルフは過去にスリップして、この屋敷の過去の住人であるミドモア一家と関係していくことになる。ミドモア家の姉娘モリーとの結婚が予定されていて、裕福なアメリカの親戚としてこのイギリスの一家の一員になるのだと推察できるのだが、どうやらミドモア一族はドライダウンという場所にカントリー・ハウスを所有し、ラルフに疑わしげな態度を見せる若い当主ペリーと母親のミドモア夫人、モリー以外に田舎の家にいる「いとしのナン」と呼ばれているもう一人の娘ナンシーがいるらしい。キャントファ卿という人物も加わってあれこれ話が進むうちに、いつしかラルフはモリーよりも近代的（モダン）なナンに関心を抱くようになる。つまり『過去の感覚』にはジェイムズの世界にお馴染みのアメリカ対ヨーロッパという越境と、過去と現在の往来という時間的な越境が、古いロンドンの家に入ることによって起こっている。よく似たシチュエーションとして読者がすぐに思い浮かべるのは「懐かしの街角」であろうが、『過去の感覚』の二重の時間設定は「懐かしの街角」よりもわかりにくい。

作品のなかでも明らかにされていくが、「覚え書」でジェイムズがより明確に記しているのは、主人公にとっての現在が一九一〇年であり、一八世紀建築の家における時間が一八二〇年だということである。一九一〇年の設定の理由を想像するのは難しくない。長らく心にあったアイディアを本格的に実行に移したのが一九一四年のことであり、『象牙の塔』と差し替えた理由が第一次世界大戦の勃発であったことを考えれば、戦争が起こる少し前を意図したのは自然なことである。しかしイギリスから考えるにしても、アメリカから考えても、一八二〇年という年は特記されるべき年とは思われない。あえて言うならば一八二〇年はイギリスの摂政時代が終わり、ジョージ三世からジョージ四世の時代になった年、一九一〇年はヴィクトリア朝時代のあとに一〇年間続いたエドワード七世の時代が終わった年だということであり、摂政時代もエドワード七世時代も社会的な激動が少なく、道徳的締め付けの厳しくない世俗的な時代だということである。ミドモア一家の世俗性はどこかサッカレー的であり、ジェイムズの父とサッカレーは親しい間柄で、ジェイムズの作品にもしばしばサッカレーや『虚栄の市』への言及があることを考えれば、イギリスの風俗を意識しての国際関係幽霊物語をジェイムズが書こうとしたと考えても見当はずれだとは思えないのである。

この作品では肖像画を媒体として異界にスリップする時の身体的な感覚描写、ミドモア一家とラルフの間に交わされる互いに微妙な違和感を内蔵しながらも破綻なく続けられていく会話、ラルフが現代に帰還するための保険として、知り合いになっているアメリカ人の大使との間の過去と現在についての会話などには、ジェイムズの作家としての熟達した技法ともいうべきものが感じられるのであるが、ラルフのみならず、ジェイムズ自身が深みにはまっていくような作品がどこに着地するのか読者には見当がつかなくなってくる。

「覚え書」ではラルフにイギリス行をすすめたオーロラが大使の助けを仰いでラルフを現在に救い出すという結末になるようだが、ジェイムズがこの幽霊物語で意図したものは何だったかと考える時、物語が中断する直前にラルフがミドモア一家を経済的に助ける成り行きにあり、ペリーが遠回しに「お金が欲しい」と言うことや、ラルフが悪趣味にも金貨を常時身に着けているということが書かれていることなどが重要なポイントを示しているように思われる。結局『過去の感覚』の主題は「金」、「経済」に関わるものであり、その事実は「覚え書」においてラルフの「不幸な二重意識」について述べられる個所で明確になるのである。

自分がまさにその「時代」に適合していると思う反面、内心ひそかにそこから外れていると感ずる、その不幸な二重意識に彼は苦しめられる。同時に彼は、自分が何をやっても周囲にどんどん生み出して行くように思う違和感を、できる限り軽減したいと願う。他の人たちが彼をどう見るかは、彼にとって重要な意味を持つに違いない。つまり、彼について重要なことを語るからである。このことははっきりしていて、二、三の強烈な、目を瞠るような事実を媒介として示される——目を瞠るとは、一八二〇年の人びとの想像力に訴えての話である。文句なくおもしろいと思うのは、現代人としての実質的な要素を二、三彼にとどめておいて、それを次に提起するような特徴としてこの時代に作用させてみることである。まず「洗練された趣味」。彼自身はそれを隠そうとし、佯《いつわ》ろうとする。次に一八二〇年にあって一九一〇年と同程度に「金持」であること。それは一八二〇年では度外れた富豪を意味する。それから全体として紛う方なく現代的な態度や性格があり、いかにもそれに合った風采と、いくつかの払拭し切れぬ事実、つまり近代物質文明の精華とがある。たとえば見事なまでに手を加えられた歯並び（金歯銀歯の類か）がそうだ。（上島健吉訳 503-4）(*Sense* 295-96)

この部分には明らかに時代による金の価値の変化という経済学的な事実が意識されているが、ジェイムズはまたオーロラが「心霊的（サイキック）」不安と苦悩に駆られてロンドンにやってくると述べている。『過去の感覚』はファンタジーであると同時に不安に駆られた心理状態が「リアリズム」に徹して書かれている小説であり、その根底にあるのは一八二〇年から一九一〇年の間に起こった経済的な変化というテーマなのである。そしてジェイムズが『過去の感覚』より先に本格的にとりかかっていた『象牙の塔』は二〇世紀初頭アメリカの「近代物質文明の精髄」のなかに当たり前のように生きる「度外れた富豪」たちにとっての富を考察し、バルザック的小説として書くことであった。ジェイムズが一九一四年にこの企てを不可能だとして放棄したことははじめに述べた。しかし二つの未完作品を並べてみると、ジェイムズがどう考えたにせよ、『象牙の塔』が『過去の感覚』にもまして「金」「金融」「資本主義」について書く試みであるということが言えるのである。

三　『象牙の塔』――ニューポートと二人の遺産相続人

一九一四年『過去の感覚』に乗り換えられた『象牙の塔』は一九〇〇年から断続的に書かれていったのだが、その間には一年におよぶアメリカ訪問とその際の印象記『アメリカの風景』の出版、過去の作品の改訂作業があった。また彼自身の体調不良のほかに兄ウィリアムの死に見舞われている。ジェイムズは『象牙の塔』を中断して自伝『ある少年の思い出』、『息子と弟の覚え書』を出版するが、後者にはウィリアムとともに青春期を過ごし、また従妹のミニー・テンプルがニューヨークで死を迎える直前まで暮らしていたニューポートの思い出が綴られている。

『象牙の塔』の舞台はニューポート、かつては素朴なところもある保養地であったが、一九〇四年、〇五年のアメリカ再訪の際には、富豪たちのとんでもなく贅沢な別荘が並ぶようになっていた土地である。F・O・マシーセン、マリウス・ビューリー、ドナルド・マル、アラン・ホリングハーストなどのジェイムズ研究者や批評家は早くから『アメリカの風景』でジェイムズが描いたニューポートと『象牙の塔』を結び付けて論じた。「覚え書」によれば、『象牙の塔』は一〇章で構成されることになっていたのだが、ほぼ三分の一、第四章の一までで中断されている。ジェイムズは time-scheme と place-scheme を意識し、全体を一年の物語とすること、後半では舞台がニューヨークとレノックスにも移動することを考えていたが、完成されたのはニューポートの部分だけであった。

ある夏の日、父エイベル・ゴウとともにニューポートに来ているロザンナ・ゴウが、父のかつてのビジネスのパートナーかつライヴァルであり、秘密のもめごとにより今は険悪な関係にあって、死の床についているフランク・B・ベターマンの広壮な邸宅の入り口へと歩いていくところから話は始まっている。ベターマンは異父妹の息子、グレアム（グレイ）・フィールダーの到着を待っている。グレイはロザンナの幼馴染であり、ずっとヨーロッパで暮らしてきた。過去にもベターマンから呼び出しがあったのだが、それを阻止したのはロザンナだった。父とベターマンの争いを知るロザンナは、グレイを汚れたアメリカのビジネス世界に触れさせたくなかったからである。しかしその行為は彼の権利を奪う不正なものだったと感じるようになり、父を説き伏せてニューポートを訪れてベターマンと親密になり、遺産をグレイに遺贈する遺言状を作成させることに成功している。

ベターマンはグレイをすっかり気に入ってしまう。一方今なおベターマンに恨みを抱き彼の死を願うエイベル・ゴウは彼より先に急死し、娘に二〇〇〇万ドルの遺産を遺す。ベターマンもグレアムに遺産を贈って亡くなる。莫大な金を得た二人の相続人が誕生するのである。ゴウが娘に遺したのは金だけではない。グレイにベターマンのビジネス上の悪事を暴露する手紙を娘に託す。受け取ったグレイはその手紙を開くことなく、ロザンナの所有していた象牙のキャビネット（象牙の塔）に入れたままにする。ニューポートの社交サークルを支配しているのはガッシーとデイヴィーというカップル、ブラダム夫妻であり、そのサークルにはグレイの学校友達ホートン・ヴィントとセシリア・フォイがいて、この人物関係のなかで話が展開するのである。

　前に述べたように『象牙の塔』とニューポートを結び付けた批評家、研究者たちはいずれも『アメリカの風景』に言及したのだが、一九〇四年、〇五年にわたってアメリカに滞在したジェイムズの目に映ったニューポートは、往年の懐かしい記憶をよみがえらせるものが残っているものの、土地を金持ち連中に買い占められて姿を変えてしまった場所であった。その連中にとってはこの場所が「空っぽのピンクの掌にしか見えないので」、そこには「あらゆる種類の彼らのもの、沢山の醜いもの、より一層金の張る種類のもの」が突っ込まれ、「金持ちがずっしりした金 (gold) で満たし、最終的に奇妙なほど自然および空間に不似合いな額まで金を積み上げる」土地になってしまっている。(*The American Scene* 157) ジェイムズはまたかつてのように「避暑地の家」(cottages) などとはもはや言えず、マシーセンの言う「海辺の巨大な邸宅 (gigantic villas)」、むしろ「宮殿」(palaces) という表現の方がふさわしい建物が出現しており、ジェイムズは「白い象」(white elephants)、「金がかかって持て余すもの」の群れについて語るのである。今日でも観光客に公開されているニューポートの豪邸群、途方もない金がつぎこまれた当時の大邸宅のなかでもとりわけ目立ったのは船と鉄道で巨大な富を得たコーネリアス・ヴァンダービルトの孫たち、コーネリアス・ヴァンダ―ビルト二世の建てた大西洋が目の前に広がる「ザ・ブレイカーズ」(The Breakers)(「大海原荘」とでもいうのだろうか)と一部ヴェルサイユのプチ・トリアノンをイメージして建てられたというウィリアム・キッサム・ヴァンダービルトの「マーブル・ハウス」であろう。『象牙の塔』のベターマンの邸宅がそれほどのものとは思われないが、結構立派なものだと考えられ、冒頭からのちのちまで邸の前に広がる海への言及がある。

主人公の一人ロザンナは大柄で丈夫な身体の持ち主であり、ほとんど不器量だと何度もほのめかされる容貌の行動的な女性である。それに対してグレアム・フィールダーの方は、少年の頃はもとより、成人してアメリカに到着してからでさえ、やや小柄で穏やかな知的な青年を感じさせる。何かとんでもなく大きな悪事を働いたとゴウが娘に知らせているにもかかわらず、グレイが対面したベターマンは、清潔なダンディ、「何か美しく、大きく広がり、晴れ渡ったもの」の印象、「まるで大きな窓、静かな清潔な海、すばらしい夕日がそれに証言を与えて」いるような人物であった。ベターマンはグレイについてロザンナと同じく「白紙」(blank)だと表現し、グレイ本人にも直接「君は白紙だ」と言う。彼が「全くの手つかずの白紙」であり、それこそが自分の望んでいたものだと述べる。二人の間には「少しでも商売をやったことがあるか」というベターマンの問いのあと次のような会話がかわされる。

「分かった。――でも、商売以外のことなら、なんでも、君は馬鹿じゃない。」

「そうですね。――きっと商売のことでは一番馬鹿でしょうね。」

　優しい目はなおも留まったままだった。「それ以外のことで、一つだけ教えてもらいたい。そのことについては、君が少なくとも、いくらか知恵を持ち合わせていないもののことだが。」

「ああ、それにはきりがありません。時間が長くかかりそうですが、――その証明をしなければならないとは変ですね。でも『市場』の謎と、何らかの営利活動ほど、僕にとって分からないもの、好きになれないものはないってことは認めます」

「君は営利事業を全く毛嫌いしとるな！そこが、わしが無上の喜びとして、君に望んでおることじゃ」とベターマン氏は言った。

「あなたは僕に宣誓せよとおっしゃるのですか――？」と、グレイは考えながら言った。「だがどうして僕に分かるでしょうか、そうでしょう。――僕がそのような白紙であるとか、お言葉通り、僕が三セントほどの取引もしなかったというのに」

「それが嫌いでない人は、いつでも何んとか探してきて、やるものなんだよ。たとえ、大抵はめちゃくちゃで、いつわりがあってもだ。君の場合は」とベターマン氏は理屈を立てて言った。「どんなものにせよ、そういった利益についての想像力を、君は一かけらも持っていない。もし持っていたら、あの最初の時に、君の身体の中でうごめいていたことだろう」と、彼は締めくくった。（岩瀬悉有訳 93-94）（*Ivory* 112-13）

ここで「商売」の、「市場」の過酷さをほのめかすベターマンがビジネスのパートナーであったロザンナの父にいかなる害を与えたのか読者に明かされることはない。ともに莫大な金の相続人となるロザンナとグレイはエイベル・ゴウの死の直前にゴウ親子が借りている別荘で会い、ロザンナは父から命じられた通り秘密の手紙をグレイに手渡すのだが、グレイは中身を見ることもせず、部屋にあった象牙の塔に似たキャビネットの中に仕舞ってしまう。

それは非常に手の込んだ細工の小箪笥で、ピアノの上に置かれると、そこには「淡い色の豪華な象牙」が映し出される。ほかの部分にくらべて背がとても高くて、頭部をもたげた白塗りの建造物を模した、東洋的な、おそらくインドで作られたと想像される芸術的な彫刻を施されたものである。金の鍵をまわして開くと真ん中で分かれた小さな引き出しが現れ、上段のものほど奥行が深くて一番上の引き出しが最も小さな容量になっており、無数の彎曲によって完璧な円形を作り出す、無用なほどの精巧さで出来た小さな家具であった。

このキャビネットについての詳しい描写は作中の忘れがたい象徴、記号学的に言えば、「象徴」のようにある概念と結びつけられることのない、より自由な「記号」になっていると言えよう。(クリステヴァ 323)「鳩の翼」が詩篇、「黄金の盃」が「伝道の書」を出典とするように、「象牙の塔」は「ソロモンの歌 7:4」に由来し、聖母マリアの形容詞句、「あなたの首は象牙の塔のようである」につながる。その忘れがたいキャビネットは「頭部をもたげた白塗りの建造物」なのである。宗教的に解釈すれば「象牙の塔」は「高貴な純粋さ」を意味するが、マシーセンやホリングハーストが指摘するように (Matthiessen 124, Hollinghurst xv)、サント＝ブーヴ、アンリ・ベルグソン経由の「俗世から切り離された人」をグレイ自身が意識していることは明らかである。彼はロザンナに「象牙の塔の中で暮らすということは、全く、一番すばらしい隠遁を意味するのではないでしょうか？　僕自身はまだしばらくは象牙の塔に落ち着きたくはありませんが、――そうは言ってもそういう所にたどり着きたいと常々思っています」(122)(*Ivory* 147)と言うのである。その「象牙の塔」は、のちにグレイがホートン・ヴィントに語るように、ロザンナから気前よく彼に託されたものであり、彼の身近にあって伯父のお蔭を蒙っていない唯一つのものである。そしてロザンナ自身も、ホートンによれば、「象牙の塔の中で超然として」いて、象牙の塔を幾つも持っており、それぞれの塔にふさわしい居住者を見つけ出しているようなものである。

『象牙の塔』の人物関係は『過去の感覚』のそれよりもはるかに複雑さを含んでいる。学校時代に或る危機的な経験を共有したグレイとホートンには親密な、友情以上のものが感じられる。グレイとニューポートで再会する少し前に、ホートンは明らかに金目当てでロザンナに求婚し、きっぱりと拒絶された。ニューポートの社交界でホートンと親しくなったシシー(セシリア)・フォイはヨーロッパでグレイの義父と知り合いであり、ホートンとシシーは今や結婚したいと思っているが、二人には金がない。ホートンとシシーが狙いをつけるのはグレイであり、男と女の違いはあれ、グレイは『鳩の翼』のミリーのような立場の人物で、ガッシーとデイヴィーというブラダム夫妻がこのような人間関係をとりまとめている。

しかしこの複雑な人間関係が十分な展開を見せる前に『象牙の塔』は中断してしまった。ホートンの求婚をあっさり断ったロザンナは、途中から姿を見せなくなる。一方大金を受け継いだグレイはやがて遺産の運用をホートンに任せるようになり、ホートンはいずれグレイを裏切って詐欺を働くことをジェイムズは構想していた。ホートンとシシーの策略を構想していくに当たって、ジェイムズは『ある婦人の肖像』のイザベルのように金を重荷と考えること、『鳩の翼』のミリーの場合のように「贈与」という行為に至ることなどを考察することはしなかった。「贈与」ではなく、所有する金の「運用」、それも運用に自ら関わるのではなく、人（ホートン）に任せるという展開の物語を書こうとしたのである。またグレイが「ロックフェラー的な財団」に金をつぎ込む可能性も仄めかされる。マシーセンはかなり無理があることを認めつつ、グレイとロザンナの結婚を考えたが、それに賛同する批評家はあまりいない。「覚え書」では更に「金融」の中心としてニューヨークに場所を移すこと、イーディス・ウォートンがマウントという邸宅を構え、サロンを主催していたレノックスを舞台に加えることを考えていた。しかしグレイには最後までニューポートの邸宅を所有させ、ニューヨークからも、レノックスからもニューポートに時々帰らせるとしている。ニューポートそれ自体がグレイの隠れ家、「象牙の塔」であるとジェイムズが考えていたように思われる。そしてポール・B・アームストロングの論文が明らかにするように奴隷貿易にも深く関わって栄えたニューポートの前に広がる大洋は、繰り返し言及されることで、歴史もまた消却される大きな「白紙」、「空白」であるという印象を読者に与えるのである。

「覚え書」まで併せ読むならば、『象牙の塔』がジェイムズのどの小説にもまして「金」についての文学であることが明白になる。トマ・ピケティの『21世紀の資本』で取り上げられたのは、オノレ・ド・バルザックの『ゴリオ爺さん』であるが、藤原書店から刊行されたバルザック選集のなかには、『金融小説名篇集』一巻があり、『ゴブセック』、『ニュシンゲン銀行』、『名うてのゴディサール』、『骨董室』、が収められている。またエミール・ゾラのルーゴン・マッカール叢書第十八巻は、『金』という作品であった。バルザックの小説ではやや前近代的な金をめぐる人間喜劇が描かれる。

ゾラが扱ったのは銀行という組織であり、『金』の訳者解説によれば、第二帝政時代、証券業界出身のユダヤ人ジュール・イサック・ミレスが起こした銀行をめぐる事件、ロートシルト（ロスチャイルド）銀行からの独立をはかり、鉄道、銀行に投資したペレール兄弟が破産に至る事件、および鉄道投資がからむユニオン・ジェネラル銀行の事件という実在の事件をもとに書かれている（野村554-55）。またバーバラ・ジョンソンが注目したように、フランス詩人シュテファン・マラルメはパナマ運河をめぐる経済スキャンダルについて、雑誌記事や「金」という散文詩を書いていた。『象牙の塔』はこうした一連の「金融文学」の一つだと言える。ただジェイムズは、バルザック的な小説を書こうとしたけれども、バルザックやゾラと違って、金をめぐる人間の野心や欲望を描くことはなかった。ロザンナもグレイも金に無関心である。ことにグレイは「商売」とも「市場のミステリー」とも無関係の「白紙」、「完全に清潔な空白」(a perfect clean blank) であることを見込まれて莫大な富を得るのであり、ビジネスの汚さを封じ込めた「象牙の塔」や邸の前に広がる空白の海がこの作品の中心にあって、ホリングハーストは、『象牙の塔』が小説として完成しなかったことを大きな喪失として悔みつつ、現存のテクストの少なくとも一部をサンボリスト的な詩として高く評価するのである (Hollinghurst xv)。

四　「富」と「空白」と「海」

『過去の感覚』はジェイムズの言う通り、『ねじの回転』を意識した作品であり、囲い込まれた場所と時間のなかで、二重の意識がきわめてリアルに描かれる。ここにはアメリカとイギリスという境界、一九世紀初めと二〇世紀初頭の境界が重要な意味を持っており、時代の風俗の相違とともに、金をめぐっての時代の違いに対するジェイムズの歴史感覚が伺われて興味深いが、富についての新しい洞察が示されることはない。一方『象牙の塔』においては、作中人物たちの現在の関係が、彼らのヨーロッパでの過去の出来事から生じているにしても、現在のアメリカで話は展開し、時間的にも地理的にも境界がとりわけ重要ではない。計画にあるニューポート以外の場所、ニューヨークとレノックスにしても、人物たちが移動し、集まる場所という意味を持つだけである。それらの場所はいずれも金持ちのための場所だが、主人公二人には富への欲望が決定的に欠けている。

バルザックには個人そのものの、ゾラには事業自体に対する欲望が描かれるし、『過去の感覚』では家の存続という必要からの欲望がある。しかしロザンナにしてもグレイにしても莫大な遺産を継ぐだけである。イザベルは金の重みに当惑して不幸な結婚に突進し、ミリーは所有する富ゆえに獲物として狙われた末に絶対的な「贈与」という行為に行き着くが、グレイもロザンナもそのような悩みを深刻に感じることはない。グレイやロザンナに公益事業への道が考えられることが「覚え書」に言及されるとしても、それは『黄金の盃』のアダム・ヴァーヴァーのように自らの成功を基盤に持つわけではなく、ロザンナも、グレイも自己から発した野心的行為とは無縁である。グレイはいとも簡単に金の運用をホートンに任せてしまい、親友の詐欺的行為に裏切られる。しかし『象牙の塔』においてジェイムズは投資、金の運用というビジネス関係に踏み込みかかっている。ほとんど無意識であるが現在の世界を席巻している資本主義の現象をジェイムズは鋭く感じているのである。

グレイは「白紙」だったからこそ金を譲られ、「象牙の塔」の住人となる。象牙細工のキャビネットは「市場のあくどさ」を隠しているが、同時にグレイの「純粋さ」を守る「隠れ家」でもある。そしてニューポートの彼の邸の前に広がる海は「空白」であり、読者にはほとんど「空虚」という印象を与える。その印象は資本としての抽象化された富の印象にもつながるように感じられる。ヘンリー・ジェイムズが富についてここまで自覚していたかどうかは疑わしいし、第一次世界大戦を目の当たりにしたジェイムズにとって、世界は資本主義よりももっと具体的な暴力的なものと見えていたことだろう。おそらくそのために『象牙の塔』を書き続けることは不可能だと感じ、少なくとも馴染みのある国際関係の幽霊物語に戻った。しかしジェイムズの読者から言えば、先駆的な洞察を含んだ『象牙の塔』に力を注いで欲しかったと思う。『過去の感覚』のサイキック・リアリズムは見事なものだし、『象牙の塔』のサンボリズムの散文詩を思わせる文章をそれとして楽しむというホリングハーストに同意するのもやぶさかではないが、ホートンとシシーをも含めた人間関係の小説、ニューヨークとレノックスとニューポートという三つの場所に繰り広げられる堂々とした小説が書き上げられていたらどんなによかっただろうかと思う。もっとも完成したテクスト部分から察すれば、あの濃密な文体で「覚え書」に残されているものを完成させることはありえなかっただろうという気もするのである。

引用・参考文献

Armstrong, Paul B. "Repairing Injustice: The Contradictions of Forgiveness and *The Ivory Tower,*" *The Henry James Review* 30 (2009): 44-54.

Bewley, Marius.*The Eccentric Design: Form in the Classic American Novel.* New York and London: Columbia UP, 1963.

Davis, Deborah. *Gilded: How Newport Became America's Richest Resort.* New Jersey: John Wiley & Sons, 2009.

Hollinghurst, Alan. Introduction to *The Ivory Tower.* New York: New York Review Books, 2004. vii-xviii.

James, Henry. *The Ivory Tower.* The Novels and Tales of Henry James. New York Edition 25. Fairfield: Augustus M.Kelly, 1976.［『象牙の塔』岩瀬悉有訳、ヘンリー・ジェイムズ作品集6、国書刊行会、一九八五年。］

——. *The Sense of the Past.* The Novels and Tales of Henry James. New York Edition 26. Fairfield: Augustus M. Kelly, 1976.［『過去の感覚』上島健吉訳、ヘンリー・ジェイムズ作品集6、国書刊行会、一九八五年。］

——. *The American Scene.* Penguin Books, 1994.

——. *Autobiography.* Ed. Frederick W. Dupee. Princeton, New Jersey: Princeton UP, 1983.

——. *The Complete Notebooks of Henry James.* Ed. Leon Edel and Lyall Powers. New York, Oxford: Oxford UP, 1987.

Johnson, Barbara. "Erasing Panama: Mallarmé and the Text of History." *A World of Difference.* Baltimore

and London: The Johns Hopkins P, 1987. 57-67.
Matthiessen, F. O. *Henry James: The Major Phase*. 1944. New York: Oxford UP, 1963.
Mull, Donald L. *Henry James's 'Sublime Economy': Money as Symbolic Center in the Fiction*. Middletown, Connecticut: Wesleyan UP, 1973.
クリステヴァ、ジュリア『テクストとしての小説』谷口勇訳、国文社、一九八五年。
ゲイル、ロバート・L『ヘンリー・ジェイムズ事典』別府恵子・里見繁美訳、雄松堂出版、二〇〇七年。
ゾラ、エミール『金』野村正人訳・解説、藤原書店、二〇〇三年。
バルザック、オノレ・ド『金融小説名篇集』吉田典子・宮下志朗訳・解説、藤原書店、一九九九年。
ピケティ、トマ『21世紀の資本』山形浩生他訳、みすず書房、二〇一四年。

見えない越境
――ヘンリー・ジェイムズと日本を結ぶ点と線――

福田　敬子

はじめに

一八八一年に出版された『ある婦人の肖像』の中で、オズモンドが「日本に行けるなら小指を失ってもよい」と言っている場面があるのには、日本人読者ならいち早く気づくだろう。古い漆器を好む続けてオズモンドが、「もっとも見てみたいと思っている国のひとつです。古い漆器を好む私とし私としては、当然のことだと思いませんか?」と言うと、イザベルは、「私は古い漆器を好みませんから、「日本に」行く理由にはなりませんね」と応じる。すると、彼は、「あなたには理由がありますよ。お金があるのですから」と答えるのだ(261-2)。

一八七〇年代半ばを想定したこの物語は、登場人物数名の骨董品蒐集趣味をモチーフにしながらも、必ずしも日本をテーマにしたものではない。しかし、当時の日本趣味の流行を考えると、ジェイムズが意識してこの場面を描いたことは間違いない。

一九世紀後半の欧米における日本趣味の流行は、万博の歴史を見ればわかる。一八五一年のロンドン万国博覧会では、オランダのゼーヘルス商会が日本の屏風を出品しており、開国前ながら日本の工芸品の存在はすでにヨーロッパでは知られていた。翌一八五二年にはロンドンのサウス・ケンジントン（現在のヴィクトリア・アルバート美術館）の目録に日本の陶磁器と漆芸品が登場する。一八五五年のパリ万国博覧会では、オランダ展示部門の中に日本のものが含まれ、北斎、歌麿など二九九点からなる版画セットが紹介されている。一八五九年にはローレンス・オリファントの著書『エルギン卿遣日使節録』がロンドンで出版され、日本を含むアジア熱を高める役割を果たした。

一八六二年のロンドン博では、六一四点の日本の品が出展され、六五年にはパリのサロンにジェイムズ・マクニール・ホイッスラーが「磁器の国の姫君」を出品すると同時に、ロンドンのロイヤル・アカデミーに「金屏風」を展示する。六七年のパリ博には日本も正式に参加し、七三年ウィーン博では、日本は名古屋城の鯱、鎌倉大仏の模型、天王寺の五重塔の模型を出品する。七六年フィラデルフィア博、七八年パリ博でも日本は注目を集めた。このように、万博は一九世紀欧米におけるジャポニズム流行の推進力となったのだった[1]。

同じ頃、文学面でも日本をテーマにしたものが急激に増えている。一八八二年には、イギリス人作家エドワード・グリーイが『日本におけるアメリカ青年』を発表し、八七年にはルイス・ウェルトハイマーが『村正名刀』を出版。さらに八八年には、エドワード・ハウスが『ヨネ・サント』を発表するなど、よくも悪くも欧米的先入観に満ちた小説が次々に発表されている[2]。以上のことを考えると、『ある婦人の肖像』は十分に旬を捉えた作品だったと言える。しかし、「日本」という国名を口に出しておきながら、イザベルはこの後すぐ出発する世界旅行で日本には寄らない。また、「お金があれば行く理由になる」と言っていたオズモンドも、イザベルと結婚して財力を手に入れても、日本に行くことはない。この時点では日本をよく知らなかったジェイムズには、日本旅行の場面を描くことはできなかっただろうし、そもそも「日本」に言及したのも、流行に便乗しただけだったのかもしれない。

しかし、その後のジェイムズの人生をたどっていくと、彼が日本、あるいは日本人の存在を深く考えざるを得なかった機会が少なくとも三回は訪れていることがわかる。一回目は一八八一年から八六年にかけて、母メアリーと父ヘンリーが相次いで亡くなったために、ほぼ六年ぶりにボストンを訪れたときで、さらにその後、彼の友人たちがこぞって日本旅行をしたとき。二回目は一九〇四年から〇五年にかけて、二十数年ぶりに帰国してアメリカ旅行をしたとき。三回目は一九〇八年、ロンドンで岡倉天心と会食をしたときである。

本論では、これら三つの時期のジェイムズの行動に焦点をあて、従来日本とは接点がなかったと思われていたジェイムズが、実際には日本について考えるきっかけがかなりあった事実に注目し、そのことが彼の思想にどのような影響を及ぼしたかについて考察していく。

一　一八八一〜八六年——ふいにした日本旅行のチャンス

この時期、ジェイムズに最も大きな影響を与えた人物は、イザベラ・スチュアート・ガードナーだろう。ニューヨーク出身のイザベラは、ボストンの名家の御曹司、ジョン・ガードナーと結婚したのち、イタリアを中心に世界中から骨董品や美術品を蒐集し、それらを展示するために美術館を設立した女性である。(3) ジェイムズが彼女と知り合ったのは一八七〇年代だと言われているが、彼は一八七五年にヨーロッパを永住の地に選んでいたため、実際に二人が会うのはボストンよりもヨーロッパの方が多かった。

一八八一年、母親が病気だという知らせを受けたジェイムズが久しぶりにアメリカに帰ったとき、イザベラは、イタリア生まれのアメリカ人作家フランシス・マリオン・クロフォードと親しく交際中だった。既婚者のイザベラがクロフォードと戯れる様子は、道徳的に厳格なボストンの上流社会ではひんしゅくを買っていた。ジェイムズ自身はイザベラを異性として意識したことはなかったようだが、彼女とクロフォードの交際は不愉快に思えた。彼は、ウィリアム・ディーン・ハウエルズに宛てた手紙の中で、「私がボストン社交界の荒廃に囲まれていることを忘れないでほしい。中でも目立つのは、ジャック・ガードナー夫人が前途有望なアメリカ人作家フランク・クロフォードといちゃついていることだ。(中略)あなたは『アイザックス氏』を読みましたか?あんなものの中に将来性が見てとれますか?」と述べている。(4)

この「いちゃつき」は、イザベラにとってはただの社交の延長だったようだが、妻の行動に寛大だった夫のジョンもさすがに気を悪くした。そして、二人を引き離すほうがよいと判断した彼は、妻を連れて懸案だった日本旅行に出かけることにする。

おりしもボストンでは日本熱が高まっていたが、その火付け役の一人が、エドワード・S・モースだった。彼は、一八七七年から八二年まであわせて三回来日しているが、二回の訪日を終えた後の一八八〇年から数年間にわたって、ボストンを中心に日本についての講演活動を行っていた。八二年二月と三月には、ガードナー家でも講演をしており、それをきっかけに、ガードナー夫妻はいつか日本を訪れたいと思っていたのである。八三年、夫妻は旅立ち、横浜、東京、鎌倉、日光、金沢、京都、奈良、大阪などを巡った。現地で二人の世話をしたのは、ウィリアム・ビゲローとアーネスト・フェノロサである。

ジェイムズが日本に行くとしたら、このときが大きなチャンスであった。しかし、ジェイムズは日本には行かない選択をする。クロフォードとの一件に腹を立て、とてもガードナー夫妻と一緒に行動する気になれなかったのだとも考えられるが、それ以外にも理由はいくつか考えられる。

まず、当時のジェイムズは両親を立て続けに失っていた。また、八三年八月にはロンドンに戻るが、十一月には弟ガース・ウィルキンソンをも亡くしている。さらに、翌八四年には病気の妹アリスをイギリスに迎え入れており、このころのジェイムズは家族の世話で多忙だった。

また、仕事の上では、ちょうど初期の代表作のひとつ『ある婦人の肖像』が出版されたところで、ジェイムズはプロの作家として自信を深めているところだった。さらに、当時の彼は、最初の出世作『デイジー・ミラー』（一八七九）の戯曲化に夢中で、ボストン滞在中に『ボストンの人々』（一八八六）の構想を得たこともあって、彼の頭は日本以外のことで一杯だった。

ジェイムズが去った後のボストンでは相変わらず日本熱がつづき、八六年には彼の友人のヘンリー・アダムズとジョン・ラ・ファージも日本に行っている。(5) 彼らの世話をしたのが、若き日の岡倉天心だ。この出会いは特にラ・ファージにとって重要だった。

アメリカでの芸術活動に行き詰まりを感じていたラ・ファージは、日本から大いにインスピレーションを受け、後に『画家東遊録』（一八九七）を出版し、アダムズと岡倉に捧げることになる。その中で彼は岡倉に対し、「（略）あなたとのおしゃべりの記憶があなたの国やその歴史を好きになった理由です。私にとって、しばらくはあなたこそが日本でした」(ix)と述べ、日本と岡倉から大きな影響を受けたことを認めている。

一方、アダムズは、前年十二月に妻マリアン（愛称クローヴァー）を自殺によって失っており、傷心の訪日だった。最初は急速に近代化する東京と横浜の喧噪と不潔さ、日本女性の不自然さに幻滅するが、日光、鎌倉、京都では、欧米人が日本に抱いているイメージ通りの美しく素朴な風景が広がり、ようやく心を癒やされる (Métraux 54-57)。それでも、代表作『ヘンリー・アダムズの教育』（一九一八）からは、ちょうど妻の死と日本訪問の部分が抜け落ちていて、彼が最終的に日本をどう思ったのかははっきりしない。

いずれにしても、多くの研究者が指摘しているように、この訪日は二人には大きな意義があった。もしジェイムズがガードナー夫妻、あるいは親友のアダムズ、ラ・ファージらとともに日本に来ていたら、そして、もしこのとき岡倉と出会っていたら、彼の世界観や文学観はずいぶん変わっていただろう。

ところが、ジェイムズは思わぬ形で日本と関わることになる。一八八八年、彼は、フランス人作家ピエール・ロチについて評論を書くのだが、そのさいに彼は『お菊さん』（一八八七）を読むことになる。この小説は、フランスの海軍士官が長崎滞在中にお菊という名の芸者を買い、夫婦のように暮らすが、軍隊から招集がかかると、彼女を捨ててさっさと帰国してしまうという物語だ。

ジェイムズは、ロチのことを「アルフォンス・ドーデと同じくらい才能がある」と認めながらも、『お菊さん』については、これまでの作品よりも自発性に欠け、より計算されたわざとらしさが感じられる、と述べる。続いて、この作品の失敗の原因は、ロチが「トルコ人やタヒチ人同様、日本人を好きではなかった」ことで、この「作家が好きなのは原始的で美しいもの、大きくて自由なものなのに、日本人は醜くて複雑、小さくて因習的と映ったのだ。日本人に対する彼の態度はほとんど嘲笑であり（ロチにはめずらしくないことだが）、彼らを真剣に捉えることを拒否しているのである」と論評。そして、ロチが「たぐいまれな日本人を正当に評価していない」のは、彼が「少し閉鎖的で、少し狭量」だからだ、と断言している (James 1888, 660)。

「小さく愛らしく、しかしコミュニケーション不能な玩具としての動物的な生き物で、外国の船乗りたちが、出航の際には惜しげもなく捨ててゆく対象」（馬淵 160）として描かれた、意思のない人形のような日本人女性像を、日本を知らないジェイムズが、日本滞在経験を持つロチよりも客観的かつ同情的に捉えている点は興味深い。

二　一九〇四年〜〇五年——日本とのニアミス邂逅

その後、後期の円熟期の三大傑作と呼ばれる『鳩の翼』（一九〇二）、『使者たち』（一九〇三）、『黄金の杯』(一九〇四)を出版した後の一九〇四年八月、ジェイムズはほぼ二十年ぶりにアメリカに帰り、〇五年七月までおよそ一年間、母国を旅して回った。

ジェイムズはボストンでは多くの旧友に会う。前述のイザベラは、美術館をオープンしたばかりで、「フェンウェイ・コート」と呼ばれる彼女の美術館兼自宅に出入りするのは一種の特権であり、ゲストブックに名を書くだけでも名誉なことだった。ジェイムズはもちろんその名誉にあずかるのだが、二十年前に帰国したときとは事情が異なっていた。最大の変化の一つは、ボストン社会における岡倉天心の台頭である。[6]

日露戦争が勃発した一九〇四年、岡倉天心はフェノロサの後任としてアジア部門担当者になるべく、ビゲローの紹介状を持ってボストン美術館を訪れた。このとき彼は、ラ・ファージの紹介によって、はじめてイザベラと知り合う。二人はすぐに意気投合し、岡倉は頻繁にフェンウェイ・コートを訪れるようになる。現在までのところ、この時期にジェイムズと岡倉が会ったという記録は見つかっていないが、ニアミスと思われる出来事は起こっている。たとえば、一九〇四年十二月十一日に岡倉はフェンウェイ・コートに行っているが、[7]ちょうどその頃ジェイムズもイザベラに会いに行っている。[8]そもそもジェイムズは、歯の治療のために十一月下旬から十二月二十日までボストンを離れて遠くへ行くことができなかった(Kaplan 485-87)。したがって、この間ほぼずっとボストンで活動していた岡倉と間接的に接触する機会すらなかったとは考えにくい。少なくとも噂を聞いたり、姿を見かけたり、何らかの感想を持ったりすることはあったはずだ。

次いで、ボストン以外でも、ジェイムズが日本とニアミスする機会が訪れる。一九〇五年一月十日から、ジェイムズは、当時ワシントンに自宅を構えていた友人のアダムズ家に滞在する。さらに、友人で当時の国務長官のジョン・ヘイを通じて、第二十六代大統領セオドア・ルーズベルトとも会食しているが、この時、ルーズベルトは日露戦争を終わらせるべく、ロシアや日本の高官と交渉を始めたところだった。

日本側の代表としては、金子堅太郎の名前があげられる。彼は、ハーヴァード大学に留学中にルーズベルトとの知己を得ていたため、当時の総理大臣伊藤博文の命を受け、頻繁にルーズベルトと非公式に会談をしていた。一九〇五年一月五日にワシントン入りした金子は、七日にはルーズベルトに会っている。翌八日はヘンリー・アダムズと食事をし、その日の夜には海軍軍人の田中盛秀を伴い再びルーズベルトと会合を持ち、十一日にはニューヨークに移動している(Matsumura 499)。くしくも、ジェイムズがアダムズ家に滞在し、ルーズベルトに会ったのはこの直後だった。[9] さすがに機密事項は話されなかっただろうが、日露戦争の話題は出たと考えるのが自然である。

この後、ジェイムズはリッチモンド、ボルチモア、チャールストン、フロリダという南部地域を周り、三月上旬にケンブリッジに戻った。一方、この間金子はルーズベルトに書簡を送って日本を支援するように要請していた。日本が奉天を占領した翌日の三月十一日、金子はルーズベルトからワシントンに来るようにという内容の書簡を受け取り、十六日には当時の駐米公使高平小五郎がホワイトハウスを訪問し、ルーズベルトから「日本側の講和条件について内々に知っておきたい」という打診を受けた。その後、六月一日に高平がルーズベルトを訪問して講和斡旋の希望を申し入れ(山田 200-01)、七日には金子と会談、八日にはロシア側の合意を取り付け、ついに二十六日、ルーズベルトはニューハンプシャー州ポーツマスを日露講和の交渉地に指定。そして第一回本会議は八月十日に始まり、九月五日に調印の運びとなった (206-16)。

この講和条約が締結されたのは、実際にはポーツマスの対岸メイン州キタリー・ポイントにあるポーツマス海軍造船所で、近くにはウィリアム・ディーン・ハウェルズの夏の別荘があった。ハウェルズ自身は、一月の時点ですでに自らを「ロシア好き[10]」と公言していて、日露講和会議の最中も、「百五十センチしかなく、五十キロもない茶色の肌をした小さな謎の奴らときたら![11]」、「私はロシア人のほうがずっと好きだ。日本人はみんな恐ろしい小さな得体の知れぬ連中だ[12]」と述べるなど、日本人を嫌悪する内容のコメントを交えながら、別荘から見える会談の様子を頻繁に知人に書き送っている。ジェイムズはここに六月中旬に少なくとも二日は滞在していて、講和会議開催前ではあったが、この間ハウェルズの口から日露戦争の話題が出たことは十分に考えられる。

この一連のアメリカ旅行の印象をまとめた『アメリカの風景』(一九〇七) の中には、ジェイムズが先住民と日本人を比較している場面がある。「きちんとした山高帽をかぶり、安っぽいスーツと薄っぺらい上着を着て、ポケットには写真とタバコをいっぱいに詰め込んだ」三人の先住民を見てすぐに類推するのは、「日本の名士、あるいは、アメリカ政府が人類に対してどんなことができるかを如実に示す典型的な見本」だ。そこに見てとれるのは「恥知らずな歴史」で、「国家の歩む道は汚れが一点もなくなるように覆い隠され、足跡を消されるのだ」(350) とジェイムズは書いている。

ジョン・カーロス・ロウは、この部分を、ジェイムズが「日露戦争終結のためのポーツマス条約を斡旋するアメリカの役割に言及している」箇所だと捉えている。そして、条約そのものはポーツマスで結ばれたが、交渉の多くはワシントンで行われたに違いなく、ジェイムズがワシントンを訪れたこころには日本の高官の姿を見かけたはずで、「ジェイムズが先住民と日本人を比較している点は、国内外におけるアメリカの植民地政策の強い関連性に注意を喚起させるものだ」(Rowe 226) と述べている。

岡倉天心は、『日本の目覚め』(一九〇四) の中で、「ほとんどの東洋の国々にとって、西洋の台頭は決して純粋な恩恵ではなかった。商業取引が盛んになった利益を歓迎するあまり、彼らは外国の帝国主義の犠牲となってしまったのだ。キリスト教宣教師が説く博愛主義的目的を信じて、軍事侵略の前兆の前に屈してしまった。(中略) もし悪意のあるどこかのヨーロッパの国が黄禍 (“Yellow Peril”) という幽霊を呼び起こすのだったら、苦しみにあえぐアジアの魂が、白禍 (“White Disaster”) の現実に対して嘆き悲しむことだってできるはずだ」(95) と述べた。そして、「我々に戦争を教えたヨーロッパは、いつになったら平和のありがたさを知るのだろうか」(223) と疑問を投げかけている。

一九〇四年末に出たばかりの『日本の目覚め』をジェイムズが読んだかどうかは不明だが、ちょうどこの時期、アメリカを旅したジェイムズが、母国が日露講和条約の締結斡旋という形で国際的役割を果たすというポーズをとりながら、実際には自国の利権確保を目的としていることを知っていた可能性はきわめて高いと言えよう。

三　一九〇八年――岡倉天心との会食

一九〇四年末にジェイムズがニアミス邂逅した岡倉天心は、一九〇五年十一月にボストン美術館の中国・日本美術部の顧問に正式に就任、〇六年四月にはいったん日本に帰国するものの、同十月には中国に向けて出発、〇七年二月に帰国、十一月にはボストンに向けて離日、〇八年四月にはボストンからヨーロッパへ美術館視察に出発、というように、あわただしい日々を過ごしていた。

一方、ジェイムズは、イギリスに戻ったあとは『ニューヨーク版』の編纂に取りかかっていた。一九〇七年春にはパリのイーディス・ウォートンを訪ね、イタリア旅行もしている。タイピストのセオドラ・ボサンクェットを雇ったのもこの年だ。〇八年には兄のウィリアムがオックスフォード大学で講演をするために家族を連れて来英したため、ジェイムズはその世話をしている。このように多忙な二人は、一九〇八年五月十七日、ロンドンで出会い、十九日に会食することになる。

ここで、二人が出会ったのがロンドンのジェントルマンズ・クラブだったことに注目したい。ジェイムズが属していたクラブは少なくとも五つあった。そのうちの主たるものは、「アシニーアム・クラブ (Athenaeum Club)」、「サヴィル・クラブ (Savile Club)」、「リフォーム・クラブ (Reform Club)」の三つで、二人が会ったのは「リフォーム・クラブ」だった。[13]

ジェイムズが「リフォーム・クラブ」の終身会員資格を得たのは一八七八年五月で、ロンドンを永住の地に選んで三年目のことだった (Kaplan 458-9)。会員資格を得た彼は、「ロンドンで華々しく暮らす」という夢がかなない、「(あくまでもアメリカ人に可能な範囲、ということではあるが) ちょっとだけインサイダーになった気がした」(194) という。外国人にとってロンドンのクラブの会員になることは、現地社会への仲間入りを認められたことの証であり、社会的地位の向上を保証する重要な手段であったことがわかる。

岡倉天心は、ボストンにおいては名士と次々に交友関係を結んだだけでなく、ガードナーほか、エマ・サースビーやクララ・L・ケロッグなどの歌手や、画家のセシリア・ボーら、社会で活躍する女性たちとも親しくした。当時、事実上アメリカの文化面を担っていた女性たちと知り合うことのメリットを十分理解していたからだ (Chong 72-76)。

社交勘の鋭い岡倉は、ロンドンにおいても、短期間にできるだけ大勢の名士と知り合う効率的な方法を知っていた。一九〇八年五月十二日にロンドンに着いた彼は、十六日には「アーツ・クラブ (Arts Club)」の名誉会員になっている。また、「アシニーアム・クラブ」の外国人会員になっていたこともわかっている。[14]

自分が「アウトサイダー」であるという自覚は、ジェイムズにも岡倉にもあったであろう。アイルランド系移民の子孫でニューヨーク出身のジェイムズは、伝統と格式と地元主義を重んじるボストン社会では身の置き場がないと感じていたし、ヨーロッパに渡ってからも、彼は「アメリカ人」として扱われ続けた。[15]

一方、岡倉は、一八九八年に東京美術学校を辞職、日本美術院創立を果たすものの、日本国内でも孤立感を強めていた。また、欧米では「外国人」というだけではなく、人種的には「アジア人」、文化的・政治的には「日本人」という、特別なレッテルにつきまとわれた。ロチのお菊さんのように、「玩具」としての役割を求められながら、日清戦争（一八九四―九五）に勝利した日本は、欧米にとって軍事的脅威の対象となりはじめていた。大国ロシアとの開戦直後にボストンにやってきたわけだから、彼の立場は非常に難しいものだったと推測される。

そこで大きな役割を果たしたのが、ラ・ファージである。「ラ・ファージは、他の誰よりも、アメリカの聴衆の前で日本人らしくする方法を岡倉に教えていた。ラ・ファージは、日本がアメリカ文化のどこに属するべきか正確にわかっていた。彼は二十五年間というものそのことを念頭においてきたのである。このことこそ、彼が岡倉に伝えた重要な教訓だった」(Benfey 86)。アメリカで生き残る戦略を教わったことに感謝してか、後に岡倉は『茶の本』(一九〇六)をラ・ファージに捧げている。

『茶の本』の中で岡倉は、「西洋は、いつ東洋を理解するのか、あるいは理解しようと努力するのだろうか」(8)と問いかける。ボストンに来て二年目のことだ。イギリスに渡ったばかりのジェイムズも、同じような気持ちになったに違いない。彼は、「海外のアメリカ人」(一八七八)の中で、「非常に多くのアメリカ人が、ヨーロッパのことについてひどく無知であるが、それでもアメリカ人には一定の量の想像力がある。しかし、ヨーロッパ人の想像力はアメリカに関しては動くことがない」(791)と愚痴をこぼしている。

岡倉は、西洋の無知を批判すると同時に、「私の同胞の中には、堅い襟や絹の山高帽を身に着けることが西洋文明を手に入れることになるという錯覚を抱いて、西洋の習慣や行儀作法を取り入れすぎた者もいる」(10)と述べて、一部の日本人の迎合主義を批判している。この部分は、前述の『アメリカの風景』の先住民の描写を彷彿させるものだが、盲目的に同化すること、あるいは同化させることが「仲間入り」の証明ではないという、ジェイムズの国際関係もののテーマとも合致する。

「自分自身が持つ偉大さが実は小さいということを感じられない者は、他者の持つ小さなものが実は大きいということを見落としがちである」(Okakura 1906, 6-7) と岡倉は言った。自己満足と優越感に浸った西洋人は、アジア人を軽視しているという批判である。もちろん、岡倉の言う「西洋人」には「アメリカ人」も含まれているのだが、言葉上の「西洋人」を「ヨーロッパ人」、「アジア人」を「アメリカ人」に置き換えれば、ジェイムズの気持ちの代弁となろう。

岡倉と会食したとき、ジェイムズはジョージ・メレディスの言葉を引用して、「イギリスは第一級の地位にある二流国だ」、と話したという。[16] 二人が会話を交わしたのはこのときが最初で最後だったかもしれないが、妙に意気投合した様子が眼に浮かぶ。

おわりに

岡倉は『茶の本』の中で、西洋と東洋の関係を論じただけではなく、真に芸術を愛する心が失われていることを嘆いた。「今日の芸術熱が、こんなにも見せかけだけで、本当の感情に基礎を置いていないことは非常に残念なことである。このわれわれの民主主義の時代には、人々は、自分自身の感情と関係なく、世間の人々がもっともよいと考えるものを強く求める。洗練された美しいものではなく、高価で当世風のものを好む。芸術家の名前のほうが、作品の質よりも大事なのだ」(115-16)。

これは、『ある婦人の肖像』のオズモンドに対する皮肉にも読める。莫大な財産を相続して罪悪感を覚えていたイザベルは、洗練された感性の持ち主オズモンドだったら高尚なお金の使い方をしてくれると思い、彼と結婚したのであった。しかし、結婚後、オズモンドは実は俗悪な人間であることが判明する。
「本質的な価値にしか関心がないふりをしながら、オズモンドは実はもっぱら浮き世のために生きていた。世間を支配しているふりをしているが、それどころか、彼は卑しい追従者だった。彼の唯一の成功の尺度は、世間の注目をどれくらい浴びるかなのだった」(331)。さらに、岡倉は、「芸術を鑑賞するためには、共感しあう心の交流が必要だが、それには、お互いが譲り合うことが基本となる」(107)とも考えていたが、オズモンドにはその精神はまったくない。したがって、彼が日本に来ない展開にしたジェイムズは正しかったのである。日本の「茶室の簡素さと卑俗さからの自由」(93)を理解できるはずもないオズモンドが日本に来ても、何も得るものはなかっただろうから。

身近な友人たちが大勢日本にやって来たにもかかわらず、ジェイムズ自身は日本に来なかったし、積極的に日本に関心を寄せることもなかった。しかし、彼が生きた時代のアメリカとヨーロッパは、日本の存在の影から逃れることはなかった。そして、本人が望むと望むまいと、ジェイムズもその影の影響を確実に受けていた。その意味で、目に見える形ではなくとも、ジェイムズは境界を超えて、間違いなく日本と邂逅していたのである。

＊本研究は、JSPS 科研費 JP25580064 の助成を受けたものである。

注

（1）万博が日本趣味の広がりに果たした役割については、馬淵明子『ジャポニズム――幻想の日本』（星雲社、一九九七年）二七二―七七頁掲載の年表を参考にした。

（2）この時代の日本を題材にした小説については、*Japan in American Fiction, 1880-1905.* (London: Genesha, 2001) および同シリーズが役に立つ。

（3）イザベラとジェイムズの関係については、拙稿「イザベラ・スチュワート・ガードナーとヘンリー・ジェイムズ――明治期における日本とボストンの芸術交流についての一考察」青山学院大学文学部『紀要』（第五六号、二〇一五年）七七―九六頁参照。

（4）"A Letter to William Dean Howells, March 20, 1883." (Anesko 239-240)。

（5）ヘンリー・アダムズは、第二代大統領ジョン・アダムズを曾祖父に、第六代大統領ジョン・クインシー・アダムズを祖父に持つボストンの名門の生まれで、歴史家、作家でもある。ハーヴァード大学の助教授になる直前の一八七〇年にはじめてヘンリー・ジェイムズと会っている。
　ジョン・ラ・ファージは画家で、ティファニー社と人気を二分したステンドグラスデザイナーでもある。一八五八年、ニューポートでウィリアム・モリス・ハントに師事していたときにジェイムズ家と知り合う。当時兄ウィリアムは画家を目指していた。ヘンリーも一時絵を学ぶが、その際、ラ・ファージはフランス文学を読むことを積極的に勧めたという (Gale 5-7, 370-72: Walker 321-56)。

（6）岡倉覚三については、主に『岡倉天心全集』全八巻（平凡社、一九八〇年）を参考にしている。

（7）岡倉がイザベラに宛てた十二月十日付けの手紙から、彼が十一日に招待されていたことがわかる。（『岡倉天心全集』第六巻、一八九頁）

（8）一九〇四年十一月二十四日付けのイーディス・ウォートンに宛てた手紙の中で、ジェイムズは十二月八日にウォートンの招待に応じるが、数日後にはガードナーのパーティーに出席しなければならない旨を書いている (Powers 43)。

（9）ルーズベルトとの会食については、一九〇五年一月十六日付けの手紙の中でジェイムズ自身が詳しく説明している (Edel, vol. 4, 338-40)。一八八四年十月十九日付けの『ニューヨーク・タイムズ』紙によれば、ルーズベルトはジェイムズを「イギリスのライオン ("British lion")」を模倣した「プードル "Poodle"」だとして嫌っていたが、このときはジェイムズに会えて「うれしかった」(Morison 1102) と述べている。

（10）"A Letter to Thomas S. Perry, Jan. 9, 1905." (Fischer 118)

（11）"A Letter to David Douglas, Aug. 20, 1905." (Fischer 125)

（12）"A Letter to Hamlin Garland, Aug. 20, 1905."(Fischer 130)

（13）「アシニーアム・クラブ」は、科学、文学、芸術などに秀でた者が、階級や分野を超えて集まることがほとんどなかった時代にできた、最初のクラブのひとつである。初めは「ソサイアティ (The Society)」と呼ばれていたが、後に現在の名前に変更される。書斎は一八七二年の時点ではクラブが持つものとしては最高だったといわれ、ジェイムズは、一八八二年にようやく望みがかなってここの会員になっている。主な会員にはウィルバーフォース、アーノルド、ラスキン、ディケンズ、サッカレー、ミルなどがいる (Timbs 205-10: Nevill 275-283: Ward 227)。

「サヴィル・クラブ」は、一八六八年に創設された比較的こじんまりしたクラブだが、ヴィクトリア時代のクラブは息が詰まるということで、自由な気風を求める文化人が作ったものである。会員には、キプリング、スティーヴンソン、ウェルズ、イェイツらがいる (Neville 284)。ジェイムズは一八八四年から九九年までここの会員だった。

「リフォーム・クラブ」は、一八三〇年から三二年にかけての第一回選挙法改正法案を支持した両院議員によって三六年に設立されたため、こう呼ばれる。会員には、チェンバレン、グラッドストーン、チャーチルなど、政治家の名が目立つ (Timbs 227-232: Nevill 232-36)。

（14）岡倉が九月二日に亡くなったことを報じる一九一三年九月五日付けの『ニューヨーク・タイムズ』紙には、彼がロンドンの「アシニーアム・クラブ」の会員であったことが記されている。一方、彼が「名誉会員」だったという「アーツ・クラブ」では、イギリス人以外には限られた期間、名誉会員の資格を与えられることになっていたが、トウェイン、ブレット・ハート、ロダンらの名は残っているものの、岡倉の名は名簿には残っていない。なお、正規会員には、ジェイムズと親しい画家のジョン・S・サージェントや、途中で退会するものの、画家ホイッスラーがいる。

（15）ジェイムズの「アウトサイダー」意識については、拙稿（福田二〇一五）参照。

（16）『岡倉天心全集』第五巻、四〇〇頁。

引用文献

Anesko, Michael. *Letters, Fictions, Lives: Henry James and William Dean Howells*. New York: Oxford UP, 1997.

Benfey, Christopher. *The Great Wave: Gilded Age Misfits, Japanese Eccentrics, and the Opening of Old Japan*. New York: Random House, 2003.

Chong, Alan and Noriko Murai. *Journeys East: Isabella Stewart Gardner and Asia*. Boston: Isabella Stewart Gardner Museum, 2009.

Edel, Leon, ed. *Henry James Letters*, vol. 4. Cambridge, MA: Belknap, 1984.

Fischer, William C. and Christoph K. Lohmann, eds. *William Dean Howells: Selected Letters*, vol. 5. Boston: Twayne, 1985.

Gale, Robert L., ed. *A Henry James Encyclopedia*. Westport, CT: Greenwood, 1989.

James, Henry. "Americans Abroad." *Collected Travel Writings: Great Britain and America*. New York: The Library of America, 1993. 786-92.

——. *The American Scene*. New York: Harper & Brothers, 1907.

——. "Pierre Loti." *The Fortnightly Review*. London: Chapman and Hall, 1888. 647-664.

——. *The Portrait of a Lady*. New York: Norton, 1995.

Kaplan, Fred. *Henry James: the Imagination of Genius: A Biography*. London: Hodder & Stoughton, 1992.

La Farge, John. *An Artist's Letters from Japan*. Bristol: Canesha, 1999.

Matsumura, Masayoshi. *Baron Kaneko and the Russo-Japanese War (1904-05): A Study in the Public Diplomacy of Japan*. Morrisville, NC: Lulu, 2009.

Métraux, Daniel A. "Japonaiserie and Imagined Nirvana: Henry Adams's 1886 Sojourn with Henry[sic] Lafarge[sic]." *Virginia Review of Asian Studies*, vol.14, No.2, 2012. 49-59.

Morison, Elting E., ed. *The Letters of Theodore Roosevelt*, vol. IV. Cambridge, MA: Harvard UP, 1951.

Nevill, Ralph. *London Clubs: Their History and Treasures*. London, Chatto & Windus, 1911.

Okakura, Kakuzo. *The Awakening of Japan*. New York: Century, 1905(c.1904).

——. *The Book of Tea*. New York: Putnam's Sons, 1906.

Powers, Lyall H., ed. *Henry James and Edith Wharton Letters 1900-1915*. London: Weidenfeld and Nicolson, 1990.

Rogers, E.G.F. *The Arts Club and Its Members*. London: Truslove & Hanson, 1920.

Rowe, John Carlos. *The Other Henry James.* Durham: Duke UP, 1998.
Timbs, John. *Clubs and Club Life in London.* London: John Camden Hotten, 1872.
Walker, Pierre A. and Greg W. Zacharias, eds. *The Complete Letters of Henry James.* Lincoln, NE.: U of Nebraska P, 2006. 2 vols.
Ward, Humphry. *History of the Athenaeum 1824-1925.* London: The Athenaeum Club, 1926.
岡倉天心『岡倉天心全集』全八巻　平凡社、一九八〇年。
福田敬子「イザベラ・スチュワート・ガードナーとヘンリー・ジェイムズ——明治期における日本とボストンの芸術交流についての一考察」『紀要』第五六号、青山学院大学文学部、二〇一五年。七七—九六頁。
馬渕明子『ジャポニズム——幻想の日本』星雲社、一九九七年。
山田朗『世界史の中の日露戦争』吉川弘文館、二〇〇九年。

ヘンリー・ジェイムズ、「空間／時間の移動」、「リタラリー・ナショナリティ」

別府　恵子

「一所不在・旅」
——堀　文子——

「空間移動が比較論者、相対論者をうみ出す」
——『旅の思想史』エリック・リード——

序　一所不在・旅

「一所不在・旅」と銘打ったある日本画家の展覧会[1]を鑑賞する機会をえた。「一所懸命」という常識を揺さぶる、堀文子が造った漢字四文字。慣れることは感性を鈍らせ感動を抑止すると、絶えず新奇なモノと対峙し、異空間に身をおいての画業八十年。「伝統的」な日本画の常道を逸脱する抽象化された紫の雨＝藤の花、草木、山、滝、が瑞々しい多彩色となって躍動し戯れるカンバス。一点一点観客を飽きさせない作品のオンパレードだった。「越境する」がすでに陳腐な響となった現代美術、文学の世界に私たちは囲まれている。日本語で小説や評論を書くアメリカ国籍の日本文学者リービ英雄、ドイツ語あるいは英語で創作する日本人作家、多和田葉子や水村美苗。彼らは「何なに人」として生まれ「何なに人」として生きるという近代人のアイデンティティを揺るがしかねない、ボーダレス時代を如実に物語る芸術家たちだ。現代社会は、『旅の思想史――ギルガメシュ叙事詩から世界観光旅行へ』（一九九一）の著者エリック・リードのいう「この惑星にはもはや他者の時間はない。幾時代にもわたる旅人が形成したひとつの時間、ひとつの世界」[2] (226) である。人類の歴史＝「時間の移動」はまた「空間の移動」であり、「特定の状況から自由な、物の外形の把握はたえまなく続けられる比較考量のたまものを旅人にもたらす」というのが、『旅の思想史』の前提にあり、人はなぜ移動するかを、歴史的・哲学的に考察する壮大な「一所不在・旅」の研究書である。リードは、空間の移動がもたらす「比較考量し、相違点と類似点、優位点の有無を捜し求める」習慣から形成される「世界人《コスモポライト》」としてヘンリー・ジェイムズを例証にあげているが (92-93)、トランス・ナショナルな視点を作家人生、そして創作活動のあり様としたジェイムズの「空間／時間の移動」を解読する有効な指標である。「ある民族を他民族と比較し、隣接する諸国家の風習と習慣を対照・考量することの利点が何であるかを明確に述べるのはむつかしい。しかし、私たちが世界を巡りながらこの種の精神活動をたえず行っていることは確かであって、私たちがコスモポリタン的なおぞましい気質――多くの国々を経験しながらも、どこにいてもくつろげないために生じる不安感――に染まっている場合にはとりわけそうなのである」(*Portrait of Places* 115)[3]（傍点筆者）、とジェイムズは「世界人《コスモポライト》」のジレンマを述懐している。

「どこにいてもくつろげないために生じる不安感」は、本論でみるように、ヨーロッパ在住二十余年の後、祖国再訪を果たしたジェイムズにつきまとう。リードのいう「文化的秩序の始源の場」(178)——中心から辺境へ、辺境から中心へと——「哲学的旅」を続けたジェイムズと「空間の移動」については、『アメリカ文学評論』の「アメリカ」特集号に掲載の「アメリカ、アメリカ——巡礼者の帰還」と題する拙論で、すでに論述したことがある。もっとも、ヘンリー・ジェイムズといえば、伝記上も作品世界でも「世界人《コスモポライト》」、「国際状況」をテーマとした作家として広く認知されている。「空間の移動」といっても、さきに触れた日本画家、堀文子と違って、ジェイムズの場合は、幼少の頃から、一家がヨーロッパに旅し、各地を転々と移動するホテル生活が日常という、いわば強いられての「一所不在」だった。したがって、そのような生活習慣がジェイムズという作家を養成したといえる。

ジェイムズの没後百年を記念する本稿では、すでに述べたように、「越境」が物理的にも表象の次元でも当然の現実となった、いま、ジェイムズと「空間／時間の移動」の考察をとおして、二一世紀におけるジェイムズの立ち位置を再考したい。というのも、ジェイムズの作家人生を回顧すると き、私たちが、いま、対峙する課題——「何人として生きるか」は、「何語で生きるか」「何語で書くか」との問題と複雑に絡まっているからだ。一九世紀後半から二〇世紀という二つの世紀、旧大陸ヨーロッパと新大陸アメリカを「空間／時間の移動」を繰りかえした「アメリカ人」ジェイムズは、「何語で」作品を書こうとしたのか、その意識の襞 (the mind) を旅するのが小論の目的である。ここでは、「文化的秩序の始源の場」を訪れる「情熱の巡礼」の描くヨーロッパの都市、場所でなく、

「文化的秩序の始源の場」に旅した若き日のジェイムズ（異文化、異空間を経験した「逆巡礼」）の視点をとおしてのアメリカの観光地――サラトガ、ニューポート、ナイアガラ――に関する三編の紀行文（*Portrait of Places* 1883 に所収）と、ヨーロッパ在住二十余年の後「帰還した巡礼者」の目に映った、『アメリカの風景』（*The American Scene* 1907）をテクストに、ジェイムズにとって「空間／時間の移動」が何を意味するか、そして、「近代小説の巨匠」ジェイムズの「リタラリー・ナショナリティ」を問うてみたい。

一「駆け出し旅行作家」ジェイムズ――一八七〇年―七一年

家族でヨーロッパを旅行して以来十二年ぶりの一八六九年、ジェイムズは、単身、ヨーロッパに出かける。イギリスの後、イタリアのフローレンス、ヴェニス、ローマを訪れ、再びイギリス経由で翌年夏に帰国。その足で、『ネイション』誌から依頼をうけ、旅のスケッチを書くため、サラトガ、ニューポートを訪れ、ケベック経由でナイアガラを訪れる。すでに、月刊誌に書評などを寄稿し、物書きとしての人生を始めていたジェイムズだが、当時の多くのアメリカ人同様、「文化的秩序の始源の場」ヨーロッパに対する「辺境の地」アメリカとの「二重の意識」に固執せざるをえなかった。というのも、一九世紀中葉、国家としての独立のみでなく、文芸・文学の独自性を主張するアメリカでは「国民文学とは」との論議が盛んに行われていた。「国民詩人」と称されたロングフェローは、『カヴァナー』（一八四九）で二人の登場人物の対話として国民文学論を論述している。「アメリカの国民文学は、国土のスケール相応の壮大な叙事詩であるべき、（中略）ナイアガラの『偉大な』（"great"）滝、アルゲニー山脈、五大湖を賛美する文学の創造が必要」との主張に対して、「自然の風物と文学に『偉大な』を無差別に付与するのは適切でない。（中略）ナイアガラ瀑布の側に居を構えたところで優れた詩が書けるものでもない（中略）偉大な文学には国民性＝固有性より普遍性が大切。（中略）おなじ言語を表現媒体とするアメリカ文学は、イギリス文学を継承するもの、その発展であり、延長なのだ」（*Kavanagh* 1343-46）（傍点筆者）と、熱い「国民文学論議」が展開されるが、ジェイムズがそうした「国民文学論議」を認知していたかどうかは別として、彼にとっても「おなじ言語を表現媒体とするアメリカ文学はイギリス文学を継承するもの、その発展であり、延長なのだ」との認識であったろう。この点については、最後に触れたい。

　ジェイムズ最初といえる短い紀行文で、「駆け出しの旅行作家」は、南北戦争直後のアメリカ東部の観光地を二人称で読者に紹介して、私見を開陳する。イロコイ族のことばで"beaver place"と呼ばれる「サラトガ」では、ホテル玄関前に構える広場の大きさが最大級で表現されるが、そのまなざしは、もっぱら、避暑地を訪れる男女の描写、女性の服装や振る舞いに向けられる[4]（*Collected Travel Writings* 750-58）。さらに、ニューポートは「俗物主義の影響を受けていないとは言えず、自然の風物の優しい美しさが小さな声で気難しい批評家に訴えるのを聞いたように思う」（759）（傍点筆者）と、観光地に見られる商業主義への抵抗の声が「センチメンタル・ツーリスト」の耳に聞こえる、と続く。ニューポートについては、また後で触れることとし、つぎに、前出の「国民文学論議」で言及される、イロコイ族のことばで、「二分された土地の分岐点」"the point of land cut in two"を意味するナイアガラを訪れた時のスケッチを見てみたい。「駆け出しの旅行作家」は「偉大な」滝をターナーの風景画を引き合いに詳細に描写する。また、ローマ、フローレンスで受けた壮大な建築や絵画、彫刻の印象の余韻が反響している。絶大な自然の景観、Horseshoe Falls と呼ばれるカナダ側から見る滝の形状の見事さはミケランジェロも敵わないと褒めそやす (781)。さらに瀑布から飛び散る水滴の戯れをギュスターヴ・ドレ（一九世紀のフランスの挿絵画家で、ポーの「大鴉」や、「老水夫のうた」、「神曲」などの挿絵で一世を風靡）に描かせてみたいとの解説が続く (784)。

「優雅な瀑布の形状を創造した地霊《ジーニアス》は秩序、均衡、そして左右対称形を理想美の要件とした最初の考案者で、ギリシャ人がパンテオンの宮殿を設計する以前に瀑布周辺の森林を含む環境にその原理を適応した、と瀑布の造形美を称賛する。瀑布の水の動き、滝壺からの流れとなる水の加速度を巨人が歩く様子にたとえ、ギリシャの円形劇場で壮大なドラマを見物するかのよう、と読者に瀑布の雄大な情景を印象づける (782)（傍点筆者）。当然のことながら、「ナイアガラ」でも、壮麗なギリシャ建築と自然が演出する均整美を等価値とするジェイムズの「比較対照の習性」が面目躍如している。また、訪れる地名に因んだ先住民（ネイティブ・アメリカン）の呼称にジェイムズが留意していることに注目しておきたい。

同時に、「センチメンタル・ツーリスト」のまなざしは、滝の周辺の島々に散在する土産物の売店や新婚カップルの存在、人間社会とそこに付随する俗物主義の顕現を見逃さない。自然の景観は土地開発を誘発する「欲望のまなざし」と表裏一体として認知される。自然美を鑑賞するという美学的なかかわりとリゾート開発という利益追求のせめぎ合いを、すでに、一八七〇年代はじめの時点で鋭く感知して、「この神聖な土地にホテルを建設するために土地の所有者は巨額の金を提示されたと聞く」と、景勝地に不可避な観光を企業化する商業主義の誘惑と弊害にふれ、「カリフォルニアがヨセミテを買い上げた例にあるように、ニューヨーク州も何らかの手を打つべき」、「どんな価格を払ってもその価値があるのだから」(782)と、「センチメンタル・ツーリスト」は、『アメリカの風景』で詳述される、「アメリカの民主的精神」の具現化、いわゆる「ホテル文明」の種子がすでに「金ぴか時代」のアメリカ社会に植えつけられていることを、初期の「アメリカ旅行記」で証言している。

二　ニューヨーク、ニューポート——一九〇四年—〇五年

六十歳をすぎて「帰還した巡礼」ジェイムズの前に、一八七〇年代はじめ、彼が訪れたサラトガ、ニューポート、ナイアガラの「場所の肖像」が、二〇世紀初頭、技術革新とともに、さらに深刻な土地開発と自然美、都市の景観をめぐる問題として顕現する。一九〇四年から翌年夏まで十ケ月にわたって敢行された北米大陸横断旅行——南はフロリダ、西はカリフォルニアへの移動——の印象を『アメリカの風景』と題する巨大なカンバスに完成させる。「センチメンタル・ツーリスト」を返上、「熱心な旅行者」「内情に通じた生え抜きの住人」「巡礼者《ピルグリム》」、さらに「長年の不在を悔いた帰国者」「物思う老人」「無情な批判者」「最近の移民者」、と多角的な視点で「アメリカ」に対する微妙に揺れ動く姿勢を表明する。もっともよく使用される「不安な分析者」の「不安」は、「どこにいてもくつろげない」旅人ジェイムズの生き様そのものを語る。ハドソン湾から眺望する摩天楼群は「ゆ

るく束ねられた茎の長いバラの花に例えられ」、一九世紀から二〇世紀への「時間の移動」が鮮明に表現される。

少年時代に慣れ親しんだバッテリー・パークに鎮座していたキャッスル・ガーデンを取り巻く環境の変容に「長年の不在を悔いた帰国者」は気づかざるをえない。「ある時代は、当然、それが始まった時点から遠く離れた時点で終焉する。だが、一九世紀後半は、多かれ、少なかれ、私の見ている前で終わった」と、「傍若無人に行動する巨大な商業的民主主義が、古い生活の美しい織り地に無残な足跡をいたる所に残しているのを」[5] (*The American Scene* 75-80) 確認する。ニューヨークの地形には、「(略) 画一化を免れた自由な場所あるいは魅力的な空間がない」(75-80)。土地利用の無計画性が、建築物の良否を半ば決定する空間の欠如となり、ニューヨークの建築物には余裕がない。その顕著な例としてウォルド・アストリア・ホテルの外側には無理があり、その結果、前面の壮麗さの効果が剥奪されている。「内庭や庭園は最初から切り捨てられ、大空に向かって活路をひらく大冒険のみである」(140)（傍点筆者）と陳述する。「不安な分析者」の目に映るニューヨークのスカイラインは「やせぎすでのっぽ、ぎざぎざ、女《ひと》が横たわって空を見上げている様子はなにか巨大な上向きに立てた櫛、歯の抜けた櫛が逆立ちした様相を呈して」(140)、「金儲けのための、その致命的な高層建築は傍若無人にそそり立ち、恥ずかしげもなく新世界征服の歓声をあげる。それらの建物の間隔は、どのような愚鈍でいじましい形でも、好きなように、際限のない無用な寄せ集め状態の犠牲にされた空の輪郭」(140)が、カンバスいっぱいに描かれる。その光景は、いみじくも、二〇世紀の科学文明の申し子、高層建築とジェット機の激突、「九・一一」を予見する「無情な批判家」の分析である。

さらに、「アメリカ精神がホテルの可能性に前代未聞の有効性と価値を見いだし、ホテルを発展させ、社会的理想ばかりか審美的理想をも表出させ、その趨勢でホテルを文明の代替語に、そこに理想的な風俗そのものを実現した」(102) との指摘は、格好の二〇世紀文明の批判へと展開する。アメリカの商業的民主主義はできるだけ優雅にかつお手軽に、古い社会規範＝階級制を排除して、多額の料金と引き換えに雑多で均一的なアメリカ流セレブな生活の享受を可能にする。つまり、アメリカが世界に広めつつある「ホテル文明」とは、財力と組織力が生み出す、古い社会規範を消去した世界、基本的には金の有無での不公平（格差）という皮肉な平等社会。古いヨーロッパ社会の血統や出自がものをいう、お上品な伝統がまだ残存していた一九世紀とは異なる新しい時代の出現を、絵筆を振るように、ことば巧みに陳述が続く。

そして、少年時代の記憶の残像にあるニューポートを再訪した「帰還した巡礼」は、そこで、さらに世俗化が加速したニューポートと対面する。アクウィドネック島（ナラガンセット湾にある州名と同一になったロード・アイランド）の名にこだわった「センチメンタル・ツーリスト」の目に映る避暑地は「貝殻のようなピンク色の爪をした小さな手」としてイメージされる。「やわらかな光のもと、紫色の海に浮かんだ優美な島、美しい生まれつきの名を捨て名無しになった、というが、それは一見したところ空と海と日没しか語るに足る特徴がないように見える小さな岬を、見事に象徴している」(211) と、一八七〇年夏、ジェイムズが「余暇を楽しめる有閑階級の人々に人気が高いリゾート地、（中略）海岸沿いのドライブ、散歩道のほか、周りの景色に乏しい」(*Collected Travel*

Writings 760) ニューポートを訪れた時の情景が喚起される。
そして、四半世紀後、この島を訪れる者の十人中九人までが、地所を買ったり、コテージを建てたりする人々で、彼らの目にはその手のなかに何も見えていない、「彼らの目にはそのピンク色の掌は空っぽなので、いろんなものを入れ込む。金貨をたっぷりとつかませようと、うず高く積み上げられた金貨は、いまでは自然や空間の規模に不均衡な莫大な量になる」(*The American Scene* 211-12)。「細線と点描によって完璧（アメリカにしては例外的）に描かれた細部を誇っていた世界を、（山積みの）金貨の力をかりて、この島の美しさの運命を、歴史を、変えてしまった。コテージから転じた豪壮な別荘や宮殿がこの地にすきまもなく林立する、これら財力の記念碑の群れは、まるで悪趣味の白い巨象のような別荘」(224) に見えると、「何も手をかけない空間の方が、手（金）をかけすぎる空間より、ずっと絵画的なのだ」(211-12) と、回想する。「絵全体が絵具で塗りたくられ過ぎているので、古い画布のうち、今でもここかしこで昔のままの微かな光を放っている部分は、どれくらい残されているだろうか」(211-12) と、「目利きの鑑定家」を不安にする。静かな、内気な美しい島、寂しく気に入った島も「ホテル文明」の感化を避けられない、容赦ない「時間の移動」を「不安な分析者」は目撃せざるを得ない。

三　カリフォルニアへの「巡礼者《ピルグリム》」――「移動するホテル」プルマンカー

二〇世紀の技術革命は、茫洋として広大なアメリカ国内の移動に大きな革命をもらす。プルマンカーは疾走するホテルであり、ホテルは停止した特別寝台車《プルマンカー》。一八六九年大陸横断鉄道の完成をみて、巨大なたこの足のように敷かれた鉄道とプルマンカーの発達がアメリカの「ホテル文明」をさらに推進する。ヨーロッパにおける移動手段としての列車との比較・対照において、アメリカの商業的民主主義の蔓延がこと細かに鑑定される。プルマンカーの多くの客は、“drummer”と称される「移動」するセールスマンたちだ。

アメリカの鉄道では、荷物の「面倒をみてもらえる」、しかし、乗客は時々厳しく動向を指図される以外、世話をやいてはもらえない。また、指図されたり小突かれたりしたからとて、手回り品を迅速に運んでもらえる保障はない。これは、アメリカという国では、自分のこと、大抵のことは自分でしなければならない処だという一般常識の一面なのだ。それに対して、ヨーロッパでは、素人でもまず不自由なく旅行できる」(399)と物質主義の横行するアメリカの風習がユーモラスに指摘される。「ヨーロッパでは、ホテルの背後に、無数の事象、多数の要素からなる複雑な生活が見える。これに対して、合衆国ではホテルそのものが生活であって、多くの人々にとって最も豊かな生活の形態を構成している。(中略)私の旅行中、何よりも記憶に残ったのは、ホテルこそが、そしてホテルのような特別寝台車の列が最高の社会生活の表現だ」と、「ホテル文明」が解説される(392, 438)。しかし、「仮の姿であるあなた方と同じように、疾駆するホテルともいうべきプルマンカーと固定したプルマンカーと呼ぶべきホテルも、あなた方の進化の一段階と形態を表しているに過ぎず、それ自身あなた方と同様、決して最終的な産物ではない」(439)、と科学技術文明の果てしない未来を予測するのだが、二一世紀のいま、「ホテルそのものが生活であった」アメリカでは、ホテルそのものが、「移動者」を「平穏に暖かく包み込む空間でなくなり、そこでは、主体意識が溶解し、忙しい往来と交換が繰り返される文化の可動性そのものの象徴的な空間となりつつある」（今福 2-3）時代をも、ジェイムズはすでに見据えていたのだろうか。

ジェイムズは、プルマンカーでフロリダを訪れるが、義姉宛て三月二十四日付け手紙では、「月曜の夜シカゴを出て、這うような列車で、さらに何時間も遅れて、木曜日の夕刻やっと到着」（*Dear Munificent Friends* 53）と、快適な筐の文明の利器での移動を愚痴っている。「人はフロリダで静かに暮らすことができる。まるでビロードのような空気、オレンジとグレープフルーツ以外なにもない空虚の中ででも暮らしているかのように」、とフロリダの印象を述べる。続けて、「カリフォルニアにも弱点はあるが、カリフォルニアの場合は、失望させる前に、私の気持ちを高揚させてくれた。優しい挫折したフロリダと違い、カリフォルニアには、実に愛すべきたくましさ」があると記す。なぜなら、「太平洋岸沿いの自然の景観ほど貴族的なものは、包容力の大きなアメリカ的条件のなかでも、ほかにない。（中略）大西洋岸の亜熱帯性の地域ではどこにも、この誇り高い自覚に似たものがまったく感じられない」（396）と、はじめて訪れた北米大陸の南部、西部の印象が記述される。そして、フロリダの自然の景観を、「ビロードのような空気、海の青さ、ここかしこに生える堂々とした高貴な美しさの椰子の木。（中略）これらフロリダを表象するものは他の標識や表象を凌駕してあまりある」（432）と、その特色を切り取る。

『アメリカの風景』の最終章をなす「フロリダ」で、注目に値するのは、プルマンカーに象徴されるアメリカ精神＝商業的民主主義と「不安な分析者」との「君と私」の対話である。「目につくのは、空間と富を自由にできる力、とてつもなく広大な空間と自由。土地も拘束されるものがない。空気は偏見や疑いから自由である」。したがって、「政治、経済同様に、美的な興奮、高揚を目指す機会がないのだろうか。趣味と信仰の偉大な表現が、たんなる利便さ、便宜さ、熱意だけでないものを表現する機会がないのだろうか」（445）と「不安な分析者」は問いかける。

「果てしもない広大な国の魅力とはなんであろうか？（中略）仰々しい仕様のプルマンカーが、その魅力を自負し、すべての自然と空間を征服したことを主張するように、響音をたてながら、驀進する。（中略）君のようなものから、美や魅力を期待しないのだから。私にとって美と魅力は、君が荒廃させた静かな自然の中にある。あらゆる自然破壊とあらゆる暴行、この土地の表面から血を流したあらゆる傷に対して、君を恨む。私が君のもたらした荒廃を容認する以上、私が注目するのは、まだし残した仕事の長いリストなのだ」（463-64）（傍点筆者）と自問自答「君と私」の対話が続く。振り返れば、『ロデリック・ハドスン』（一八七五）の視点的人物、ローランド・マレットは、自らを「美学的、倫理的関心の奇妙な混合体《ハイブリッド》」（"an awkward mixture of moral and aesthetic curiosity"（16）と自嘲気味に告白したが、『アメリカの風景』の書（描）き手も、また、美学的立場と倫理的立場の狭間での宙づり状態を露呈するのである。「プルマンカーの車窓から見る、荒野《ウィルダネス》の荒廃（「犯罪的な悪魔の踊り」）が果てしなく続き、巨大なミシシッピ川をもひと呑みにしてしまうという恐るべき真実を目の当りにしたとき、どれほどの衝撃を受けなければならなかったか、まだ知る由もなかった。じつをいえば、それこそが、私が受けた重大な印象であった」（465）、と（絵）筆が置かれるが、「まだし残した仕事の長いリスト」とは何なのか、と読者の想像を誘う幕切れで『アメリカの風景』

は閉じられる。

『アトランティック』誌の百周年号（一九八六年一月）に詩人のドナルド・ジャスティスは、「太平洋を望むヘンリー・ジェイムズ――カリフォルニア、コロラド・ビーチ、一九〇五・三」で、「海辺のホテルの一室で、マスターは／横断してきた大陸を想って物思いにふける／いま、緊迫した惨事を察知してではない／ただ、広大な大地が色あせてみえる　それとも／失われたイノセンスと言い張るべきか／大平原のまじめな顔した怪物たちはどこかに消え去り／荒野《ウィルダネス》はウォールストリートの意のまま」（傍点筆者）、と建国以来、西へ西へと移動したピルグリムたちに倣って、太平洋と対面したジェイムズへのオマージュを寄せている。

結び　トランス・ナショナル・ジェイムズと「リタラリー・ナショナリティ」

若くして文筆活動を始めたジェイムズは、長編小説、中短編小説、戯曲、書評、文芸評論、旅行記と多様なジャンルにおいて優れた作品を残した作家である。本稿では、「空間／時間の移動」が、ジェイムズのあり様、その文学にどのように影響したか、初期の紀行文、そして晩年の『アメリカの風景』をテクストに考察してきた。最後に、ジェイムズの表現媒体である言語についてひと言述べておきたい。

巨大な箒でひとはきした「広大な空白」、偉大で孤独な土地が北米大陸、というのが、初めて目にする旅人の率直な印象。その「空白」を埋め尽くす財力と科学技術。二〇世紀初頭、「不安な分析者」、「帰還した巡礼」が目撃した「犯罪的な悪魔の踊り」と表象される「アメリカ精神」＝「ホテル文明」と自然環境破壊とのせめぎあいは、ジェイムズの没後百年のいま、その断末魔を迎えているように見える。勢力的に北米大陸を移動して、蒐集した夥しい貴重な「アメリカの印象」を記録する媒体として、新聞、雑誌に代表されるジャーナリズムの言語、「崩壊したアメリカ語」、「派手な統計学の数字」「銀行の預金高」に代わって、ジェイムズは「芸術の権威」＝「ことば」で表現することに拘ったのである。

「新参の移民」と自ら「逆巡礼者」（中心→辺境＝辺境→中心）を任じたジェイムズは、ニューヨークのゲットーに棲息する移民たち、「ネイティブ」となった他民族の群れが話す「アメリカ語」に異常な好奇心を示す。彼らが話すことばは、「合衆国の未来の言語であるかもしれないが英語ではない」と断言する。「合衆国における未来の言語は、究極的には、地球上でもっとも美しい言語になる運命にあるのかもしれない。未来の言語の特徴がどのようなものであれ、それは、英語でないことは確実だ――少なくとも現在の文学的基準に照らしてみるかぎりにおいて」(139)（傍点筆者）、と裁定したジェイムズは、制御しがたい二〇世紀の技術革命、商業的民主主義に対抗して、「芸術の権威」[5]とすることばを駆使して『アメリカの風景』を描いたのである。ロングフェローの寓話で語られるアメリカの「国民文学」は、「同じ言語で書かれるアメリカ文学、すなわち、英文学の継承」とされたが、二〇世紀初頭、サニーサイドを「ささやかな文学的過去」(155)としたジェイムズにとって、「アメリカ文学」は「アングロ・サクソン文学」と同義語だった。

冒頭において、ボーダレス時代、国籍、出自、あるいは母語に関係なく創作活動をする作家、詩人たちに言及したが、ジェイムズと同時代作家には、ポーランド出身のイギリス作家ジョセフ・コンラッドが存在し、イーディス・ウォートンもフランス語で執筆している。しかし、ジェイムズにとっての表現媒体は、「アングロ・サクソン語」であり、その膨大な文学作品は、いわゆる「英語圏文学」。狭義のアメリカ文学やイギリス文学でない、「一九世紀的に」越境した、世界文学と言えるのでないだろうか。

＊本稿は、アメリカ文学会全国大会（二〇〇五年十月十六日）でのシンポジウム「アメリカ文学と旅行記」で口答発表した「Henry James のアメリカン・トポグラフィー―― *The American Scene* を中心に」（未発表の論考）を大幅に訂正・加筆したものである。

注

（1）堀文子「一所不在・旅」展（兵庫県立美術館、2015・4・18 ― 6・7）。

（2）Eric Leed, *The Mind of the Traveler* (1991). 同書からの本文中の引用は、伊藤誓訳『旅の思想史』を参考にした。引用文の後括弧内に頁数を付す。

（3）単行本として出版された旅行記を年代順にあげておく。*Transatlantic Sketches* (1875) ; *Portraits of Places* (1883); *A Little Tour in France* (1884); *English Hours* (1905); *The American Scene* (1907); *Italian Hours* (1909).

（4）「サラトガ」、「ニューポート」「ナイアガラ」からの引用は“ America: Early Travel Writings,” *Collected Travel Writings*. Vol. 6 を本文中、括弧内に頁数を示す。筆者の抄訳。

（5）本文中、『アメリカの風景』からの引用は *The American Scene* .ed. Leon Edel. (Bloomington, Indiana UP, 1968) から、引用文の後括弧内で頁で記す。引用文は筆者の抄訳。

（6）*Henry James and the Art of Power* (Ithaca: Cornell UP, 1984) の著者マーク・セルツアーは、同書で *The American Scene* に関する優れた論を展開。タイトルの「芸術の権威」が示唆するように、新聞、調査、報告書などが「アメリカの風景」を表現するのには力不足で、「芸術の権威」に優るものはないとしたジェイムズを評価する。

引用・参考文献

Blair, Sara. *Henry James and the Writing of Race and Nation*. New York: Cambridge UP, 1996.

Caesar, Terry. *Forgiving the Boundaries: Home as Abroad in American Travel Writing*. Athens and London: U of Georgia P., 1995.

Edel, Leon. *Henry James: A Life*. New York: Harper & Row, 1985.

James, Henry. “America: Early Travel Writings,” *Collected Travel Writings*. Vol.6. New York: The Library of America, 1993.

——. *The American Scene*. Ed. Leon Edel. Bloomington: Indiana UP, 1968.［青木次生訳『アメリカ印象記』（抄訳）アメリカ古典文学 10 研究社、一九七六年。］

——. *Dear Munificent Friends: Henry James's Letters to Four Women*. Ed. Susan E. Gunter (Ann Arbor: U.

of Michigan P., 1999.［『心ひろき友人たちへ――四人の女性に宛てたヘンリー・ジェイムズの手紙』別府恵子・難波江仁美訳、大阪教育図書、二〇一四年。］

――. "Occasional Paris," *Portraits of Places*. ed. George A. Finch. New York: Lear Publishing, 1948.

――. *Roderick Hudson*. The Novels and Tales of Henry James New York Edition 1. Fairfield: Augustus M. Kelly, 1976.

Leed, Eric. J. *The Mind of the Traveler: From Gilgamesh to Global Tourism*. New York: Basic Books, 1991.［『旅の思想史――ギルガメシュ叙事詩から世界観光旅行へ』伊藤誓訳、法政大学出版局、一九九三年。］

Longfellow, Henry Wadsworth. "Kavanagh: A Tale," *The American Tradition in Literature*. Eds. Bradley et al. Rev. ed. Vol., I. New York: W. W. Norton, 1962.

Matthiessen, F. O. *Henry James: The Major Phase*. New York: Oxford UP. 1944.

Seltzer, Mark. *Henry James & the Art of Power*. Ithaca: Cornell UP, 1984.

青木次生「あとがき」『ヘンリー・ジェイムズアメリカ印象記』アメリカ古典文学一〇、研究社、一九七六年。

今福龍太「世界文学の旅程」、『越境する世界文学』河出書房新社、一九九二年。

海老根静江『総体としてのヘンリー・ジェイムズ――ジェイムズの小説とモダニティ』彩流社、二〇一二年。

野田研一編著『〈日本幻想〉表象と反表象の比較文化論』ミネルヴァ書房、二〇一五年。

別府恵子「アメリカ、アメリカ――巡礼の帰還」『アメリカ文学評論』第十四、筑波大学アメリカ文学、一九九四年、一―九頁。

――「トポロジカル・ジェイムズ――ジェイムズのイタリア」『アメリカ文学ミレニアム』国重純二編　第一巻。南雲堂。二〇〇一年、三五七―七〇頁。

――「二〇世紀初頭の多文化／他民族社会――ジェイムズの『アメリカの風景』再読」『英語圏文学――国家・文化・記憶をめぐるフォーラム』横山幸三監修、竹谷悦子／長岡真吾／中田元子／山口恵理子編、人文書院、二〇〇二年、二一一―三六頁。
リービ英雄『越境の声』岩波書店、二〇〇七年。

あとがき

今年二〇一六年は、ヘンリー・ジェイムズが没してからちょうど百年になる。七十三年の人生であったが、その死はジェイムズ家の人々をほぼ全員見送ってからの死となった。感慨深くもあり、またこれ以上ない寂しさを抱きつつの晩年でもあったであろう。私自身もほぼ同じような体験を最近持ったことから、その心のうちはわかる。ジェイムズは一八八二年一月に最愛の母親を見送り、十二月に父親を見送ると、その精神的衝撃の大きさもあってか、以後二十年間、母国を不在にすることになる。身内の不幸の連鎖は続き、父母の死に続いて弟や妹を見送り、また兄をも見送ることになってしまった。ジェイムズ自身はイギリスで亡くなったが、兄ウイリアム・ジェイムズの妻アリスにより、祖国ボストン近郊の家族が眠るケンブリッジ墓地に、ジェイムズのためにきちんと空けられていたスペースに埋葬された。

彼の人生は、人々が自由に地球上を行き来する今日を、いわば先取りする人生であったと言える。一八四三年にこの世に生を受けてから間もなく、家族での海外旅行に同行するが、『ヘンリー・ジェイムズ自伝─ある少年の思い出』に記しているように、ヨーロッパにおけるもっとも幼き頃の鮮明な記憶は、パリの中心部にあるヴァンドーム広場の光景だった。この幼き頃の記憶は両親を驚かせた。何ともジェイムズのその後の人生を象徴していると思われるが、以後のジェイムズの方向性はこの幼き頃に決定付けられたと言ってもよい。これを持ってスタートしたジェイムズのあまたのヨーロッパ体験は、多くの専門書や解説書が分析している通りであるが、船も列車も亀の歩みのごとく、きわめて遅い時代に、よくこれほどの海外体験ができたと率直に感心する。海外に対する知的好奇心が強烈でなければ、達成できなかったことではないかと考える。その多様な体験の中から、文化の相違や人生模様に関するジェイムズ独自の視点がつむぎだされて、あれだけ膨大で多彩な著作が生み出されていったのである。

ジェイムズは一九世紀という時代におけるコスモポリタン作家であったことから、その行動によって生み出された著作や人物像に対して、世界中の研究者が個々人で書物による多面的な解析を行ってきたが、それだけに留まらない。国際学会という研究者の集まりにおいても口頭による議論や検証が頻繁になされてきた。直近では、二〇一四年七月十六─十九日にスコットランドのアバディーン大学において、第六回国際ヘンリー・ジェイムズ学会が開催されており、世界中から集まった研究者たちによって活発な議論がなされて有意義な成果をもたらした。注目すべき出来事の一つとして、現地のアバディーン・アート・ギャラリーに秘蔵されている、『使者たち』に関係するエミール・シャルル・ランビネ（一八一五─一八七七）の絵画「セーヌ河にて」が、この学会に合わせて公開されたことだった。これはアバディーン大学のハッチソン教授を始めとする学会主催者側による粋な計らいであり、参加者にすれば、まさかスコットランドにおいて目にするとは考えもしない素晴らしい結果となった。私などはランビネの絵画を探していただけに、きわめて印象深い出来事であった。

更に、先に目を向ければ、二〇一六年六月九日から十一日にかけてアメリカのマサチューセッツ州ボストン近郊のブランダイズ大学で、国際ヘンリー・ジェイムズ学会が開催される。また十月にはパリにおいてヨーロッパ国際ヘンリー・ジェイムズ学会が開催予定となっている。更に、イギリスにおいても国際学会が開催されると聞く。ジェイムズ没後百年の年ゆえに、どれも大々的な学会になることが予想される。

ひるがえって日本においても、ジェイムズ研究は活発化しつつある。この著書に収められた論文執筆者たちが所属する「ヘンリー・ジェイムズ研究会」は五年前に設立されて以来、毎年ジェイムズに関して活発な議論を行い、新たな知見を生み出してきている。その成果の一端が本書に収められた一つひとつの論文である。執筆者一人ひとりが独自の視点からジェイムズの素顔に迫っていて刺激的である。二十の論文を読破すれば、ジェイムズの全貌に限りなく近づくことが出来よう。今回は有り難いことに、東京大学名誉教授でジェイムズ研究の泰斗である行方昭夫先生が玉稿をお寄せくださった。心より感謝申し上げます。

ヘンリー・ジェイムズは、解明すべき点がまだまだ多く残されている難解な作家である。その全貌をより一層鮮明にするためにも今後、二冊目、三冊目の研究書を上梓していきたいと思う。その折には、紙幅の関係で今回書誌に取り上げられなかった論考を盛り込む予定である。なお、書誌作成に関しては松浦恵美先生に大変なご苦労をおかけしたことに対し、心よりお礼を申し上げたい。

最後になったが、本書の出版を快くお引き受けくださった英宝社社長佐々木元氏に心から感謝を申し上げます。また真摯に相談に乗っていただいた同社の宇治正夫氏にも心よりお礼を申し上げたいと思います。

二〇一六年春

里見　繁美

Beppu, Keiko. “James's Art of Lying and the ‘Mystery of Iniquities’ – “The Liar” Re-Considered,” *Henry James and the Poetics of Duplicity*. Eds. Dennis Tredy, Annick Duperray and Adrian Harding. Newcastle upon Tyne: Cambridge Scholar Publishing, 2013. pp. 59-69.

増崎恒「米国と観光（刊行）のまなざし　ヘンリー・ジェイムズ、スティーヴン・クレイン、アーネスト・ヘミングウェイを繋ぐ国際意識」『アメリカスのまなざし　再魔術化される観光』天理大学アメリカス学会『アメリカスのまなざし　再魔術化される観光』編集委員会編、天理大学出版部、2014 年、158-75 頁。

Beppu, Keiko. “Henry James Comes to Terms with the Civil War and the South: A Round of His Visits to the South in 1904-06,” *Henry James Goes to War*. Ed. Miroslawa Buchholtz et al. New York, Oxford: Peter Lang Edition, 2014. pp. 64-75.

竹井智子「“ アメリカ小説 ” への挑戦―ヘンリー・ジェイムズ『象牙の塔』の終わりなき連関」『ホーソーンの文学的遺産―ロマンスと歴史の変貌』成田雅彦、西谷拓也、高尾直知編著、開文社出版 2016 年、103-125 頁。

（作成：松浦恵美）

Tenderly – of Me’,” *A Voyage through American Literature and Culture via Turkey*. Eds. Belma O. Baskett, Oya Basak. Istanbul, Turkey: Bogazici Universitesi Yayinevi, 2011. pp. 98-110.

本合陽「第一章　ヘンリー・ジェイムズの『ボストニアンズ』―ホモエロティックな読みの可能性」、「第三章　ヘンリー・ジェイムズの『鳩の翼』―ケイトの愛とインターテクスチュアルな可能性」『絨毯の下絵　十九世紀アメリカ小説のホモエロティックな欲望』研究社、2012 年。

竹村和子「〈テロリストの身体〉のその後―『カサマシマ公爵夫人』の終わり方」『文学力の挑戦　ファミリー・欲望・テロリズム』研究社、2012 年、147-59 頁。

富士川義之「中村真一郎とヘンリー・ジェイムズ」『中村真一郎手帖 7』中村真一郎の会編、水声社、2012 年、53-63 頁。

坂根隆広「所有の現象学―ジェイムズの『ねじの回転』における注意」『アメリカ文学研究』48 号、2012 年、23-37 頁。

Nitta, Keiko. “The Closing of an American Vision: Alien National Narrative in Henry James’s *The American Scene*.” *Nineteenth-Century British Travelers in the New World*. Ed. Christian DeVine. Farnham; Burlington: Ashgate, 2013. pp. 267-84.

高尾直知「ヘンリー・ジェイムズ『メージーの知ったこと』」『アメリカ文学のアリーナ　ロマンス・大衆・文学史』平石貴樹・後藤和彦・諏訪部浩一編、松柏社、2013 年、135-62 頁。

中村善雄「メディア論者としてのジェイムズ―光と電気のイメジャリーを読み解く―」『水と光　アメリカの文学の原点を探る』入子文子監修、谷口義朗・中村善雄編著、開文社出版、2013 年、157-75 頁。

水野尚之「末裔の戦争体験―『マイケル・ジェイムズの冒険』と太平洋戦争―」『文学と戦争　英米文学の視点から』文学と評論社編、英宝社、2013 年、141-54 頁。

町田みどり「男性性とセクシュアリティの教育―ヘンリー・ジェイムズ「巨匠の教え」」『ジェンダーと「自由」　理論、リベラリズム、クィア』三浦玲一・早坂静編著、彩流社、2013 年、222-44 頁。

齊藤園子「『アスパン文書』とホーソーンの幽霊」『ロマンスの迷宮　ホーソーンに迫る 15 のまなざし』日本ナサニエル・ホーソーン協会九州支部研究会編、英宝社、2013 年、253-72 頁。

ティシズム　英米文学の視点から』文学と評論社編、英潮社、2007年、193-205頁。

難波江仁美「共感する『わたし・たち』―ヘンリー・ジェイムズの政治性」『アメリカン・ルネッサンスの現在形　時代・ジェンダー・エスニシティ』増永俊一編著、松柏社、2007年、239-95頁。

水野尚之「回想の少年期―トウェインとジェイムズの『自伝』」『若きマーク・トウェイン　"生の声"から再考』那須頼雅・市川博彬・和栗了編著、大阪教育図書、2008年、179-97頁。

Tsuji, Hideo. "Queer Realism vs. Hardboiled Modernism: Henry James's 'The Beast in the Jungle' and Ernest Hemingway's 'The Battler'" *Studies in English Literature*, vol. 49, 2008, pp. 69-86.

大森夕夏「アメリカの風景」『アメリカの旅の文学　ワンダーの世界を歩く』亀井俊介編著、昭和堂、2009年、187-201頁。

中村善雄「接合／分節と蒐集の力学―ヘンリー・ジェイムズの『黄金の盃』論」『実像への挑戦　英米文学研究』音羽書房鶴見書店、2009年、137-50頁。

水野尚之「ジェイムズ家とアメリカ独立期」『独立の時代　アメリカ古典文学は語る』入子文子・林以知郎編著、世界思想社、2009年、169-92頁。

松下千雅子「第1章　クローゼットの獣なんかこわくない？―サスペンス仕立ての「密林の獣」」、「第2章　ライバルの死をめぐって―『ロデリック・ハドソン』における予示」、「第3章　どのストーリーにレズビアンがいますか？―『ボストンの人びと』のプロット分析」『クィア物語論』人文書院、2009年。

松井一馬「ヘンリー・ジェイムズの帝国―"The Turn of the Screw"の革命」『アメリカ文学研究』47号、2010年、19-36頁。

武藤ハンフリー恵子「ヘンリー・ジェイムズの幽霊小説に見る科学の影」『文学とサイエンス　英米文学の視点から』文学と評論社編、英潮社フェニックス、2010年、119-34頁。

中村善雄「ヘンリー・ジェイムズの戦争感覚―刻印された身体と複数のアイデンティティ」『英米文学と戦争の断層』入子文子編著、関西大学出版部、2011年、139-56頁。

Beppu, Keiko. "Henry James and the Art of Letter-Writing: 'Judge

『英米文学のリヴァーブ　境界を超える意志』鈴江璋子・植野達郎編著、開文社出版、2004 年、1-28 頁。

青野皞子「ジェイムズの『ある婦人の肖像』における女たちの関係」『かくも多彩な女たちの軌跡　英語圏文学の再読』海老根静江・竹村和子編著、南雲堂、2004 年、99-117 頁。

竹井智子「ヘンリー・ジェイムズ『ロデリック・ハドソン』の語り手の不安」『テクストの地平　森晴秀教授古稀記念論文集』富山太佳夫・加藤文彦・石川慎一郎編、英宝社、2005 年、141-52 頁。

秋山正幸「横光利一とヘンリー・ジェイムズ」『比較文学の世界』秋山正幸・榎本義子編著、南雲堂、2005 年、203-38 頁。

中村善雄「境界をめぐる両義性—ジェイムズの『檻の中』にみる眼差しの力学」『楽しく読むアメリカ文学　中山喜代市教授古稀記念論文集』中山喜代市教授古稀記念論文集刊行委員会編、大阪教育図書、2005 年、311-28 頁。

水野尚之「劇作家ヘンリー・ジェイムズ」『視覚のアメリカン・ルネサンス』武藤脩二・入子文子編著、世界思想社、2006 年、196-214 頁。

中村善雄「視覚文化のモダニズム—ヘンリー・ジェイムズにみる写真と言語テクストの邂逅—」『視覚のアメリカン・ルネサンス』武藤脩二・入子文子編著、世界思想社、2006 年、215-29 頁。

橋本雅子「ヘンリー・ジェイムズにおける＜異界＞—『にぎやかな街角』を軸として—」『阪大英文学会叢書 3　＜異界＞を創造する　英米文学におけるジャンルの変奏』玉井暲・新野緑編、英宝社、2006 年、252-70 頁。

村上知子「画家とモデル—ヘンリー・ジェイムズの『未来のマドンナ』」『読書する女性たち　イギリス文学・文化論集』出渕敬子編、彩流社、2006 年、235-46 頁。

大穀 剛一「*The Ambassadors* における「疲労」のエコノミー」『英文學研究』84 号、2007 年、79-91 頁。

野呂正「作家と作品　ヘンリー・ジェイムズの小説観」『モダニズム時代再考』中央大学人文科学研究所編、中央大学出版部、2007 年、31-48 頁。

中内正夫「ヘンリー・ジェイムズ　『使者たち』論」『文学逍遥の記』南雲堂、2007 年、114-34 頁。

武藤ハンフリー恵子「ヘンリー・ジェイムズと『覗き見るロマンス』」『ロマン

リー・ジェイムズほか　荒野の呼び声、鳩の翼、アメリカの悲劇、街の女マギー』朝日新聞社、2000 年。

Yoshii, Chiyo. "The Brown Lady: Race and Money in *What Maisie Knew*"『藤井治彦先生退官記念論文集』藤井治彦先生退官記念論文集刊行会編、英宝社、2000 年、731-50 頁。

市川美香子「ヴィクトリア朝の優等生—『ねじのひねり』と一人称の語り」『アメリカ文学研究』38 号、2001 年、21-38 頁。

折島正司「記憶の疎開—ヘンリー・ジェイムズの『密林の野獣』について」『アメリカ文学ミレニアム 1』國重純二編、南雲堂、2001 年、339-56 頁。

別府惠子「トポロジカル・ジェイムズ—ジェイムズのイタリア」『アメリカ文学ミレニアム 1』國重純二編、南雲堂、2001 年、357-70 頁。

別府惠子「二〇世紀初頭の多文化／多民族社会—ジェイムズの『アメリカの風景』再読」『英語圏文学　国家・文化・記憶をめぐるフォーラム』横山幸三監修、竹谷悦子・長岡真吾・中田元子・山口恵理子編、人文書院、2002 年、21-36 頁。

好井千代「クレオールのオズモンド—『ある婦人の肖像』ともうひとつのアメリカ」『ドラマティック・アメリカ』石田久編、英宝社、2002 年、217-30 頁。

水野尚之「ヘンリー・ジェイムズと小説の未来」『未来へのヴィジョン　英米文学の視点から』文学と評論社編、英潮社、2003 年、169-82 頁。

舟阪洋子「クリストファー・ニューマンはほら話を理解したか」『共和国の振り子　アメリカ文学のダイナミズム』大井浩二監修、花岡秀・貴志雅之・渡辺克昭編、英宝社、2003 年、47-63 頁。

市川美香子「オウエン・ゲレスと集団無意識—『ポイントンの戦利品』考」『共和国の振り子　アメリカ文学のダイナミズム』大井浩二監修、花岡秀・貴志雅之・渡辺克昭編、英宝社、2003 年、231-49 頁。

Keiko Miyajima. "Spatializing the Self: Places of Experience in Henry James, William James, and Kitaro Nishida." *The Journal of the American Literature Society of Japan*, vol. 2, 2003, pp. 19-38.

吉田加代子「ヘンリー・ジェイムズの『悲劇の美神』における技法」『表象と生のはざまで　葛藤する米英文学』山下昇・林以知郎・佐々木隆・斉藤延喜編著、南雲堂、2004 年、178-92 頁。

福田敬子「境界を超えて—ヘンリー・ジェイムズのニューヨーク今昔物語」

Yoshii, Chiyo. "It was All Phantasmagoric": *The Ambassadors* and the Impressionistic Style of Consumption"『英文學研究』79(2) 号、1995 年、89-104 頁。

李春喜「『ある婦人の肖像』論考―イザベルの『自己』をめぐって―」『英米文学を学ぶよろこび　多田敏男先生古稀記念論文集』多田敏男先生古稀記念論文集刊行委員会編著、大阪教育図書、1995 年、69-86 頁。

増田英夫「『黄金の盃』―アメリカの『無垢』とヨーロッパの『退廃』―」『英米文学を学ぶよろこび　多田敏男先生古稀記念論文集』多田敏男先生古稀記念論文集刊行委員会編著、大阪教育図書、1995 年、87-100 頁。

多田敏男「ホーソーンとジェイムズ―研究ノート―」『英米文学を学ぶよろこび　多田敏男先生古稀記念論文集』多田敏男先生古稀記念論文集刊行委員会編著、大阪教育図書、1995 年、101-15 頁。

名本達也「ヘンリー・ジェイムズの『懐かしの街角』について―もう一つのアイデンティティー―」『アメリカ作家とヨーロッパ』坪井清彦・西前孝編、英宝社、1996 年、87-104 頁。

町田みどり「ジェイムズと消費社会―『鳩の翼』再読」『読み直すアメリカ文学』渡辺利雄編、研究社出版、1996 年、350-66 頁。

Yoshii, Chiyo. "Henry James and Oscar Wilde : Artists in the World of the Mass Market"『言語と文化の諸相　奥田博之教授退官記念論文集』奥田博之教授退官記念論文集刊行会編、英宝社、1996 年、325-36 頁。

中川優子「ニューイングランド的良心と女性支配―ヘンリー・ジェイムズが『使者たち』に描いたアメリカ」『アメリカの嘆き　米文学史の中のピューリタニズム』秋山健監修、宮脇俊文・高野一良編著、松柏社、1999 年、229-51 頁。

内田静江「幻想とその崩壊―ヘンリー・ジェイムズの結婚をめぐる物語」『女というイデオロギー　アメリカ文学を検証する』海老根静江・竹村和子編著、南雲堂、1999 年、122-38 頁。

福田敬子「アメリカの過去と未来―ヘンリー・ジェイムズの『ある婦人の肖像』」『アメリカ小説の変容　多文化時代への序奏』板橋好枝・高田賢一編著、ミネルヴァ書房、2000 年、16-33 頁。

『週刊朝日百科世界の文学 35 南北アメリカ 1　ジャック・ロンドン、ヘン

Hideo Masuda "*The Wings of the Dove:* 'The Shepherd,' 'St. Luke,' and 'The Dove'"『アメリカ文学研究』26号、1989年、17-30頁。

和泉邦子「Governing the Governess : *The Turn of the Screw* をめぐる社会的・歴史的コンテクスト」『英文學研究』67(1)号、1990年、63-77頁。

Watanabe, Hisayoshi. "Past Perfect Retrospection in the Style of James," *On Henry James: The Best from American Literature.* Eds. E.H. Cady and Louis J. Budd, Durham: Duke UP, 1990. pp. 125-41.

中井誠一「もうひとつの『婦人の肖像』―エリオットの「密林の野獣」の読みを通して―」『英語・英米文学の新潮流　谷本泰三教授甲南大学退職記念論文集』「英語・英米文学研究の新潮流」刊行委員会編、金星堂、1992年、120-33頁。

好井千代「*The Golden Bowl* における商品化の "vicious circle" 」『英文學研究』75(2)号、1992年、328-329頁。

Ebine, Shizue. "Did Milly Die of Tuberculosis?: 'The Physical' and 'the Spiritual' in *The Wings of the Dove.*" *Studies in English Literature,* vol. 34, 1993, pp. 51-63.

出原博明「中村真一郎とヘンリー・ジェイムズ―『四季』（春）をめぐって―」『英米文学を学ぶよろこび　多田敏男先生古稀記念論文集』多田敏男先生古稀記念論文集刊行委員会編著、大阪教育図書、1995年、5-20頁。

竹下栄子「『デイジー・ミラー』―ウインターボーンの選択―」『英米文学を学ぶよろこび　多田敏男先生古稀記念論文集』多田敏男先生古稀記念論文集刊行委員会編著、大阪教育図書、1995年、21-39頁。

山根明敏「『デイジー・ミラー』と『ジュリア・ブライド』―テクストに閉じ込められた女性たち―」『英米文学を学ぶよろこび　多田敏男先生古稀記念論文集』多田敏男先生古稀記念論文集刊行委員会編著、大阪教育図書、1995年、40-53頁。

水野尚之「私生活をめぐる冒険―ヘンリー・ジェイムズの "The Private Life" ―」『英米文学を学ぶよろこび　多田敏男先生古稀記念論文集』多田敏男先生古稀記念論文集刊行委員会編著、大阪教育図書、1995年、54-68頁。

大橋健三郎「ヘンリー・ジェームズ『ある婦人の肖像』」『英米文学　名作への散歩道　アメリカ篇』大浦暁生監修、東郷秀光、他編、三友社出版、1985年、66-77頁。

谷本泰子「視点の人物としてのマギー・ヴァーヴァー――『黄金の盃』詩論」『アメリカ文学研究』22号、1985年、63-76頁。

和泉邦子「隠喩としての劇場空間― *The Ambassadors* における代理機能」『アメリカ文学研究』23号、1986年、35-54頁。

河島弘美「"The Figure in the Carpet" 論―新しい角度から」『アメリカ文学研究』23号、1986年、55-70頁。

寺島照明「『メイジーの知ったこと』に於けるクロード卿について」『研究と随想　藤川玄人教授還暦記念論文集』藤川玄人教授還暦記念論文集刊行委員会編、藤川玄人教授還暦記念論文集刊行委員会、1986年、51-62頁。

布施たえ子「ラヴ・ストーリーとしての『ねじの回転』」『研究と随想　藤川玄人教授還暦記念論文集』藤川玄人教授還暦記念論文集委員会編、藤川玄人教授還暦記念論文集刊行委員会、1986年、63-82頁。

小林やよい「ヘンリー・ジェイムズのフィクショナル・チルドレンについて」『研究と随想　藤川玄人教授還暦記念論文集』藤川玄人教授還暦記念論文集刊行委員会編、藤川玄人教授還暦記念論文集刊行委員会、1986年、83-98頁。

田部井孝次「『メイジーの知ったこと』におけるメイジーの認識と受容―サー・クロードをめぐって」『研究と随想　藤川玄人教授還暦記念論文集』藤川玄人教授還暦記念論文集刊行委員会編、藤川玄人教授還暦記念論文集刊行委員会、1986年、99-122頁。

大畠一芳「ヘンリー・ジェイムズの小説理論」『アメリカの小説　理論と実践』岩元巌・森田孟編、リーベル出版、1987年、107-21頁。

和泉邦子「ヘンリー・ジェイムズの実践―『読むこと』と知の限界領域」『アメリカの小説　理論と実践』岩元巌・森田孟編、リーベル出版、1987年、122-37頁。

太田良子「ガヴァネスのいる家―ヘンリー・ジェイムズの『家族』」『アメリカ文学における家族　江口裕子先生退任記念論文集』江口裕子先生退任記念論文集編集委員会編、山口書店、1987年、29-50頁。

中村英男「『鳩の翼』の聖所」『アメリカ文学研究』24号、1987年、17-32頁。

ヘニグ・コーエン編、大浦暁生・長田光展訳、中央大学出版部、1972年。

市川嘉章「Maisieの歩んだ道—識別の苦しみ」『アメリカ文学研究』11号、1974年、16-29頁。

海老根静江「Henry Jamesの中心的主題—四つの長編をめぐって」『英文學研究』51(1・2)号、1974年、53-66頁。

板垣 憙「*The Portrait of a Lady*におけるSeeingの進行」『英文學研究』54(1・2)号、1977年、83-98頁。

リチャード・パーマー・ブラックマー「ヘンリー・ジェイムズとぶよぶよぶくぶくのモンスター」『世界の文学　集英社版38』大熊栄訳、集英社、1978年。

田中剛「ヘンリー・ジェイムズ『ボストンの人々』」『文学とアメリカ2』大橋健三郎教授還暦記念論文集刊行委員会編、南雲堂、1980年、127-45頁。

菅泰男「ドラマ—アメリカ—ヘンリー・ジェイムズ」『文学とアメリカ3』大橋健三郎教授還暦記念論文集刊行委員会編、南雲堂、1980年、9-17頁。

斎藤光「『ある婦人の肖像』改訂における一つの疑問」『文学とアメリカ3』大橋健三郎教授還暦記念論文集刊行委員会編、南雲堂、1980年、240-51頁。

大津栄一郎「『使者たち』の曖昧性」『文学とアメリカ3』大橋健三郎教授還暦記念論文集刊行委員会編、南雲堂、1980年、252-69頁。

増永啓一「無垢から覚醒へ—ヘンリー・ジェイムズにおける『お上品な伝統』の克服」『アメリカ文学研究双書1　アメリカ文学の自己発見　十九世紀末までのアメリカ文学』尾形敏彦編、山口書店、1981年、445-88頁。

Hideo Masuda "The 'Rescue' of Nanda in *The Awkward Age*"『アメリカ文学研究』19号、1982年、51-64頁。

江島祐二「ヘンリー・ジェイムズ」『英米文学史講座第9巻』福原麟太郎・西川正身監修、研究社出版、1984年。

桂田重利「眼と鏡　意識の眼—ジェイムズへの序論」、「ジェイムズと『肖像』の視覚」『まなざしのモチーフ　近代意識と表現』近代文芸社、1984年、115-35頁。

學研究』41(2) 号、1965 年、165-181 頁。

リチャード・ポワリエ（著）、江口裕子（訳）「ある貴婦人の肖像」『アメリカ小説論』V. O. A 編、刈田元司、他訳、北星堂書店、1965 年。

レオン・エデル（著）、大沢正佳（訳）「ヘンリー・ジェイムズ」『アメリカ文学作家シリーズ　第 1 巻』ミネソタ大学編、日本アメリカ文学会監修、北星堂書店、1965 年。

大竹勝「ヘンリー・ジェームズ」『アメリカ文学史』評論社、1966 年。

加藤道夫「*The Turn of the Screw* の解釈をめぐって」『アメリカ文学研究』3 号、1966 年、17-35 頁。

大竹勝「ヘンリー・ジェームズ」『胎動期のアメリカ小説　一八七〇年から一九〇〇年』評論社、1967 年。

Komada, Junzo "Henry James: *The Sacred Fount* (1901) —What Happens in *The Sacred Fount?*"『アメリカ文学研究』4 号、1967 年、67-80 頁。

青木次生「イザベルの自由― *The Portrait of a Lady* について」『英文學研究』44(2) 号、1968 年、163-175 頁。

岩山太次郎「Howells と James の文学論―「現実性」の問題を中心に」『アメリカ文学研究』5 号、1968 年、96-111 頁。

ジャック・カボー「ねじの回転」『喪われた大草原　アメリカを創った十五の小説』寺門泰彦・平野幸仁・金敷力訳、太陽社、1968 年。

高野フミ「ヘンリー・ジェイムズについて」『現代アメリカ文学選集第 6』荒地出版社、1968 年。

岩瀬悉有「*The American Scene* とジェイムズの創造的方法」『英文學研究』46(2) 号、1970 年、141-152 頁。

行方昭夫「ヨーロッパにおけるアメリカ人　ヘンリー・ジェームズの世界」『講座アメリカの文化第 5』大橋健三郎・加藤秀俊・斎藤真編、南雲堂、1970 年。

Namekata, Akio. "Some Notes on *The Spoils of Poynton.*" *Studies in English Literature*, vol. 21, 1970, pp. 19-35.

Aoki, Tsugio "Language of Love and Language of Things: Henry James's *The Wings of the Dove.*" *Studies in English Literature,* vol. 22, 1971, pp. 55-71.

レオン・エデル「ヘンリー・ジェイムズ『使者たち』」『アメリカ文学の道標』

四編』中村善雄・村尾純子共訳、関西大学出版部、2012 年。

水野尚之（訳）『信頼』英宝社、2013 年。

別府惠子・難波江仁美（訳）『心ひろき友人たちへ　四人の女性に宛てたヘンリー・ジェイムズの手紙』スーザン・E・ガンター編、大阪教育図書、2014 年。

行方昭夫・大津栄一郎（訳）「ほんもの、荒涼のベンチ」『教えたくなる名短篇』北村薫・宮部みゆき編、筑摩書房、2014 年。

3. 論文

1945 年以降出版の書籍に所収された論文、及び『英文學研究』、*Studies in English Literature* (English Number)、『アメリカ文学研究』、*The Journal of American Literature* に所収された論文。

細入藤太郎「ヘンリー・ジェイムズ その他」『英語・英米文学講座　第 5 巻』河出書房、1952 年。

佐伯彰一「“The Turn of the Screw” を如何に読むか―James 批評の焦点」『英文學研究』31(1) 号、1954 年、16-34 頁。

谷口陸男「ヘンリー・ジェイムズ」『失われた世代の作家たち　20 世紀アメリカ作家論』南雲堂、1955 年。

ハーバート・リード「ヘンリー・ジェームズ」『最後のボヘミア人』飯沼馨訳、みすず書房、1955 年。

ハーバート・リード「ヘンリー・ジェームズ」『芸術論集』増野正衛・飯沼馨・森清訳、みすず書房、1957 年。

アーヴィング・ホウ「第四章　政治的使命　ヘンリー・ジェームズ」『小説と政治』中村保男訳、紀伊国屋書店、1958 年。

鮎川信夫（編訳）「なにか偉大なことをしないかぎり＜ヘンリー・ジェームズ＞」『自我の発見　二十四の自画像』荒地出版社、1959 年。

江島祐二「ヘンリー・ジェイムズ」『英米文学史講座　第 9 巻（19 世紀 第 3（1836-1901））』研究社出版、1961 年。

青木次生「Strether の Imagination—Henry James, *The Ambassadors* について」『英文學研究』39(1) 号、1963 年、33-49 頁。

板垣 憙「*The Wings of the Dove* における “merciful indirection”」『英文

古茂田淳三（訳）『ワシントン広場』あぽろん社、1996年。

行方昭夫（訳）『ある婦人の肖像』（上）・（中）・（下）、岩波書店、1996年。

河島弘美（訳）『ワシントン・スクエア』キネマ旬報社、1997年。

青木次生（訳）『鳩の翼』（上）・（下）、講談社、1997年。

多田敏男（訳）『ヘンリー・ジェイムズ「模造真珠」　他四篇』英潮社、1997年。

行方昭夫（訳）『アスパンの恋文』岩波書店、1998年。

仁木勝治（訳）『風景画家　ヘンリー・ジェイムズ名作短編集』文化書房博文社、1998年。

ジャネット・マクアルピン（再話）『ある貴婦人の肖像』齊藤伸・宗形賢二注釈、南雲堂フェニックス、1999年。

北原妙子（訳）「密林の野獣」『ゲイ短編小説集』大橋洋一監訳、平凡社、1999年。

鈴木和子（訳）「本当に正しいこと」『古今英米幽霊事情2　幽霊がいっぱい』山内照子編、新風舎、1999年。

大津栄一郎（訳）「ノースモア卿夫妻の転落」『復讐　書物の王国16』国書刊行会、2000年。

青木次生（訳）『金色の盃』（上）・（下）、講談社、2001年。

多田敏男（訳）『反響を呼ぶ社交新聞　他一篇』英潮社、2002年。

山根木加名子（訳）「申し分のない日」『ヴィクトリア朝短編恋愛小説選』冨士川和男監訳、鷹書房弓プレス、2003年。

行方昭夫（訳）『ねじの回転、デイジー・ミラー』岩波書店、2003年。

金子桂子（訳）『ヘンリー・ジェイムズ短篇集　パンドラ、ヴァレリオ家最後の人、大先輩の教訓』溪水社、2003年。

南條竹則・坂本あおい（訳）『ねじの回転　心霊小説傑作選』東京創元社、2005年。

青木次生（訳）『大使たち』（上）・（下）、岩波書店、2007年。

市川美香子・水野尚之・舟阪洋子（訳）『ある青年の覚え書・道半ば　ヘンリー・ジェイムズ自伝　第二巻、第三巻』大阪教育図書、2009年。

李春喜（訳）『ヘンリー・ジェイムズ短編集　「ねじの回転」以前』文芸社、2010年。

河島弘美（訳）『ワシントン・スクエア』岩波書店、2011年。

李春喜（監訳）『ヘンリー・ジェイムズ短編選集　「オズボーンの復讐」　他

志村正雄（訳）「なつかしい街かど」『白水Uブックス74　アメリカ幻想小説傑作集』志村正雄編、白水社、1985年。

行方昭夫（訳）『ヘンリー・ジェイムズ作品集1　ある婦人の肖像』工藤好美監修、国書刊行会、1985年。

岩瀬悉有・上島建吉（訳）『ヘンリー・ジェイムズ作品集6　象牙の塔・過去の感覚』工藤好美監修、国書刊行会、1985年。

大津栄一郎（編訳）『ヘンリー・ジェイムズ短篇集　私的生活、もうひとり、にぎやかな街角、荒涼のベンチ』岩波書店、1985年。

行方昭夫（訳）『デイジー・ミラー　他三篇』八潮出版社、1989年。

大津栄一郎・林節雄（訳）『バベルの図書館14　私的生活、オウエン・ウィングレイヴの悲劇、友だちの友だち、ノースモア卿夫妻の転落』J・L・ボルヘス編、国書刊行会、1989年。

行方昭夫（訳）『嘘つき』福武書店、1989年。

青木次生（訳・解説）『金色の盃』あぽろん社、1989年。

鈴木武雄（訳）「古衣裳のロマンス」『アメリカ怪談集』荒俣宏編、河出書房新社、1989年。

多田敏男（訳）『ヘンリー・ジェイムズ「ニューヨーク版」序文集』関西大学出版部、1990年。

橋本槙矩（訳）「ある古衣の物語」『猫は跳ぶ　イギリス怪奇傑作集』福武書店、1990年。

林節雄・大原千代子（訳）「オウエン・ウィングレイヴの悲劇、密林の獣」『集英社ギャラリー　世界の文学16　アメリカ1』集英社、1991年。

多田敏男（訳）『ヘンリー・ジェイムズ短篇傑作選　パンドラ、パタゴニア号、コクソン基金、ジュリア・ブライド』英潮社、1992年。

千葉雄一郎（訳）『フランスの田舎町めぐり』図書出版社、1992年。

古茂田淳三（訳）『ねじのひねり　他二篇　?正解のない幽霊物語?』あぽろん社、1993年。

青木次生（訳・解説）『厄介な年頃』あぽろん社、1993年。

舟阪洋子・市川美香子・水野尚之（訳）『ヘンリー・ジェイムズ自伝　ある少年の思い出』臨川書店、1994年。

千葉雄一郎（訳）『郷愁のイタリア』図書出版社、1995年。

多田敏男（訳）『ヘンリー・ジェイムズ　「ロンドン生活」他』英潮社、1995年。

訓、『使者たち』序文」篠田一士、他編、筑摩書房、1975年。

有馬輝臣（注釈）『研究社小英文叢書241　ワシントン広場』研究社出版、1975年。

青木次生（訳）『アメリカ古典文庫10　アメリカ印象記』研究社出版、1976年。

行方昭夫（訳）『アメリカの文学16　モーヴ夫人　他三篇』八潮出版社、1977年。

阿出川祐子（訳）『ヨーロッパ人』ぺりかん社、1978年。

坪井清彦、他（編）『ヘンリー・ジェイムズ珠玉短篇集』旺史社、1978年。

谷本泰子（訳）『ねじの回転』旺文社、1978年。

青木次生（訳）『ゴシック叢書9　聖なる泉』国書刊行会、1979年。

橋本槙矩（訳）「ある古衣の物語」『夜光死体　イギリス怪奇小説集』旺文社、1980年。

平井呈一（訳）「エドマンド・オーム卿」『怪奇小説傑作集』東京創元社、1981年。

大津栄一郎（訳）『世界文学全集ベラージュ57　カサマシマ公爵夫人』川村二郎編、集英社、1981年。

青木次生（訳）『メイジーの知ったこと』あぽろん社、1982年。

有馬輝臣（訳）『ポイントン邸の蒐集品』山口書店、1983年。

工藤好美（訳）『ヘンリー・ジェイムズ作品集5　黄金の盃』工藤好美監修、国書刊行会、1983年。

行方昭夫（編）『ヘンリー・ジェイムズ作品集7　密林の獣・荒涼のベンチ』工藤好美監修、国書刊行会、1983年。

青木次生（訳）『ヘンリー・ジェイムズ作品集3　鳩の翼』工藤好美監修、国書刊行会、1983年。

青木次生（編）『ヘンリー・ジェイムズ作品集8　評論・随筆』工藤好美監修、国書刊行会、1984年。

工藤好美・青木次生（訳）『ヘンリー・ジェイムズ作品集4　使者たち』工藤好美監修、国書刊行会、1984年。

大西昭男・多田敏男・川西進・青木次生（訳）『ヘンリー・ジェイムズ作品集2　ポイントンの蒐集品・メイジーの知ったこと・檻の中』工藤好美監修、国書刊行会、1984年。

岩城久哲（訳注）『デイジー・ミラー』大学書林、1985年。

トン』谷口陸男・斎藤光監修、音羽書房、1968 年。

大島仁（訳）『使者たち』八潮出版社、1968 年。

高野フミ（訳）「ジャングルの猛獣」『現代アメリカ作家 12 人集　ジェイムズからアップダイクまで』斎藤数衛編、荒地出版社、1968 年。

高野フミ（訳）「アメリカ人」『現代アメリカ文学選集第 6』荒地出版社、1968 年。

工藤好美・青木次生（訳）『世界文学全集 26　使者たち』講談社、1969 年。

西川正身（訳）『世界文学全集 2-12　アメリカ人』河出書房新社、1969 年。

上島建吉・林節雄・行方昭夫・川西進（訳）『ヘンリー・ジェイムズ短編選集第 2 巻（芸術と芸術家）　未来のマドンナ、「ベルトラフィオ」の作者、巨匠の教訓、ほんもの、グレヴィル・フェイン、流行作家の死、この次こそは、絨毯の下絵、折れた翼、話の影』谷口陸男・斎藤光監修、音羽書房、1969 年。

斎藤光（訳）『世界文学全集第 39　ある婦人の肖像』筑摩書房、1969 年。

中里晴彦・大場啓仁（訳）『ヘンリー・ジェイムズ短篇集』真砂書房、1969 年。

谷口陸男・西川正身・佐伯彰一・桂田重利（訳）『世界文学大系 74　ロデリック・ハドソン、デイジー・ミラー、ねじの回転、ヘンリー・ジェイムズ論（スペンダー著）』筑摩書房、1969 年。

高村勝治（訳注）『英米文芸論双書 8　小説の技法』研究社出版、1970 年。

小山敏三郎（訳）「デイジー・ミラー」『世界文学全集 2-6』研秀出版、1970 年。

蕗沢忠枝（訳）「女相続人」『世界文学全集 2-7』研秀出版、1970 年。

斎藤光・西川正身・佐伯彰一（訳）『筑摩世界文学大系 49　ある婦人の肖像、デイジー・ミラー、ねじの回転』筑摩書房、1972 年。

鈴木武雄（訳）『ゴースト・ストーリー　古衣裳のロマンス、ド・グレイ物語、幽霊の家賃』角川書店、1972 年。

上杉明（訳）『ヨーロッパの人』春秋社、1974 年。

竹村覚（訳注）『現代作家シリーズ 43　対訳ジェイムズ　アメリカ娘デイジー・ミラー』南雲堂、1974 年。

青木次生（訳）『鳩の翼』講談社、1974 年。

行方昭夫（訳）『デイジー・ミラー』角川書店、1975 年。

行方昭夫・川西進（訳）『世界批評大系 4　小説と現実　バルザックの教

沖田一・水之江有義（訳）『四度の出会い、初老』英宝社、1956 年。

西川正身（訳）『デイジー・ミラー』新潮社、1957 年。

渡辺純・川田周雄（共訳）『デイジー・ミラー』岩波書店、1958 年。

高野フミ・佐伯彰一（訳）『現代アメリカ文学全集第 6（ヘンリー・ジェイムズ）　アメリカ人、ねじの回転』荒地出版社、1958 年。

土井治（訳）「愉快な街角」『世界 100 物語』サマセット・モーム編、河出書房新社、1961 年。

田辺五十鈴（訳）「初老」『アメリカ短篇名作集』大橋健三郎編、学生社、1961 年。

蕗沢忠枝（訳）『ねじの回転』新潮社、1962 年。

谷口陸男・西川正身・佐伯彰一・桂田重利（訳）『世界文学大系 45　ロデリック・ハドソン、デイジー・ミラー、ねじの回転、ヘンリー・ジェイムズ論（スペンダー著）』筑摩書房、1962 年。

西川正身（訳）『世界文学全集 12　アメリカ人』河出書房新社、1963 年。

蕗沢忠枝（訳）「ねじの回転」『世界文学全集第 46』新潮社、1963 年。

大西昭男・多田敏男（共訳）『ヘンリー・ジェイムズ短篇集　五十男の日記、一束の手紙、視点、ブルックスミス、「ヨーロッパ」』あぽろん社、1963 年。

北沢孝一（訳）「四度の出会い」『世界短篇文学全集第 13』奥野信太郎、他編、集英社、1964 年。

小山敏三郎（訳著）『ホーソーン研究』南雲堂、1964 年。

行方昭夫（訳）『アメリカの文学 6　アスパンの恋文　他二篇』八潮出版社、1965 年。

大西昭男・多田敏男（共訳）『知慧の樹』あぽろん社、1965 年。

谷口陸男（訳）『世界の文学 26　ボストンの人々』伊藤整監修、中央公論社、1966 年。

刈田元司（注釈）『研究社小英文叢書 217　うそつき』研究社、1966 年。

福原麟太郎（注釈）「国際挿話」『研究社小英文叢書 47』研究社、1967 年。

高野フミ（監修）『英米文学注釈ブックレット 9　ある婦人の肖像』英潮社、1967 年。

柴田稔彦・行方昭夫・川西進・大津栄一郎（訳）『ヘンリー・ジェイムズ短編選集第 1 巻（ヨーロッパとアメリカ）　情熱の巡礼、マダム・ド・モーヴ、ロンドン征服、令嬢バーベリーナ、パキプシー生まれのミス・ガン

2001年。

市川美香子『ヘンリー・ジェイムズの語り　一人称の語りを中心に』大阪教育図書、2003年。

藤野早苗『ヘンリー・ジェイムズのアメリカ』彩流社、2004年。

別府恵子・里見繁美（編著）『ヘンリー・ジェイムズと華麗な仲間たち《グッドフェローズ》　ジェイムズの創作世界』英宝社、2004年。

甲斐二六生『ヘンリー・ジェイムズ小説研究』溪水社、2004年。

Tanimoto, Yasuko. *A New Reading of The Wings of the Dove*. Dallas: U P of America, 2004.

藤田榮一『ヘンリー・ジェイムズの芸術』晃洋書房、2006年。

ロバート・L・ゲイル『アメリカ文学ライブラリー7　ヘンリー・ジェイムズ事典』別府恵子・里見繁美訳、雄松堂出版、2007年。

荻野昌利『小説空間を＜読む＞　ジョージ・エリオットとヘンリー・ジェイムズ』英宝社、2009年。

Wakana, Maya Higashi. *Performing the Everyday in Henry James's Late Novels*. Farnham: Ashgate, 2009.

海老根静江『総体としてのヘンリー・ジェイムズ　ジェイムズの小説とモダニティ』彩流社、2012年。

阿出川祐子『ヘンリー・ジェイムズの作品における異文化対立と道徳』国書刊行会、2012年。

藤野早苗（編著）『ヘンリー・ジェイムズ『悲劇の詩神』を読む』彩流社、2012年。

Eguchi, Tomoko. *Ethical Aestheticism in the Early Works of Henry James*. Newcastle upon Tyne: Cambridge Scholars Publishing, 2016.

2. 翻訳

1945年以降出版のジェイムズによる小説、自叙伝、評論、旅行記、戯曲等の日本語訳。


蕗沢忠枝（訳）『女相続人　ワシントン・スクエヤー』角川書店、1950年。

富田彬（訳）『ねぢの回転　女家庭教師の手記』岩波書店、1952年。

上田勤（訳）『国際エピソード』岩波書店、1956年。

1977年。

渡辺久義『ヘンリー・ジェイムズの言語　文学の言語を支えるものについての試論』北星堂書店、1978年。

Beppu, Keiko. *The Educated Sensibility in Henry James and Walter Pater.* Tokyo: Shohakusha, 1979.

藤田榮一『生と自由を求めて　ヘンリー・ジェイムズの小説』創元社、1980年。

ゴードン・ピリー『ヘンリー・ジェイムズ　批評的紹介』鷲見八重子訳、八潮出版社、1980年。

古茂田淳三『ヘンリー・ジェイムズ「ねじのひねり」考』大明堂、1981年。

多田敏男『アイロニーと共感の間　ヘンリー・ジェイムズその他』関西大学出版部、1981年。

秋山正幸『ヘンリー・ジェイムズ作品研究』南雲堂、1981年。

藤田榮一『ヘンリー・ジェイムズの曖昧性』創元社、1985年。

芦原和子『ヘンリー・ジェイムズ論考』北星堂書店、1985年。

出原博明『ヘンリー・ジェイムズの小説　その深層意識と技法』ニューカレントインターナショナル、1987年。

阿出川祐子『ヘンリー・ジェイムズ研究　インク壷と蝶』桐原書店、1989年。

中村真一郎『小説家ヘンリー・ジェイムズ』集英社、1991年。

秋山正幸『ヘンリー・ジェイムズと日本の主要作家たち』南雲堂、1991年。

――『ヘンリー・ジェイムズの国際小説研究　異文化の遭遇と相剋』南雲堂、1993年。

大西昭男『見ようとする意志　ヘンリー・ジェイムズ論』関西大学出版部、1994年。

芦原和子『ヘンリー・ジェイムズ素描』北星堂書店、1995年。

秋山正幸『ヘンリー・ジェイムズの世界　アメリカ・ヨーロッパ・東洋』南雲堂、1996年。

青木次生『ヘンリー・ジェイムズ』芳賀書店、1998年。

藤田榮一『ヘンリー・ジェイムズと異文化』晃洋書房、2000年。

Tanimoto, Yasuko. *A New Reading of The Golden Bowl.* Tokyo: Kazama Shobo, 2000.

古茂田淳三『H・ジェイムズ「ねじのひねり」とその前後の小品』英宝社、

日本におけるヘンリー・ジェイムズ書誌

1. 研究書・書誌

1945年以降出版のジェイムズに関する書籍、海外研究者によるジェイムズに関する書籍の翻訳、ならびに海外で出版された日本人研究者によるジェイムズに関する書籍および書誌。ただし書籍の全体または大部分がジェイムズに関するものに限る。出版年順に表記する。


沖田一『ヘンリ・ジェイムズ研究　主として技巧について』近畿作家協会、1955年。

マイケル・スウォーン『英文学ハンドブック「作家と作品」No. 10　ヘンリ・ジェイムズ』山内邦臣訳、研究社出版、1956年。

L・エデル、他『ヘンリー・ジェイムズの世界　ジェイムズ評論集』行方昭夫、他訳、北星堂書店、1962年。

沖田一「日本におけるヘンリー・ジェイムズ書誌」あぽろん社、1965年。

高橋正雄（編）『ヘンリー・ジェイムズ研究』北星堂書店、1966年。

谷口陸男（編）『20世紀英米文学案内1　ヘンリー・ジェイムズ』研究社出版、1967年。

元田脩一（編著）『ヘンリー・ジェイムズ「ねじの回転」へのアプローチ』文理書院、1970年。

F・O・マシーセン『ヘンリー・ジェイムズ　円熟期の研究』青木次生訳、研究社、1972年。

フランク・レイモンド・リーヴィス『偉大な伝統　ジョージ・エリオット　ヘンリー・ジェイムズ　ジョウゼフ・コンラッド』長岩寛・田中純蔵訳、英潮社、1972年。

村上不二雄『ホーソンとジェイムズの文学』故村上不二雄教授論文集刊行会、1974年。

谷口陸男（編著）『シンポジゥム　ヘンリー・ジェイムズ研究』南雲堂、

9, 356, 367
『カヴァナー』*Kavanagh*　356, 357
「より高く」"Excelsior" 9, 23n
ロンドン　67, 68, 73, 236, 237, 245, 262, 267, 268, 304, 319, 334, 343, 344

わ

ワイルド、オスカー　Wilde, Oscar　49, 119-20, 121-24, 129n, 130n, 257
「嘘の衰退」"The Decay of Lying" 121, 123
『理想の夫』*An Ideal Husband* 49, 257

ゆ

唯美主義（者） 118, 120, 121-23, 129n, 130n
唯物史観　233

ら

ラカン、ジャック Lacan, Jacques　iv, 137, 144, 149, 158, 160-61, 163, 165n
ラスキン、ジョン Ruskin, John　40, 120, 349n
ラファエロ前派　26
ラ・ファージ、ジョン　La Farge, John　336, 337, 339, 345, 348n
『画家東遊録』*An Artist's Letters from Japan*　337
ラボック、パーシー　Lubbock, Percy　314
ラム・ハウス　Lamb House　91, 168, 181
ランビネ、エミール・シャルル Lambinet, Émile Charles　373

り

リード、エリック　Leed, Eric J.　333, 354, 355
『旅の思想史』*The Mind of the Traveler: from Gilgamesh to Global Tourism*　353, 354
リービ英雄　354
リフォーム・クラブ　Reform Club 71, 343, 349n
倫理批評　209

る

ルイス、R・W・B　Lewis, R. W. B. 241
『アメリカのアダム』*The American Adam*　241
ルサンチマン 27, 32, 33, 35, 36, 39
ルーズベルト、セオドア　Roosevelt, Theodore　290, 340, 341, 349n

れ

レイランド、フレデリック・リチャード　Leyland, Frederick Richard 40
レーウェン、トーマス・ファン Leeuwen, Thomas van　155-56

ろ

ロウ、ジョン・カーロス　Rowe, John Carlos　112, 182n, 219, 223n, 271n, 290, 341, 342
ロチ、ピエール　Loti, Pierre　337, 338, 344
『お菊さん』*Madame Chrysanthème*　337, 338
ロックフェラー、ジョン・D Rockefeller, John D.　210, 326
ロッジ、デイヴィッド Lodge, David v, 132
ローリング、キャサリン・ピーボディ Loring, Katherine Peabody 61, 62, 68, 72, 74n
ロングフェロー、ヘンリー・ワズワース Longfellow, Henry Wadsworth

from the Land of Prcelain" 333
ホイットマン、ウォルト　Whitman, Walt　219
ポー、エドガー・アラン　Poe, Edgar Allan　45, 153, 163
「ウィリアム・ウィルソン」 "William Wilson"　153, 163
ボサンクェット、セオドラ Bosanquet, Theodora　iv, 259, 270, 273n, 343
ポスノック、ロス　Posnock, Ross 168, 181, 286, 290
ボー、セシリア　Beaux, Cecilia　344
ホーソーン、ナサニエル Hawthorne, Nathaniel　iii, 9, 10, 108, 288, 289, 290, 302
「主に戦争問題について」 "Chiefly about War-matters"　289, 290
『大理石の牧神』*The Marble Faun*　9, 10, 23n
『緋文字』*The Scarlet Letter*　108
ボーダレス時代 / 越境　293, 314-29, 332-50, 353, 354, 367
ホテル文明　"hotel civilization"　359, 361, 362, 363
堀文子　353, 355
ホリングハースト、アラン Hollinghurst, Alan F.　ii, 320, 324, 327, 329
ホーン、フィリップ　Horne, Philip　i, 168, 272n

ま

マシーセン、F・O・Matthiessen, F. O.　ix, 55, 60, 243, 244, 320, 321, 324, 326

み

ミケランジェロ　Michelangelo　358
水村美苗　354
ミラー、J・ヒリス　Miller, J. Hillis 130n, 220
ミルハウザー、スティーヴン Millhauser, Steven　281

め

メタファー　190-94
メトニミー　190-94
メランコリー　141-45
メレディス、ジョージ　Meredith, George　346

も

モース、エドワード・S　Morse, Edward Sylvester　335-36
モダニティ、モダニズム　170, 175, 177, 180-81, 226, 264, 272n
モーム、ウィリアム・サマセット Maugham, William Somerset 48-49
モリソン、トニ　Morrison, Toni　273n
モルガン、J・P　Morgan, J. P.　210

Honoré de iii, 205n, 314, 319, 326, 327, 328
パワーズ、ハイラム Powers, Hiram 18
万国博覧会 333
反帝国主義連盟 223n
パンテオン 358

ひ

ピケティ、トマ Piketty, Thomas 326
ビゲロー、ウィリアム Bigelow, William Sturgis 336, 339

ふ

ファルス 144, 149
「フィクション／小説の家」"The house of fiction" 119, 124, 282
フェノロサ、アーネスト Fenollosa, Ernest 336, 339
フッサール、エトムント Husserl, Edmund 124
フライヤー、ジュディス Fryer, Judith 246
ブラウン、ビル Brown, Bill 190
プラグマティズム iii, 216, 223n, 224n
フラートン、ウィリアム・モートン Fullerton, William Morton 45-56
ブールジェ、ポール Bourget, Paul 181
プルマンカー／車両 Pullman car 281, 310, 362-66
フロイト、ジークムント Freud, Sigmund iv, 145, 157, 158-59
ブロナー、サイモン・J Bronner, Simon J. *Consuming Visions* 227

へ

ヘイ、ジョン Hay, John 340
米西戦争 170, 212
ペイター、ウォルター Pater, Walter 119, 129n
『ルネサンス 美術と詩の研究』 *The Renaissance: Studies in Art and Poetry* 119
ベイリバラ Bailieborough 78 , 79, 80, 81, 82, 83, 84, 85 , 93n
ベル、ミリシェント Bell, Millicent 108
『ヘンリー・ジェイムズ事典』 *A Henry James Encyclopedia* 314, 315

ほ

ボーア戦争 212, 273n
ホイッスラー、ジェイムズ・マクニール Whistler, James Abbott McNeill 40, 42, 120, 333
「金のかさぶた」"Gold Scab" 40-42
「金屏風」"Caprice in Purple and Gold No. 2: The Golden Screen" 333
「磁器の国の姫君」"The Princess

て

ティントナー、アデリン　Tintner, Adeline R.　22n, 28, 168
デュボイス、W・E・B　Du Bois, W. E. B.　286, 287, 291
テリー、ルーサー　Terry, Luther　9, 10, 23n
テンプル、ミニー　Temple, Minny　319

と

同一化　137, 139, 142-45, 149
トクヴィル、アレクシス・ド・Alexis de Tocqueville　299
トドロフ、ツヴェタン　Todorov, Tzvetan　152
　『幻想文学論序説』*Introduction à la littérature fantasique*　152

な

中村真一郎　xii, 28
夏目漱石　247
　『明暗』iii, 247-48
南北戦争　93n, 288, 289, 357

に

日露戦争　339, 340, 341
日清戦争　344
日本　332-50
ニューヨーク　7, 67, 92n, 152, 153, 154, 155, 156, 168-75, 177, 232, 236, 237, 269, 270, 280-84, 287, 304, 305, 306, 307, 315, 319, 320, 326, 328, 329, 335, 340, 344, 359-62
『ニューヨーク・トリビューン』*New York Tribune*　26, 65

ね

『ネイション』誌　40, 356

の

ノートン、チャールズ・エリオット　Norton, Charles Eliot　71

は

ハウエルズ、ウィリアム・ディーン　Howells, William Dean　54, 167, 314, 315, 335, 341
ハウス、エドワード・H　House, Edward Howard　333
　『ヨネ・サント』*Yone Santo*　333
パース、チャールズ・サンダース　Peirce, Charls Sanders　224n
バトラー、クリストファー　Christophor Butler　226, 230
　『モダニズム』*Modernism*　226, 230
バトラー、ジュディス Butler, Judith　114n
パトロン　7, 11, 15,19, 39, 41
バーバ、ホミ・K.　Bhabha, Homi K.　112, 291, 293
ハベガー、アルフレッド Habegger, Alfred　67
バルザック、オノレ・ド　Balzac,

ジェイムズ、メアリー（ウォルシュ）（母） Walsh, Mary 91, 334
ジェイムズ、ロバート（祖父の兄） James, Robert 80, 81, 83, 92n
ジェイムズ、ロバート（祖父の兄の息子、医師）James, Robert 80, 84
ジェイムズ、ロバートソン（弟） James, Robertson 74
ジェントルマンズ・クラブ gentlemen's club 343
視点人物 117, 134, 135, 147, 148
ジャスティス、ドナルド Justice, Donald 366
ジャポニズム（日本趣味、日本熱、アジア熱） 332, 333, 335, 336
自由間接言説／思考 135-36, 138, 141, 148
商業的民主主義 298, 301, 304, 309, 311, 360, 361, 363, 364, 367
焦点化 134-36
ショー、ジョージ・バーナード Shaw, George Bernard 46, 48, 50
ジョンソン、バーバラ Johnson, Barbara 327
新古典主義 5, 7

す

スウェーデンボルグ、エマヌエル Swedenborg, Emanuel iii, 65
スクリブナーズ Scribner's 168
ストラウス、ジーン Strouse, Jean 60, 61, 67, 69, 75n

せ

「世界人《コスモポライト》」354, 355
セクシュアル・パニック 133, 145
セジウィック、イヴ・コゾフスキー Sedgwick, Eve Kosofsky iv, 133, 143-45, 148, 149
セルツァー、マーク Seltzer, Mark 369n
先住民 10, 23n, 273n, 341, 342, 345, 358

そ

ゾラ、エミール Zola, Émile 326, 327, 328
ソロー、ヘンリー・デヴィッド Henry David Thoreau 302
ソンタグ、スーザン Sontag, Susan 279, 293

た

第一次世界大戦 i, 232, 288, 290, 314, 317, 329
ダイオール、フランクリン Dyall, Franklin 52-53
タイプライター iv, 259, 266, 270, 271, 273n
高平小五郎 340
田中盛秀 340
多和田葉子 354

ち

長老派 81, 82, 84, 85, 86, 88. 89, 93n

13
「ナイアガラ」"Niagara" 358, 369n
「なつかしの街角」「懐かしの街角」 "The Jolly Corner" viii, 104, 152-65, 169-73, 182n, 316
「ニューポート」"Newport" 369n
『ニューヨーク版』*The New York Edition* iv, v, 22n, 56, 100, 105, 107, 109, 133, 134, 168, 189, 214, 282, 343
「ニューヨーク版序文集」 *The Art of the Novel* 105, 107, 109, 119, 124, 189, 214
「ねじの回転」"The Turn of the Screw" ii, iii, 29, 56, 97-98, 105-09, 114n, 314, 327
『場所の肖像』*Portrait of Places* 354, 359
『鳩の翼』*The Wings of the Dove* v, ix, 20, 167, 189, 212, 223n, 226, 226-37, 241, 298, 324, 325, 338
『悲劇の美神』/『悲劇の詩神』 *The Tragic Muse* 26, 55, 120, 130n
『ピラムスとティスベ』*Pyramus and Thisbe* 47
「『ベルトラフィオ』の作者」"The Author of 'Beltraffio'" iii, v, 121-23
『ポイントンの蒐集品』*The Spoils of Poynton* iv, 55, 189-205, 234
『ボストンの人々』*The Bostonians* iv, 336
『ホーソーン』*Hawthorne* 14, 168, 175, 289, 298
「ほんもの」"The Real Thing" iii, viii, 27, 39
「密林の獣」"The Beast in the Jungle" iv, 132-49
「未来のマドンナ」"The Madonna of the Future" iii, 26
『息子と弟の覚書』*Notes of a Son and Brother* vi, 319
『メイジーの知ったこと』*What Maisie Knew* ii, v, 257-71, 272n, 273n
「モード・イヴリン」"Maud-Evelyn" 113
『厄介な年頃』*The Awkward Age* 272n
『ロデリック・ハドスン』 *Roderick Hudson* iii, 5-21, 22n, 109, 209, 365
ジェイムズ、ヘンリー、シニア（父） James, Henry, Sr. iii, 60, 63, 64, 65-70, 73, 74, 75n, 78, 79-81, 84, 334
ジェイムズ、マイケル James, Michael 79, 90, 91
『マイケル・ジェイムズの冒険』 *The Adventures of M. James* 79, 90

of a Cousin”　169-70
『ウィリアム・ウェットモア・ストーリーと友人たち』 *William Wetmore Story and His Friends*　5, 11, 292
「嘘つき」“The Liar”　iii, 27, 37-39, 41-42
「エドマンド・オーム卿」 “Sir Edmund Orme”　97-100, 101, 103-04, 110
『黄金の盃』*The Golden Bowl* ii, iii, v, x, xi, xii, xiii, 167, 212, 226, 233, 234, 240, 243, 247-48, 292, 298, 324, 328, 338-39
「オーウェン・ウィングレイブの悲劇」 iii
「教え子」“The Pupil”　viii
『覚え書』/『ノートブック』*The Complete Notebooks*　27, 71, 73, 257, 271, 272n, 315, 316, 318, 320, 326, 328, 329
『檻の中』*In the Cage*　272n, 273n, 294n
「海外のアメリカ人」“Americans Abroad”　345
『ガイ・ドンヴィル』*Guy Domville* v, 46-51, 53-55, 57, 257
『過去の感覚』*The Sense of the Past* viii, 314, 315-19, 325, 327-29
『カサマシマ公爵夫人』 *The Princess Casamassima* viii, 272n
「語り手について」“The Story-Teller at Large”　180
『抗議』*The Outcry*　47
「荒涼のベンチ」“The Bench of Desolation”　ii
「国際エピソード」 “An International Episode” 227
「ことの成り行き」“The Way It Came” 97-98, 100-02, 104, 112 -13
「サラトガ」“Saratoga”　357, 369n
「獅子の死」“The Death of the Lion” 55, 111
『使者たち』*The Ambassadors* 167, 209-10, 212-17, 223n, 226, 294n, 298, 338, 373
「絨毯の下絵」“The Figure in the Carpet”　56, 105
「小説の技法」“The Art of Fiction”　ii, 16, 272n
『聖なる泉』*The Sacred Fount* 117-18, 124-28, 130n
『象牙の塔』*The Ivory Tower*　314, 315, 317, 319-27
「中年」“The Middle Years”　vi, 55
『デイジー・ミラー』 “Daisy Miller”　209, 211, 227, 234, 336
「友だちの友だち」“The Friends of the Friends”　101, 112-

Sunnyside (Irving) 367
サムナー、チャールズ Sumner, Charles 7, 8, 10

し

シェイクスピア、ウィリアム Shakespeare, William ii, 45, 302
ジェイムズ、アリス（妹） James, Alice iii, 59-75, 336
『アリス・ジェイムズの日記』*The Diary of Alice James* 59-75
ジェイムズ、アリス（義姉） i
ジェイムズ、ウィリアム（兄） James, William i, iii, 13, 26, 49, 52-53 60, 61, 68, 70, 72, 74, 79, 169, 181, 212, 216, 223n, 272n, 286, 299, 319, 343, 348n, 372
ジェイムズ、ウィリアム（初代、カーキッシュのウィリアム） James, William of Curkish 78, 80, 81, 82, 83, 84, 85, 86, 88
ジェイムズ、ウィリアム（祖父、オールバニーのウィリアム）James, William 65, 78, 79, 80, 81, 82, 83, 84, 85, 86, 90, 92n
ジェイムズ、ガース・ウィルキンソン（弟） James, Garth Wilkinson 336
ジェイムズ、ジョン（祖父の弟） James, John 80 , 81
ジェイムズ、スーザン（マッカートニー、初代の妻） James, Susan (McCartney) 80, 81, 84, 86
ジェイムズ、ヘンリー（ジュニア） James, Henry, Jr.
「アスパンの恋文」"The Aspern Papers" 272n
『アメリカ人』*The American* 47, 54, 209, 272n
『アメリカ人―四幕の喜劇』*The American: A Comedy in Four Acts* 47, 54, 73
『アメリカの風景』/『アメリカ印象期』*The American Scene* 153, 155, 168-69, 170, 174, 176, 178-79, 182n, 279, 280, 283, 286, 287, 291, 292, 293, 294n, 298, 299, 301, 311, 312, 319, 320, 321, 341, 345, 356, 359, 364, 365, 367, 369n
「ある傑作の話」"The Story of a Masterpiece" 27, 35, 37, 39, 41, 42
『ある婦人の肖像』 iv, v, ix, xii, 189, 209, 227, 232, 233-34, 282, 325, 332, 333, 336, 346
『ある少年の思い出』*A Small Boy and Others* vi, 319, 372-3
『イギリス紀行』*English Hours* 368n
「従妹の印象」"The Impressions

間主観性 intersubjectivity 124-28

き

金ぴか時代 264-68, 359
金融文学 327

く

クラゲット、シャーリン Claggett, Shalyn 158-59
グリーイ、エドワード Greey, Edward 333
『日本におけるアメリカ青年』 *Young Americans in Japan* 333
クリステヴァ、ジュリア Kristeva, Julia 324
クリフォード、ジェイムズ Clifford, James 284
グリーン、ジョージ・ワシントン Green, George Washington 7-8, 10
グローバリゼーション（グローバル） 208-24n
クロフォード、トーマス Crawford, Thomas 5, 6, 7, 8, 9, 10, 11, 21, 22n, 23n
クロフォード、フランシス・マリオン Crawford, Francis Marion 5, 9, 335, 336
クロフォード、ルイザ・ウォード Crawford, Louisa Ward 8, 9, 11, 22n

け

ゲーテ、ヨハン・ヴォルフガング・フォン Goethe, Johann Wolfgang von 45
ケロッグ、クララ・L Kellogg, Clara Louise 344

こ

国際テーマ iii, 60, 73, 227
国民文学 356, 357, 367
ゴス、エドマンド Gosse, Edmund 52
コバーン、アルヴィン・ラングドン Coburn, Alvin Langdon iv, 282, 283
コンプトン、エドワード Compton, Edward 54
コンラッド、ジョセフ Conrad, Joseph 270, 368

さ

サイード、E・W Said, Edward Wadie 250, 255
『文化と帝国主義 1』 250, 255
サヴィル・クラブ Savile Club 343, 349n
ザカリアス、グレッグ・W Zacharias, Greg W. 22n, 70-71, 258
サージェント、ジョン・シンガー Sargent, John Singer i, 273n
サースビー、エマ Thursby, Emma Cecilia 344
サッカレー、ウィリアム・メイクピース Makepiece 66, 317
サニーサイド（アーヴィング）

『村正名刀』*A Muramasa Blade* 333
ウォートン、イーディス Wharton, Edith 103, 260, 269, 270, 273n, 326, 343, 349n, 368
『トワイライト・スリープ』 *Twilight Sleep* 260, 269
ウォルシュ、キャスリーン Walsh, Catherine 216
ウルスン、コンスタンス・フェニモア Woolson, Fenimore Constance 61
ウルフ、ヴァージニア Woolf, Virginia 108

え

エディプス（コンプレックス） 143-44, 149, 160
エデル、レオン Edel, Leon v, xii, 22n, 45, 46, 47, 48, 49, 51, 52, 53, 75n, 130n, 257, 259
「アリス・ジェイムズの肖像」 "The Portrait of Alice James" 65
「序文」（『アリス・ジェイムズの日記』）"Preface" (*The Diary of Alice James*) 74n, 75n
エマソン、ラルフ・ウォルド Emerson, Ralph Waldo 67, 75n, 302
エリオット、T・S Eliot, T. S. 45
エリオット、W・G Eliot, W. G. 50
円熟期 the Major Phase 118, 168, 209, 226, 338

お

岡倉天心 334, 336-37, 339, 342, 344, 345, 346, 347, 348n
『茶の本』*The Book of Tea* 345, 346
『日本の目覚め』*The Awakening of Japan* 342
オジック、シンシア Cynthia Ozick v, 260, 270, 273n
「ディクテーション」"Dicatation" 260, 270
オリファント、ローレンス Oliphant, Laurence 333
『エルギン卿遣日使節録』 *Narrative of the Earl of Elgin's Mission to China and Japan in the Years* 333

か

ガードナー、イザベラ・スチュアート Isabella Stewart Gardner 232, 233, 234, 235, 334, 335, 336, 337, 339, 344, 348n, 349n
カプラン、カレン Kaplan, Caren 285
カーネギー、アンドルー Carnegie, Andrew 210
金子堅太郎 340
可謬性 221
亀井俊介 241, 248, 249
『アメリカン・ヒーローの系譜』 241, 248, 249

索　引

あ

アイルランド　7, 61-62, 65, 73, 75n, 78, 80, 81, 82, 83, 84, 85, 86, 90, 92n, 344
アイルランド教会　78, 82, 84, 85, 86
アシニーアム・クラブ　Athenaeum Club　343, 344, 349n
アダムズ、ヘンリー　Adams, Henry　336, 337, 340, 348n
　『ヘンリー・アダムズの教育』 *The Education of Henry Adams*　337
アーツ・クラブ　Arts Club 344
『アトランティック・マンスリー』誌 *The Atlantic Monthly*　26, 54, 55, 203, 366
アームストロング、ポール・B　Armstrong, Paul B.　111, 326
アメリカン・ビューティ　175-76, 179, 182n, 280
アラポグル、エレフセリア　Arapoglou, Eleftheria　291, 293
アレクサンダー、ジョージ　Alexander, George　47, 49, 51, 52, 54, 57

い

伊藤博文　340
移動（空間 / 時間）174, 208, 260, 262, 353-68
今福龍太　364
イロコイ族　357

う

ヴァンダービルト、コーネリアス　Vanderbilt, Cornelius　308, 322
ヴァンブラ、アイリーン　Vanbrugh, Irene　52
ウィルソン、エドマンド　Wilson, Edmund　ix, 107, 180, 182n
ヴェニス　230, 235, 236, 237, 356
ヴェブレン、ソースティン　Veblen, Thorstein　232, 233
　『有閑階級の理論』 *The Theory of the Leisure Class*　232, 233
　顕示的消費　226, 232, 234, 235
ウェルズ、H・G.　Wells, H. G.　48, 129n, 349n
ウェルトハイマー、ルイス　Wertheimber, Louis　333

＊**中村　善雄**（なかむら　よしお）　ノートルダム清心女子大学准教授
（共　著）『身体と情動―アフェクトで読むアメリカン・ルネサンス』（彩流社、2016）
（共編著）『水と光―アメリカの文学の原点を探る』（開文社、2013）
（共　著）『ヘンリー・ジェイムズ『悲劇の詩神』を読む』（彩流社、2012）

＊**里見　繁美**（さとみ　しげみ）　大東文化大学教授
（共編著）『アメリカ作家の理想と現実―アメリカン・ドリームの諸相―』（開文社叢書 14）（開文社出版、2006）
（共編著）『ヘンリー・ジェイムズと華麗な仲間たち《ベッドフェローズ》―ジェイムズの創作世界』（英宝社、2004）
（共　訳）『ヘンリー・ジェイムズ事典』（アメリカ文学ライブラリー 7）（雄松堂、2007）

海老根　静江（えびね　しずえ）　お茶の水女子大学名誉教授
（単　著）『総体としてのヘンリー・ジェイムズ―ジェイムズの小説とモダニティ』（彩流社、2012）
（共編著）『かくも多彩な女たちの軌跡―英語圏文学の再読』（南雲堂、2004）
（論　文）"Did Milly Die of Tuberculosis? The Physical and the Spiritual in *The Wings of the Dove*."(*Studies in English Literature*. English Number, 1993)

福田 敬子（ふくだ　たかこ）　青山学院大学教授
（共編著）『戦争・文学・表象―試される英語圏作家たち』（音羽書房鶴見書店、2015）
（共　著）『英米文学のリヴァーブ―境界を超える意思』（開文社、2004）
（共　著）『かくも多彩な女たちの軌跡―英語圏文学の再読』（南雲堂、2004）

別府　惠子（べっぷ　けいこ）　神戸女学院大学名誉教授
（単　著）*The Educated Sensibility in Henry James and Walter Pater.*（松柏社、1979）
（共編著）『ヘンリー・ジェイムズと華麗な仲間たち《ベッドフェローズ》――ジェイムズの創作世界』(英宝社、2004)
（共　訳）『心ひろき友人たちへ――四人の女性に宛てたヘンリー・ジェイムズの手紙』(大阪教育図書、2014)

町田　みどり（まちだ　みどり）　一橋大学准教授
（共　著）『ジェンダーにおける「承認」と「再分配」――格差、文化、イスラーム』（彩流社、2015）
（共　著）『ジェンダーと「自由」――理論、リベラリズム、クィア』（彩流社、2013）
（共　著）『読み直すアメリカ文学』（研究社、1996）

松浦　恵美（まつうら　めぐみ）　お茶の水女子大学非常勤講師
（論　文）「『もの』と『自由精神』― *The Spoils of Poynton* における倫理」（『関東英文学研究』第 7 号、2015）
（論　文）「"proud and eager" な天使― *Roderick Hudson* における『不気味な』女性」（『日本アメリカ文学会東京支部会報』第 74 号、2013）

堤　千佳子（つつみ　ちかこ）　梅光学院大学教授
（共　著）『文学、海を渡る』（笠間書院、2008）
（論　文）「富という枷―『ある婦人の肖像』（*The Portrait of a Lady*）に見る経済性―」『梅光言語文化研究』第7号、2016）
（論　文）「Henry James と Isabella Stewart Gardner ―その時代性を探る―」（『梅光言語文化研究』第 5 号、2014）

志水　智子（しみず　さとこ）　九州産業大学准教授
（共　著）『ロレンスへの旅』（松柏社、2012）
（論　文）「*Death Comes for the Archbishop* におけるフェティッシュの意義」（『九州アメリカ文学』第 54 号、2013）
（論　文）「選ばなかった人生、生きなかったアメリカ―― "The Jolly Corner" におけるリターンモチーフについて――」（『九州アメリカ文学』第 48 号、2007）

＊**難波江　仁美**（なばえ　ひとみ）　神戸市外国語大学教授
（共　著）『アメリカン・ルネッサンスの現在形―時代・ジェンダー・エスニシティ』（松柏社、2007）
（論　文）"Translation as Criticism: a Century of James Appreciation in Japan."（*The Henry James Review* 25. 1, 2003）
（共　訳）『心ひろき友人たちへ―四人の女性に宛てたヘンリー・ジェイムズの手紙』（大阪教育図書、2014）

水野　尚之（みずの　なおゆき）　京都大学教授
（共　著）『独立の時代―アメリカ古典文学は語る』（世界思想社、2009）
（翻　訳）ヘンリー・ジェイムズ『信頼』（英宝社、2013）
（共　訳）『ある青年の覚え書・道半ば―ヘンリー・ジェイムズ自伝　第二巻、第三巻』（大阪教育図書、2009）

齊藤　園子（さいとう　そのこ）　北九州市立大学准教授
（共　著）『ロマンスの迷宮―ホーソーンに迫る15のまなざし―』（英宝社、2013）
（論　文）“Manuscripts and Printed Texts as Textual Representations of the Author: The Question of Identity in the Works of Henry James.”（*Chubu American Literature* Vol. 11, 2008）

松井　一馬（まつい　かずま）　東京理科大学非常勤講師
（論　文）“Empire around the Corner: the Shadow of Imperialism in‘The Jolly Corner.’”（『藝文研究』第100号、2011）
（論　文）「ヘンリー・ジェイムズの『帝国』―― “The Turn of the Screw” の革命」（『アメリカ文学研究』第47号、2010）
（論　文）「尽きせぬ空の泉――『聖なる泉』の現象学」（『藝文研究』第97号、2009）

畑江　里美（はたえ　さとみ）　一橋大学非常勤講師
（論　文）「メイはマーチャーに何を望んだか――「密林の獣」に隠された物語」（『人文研紀要』第85号、2016）

砂川　典子（すながわ　のりこ）　九州ルーテル学院大学准教授
（共　著）『ヘンリー・ジェイムズと華麗な仲間《ベッドフェローズ》たち―ジェイムズの創作世界―』（英宝社、2004）
（論　文）“Joan of Arc in Late 19th Century America: Women’s Voices, Women’s Bodies, and the Spiritual Dimension in *The Bostonians*.”（『九州英文学研究』第29号、2013）
（論　文）“The Representation of America and Colonial Discourse in Henry James’s *The American*.”（『比較文化研究』№ 92、2010）

石塚　則子（いしづか　のりこ）　同志社大学教授
（共　著）『アメリカ文学における「老い」の政治学』（松籟社、2012）
（共　著）『メディアと文学が表象するアメリカ』（英宝社、2009）
（論　文）「ウォートンの著述業と建築―作家としての自己形成と家づくり」（『同志社大学英語英文学研究』94号、2014）

執筆者紹介（執筆順、＊は編者）

行方　昭夫（なめかた　あきお）　東京大学・東洋学園大学名誉教授
（編訳書）『ヘンリー・ジェイムズの世界―ジェイムズ評論集―』（北星堂書店、1963）
（論　文）“Some Notes on *The Spoils of Poynton.*” (*Studies in English Literature.* English Number, 1970)
（翻　訳）ヘンリー・ジェイムズ『ある婦人の肖像』（岩波書店、1996）

北原　妙子（きたはら　たえこ）　東洋大学教授
（論　文）“Il Giappone di Mary Crawford Fraser.”(*Genius Loci* No.11, 2014)
（論　文）“Framing the Supernatural: Henry James and F. Marion Crawford.”(*The Japanese Journal of American Studies* No.17, 2006)
（共　訳）『ゲイ短編小説集』大橋洋一監訳（平凡社、1999）

中井　誠一（なかい　せいいち）　島根大学教授
（共　著）『英語・英米文学の新潮流』（金星堂、1992）
（論　文）「プライバシー境界のゆらぎ―近代ジャーナリズムと *The Reverberator* ―」（『島根大学外国語教育センタージャーナル』8 号、2013）
（論　文）「愛を求める孤独な魂―ハイアシンス」（『島根大学外国語教育センタージャーナル』2 号、2007）

名本　達也（なもと　たつや）　佐賀大学教授
（共　著）『アメリカ作家とヨーロッパ』（英宝社、1996）
（論　文）「Henry James の “The Story of a Masterpiece” と “The Liar”：肖像画と嘘の効果」（『九州アメリカ文学』43 号、2002）
（論　文）「ヘンリー・ジェイムズの小説における母親像」（『中・四国アメリカ文学』33 号、1997）

中川　優子（なかがわ　ゆうこ）　立命館大学教授
（共編著）『語り明かすアメリカ古典文学 12』（南雲堂、2007）
（論　文）“From City of Culture to City of Consumption: Boston in Henry James's *The Bostonians.*” (*The Japanese Journal of American Studies* No. 19, 2008)
（共　訳）『アリス・ジェイムズの日記』（英宝社、2016）